Steh zu Dir

Danielle
STEEL

Steh zu Dir

ROMAN

Aus dem Amerikanischen
von Silvia Kinkel

Weltbild

Die amerikanische Originalausgabe erschien 2008 unter dem Titel
Honor Thyself bei Delacorte Press, New York.

Besuchen Sie uns im Internet:
www.weltbild.de

Genehmigte Lizenzausgabe für Verlagsgruppe Weltbild GmbH,
Steinerne Furt, 86167 Augsburg

Ein Unternehmen der Droemerschen Verlagsanstalt
Th. Knaur Nachf. GmbH & Co. KG, München.
Übersetzung: Silvia Kinkel
Umschlaggestaltung: Atelier Seidel – Verlagsgrafik, Teising
Umschlagmotiv: Masterfile, Düsseldorf (© masterfile/Robert Harding)
Gesamtherstellung: GGP Media GmbH, Pößneck
Printed in the EU

ISBN 978-3-8289-9281-8

2012 2011 2010 2009
Die letzte Jahreszahl gibt die aktuelle Lizenzausgabe an.

Für meine Mutter Norma,
die keines meiner Bücher lesen konnte.
Ich hoffe, dass sie dennoch stolz auf mich war.
Für die schwierigen Beziehungen
zwischen weniger gesegneten Müttern und Töchtern,
die verpassten Gelegenheiten, fehlgeschlagenen guten
Absichten und die Liebe, die einen letztlich geleitet,
wie auch immer sich die Dinge darstellen mögen
oder zu sein scheinen.
Für all das, was für mich damals wichtig war,
als ich im Alter von sechs Jahren meine Mutter verlor.
Als sie nicht mehr da war, um mir das Haar zu kämmen,
damit ich in der Schule ordentlich aussah.
Wir kannten einander so gut,
zwei völlig verschiedene Frauen
mit unterschiedlichen Ansichten.
Wir haben einander oft enttäuscht,
uns häufig missverstanden,
aber wir haben uns bis zum Schluss bemüht und nicht
aufgegeben.
Dieses Buch ist für die Mutter, die ich gern gehabt hätte,
die mir Pfannkuchen und Hackbällchen zubereitete,
bevor sie von uns ging.
Für diejenige, die sie zu sein versucht hatte,
und voller Liebe, Mitgefühl und Vergebung für diejenige,
die sie war.
Auf ihre Weise hat sie mir beigebracht, die Mutter zu sein,
die ich bin.
Möge Gott es gut mit dir meinen und auf dich achtgeben,
mögest du Freude und Frieden finden.

Ich liebe dich, Mom.

Dem wahrhaft Vollkommenen strömt alles zu.

TAO TE CHING

1

Es war ein ruhiger, sonniger Novembermorgen. Carole Barber schaute von ihrem Computer hoch und blickte auf den Garten ihres Hauses in Bel Air. Seit fünfzehn Jahren lebte sie in der großen, weitläufigen Natursteinvilla. Sie nutzte den lichtdurchfluteten Wintergarten als Arbeitszimmer. Von hier aus konnte sie den Springbrunnen und den kleinen Teich sehen, in dem sich das Sonnenlicht spiegelte, und die Rosensträucher, die sie selbst angepflanzt hatte. Der Garten wirkte friedlich, und im Haus war alles still.

Während der letzten Stunde hatte sie kaum die Finger auf der Tastatur bewegt. Es war mehr als nur frustrierend. Nach einer langen und erfolgreichen Filmkarriere versuchte sie jetzt, ihren ersten Roman zu schreiben. Schon seit Jahren schrieb sie gern Kurzgeschichten, hatte jedoch nie angestrebt, etwas zu veröffentlichen. Auch an einem Drehbuch hatte sie einmal geschrieben. Sie und ihr verstorbener Mann Sean hatten oft davon gesprochen, gemeinsam einen Film zu drehen. Aber dazu kam es nie. Immer waren sie beruflich zu ausgelastet gewesen.

Sean war Produzent und Regisseur, Carole Schauspielerin. Aber sie war nicht irgendeine Schauspielerin, sondern einer der ganz großen Stars, und das schon seit ihrem achtzehnten Lebensjahr. Vor zwei Monaten hatte sie ihren fünfzigsten Geburtstag gefeiert. Ihren letzten Film hatte sie vor drei Jahren gedreht und seither keine Rollenangebote mehr angenommen. Sie war immer noch eine bemerkenswerte Schönheit, aber gute Rollen waren in ihrem Alter nun mal rar gesät.

Im August hatte sie eine Rolle in einem wichtigen Film abgelehnt. Der Regisseur war ausgezeichnet, und der Drehbuchautor hatte für seine Arbeiten bereits mehrere Oscars bekommen. Für die anderen Rollen waren Schauspieler vorgesehen, mit denen die Zusammenarbeit bestimmt interessant gewesen wäre. Aber dann las sie das Skript und fühlte sich nicht angesprochen. Sie wollte nur noch Rollen übernehmen, die ihr etwas bedeuteten.

Als Sean krank wurde, hatte sie aufgehört zu arbeiten. Und nach seinem Tod vor zwei Jahren war sie viel gereist und besuchte regelmäßig ihre Kinder in London und New York. Außerdem engagierte sie sich schon seit Jahren für die Rechte von Frauen und Kindern. Diese Aufgabe hatte sie mehrfach nach Europa, China und in Entwicklungsländer rund um die Welt gebracht. Carole kämpfte leidenschaftlich gegen Ungerechtigkeit, Armut, politische Verfolgung und Verbrechen an den Schwachen und Wehrlosen. Während ihrer Reisen hatte sie sorgfältig Tagebuch geführt. Kurz vor Seans Tod sprachen sie über ihren Wunsch, ein Buch zu schreiben. Er hielt es für eine wunderbare Idee und ermunterte sie dazu. Aber nach seinem Tod hatte sie viel Zeit gebraucht, um den ersten Schritt zu tun. Im letzten Jahr fing sie endlich an. Sie dachte, dieses Buch würde ihr die Möglichkeit geben, sich über all das zu äußern, was sie bewegte. Es wäre eine tiefe Form der Selbsterfahrung, die ihr die Schauspielerei so nicht bieten konnte. Aber dafür musste sie erst einmal den Einstieg finden. Irgendetwas hielt sie davon ab, und sie hätte nicht sagen können, was es war. Aber sie konnte trotzdem nicht davon lassen.

Als sie endlich begann, behauptete sie, in dem Buch ginge

es nicht um sie. Aber mit jeder weiteren Zeile musste sie einsehen, dass die Hauptfigur viel mit ihr gemeinsam hatte. Vielleicht fiel ihr das Schreiben deshalb so schwer. Es war beinahe so, als könne sie sich selbst nicht ertragen. Schon seit Wochen war sie jetzt wie blockiert. Der Roman war die Geschichte einer reifen Frau, die sich rückblickend mit ihrem Leben auseinandersetzt. Carole erkannte, dass alles mit ihr zu tun hatte, mit den Männern, die sie geliebt, und den Entscheidungen, die sie im Laufe ihres Lebens getroffen hatte. Jedes Mal, wenn sie sich an den Schreibtisch setzte, merkte sie, dass sie vor sich hinstarrte und sich auf dem Bildschirm ihres Computers rein gar nichts tat. Sie wurde von ihrer Vergangenheit heimgesucht. Durch das Schreiben stiegen Zweifel in ihr hoch. Plötzlich stellte sie jeden ihrer Schritte in Frage. Hatte sie damals richtig entschieden oder einen großen Fehler begangen? Hatte sie jemandem bitter Unrecht getan? Immerzu quälten sie die gleichen Fragen. Dabei spielte es gar keine Rolle mehr. Oder etwa doch? Sie würde mit dem Buch auf der Stelle treten, bis sie die Antworten gefunden hatte. Durch die Entscheidung, diesen Roman zu schreiben, war sie plötzlich gezwungen, sich mit all dem zu beschäftigen, was sie jahrelang verdrängt hatte. Aber jetzt gab es kein Zurück mehr. Nachts in ihren Träumen sah sie die Menschen aus ihrer Vergangenheit vor sich. Jeden Morgen stand sie erschöpft auf.

Am häufigsten tauchte Seans Gesicht auf. Er war der Einzige, bei dem sie sicher sein konnte, ihn wirklich gekannt zu haben. Ihre Beziehung war klar und aufrichtig gewesen. Das konnte sie von allen anderen nicht behaupten. Und ausgerechnet er war so erpicht darauf gewesen, dass sie dieses Buch schrieb. Sie schuldete es ihm. Es war ihr letztes großes Geschenk an ihn.

Sean war ein sanfter, liebevoller Mann gewesen, immer rührend um sie bemüht. Anfangs hatte er Stabilität und Ruhe in ihr Leben gebracht, und gemeinsam schufen sie eine solide Basis für ihr Leben zu zweit. Er hatte nie versucht, sie zu vereinnahmen oder gar zu erdrücken. Ihre Ehe wurde zu einer Reise, bei der sie sich in angenehmem Tempo Seite an Seite voranbewegten. Ihre acht Jahre mit Sean waren etwas, das einem nur einmal im Leben widerfährt. Carole konnte sich nicht vorstellen, sich jemals wieder zu verlieben oder gar zu heiraten. Sie hatte Sean während der letzten beiden Jahre vermisst, aber nicht beweint. Seine Liebe war so sättigend gewesen, dass sie jetzt noch davon zehrte. Wie alle Paare hatten auch sie ihre Auseinandersetzungen und Unstimmigkeiten gehabt, aber niemals hatten sie einander verletzt. Sie hatten gestritten und hinterher gemeinsam darüber gelacht. Keiner von ihnen war nachtragend, und in ihren Auseinandersetzungen gab es auch nicht die Spur von Boshaftigkeit.
Als sie sich kennenlernten, war Carole vierzig und Sean fünfunddreißig. Obwohl er fünf Jahre jünger war als sie, hatte er ihr in vielerlei Hinsicht als Vorbild gedient, vor allem, was seine Ansichten betraf. Sie war damals sehr erfolgreich und drehte mehr Filme, als ihr lieb war. Jahrelang wurde sie davon angetrieben, eine Karriere zu verfolgen, die ihr zunehmend mehr abverlangte. Als sie Sean kennenlernte, lebte sie erst seit fünf Jahren in Los Angeles. Zuvor hatte sie zweieinhalb Jahre in Paris gewohnt. Seit ihrer Rückkehr aus Frankreich hatte es keine ernste Beziehung mit einem Mann gegeben. Dazu fehlte ihr einfach die Zeit – oder auch das Verlangen. Sie ging zwar mit Männern aus, aber in der Regel blieb es bei wenigen Treffen. Einige waren ebenfalls aus dem Filmgeschäft, zumeist Regisseure oder Autoren, andere stammten aus kreativen Be-

reichen wie Kunst, Architektur oder Musik. Es waren durchaus interessante Männer gewesen, aber Carole hatte sich nie verliebt und war davon überzeugt, dass es auch nie wieder passieren würde. Bis Sean kam.

Sie trafen sich auf einer Konferenz, bei der es um die Rechte von Schauspielern in Hollywood ging, und hatten beide an einer Podiumsdiskussion über den Wandel der Rolle von Frauen beim Film teilgenommen. Dass er fünf Jahre jünger war, stellte für sie beide kein Problem dar. Sie waren Seelenverwandte, das Alter war bedeutungslos. Einen Monat nachdem sie sich kennengelernt hatten, flogen sie übers Wochenende nach Mexiko. Drei Monate später zog er bei ihr ein, und sechs Monate später waren sie verheiratet. Sean hatte sie davon überzeugt, dass es für sie beide das Richtige sei. Und er hatte recht gehabt. Carole hatte befürchtet, dass sich ihre Berufe gegenseitig behindern würden und es zu Konflikten käme. Aber wie Sean es versprochen hatte, waren ihre Ängste unbegründet. Ihre Beziehung schien gesegnet zu sein.

Dann erkrankte Sean an Krebs. Und so, wie er gelebt hatte, schied er auch dahin – friedlich und still. Offenbar war es für ihn der natürliche Übergang in eine andere Welt. Da er aber großen Einfluss auf ihr Leben gehabt hatte, fühlte sie sich ihm weiterhin nahe. Er hatte sie gelehrt, seinen Tod als nächsten Schritt auf seinem Weg zu akzeptieren.

Zwei Jahre war er nun schon tot, und sie vermisste ihn, sein Lachen, seine Stimme, seine Klugheit, seine Gesellschaft, ihre langen Spaziergänge am Strand. Und doch war er auch bei ihr, reiste an ihrer Seite wie zu der Zeit, als er noch lebte. Ihn zu kennen und zu lieben war eines der größten Geschenke gewesen, die sie vom Leben bekommen hatte. Vor seinem Tod hatte er sie daran erinnert, dass sie noch viel zu tun hätte, und sie gedrängt, wieder mit

dem Arbeiten anzufangen. Er wollte, dass sie noch viele Filme drehte und dieses Buch schrieb. Sean hatte ihre Kurzgeschichten und Essays immer geliebt, und im Laufe der Jahre hatte sie Dutzende von Gedichten für ihn geschrieben. Er hatte sie in einem Lederordner gesammelt und Stunden damit verbracht, sie immer wieder zu lesen.
Bevor er starb, hatte sie nicht die Zeit gefunden, mit dem Buch zu beginnen. Sie war zu sehr damit beschäftigt, ihn zu pflegen. Ein Jahr lang hatte sie keinerlei Verpflichtungen angenommen, um genügend Zeit für ihn zu haben. Insbesondere nach der Chemotherapie wenige Monate vor seinem Tod hatte sie sich aufopfernd um ihn gekümmert. Er war bis zum Schluss tapfer gewesen. Am Tag vor dem Ende waren sie spazieren gegangen. Sie konnten keine weiten Ausflüge unternehmen und auch nicht viel sprechen. Sie gingen Hand in Hand. Sobald er eine Pause brauchte, setzten sich irgendwo hin und betrachteten den Sonnenuntergang. Sie weinten beide, weil sie wussten, dass das Ende nahte. In der darauffolgenden Nacht starb er friedlich in ihren Armen. Er hatte sie noch einmal lange angesehen, zärtlich lächelnd geseufzt und dann für immer die Augen geschlossen.
Er war mit einer würdevollen Akzeptanz gestorben, die es Carole ermöglichte, beim Gedanken an ihn nicht von Trauer überwältigt zu werden. Allerdings hatte er eine Leere hinterlassen, die sie jetzt noch spürte. Und diese Leere wollte sie füllen, indem sie sich selbst besser verstand. Das Buch sollte ihr dabei helfen – wenn sie es denn je fertig bekam. Aber sie wollte zumindest versuchen, ihm und seinem Glauben an sie gerecht zu werden.
Als sie ihn kennenlernte, lebten ihre Kinder noch bei ihr. Auch das bereitete Carole damals Sorgen. Sean hatte keine eigenen Kinder, und sie bekamen auch kein gemeinsames.

Sie hatten sich darauf geeinigt, mit allem anderen genug ausgelastet zu sein. Stattdessen kümmerten sie sich umeinander und um ihre Beziehung. Als sie heirateten, besuchten Anthony und Chloe die Highschool. Das war einer der Gründe, warum sich Carole zu dieser Ehe entschloss. Sie wollte ihren Kindern kein Beispiel für eine wilde Ehe ohne jede Verpflichtung sein. Anthony und Chloe begrüßten ihre Entscheidung. Sean war ihnen ein guter Freund und Stiefvater, den sie gern um sich hatten. Mittlerweile waren ihre Kinder erwachsen und aus dem Haus. Chloe hatte in Stanford studiert und gerade ihren ersten Job bei einem Modemagazin in London angetreten. Sie war die Assistentin der stellvertretenden Redakteurin für Accessoires. Es ging vor allem um Prestige und Spaß. Sie half beim Styling, bei den Vorbereitungen der Shootings und erledigte Besorgungen. Als Gegenleistung verdiente sie fast nichts, konnte sich aber rühmen, für die britische *Vogue* zu arbeiten. Chloe fand das toll. Sie sah ihrer Mutter ähnlich und hätte ohne weiteres selbst als Model arbeiten können, aber sie bevorzugte es, auf der redaktionellen Seite des Geschäfts zu stehen. Sie war ein aufgewecktes, kontaktfreudiges Mädchen, begeistert von den Menschen, die sie durch ihre Arbeit kennenlernte, und verbrachte eine schöne Zeit in London.

Anthony war in die Fußstapfen seines Vaters getreten und arbeitete an der Wall Street. Bevor er in die Finanzwelt ging, hatte er in Harvard seinen MBA gemacht. Er war ein ernsthafter, verantwortungsbewusster junger Mann, der seine Familie mit Stolz erfüllte. Anthony war sehr attraktiv, aber zurückhaltend und beinahe schüchtern. Er ging mit vielen hübschen, intelligenten Mädchen aus, aber bisher hatte ihm keine wirklich etwas bedeutet. Er arbeitete konsequent an seiner Finanzkarriere und verlor nie seine

Ziele aus den Augen. Es gab nicht viel, was ihn davon abhielt, und wenn Carole ihn spätabends anrief, saß er oft noch im Büro.

Er und Chloe hingen nicht nur an Carole, sondern auch an Sean. Chloe hatte schon immer mehr Zeit und Aufmerksamkeit von ihrer Mutter gebraucht als ihr Bruder. Sie beklagte sich bitterlich, wenn ihre Mutter zu Drehaufnahmen reiste. Besonders schlimm wurde es während der Highschool. Chloe wollte, dass ihre Mutter ständig für sie da war, so wie sie es bei den Müttern der anderen Kinder sah. Carole hatte sich deshalb schuldig gefühlt, obwohl sie die Kinder an den Set fliegen ließ, wann immer es möglich war. Und in den Drehpausen kam sie nach Hause, um bei ihnen zu sein. Anthony war im Gegensatz zu Chloe unkompliziert gewesen. Sie stellte ihren Vater auf einen Sockel und hielt ihrer Mutter oft vor, was sie alles falsch machte. Carole hatte sich gesagt, dass das bei Mutter-Tochter-Beziehungen nun mal so war. Die Mutter eines Sohnes zu sein, der sie verehrte, war weitaus leichter.

Und jetzt war Carole allein. Ihre Kinder waren erwachsen und mit ihrem eigenen Leben beschäftigt.

Trotz Seans Krankheit war es eine Erleichterung gewesen, eine Weile in keinem Film mitzuspielen. Carole hatte viele Jahre hart gearbeitet und brauchte diese Pause. Eine Auszeit kam letztlich auch ihrer Schauspielkunst zugute. Im Laufe der Zeit hatte sie in wichtigen Filmen und auch in diversen Blockbustern mitgewirkt. Aber jetzt wollte sie mehr als das. Sie wollte ihrer Arbeit etwas Bedeutsames hinzufügen. Diese Tiefe erlangte man erst durch Reife und Lebenserfahrung. Mit fünfzig war sie noch nicht alt, aber die letzten Jahre hatten sie reifen lassen. Das würde sie unweigerlich in ihre Rollen einbringen. Und auch in ihr Buch, wenn sie es denn bewältigen konnte. Dieses Buch

war für sie das Symbol, endgültig erwachsen geworden zu sein und sich von den Geistern der Vergangenheit befreit zu haben.
Die letzten Wochen waren jedoch entmutigend gewesen, und sie begann daran zu zweifeln, dass sie es jemals schaffte. Vielleicht hätte sie doch die Rolle annehmen sollen, die ihr im August angeboten worden war. Vielleicht sollte sie sich vom Schreiben verabschieden und wieder filmen. Mike Appelsohn, ihr Agent, wurde allmählich ungeduldig. Er regte sich darüber auf, dass sie gute Rollen ablehnte, und hatte genug davon, sich etwas von einem Buch erzählen zu lassen, das sie ja doch nicht schrieb.
Die Charaktere blieben vage, die Handlung und das Ende waren wie ein wirres Wollknäuel, mit dem die Katze gespielt hat. Carole konnte noch so angestrengt nachdenken, sie fand keinen Anfang. Es war unvorstellbar frustrierend.
Auf dem Regal über ihrem Schreibtisch standen zwei Oscars und der Golden Globe, den sie in dem Jahr vor Seans Krankheit verliehen bekam. Noch hatte Hollywood sie nicht vergessen, aber Mike Appelsohn versicherte ihr, dass es dazu käme, wenn sie nicht bald einen Film drehte. Mittlerweile waren ihr die Entschuldigungen ausgegangen, und sie hatte sich eine letzte Frist bis zum Ende des Jahres gesetzt. Bis dahin blieben noch zwei Monate, aber sie kam einfach nicht voran. Jedes Mal, wenn sie sich an den Schreibtisch setzte, geriet sie förmlich in Panik.
Carole hörte, dass hinter ihr leise eine Tür geöffnet wurde. Sie hatte nichts gegen eine Unterbrechung, ganz im Gegenteil. Sie wandte den Kopf und sah, dass Stephanie Morrow, ihre Assistentin, zögernd im Türrahmen stand. Stephanie war von Beruf Lehrerin. Carole hatte sie fünfzehn Jahre zuvor eingestellt, nach ihrer Rückkehr aus Frank-

reich. Damals hatte Carole das Haus in Bel Air gekauft, innerhalb eines Jahres zwei Filme gedreht und sich danach für ein Jahr in einem Broadwaystück verpflichtet. Nebenbei musste sie die Werbetrommel für ihre Filme rühren. Sie hatte Unterstützung bei der Betreuung der Kinder und der Organisation des Haushalts gebraucht. Stephanie kam, um ihr für zwei Monate auszuhelfen – und blieb. Sie war eine attraktive Frau von mittlerweile neununddreißig Jahren, lebte mit ihrem Freund zusammen, hatte jedoch nie geheiratet. Er besaß Verständnis für ihre Arbeit und reiste selbst sehr viel. Und sie wollte weder heiraten noch Kinder haben. Sie zog Carole gern damit auf, dass *sie* ihr Baby sei. Carole revanchierte sich und nannte Stephanie ihr Kindermädchen. Sie war eine ausgezeichnete Assistentin, konnte hervorragend mit der Presse umgehen und sich in jede Situation hinein- und herausreden. Es gab nichts, das sie nicht zu managen vermochte.

Während Seans Krankheit wurde sie unentbehrlich. Sie war für Sean da, für die Kinder und für Carole. Sie half ihr sogar dabei, die Beerdigung zu planen und den Sarg auszusuchen. Im Laufe der Jahre war Stephanie mehr geworden als nur eine Angestellte. Trotz der elf Jahre Altersunterschied waren die beiden Frauen enge Freundinnen, die sich gegenseitig schätzten und respektierten. Bei Stevie, wie Carole sie nannte, gab es nie auch nur den Hauch von Eifersucht. Stephanie liebte ihren Job, freute sich über Caroles Erfolge und begegnete jedem neuen Tag mit Humor und Geduld.

Carole hing sehr an ihr und gab bereitwillig zu, dass sie ohne Stephanie verloren wäre.

Mit ihren 1,82 Meter, dem glatten schwarzen Haar und den großen braunen Augen stand sie jetzt in Jeans und T-Shirt an der Tür zu Caroles Büro. »Tee?«, flüsterte sie.

»Nein. Arsen«, antwortete Carole stöhnend und schwenkte mit dem Stuhl herum. »Ich kann dieses verdammte Buch nicht schreiben. Irgendetwas hält mich davon ab, und ich weiß nicht, was es ist. Vielleicht ist es Angst. Vielleicht weiß ich insgeheim, dass ich es nicht kann.« Sie runzelte die Stirn und schaute Stevie verzweifelt an.

»Du kannst es«, versicherte Stevie. »Es braucht nur Zeit. Alle sagen, der Anfang sei am schwersten. Irgendwann platzt der Knoten.« In der Woche vorher hatte Stevie ihr geholfen, sämtliche Kleiderschränke aufzuräumen, den Garten neu zu gestalten und die Garage zu entrümpeln. Am Vortag hatte sie die Badezimmerschränke aufgeräumt, statt an dem Buch zu arbeiten. Carole fand alle erdenklichen Ausreden und Entschuldigungen. Seit Monaten ging das jetzt so. »Vielleicht brauchst du eine Pause«, schlug Stevie vor, und Carole stöhnte erneut.

»Mein ganzes Leben ist eine Pause. Früher oder später muss ich wieder arbeiten. Mike dreht mir den Hals um, wenn ich noch ein einziges Drehbuch ablehne.«

Mike Appelsohn war Produzent und seit zweiunddreißig Jahren ihr Agent. Er hatte sie entdeckt, als sie gerade achtzehn wurde. Es schien Lichtjahre her zu sein, dass sie eine Farmerstochter aus Mississippi gewesen war, mit langem blonden Haar und großen grünen Augen. Auf seine Einladung hin war sie damals mehr aus Neugier nach Hollywood gekommen. Aber Mike Appelsohn hatte sie zu dem gemacht, was sie heute war. Er und die Tatsache, dass sie wirklich talentiert war. Ihr Leinwanddebüt hatte alle von den Stühlen gerissen. Der Rest war Geschichte. Ihre Geschichte. Sie war weltweit eine der berühmtesten Schauspielerinnen und erfolgreicher, als sie es sich je erträumt hatte. Warum also musste sie unbedingt ein Buch schreiben? Wieder und wieder stellte sie sich diese Frage. Aber

ebenso wie Stevie kannte sie die Antwort. Carole war auf der Suche nach einem Teil von sich, den sie lange verdrängt hatte. Aber jetzt wollte und musste sie ihn finden, oder sie würde den Rest des Lebens auf der Stelle treten.
Ihr letzter Geburtstag hatte ihr zu schaffen gemacht. Fünfzig zu werden, war für sie ein Markstein, insbesondere jetzt, wo sie allein war. Das konnte sie nicht leugnen. Sie hatte sich entschieden, alle Teile von sich zu einem Ganzen zu verweben, wie sie es noch nie zuvor getan hatte. Sie wollte, dass ihr Leben einen Sinn ergab, wenn vielleicht auch nicht für andere, so doch für sie selbst. Deshalb musste sie an den Anfang zurückkehren und mit sich ins Reine kommen.
So vieles war ihr zufällig widerfahren, vor allem in den ersten Jahren. Zumindest schien es so. Gutes und Schlechtes, aber vor allem Gutes. Was ihre Karriere anbelangte, aber auch mit ihren Kindern. Sie wollte nicht, dass ihr Leben ein einziger Zufall war. So oft waren ihre Entscheidungen nur Reaktionen auf die Umstände oder auf andere Menschen gewesen, jedoch nicht aus ihr heraus und aktiv gefällt. Und jetzt schien es ihr plötzlich wichtig zu wissen, ob sie die richtigen Entscheidungen getroffen hatte. Und dann? Immerzu fragte sie sich, was für einen Unterschied das machte. Die Vergangenheit konnte sie nicht ändern. Aber vielleicht würde sie für den Rest ihres Lebens einen anderen Weg einschlagen. Darauf kam es ihr an. Ohne Sean an ihrer Seite schien es wichtiger geworden zu sein, Entscheidungen zu treffen und nicht einfach nur abzuwarten, was passierte. Was wollte *sie?* Sie wollte ein Buch schreiben. Das war alles, was sie wusste. Danach würde sich der Rest vielleicht ergeben. Möglicherweise hatte sie dann ein besseres Gefühl dafür, welche Rollen sie annehmen, was sie in dieser Welt bewirken und für welche Ziele

sie sich einsetzen wollte. Wer sie für den Rest ihres Lebens sein wollte. Ihre Kinder waren erwachsen. Jetzt war sie an der Reihe.

Stevie verschwand kurz und kam mit einer Tasse Tee zurück. Koffeinfreier Vanilletee. Stevie bestellte ihn für Carole bei Mariage Frères in Paris. Carole war während ihrer Zeit in Paris geradezu süchtig danach geworden. Heute noch war es ihr Lieblingstee. Dankbar nahm sie die Tasse entgegen. Allein der Duft hatte jedes Mal etwas Tröstliches. Nachdenklich führte Carole die Tasse an die Lippen und nippte daran. »Vielleicht hast du recht«, sagte sie und sah die Frau an, die jetzt schon seit Jahren ihre Begleiterin war.

»Womit habe ich recht?«, fragte Stevie und ließ sich mit ihren langen Beinen auf dem bequemen Polstersessel nieder. Sie und Carole verbrachten viel Zeit in diesem Raum, schmiedeten Pläne und besprachen alles Mögliche. Carole war immer offen für Stevies Meinung. In den meisten Fällen war der Rat ihrer Assistentin stichhaltig und von unschätzbarem Wert. Umgekehrt war sie für Stevie nicht nur die Arbeitgeberin, sondern eine Art große Schwester mit mehr Lebenserfahrung. Die beiden Frauen waren in vielen Dingen einer Meinung und dachten ähnlich, vor allem in Bezug auf Männer.

»Vielleicht sollte ich verreisen.« Nicht, um vor dem Buch davonzulaufen, sondern um die Blockade zu überwinden. Als würde man eine Nuss knacken, die sich anders nicht öffnen ließ.

»Du könntest die Kinder besuchen«, schlug Stevie vor. Carole liebte es, zu ihrem Sohn und zu ihrer Tochter zu fahren, da die beiden nicht mehr allzu oft nach Hause kamen. Anthony konnte nur schlecht aus dem Büro fort. Aber wie viel er auch zu tun hatte, wenn Carole in New

York war, nahm er sich abends Zeit für sie. Und Chloe ließ sowieso alles dafür stehen und liegen, um mit ihrer Mutter durch London zu ziehen. Sie sog die Liebe und Zeit ihrer Mutter auf wie eine Blume den Regen.

»Das habe ich doch erst vor ein paar Wochen getan. Ich weiß nicht ... vielleicht sollte ich etwas ganz anderes tun ... irgendwohin fahren, wo ich noch nie gewesen bin ... nach Prag ... oder Rumänien ... Schweden ...« Es gab nicht mehr viele Orte auf diesem Planeten, die sie noch nicht besucht hatte. Sie hatte Vorträge auf Konferenzen in Indien, Pakistan und Peking gehalten, Staatsoberhäupter auf der ganzen Welt getroffen, mit UNICEF zusammengearbeitet und Reden vor dem US-Senat gehalten.

Stevie zögerte, das Naheliegende auszusprechen. Paris. Sie wusste, wie viel Carole diese Stadt bedeutete. Zweieinhalb Jahre lang hatte Carole dort gewohnt, trotzdem war sie nach dem Verkauf des Hauses nur einmal zurückgekehrt. Carole behauptete, es würde sie nichts mehr dorthin ziehen. Kurz nach ihrer Hochzeit mit Sean hatte sie ihn mit nach Paris genommen. Aber er mochte die Franzosen nicht und flog viel lieber nach London. Das war zehn Jahre her. Und in den fünf Jahren, bevor sie Sean kennenlernte, war sie nur ein einziges Mal dort gewesen, um das Haus nahe der Rue Jacob zu verkaufen. Stevie hatte Carole damals begleitet, um alles zu regeln. Carole war zu dem Zeitpunkt bereits wieder zurück nach L. A. gezogen und sagte, es mache keinen Sinn, das Haus zu behalten. Dennoch war ihr der Schritt schwergefallen, und bis auf ihre Reise mit Sean kehrte sie nie wieder dorthin zurück. Sie beide stiegen damals im Ritz ab, und er beschwerte sich die ganze Zeit. Er liebte England und Italien, aber für Frankreich hatte er nichts übrig.

»Vielleicht ist es an der Zeit, dass du nach Paris zurückgehst«, schlug Stevie vorsichtig vor. Sie wusste, dass die Geister der Vergangenheit dort lauerten, aber nach fünfzehn Jahren konnten sie Carole bestimmt nichts mehr anhaben. Nicht nach den acht Jahren mit Sean. Was auch immer damals in Paris passiert war, Caroles Wunden sollten allmählich verheilt sein.

»Ich weiß nicht.« Carole zögerte. »Im November regnet es dort viel.«

»Das schöne Wetter hier scheint dir nicht beim Schreiben zu helfen. Aber gut, dann fahr woanders hin, nach Wien ... Mailand ... Venedig ... Buenos Aires ... Mexiko City ... Hawaii. Vielleicht brauchst du eine Auszeit am Strand, und da hast du jede Menge Sonne.« Sie wussten beide, dass es nicht um das Wetter ging.

»Ich überlege es mir.« Carole seufzte und stand auf.

Sie war groß, nicht ganz so groß wie Stevie, aber ebenfalls hoch gewachsen, schlank, mit einer tollen Figur. Dass ihr jugendlicher Körper dem Alterungsprozess trotzte, war sicher auf ihre Gene zurückzuführen. Ihr Gesicht ließ sie viel jünger aussehen, als sie war, ohne dass Carole mit Schönheitschirurgie nachgeholfen hätte. Ihr glattes blondes Haar trug sie lang, oft zu einem Pferdeschwanz gebunden oder als Dutt hochgesteckt. Die Haarstylisten am Set hatten immer ihre helle Freude an dem blonden, seidigen Haar gehabt, schon seit Carole achtzehn war. Ihre grünen Augen waren groß, die Wangenknochen hoch, die Gesichtszüge fein und makellos. Sie hatte das Gesicht und die Figur eines Models. Und ihre Haltung zeugte von Selbstbewusstsein, sicherem Auftreten und Würde. Sie war nicht arrogant, sondern fühlte sich einfach nur wohl in ihrer Haut und bewegte sich mit der Eleganz einer Tänzerin. Das Studio, das sie damals als Erstes unter Vertrag nahm, hatte sie Ballettstunden nehmen lassen. Noch heute bewegte sie sich mit der dort antrainierten Grazie und perfekten Haltung. Sie benutzte so gut wie nie Make-up, und ihr schlichter Stil machte sie nur noch aparter. Stevie war vom ersten Augenblick an beeindruckt gewesen. Damals war Carole gerade mal fünfunddreißig, aber dass sie jetzt fünfzig sein sollte, war schier unglaublich. Sean hatte älter als sie ausgesehen. Er war ein attraktiver Mann gewesen, stämmig und glatzköpfig, aber mit Charisma. Carole hatte immer noch die gleiche Figur wie mit zwanzig. Zwar achtete sie darauf, was sie aß, und machte regelmäßig Sport, aber ihr fabelhaftes Aussehen war ihr in die Wiege gelegt worden.

»Ich erledige ein paar Besorgungen«, sagte sie wenige Minuten später zu Stevie. Sie hatte sich eine weiße Kaschmirjacke um die Schultern gelegt und trug eine beigefarbene Krokodilledertasche von Hermès. Carole hatte eine Vorliebe für schlichte, aber gute Kleidung, insbesondere von französischen Designern. Mit fünfzig erinnerte Carole an die zwanzigjährige Grace Kelly. Beide hatten die gleiche elegante, aristokratische Ungezwungenheit. Carole hatte jedoch nichts Strenges an sich, sondern eine warmherzige Ausstrahlung, und angesichts des Ruhms, den sie den Großteil ihres Lebens genossen hatte, war es erstaunlich, dass sie nie überheblich geworden war.

»Kann ich dir was abnehmen?«, bot Stevie an.

»Ja, schreib das Buch, während ich unterwegs bin. Morgen schicke ich es dann meiner Agentin.«

»Schon erledigt.« Stevie grinste. »Ich werde hier die Stellung halten, während du den Rodeo Drive unsicher machst.«

»Ich fahre *nicht* zum Rodeo Drive«, erklärte Carole. »Ich werde mir ein paar neue Stühle fürs Esszimmer ansehen. Es kann eine Verschönerung gebrauchen. Wenn ich darüber nachdenke, ich wohl auch, aber dafür bin ich zu feige. Ich möchte nicht eines Morgens aufwachen und aussehen wie jemand anderes. Schließlich habe ich fünfzig Jahre gebraucht, um mich an dieses Gesicht zu gewöhnen. Ich würde es nur ungern eintauschen.«

»Das brauchst du auch nicht«, versicherte Stevie.

»Danke, aber ich habe im Spiegel den Zahn der Zeit arbeiten gesehen.«

»Ich habe mehr Falten als du«, widersprach Stevie. Das stimmte sogar. Sie hatte empfindliche, blasse Haut, die zu ihrem größten Verdruss sehr anfällig für Alterserscheinungen war.

Fünf Minuten später fuhr Carole in ihrem sechs Jahre alten Kombi davon. Im Unterschied zu anderen Hollywood-Stars brauchte sie keinen Rolls oder Bentley. Der Kombi war für sie genau richtig. Ihr einziger Schmuck waren ein Paar Diamantohrstecker. Und als Sean noch lebte, trug sie einen schlichten goldenen Ehering, den sie erst diesen Sommer abgelegt hatte. Alles andere erschien ihr unnötig, und wenn sie einen Film promoten sollte, liehen die Produzenten Schmuck für sie aus. Das kostbarste Schmuckstück, das sie in ihrem Privatleben trug, war eine goldene Armbanduhr.

Zwei Stunden später war sie wieder zurück. Stevie saß in der Küche und aß ein Sandwich. Sie hatte ein kleines Büro, in das sie sich zurückziehen konnte, und ihre Hauptbeschwerde bestand darin, dass es sich zu nahe am Kühlschrank befand. Jeden Abend ging sie ins Fitnessstudio, um das abzutrainieren, was sie während der Arbeit gegessen hatte.

»Buch fertig?«, fragte Carole beim Reinkommen. Sie schien wesentlich bessere Laune zu haben als zuvor.

»Fast. Ich bin beim letzten Kapitel. Gib mir noch eine halbe Stunde, dann hab ich's. Wie sind die Stühle?«

»Passen nicht zum Tisch. Falsche Höhe. Es sei denn, ich kaufe auch einen neuen Tisch.« Carole suchte förmlich nach Projekten. Nichtstun war nicht ihr Stil. Nachdem sie ein Leben lang gearbeitet hatte und jetzt ohne Sean war, brauchte sie dringend eine Beschäftigung. »Ich habe mich entschieden, deinen Rat zu befolgen«, sagte Carole und setzte sich Stevie gegenüber an den Küchentisch.

»Welchen Rat?« Stevie konnte sich schon nicht mehr daran erinnern, was sie gesagt hatte.

»Zu verreisen. Ich muss einfach mal hier raus. Den Laptop nehme ich mit. Vielleicht kann ich mit frischer Kraft in das Buch einsteigen, wenn ich in irgendeinem Hotelzimmer sitze. Mir gefällt ja nicht einmal das, was ich bisher geschrieben habe.«

»Mir schon. Die ersten beiden Kapitel sind gut. Du musst lediglich darauf aufbauen und weitermachen. Als würdest du einen Berg besteigen. Schau nicht nach unten oder zurück, bis du den Gipfel erreicht hast.«

»Vielleicht. Aber in jedem Fall muss ich erst einen klaren Kopf bekommen.« Sie seufzte. »Buche mir für übermorgen einen Flug nach Paris. Hier habe ich momentan nichts zu tun, und Thanksgiving ist erst in dreieinhalb Wochen. Da kann ich genauso gut meinen Hintern in Bewegung setzen. Der Zeitpunkt ist ideal.« Sie hatte während der ganzen Rückfahrt darüber nachgedacht. Und seit sie sich dazu entschieden hatte, fühlte sie sich besser.

Stevie nickte und verkniff sich weitere Kommentare. Außerdem hielt sie es für gut, dass Carole von hier fort kam und an einen Ort flog, den sie liebte.

»Ich glaube, ich bin jetzt so weit, dass ich zurückkehren kann«, sagte Carole leise und mit nachdenklichem Blick. »Du kannst mir ein Zimmer im Ritz reservieren. Sean mochte es nicht, aber ich habe es immer geliebt.«

»Wie lange wirst du bleiben?«
»Keine Ahnung. Buch das Zimmer sicherheitshalber für zwei Wochen. Ich will Paris als Stützpunkt nutzen und von dort aus auf jeden Fall nach Prag reisen. Und in Budapest war ich auch noch nie. Ich werde ein bisschen durch Paris spazieren und abwarten, wozu ich Lust bekomme. Vielleicht inspiriert es mich ja, etwas Neues zu sehen. Und wenn ich früher wieder nach Hause will, ist das auch kein Problem. Auf dem Rückweg werde ich ein paar Tage in London bleiben, um Chloe zu sehen. Dann ist bald Thanksgiving, und vielleicht möchte sie mit mir gemeinsam zurückfliegen.«
Stevie lächelte und notierte sich rasch ein paar Punkte. »Es wird schön sein, Paris wiederzusehen«, fuhr Carole fort. »Ich war so lange nicht mehr da. Nur kurz mit Sean, und einmal mit dir, um das Haus zu verkaufen.« Plötzlich wurde sie verlegen. Sie hatte gar nicht darüber nachgedacht, ob Stevie vielleicht gern mitkäme.
»Du weißt, wie gern ich dich dabeihabe«, fügte sie schnell hinzu. »Aber das hier muss ich allein hinter mich bringen. Wenn du dabei bist, würde ich die ganze Zeit mit dir reden. Ich bin auf der Suche und weiß nicht einmal, wonach. Vermutlich nach mir selbst.« Sie war fest davon überzeugt, dass die Antworten zu ihrer Zukunft und dem Buch in ihrer Vergangenheit lagen.
Stevie lächelte ihre Arbeitgeberin überrascht an. »Das ist gut. Ich mache mir nur ein bisschen Sorgen, wenn du allein unterwegs bist.« Carole war darin nicht sehr geübt.
»Ich mir auch«, gestand Carole. »Weil ich unglaublich faul bin. Du hast mich verwöhnt. Ich hasse es, mich mit Portieren herumzuschlagen und mir selbst einen Tee zu bestellen. Aber vielleicht tut mir gerade das ganz gut. Und wie hart kann das Leben im Ritz schon sein?«

»Und wenn du nach Osteuropa fliegst? Möchtest du, dass dich jemand begleitet? Ich könnte über den Sicherheitsdienst vom Ritz jemanden für dich engagieren.« Im Laufe der Jahre war Carole hin und wieder bedroht worden, in letzter Zeit allerdings nicht mehr. In nahezu jedem Land erkannten die Menschen sie. Und selbst wenn nicht – sie war eine wunderschöne Frau, die allein reiste. Und wenn sie nun krank wurde? Carole brachte stets die Mutter in Stevie zum Vorschein. Stevie liebte es, Carole zu beschützen und auf sie achtzugeben. Es war ihre Mission im Leben und im Job.

»Ich brauche keinen Leibwächter. Ich komme allein zurecht. Wie Katherine Hepburn zu sagen pflegte: ›Immer schön nach unten schauen und Blickkontakt vermeiden.‹« Sobald sich Carole daran hielt, erkannten die Menschen sie weitaus seltener. Dieser alte Hollywood-Trick funktionierte erstaunlich gut.

»Solltest du deine Meinung ändern, kann ich jederzeit kommen«, bot Stevie an, und Carole lächelte. Sie wusste genau, dass es ihrer Assistentin nicht um die Reise ging. Stevie war ehrlich besorgt, und das rührte Carole. Wie immer versuchte Stevie, vermeintliche Probleme bereits im Vorfeld auszuräumen.

»Ich verspreche anzurufen, falls ich in Schwierigkeiten gerate, mich einsam fühle oder durchdrehe«, versicherte Carole. »Wer weiß, vielleicht bin ich ja schon nach ein paar Tagen wieder hier. Es ist schön, einfach loszufahren, ohne feste Pläne und Termine zu haben.« So oft hatte sie irgendwo hinfliegen müssen, um einen Film zu drehen oder zu bewerben. Dass sie nur zu ihrem Vergnügen verreiste, kam selten vor, und deshalb hielt Stevie es auch für eine gute Idee.

»Ich werde mein Handy nie ausschalten. Du kannst mich

jederzeit erreichen, auch nachts und beim Sport. Falls nötig, steige ich ins nächste Flugzeug«, versprach Stevie. Carole dachte nicht im Traum daran, Stevie nachts anzurufen. In all den Jahren hatten sie beide gewisse Grenzen gewahrt. Dazu gehörte auch, das Privatleben der anderen zu respektieren – ein Grund, warum ihre Zusammenarbeit schon so lange gut funktionierte. »Ich werde die Fluggesellschaft und das Ritz anrufen«, sagte Stevie, aß ihr Sandwich auf und ging dann zur Spülmaschine, um den Teller wegzuräumen. Carole hatte schon vor längerer Zeit ihr Hauspersonal auf eine Haushälterin reduziert, die fünf Mal in der Woche vormittags kam. Ohne Sean und die Kinder brauchte sie nicht mehr viel Personal. Sie hatte auch keine Köchin mehr, sondern brutzelte sich selbst etwas. Und sie saß lieber persönlich am Steuer ihres Wagens, statt sich von einem Chauffeur herumkutschieren zu lassen. Carole genoss es, ein möglichst normales Leben ohne Starallüren zu führen.

»Dann fange ich mal an zu packen«, sagte sie und ging aus der Küche. Zwei Stunden später war sie fertig. Sie wollte nicht viel mitnehmen. Ein paar leichte Hosen, Jeans, einen Rock, Pullover, bequeme Schuhe, in denen sie gut laufen konnte, und ein Paar Highheels. Dazu einen Blazer, einen Trenchcoat und ihren warmen Wollmantel mit Kapuze für den Flug. Am wichtigsten war ihr Laptop. Viel mehr brauchte sie nicht, und selbst den Laptop würde sie möglicherweise gar nicht nutzen, wenn ihr auf der Reise nichts einfiel.

Sie war gerade dabei, den Koffer zu schließen, als Stevie ins Schlafzimmer kam und erzählte, dass die Reservierungen erledigt seien. Der Flug ging übermorgen, und das Ritz hatte eine Suite mit Blick auf den Place Vendôme für sie. Stevie wollte sie zum Fughafen bringen. Carole war bereit für ihre Odyssee. Alle weiteren Buchungen konnte sie von Europa aus vornehmen. Allmählich wurde Carole von Reisefieber gepackt. Es würde wunderbar sein, nach all den Jahren nach Paris zurückzukehren!

Sie wollte in jedem Fall an ihrem ehemaligen Haus nahe der Rue Jacob auf dem linken Seineufer vorbeigehen. Zweieinhalb Jahre hatte sie dort gelebt. Es schien eine Ewigkeit her zu sein. Als sie aus Paris wegging, war sie jünger als Stevie heute. Anthony war damals elf gewesen und begeistert, in die Staaten zurückzukehren. Chloe war sieben und traurig, Paris und ihre Freunde verlassen zu müssen. Sie hatte perfekt Französisch gesprochen. Carole hatte die beiden bei Dreharbeiten zum ersten Mal dorthin mitgenommen. Acht Monate lang hatte sie in Paris gedreht, und danach war Carole mit den Kindern noch zwei Jahre geblieben. Damals war es ihr lange vorgekommen, insbesondere wenn man so jung war wie die Kinder. Und jetzt kehrte sie auf einer Art Pilgerfahrt zurück. Sie hatte nicht die geringste Ahnung, was sie dort erwartete und wie es sich für sie anfühlen würde. Aber sie war bereit dazu. Sie konnte es kaum erwarten, endlich loszufahren. Ihr war klargeworden, dass dies ein wichtiger Schritt für die Arbeit an ihrem Buch war. An diesen Ort zurückzukehren würde sie vielleicht befreien und die Türen öffnen, die sie so fest verschlossen hielt. Das hoffte Carole zumindest.

Allein das Wissen um die bevorstehende Reise genügte, damit Carole an diesem Abend schreiben konnte. Nachdem Stevie gegangen war, saß Carole noch Stunden an ihrem Computer und arbeitete bereits wieder, als Stevie am nächsten Morgen kam.

Carole diktierte ihr ein paar Briefe, bezahlte Rechnungen und gab Bestellungen auf. Als sie am darauffolgenden Tag zum Flughafen aufbrachen, hatte Carole alles Wichtige erledigt. Unterwegs plauderte sie angeregt mit Stevie und gab ihr letzte Instruktionen, was sie dem Gärtner sagen sollte und welche Bestellungen während ihrer Abwesenheit eintreffen würden.

»Was soll ich den Kindern sagen, wenn sie anrufen?«, fragte Stevie, als sie am Flughafen Caroles Koffer aus dem Wagen holte. Carole reiste mit leichtem Gepäck, das sie ohne weiteres allein bewältigen konnte.

»Sag ihnen einfach, ich sei unterwegs«, antwortete Carole spontan.

»In Paris?« Stevie war stets diskret und erzählte selbst den Kindern nur das, was Carole ihr aufgetragen hatte.

»Kannst du ruhig sagen. Es ist kein Geheimnis. Wenn ich das nächste Mal mit ihnen telefoniere, erzähle ich es wahrscheinlich selbst. Chloe wollte ich sowieso anrufen, wegen meines Besuchs auf dem Rückweg. Aber zuerst will ich abwarten, wie sich alles entwickelt.«

»Vergiss nicht, mich ständig auf dem Laufenden zu halten«, mahnte Stevie. »Ich mache mir Sorgen um dich.« Stevie kannte Caroles verletzliche Seiten, die andere nie zu Gesicht bekamen. Nach außen gab sich Carole immer ruhig und stark, aber unter der Oberfläche sah es oft ganz anders aus.

»Sobald ich im Ritz eingetroffen bin, schicke ich dir eine E-Mail. Mach dir keine Gedanken, wenn du danach nichts mehr von mir hörst. Falls ich nach Prag, Wien oder sonstwohin fliege, lasse ich meinen Computer vielleicht in Paris. Die Veränderung könnte mir guttun. Falls ich Hilfe brauche, rufe ich an.«

»Das rate ich dir. Viel Spaß.« Stevie umarmte Carole zum Abschied.

»Pass auf dich auf, und genieß deine Auszeit«, sagte Carole lächelnd, während ein Flughafenangestellter am First-Class-Schalter ihre Tasche nahm und sie eincheckte. Er musste zweimal hinsehen. Als er sie dann erkannte, begann er zu strahlen.

»Guten Tag, Miss Barber.« Er war sichtlich begeistert, ihr persönlich zu begegnen.

»Guten Tag.« Sie lächelte zurück.

»Sie fliegen nach Paris?«, fragte er und konnte kaum den Blick von ihr wenden. Sie war so schön wie auf der Leinwand, und dazu noch freundlich, warmherzig und real!

»Ja, richtig.« Allein darüber zu reden fühlte sich gut an. Als würde Paris auf sie warten. Sie winkte Stevie ein letztes Mal zu und verschwand in Jeans und ihrem dunkelgrauen Mantel in Richtung Sicherheitscheck. Unterwegs setzte sie eine dunkle Sonnenbrille auf. Das blonde Haar hatte sie straff zu einem Pferdeschwanz gebunden. Niemand erkannte sie mehr. Sie war nur eine Reisende zwischen anderen, auf dem Weg zu ihrem Flugzeug. Sie flog mit Air France. Selbst nach fünfzehn Jahren war ihr Französisch nicht völlig eingerostet. Im Flugzeug konnte sie damit anfangen, es aufzufrischen.

Die Maschine startete pünktlich vom Flughafen in Los Angeles. Carole las ein Buch, das sie sich für unterwegs eingepackt hatte. Nach der Hälfte der Strecke schlief sie ein und wurde wie vereinbart vierzig Minuten vor der Ankunft von der Stewardess geweckt. Dadurch blieb ihr genügend Zeit, sich ein bisschen frisch zu machen und eine Tasse Vanilletee zu trinken. Beim Landeanflug schaute sie durch das Fenster. Es war ein regnerischer Novembertag in Paris, und beim Anblick dieser Stadt machte ihr Herz vor Freude einen Satz. Sie reiste zurück in die Vergangenheit, und selbst nach all den Jahren fühlte es sich an, als würde sie nach Hause kommen.

2

Die Suite war so schön, wie sie gehofft hatte. Die Stoffe waren aus Seide oder Satin, das gesamte Interieur in Blassblau und gedämpften Goldtönen gehalten. Es gab ein Wohnzimmer und ein Schlafzimmer. Carole stellte ihren Laptop auf dem Louis-Quinze-Schreibtisch ab und schloss ihn an. Dann schickte sie eine E-Mail an Stevie. Sie nutzte die Zeit, während sie auf Croissants und eine Kanne heißes Wasser wartete, um den Vanilletee zuzubereiten. Sicherheitshalber hatte sie einen Drei-Wochen-Vorrat dabei. Im Grunde trug sie Eulen nach Athen, da sie diesen Tee aus Paris bezog. Aber so musste sie sich nicht damit aufhalten, erst einkaufen zu gehen. Das war Stevies Idee gewesen.

Sie schrieb, dass sie gut angekommen und die Suite wunderschön sei und dass es in Paris regne. Dann erwähnte sie noch, dass sie ihren Computer jetzt ausschalten und sich vorerst nicht mehr melden würde. Wenn nötig, würde sie Stevie auf dem Handy anrufen. Sie überlegte kurz, ihre Kinder anzurufen, entschied sich dann jedoch dagegen. Es blieb noch Zeit genug, den beiden davon zu erzählen. Wahrscheinlich fanden sie es ohnehin sonderbar oder machten sich Sorgen, dass ihre Mutter allein durch Europa spazierte. Immerhin war sie ein wohlhabender und bekannter Star – was Carole gern ignorierte.

Ein Etagenkellner in Livree brachte die Croissants und das Teewasser. Er stellte das Silbertablett auf den Couchtisch, auf dem bereits eine Auswahl an Gebäck, eine

Schachtel Pralinen, eine Schale mit Obst und eine Flasche Champagner mit Grüßen vom Hotelmanager standen. Man kümmerte sich wirklich gut um sie. Carole hatte das Ritz schon immer geliebt. Nichts hatte sich hier verändert. Sie stand an der Balkontür und betrachtete den Place Vendôme bei Regen. Ihr Flugzeug war am Morgen um elf Uhr Ortszeit gelandet. Carole hatte rasch den Zoll passiert und war um halb eins im Hotel gewesen. Jetzt war es eins. Sie hatte den ganzen Nachmittag vor sich, um draußen herumzulaufen und vertraute Plätze aufzusuchen. Noch immer hatte sie keinen blassen Schimmer, wohin sie von hier aus reisen würde, aber für den Augenblick war sie glücklich. Vielleicht würde sie gar nicht weiterfliegen, sondern die ganze Zeit hierbleiben und ihren Aufenthalt in Paris genießen. Besser konnte es ohnehin nicht werden. In ihren Augen war Paris die schönste Stadt der Welt.

Sie packte das wenige aus, was sie mitgenommen hatte, und hängte die Kleidungsstücke in den Schrank. Dann nahm sie in der überdimensionalen Wanne ein heißes Bad und wickelte sich in die flauschigen rosa Badetücher. Anschließend zog sie sich warm an. Um halb drei spazierte sie mit einer Hand voll Euros in der Tasche durch die Lobby. Den Schlüssel gab sie an der Rezeption ab. Durch den schweren Messinganhänger war er zu sperrig, um ihn mitzunehmen. Und Carole hatte nie eine Handtasche dabei, wenn sie loszog. Das war ihr zu lästig. Sie setzte die Kapuze auf und durchquerte mit gesenktem Kopf die Lobby. Rasch schlüpfte sie durch die Drehtür und setzte draußen sofort ihre Sonnenbrille auf. Die Tropfen hatten sich mittlerweile in feinen Sprühnebel verwandelt, den sie zart auf der Haut fühlte. Sie schritt die Eingangsstufen vor dem Ritz hinab und trat auf den Place Vendôme. Niemand beachtete sie. Carole war eine namenlose Spaziergängerin in Paris, nicht mehr und nicht weniger. Sie steuerte auf den Place de la Concorde zu und wollte von dort aus zum linken Seineufer. Es war ein ziemlich langer Spaziergang, aber sie hatte sich darauf eingestellt. Zum ersten Mal seit vielen Jahren konnte sie in Paris tun und lassen, was sie wollte. Sie musste sich weder Seans Gejammer anhören noch ihre Kinder beschäftigen. Sie brauchte es niemandem recht zu machen. Hierherzukommen war die beste Entscheidung gewesen, die sie treffen konnte. Nicht einmal der Novemberregen verleidete es ihr. Der schwere Mantel hielt sie warm, und in den Schuhen mit Gummisohlen bekam sie keine nassen Füße. Sie blickte hoch zum Himmel, holte tief Luft und lächelte. Es gab keine aufregendere Stadt als Paris, gleichgültig bei welchem Wetter. Nirgendwo war der Himmel so schön wie hier, das hatte sie immer schon gedacht. Jetzt hing er wie eine glänzende graue Perle über den Hausdächern.

Sie ging am Hotel Crillon vorbei auf den Place de la Concorde mit den Brunnen und Statuen, an denen der Verkehr vorbeirauschte. Carole blieb lange stehen und sog die Seele dieser Stadt in sich auf. Die Hände tief in den Manteltaschen vergraben, ging sie dann weiter in Richtung des linken Seineufers. Sie war froh, die Handtasche im Hotel gelassen zu haben. Alles, was sie brauchte, war genug Geld, um sich zurück ein Taxi zu nehmen, falls sie sich zu weit vom Hotel entfernte oder zu müde war, um den ganzen Weg zurückzulaufen.

Carole liebte es, durch Paris zu spazieren. Das hatte sie oft getan, als die Kinder noch klein waren. Sie war mit ihnen überall gewesen, bei sämtlichen Sehenswürdigleiten, in den Museen, zum Spielen im Bois de Bologne, dem Jardin des Tuileries und dem Parc de Bagatelle. Sie hatten die Jahre hier genossen, obwohl sich Chloe kaum noch daran erinnerte und Anthony damals froh war, wieder nach Hause zurückzukehren. Er vermisste Baseball, Hamburger, Milchshakes, das amerikanische Fernsehen und den Superbowl. Carole hatte ihn nie davon überzeugen können, dass das Leben in Paris weitaus aufregender war. Sie hatten alle drei Französisch gelernt. Anthony beherrschte es noch ein bisschen, Chloe gar nicht mehr, und sie selbst hatte im Flugzeug erfreut feststellt, dass sie nicht alles verlernt hatte. Damals hatte es zu ihrem Alltag gehört, und sie konnte es zum Schluss fließend. Das vermochte sie nicht mehr, aber es klappte noch ganz gut, mit den bei Amerikanern typischen Verwechslungen von *le* und *la*. Jemand, der nicht mit dieser Sprache aufgewachsen war, schaffte es nur schwer, fehlerfrei zu sprechen. Aber als sie hier lebte, war sie dem ziemlich nahe gekommen und hatte ihre französischen Freunde damit beeindruckt.

Über die Pont Alexandre III ging sie hinüber zum linken Seineufer in Richtung Invalidendom. Sie spazierte die Quais entlang, vorbei an den Antiquitätenhändlern, an die sie sich gut erinnerte. Dann ging sie die Rue Saint Pères hinunter und bog in die Rue Jacob. Carole war hierher zurückgekehrt wie eine Brieftaube, die nach Hause flog. Während der ersten acht Monate in Paris hatte das Filmstudio für sie ein Apartment gemietet. Aber es war zu klein und beengt für sie, beide Kinder, eine Assistentin und eine Nanny. Schließlich waren sie vorübergehend ins Hotel gezogen. Carole hatte die Kinder in einer amerikanischen Schule angemeldet, und nachdem der Film abgedreht war, entschied sie sich, in Paris zu bleiben. Kurz darauf entdeckte sie dieses Haus. Es war ein echtes Juwel mit viel Charme und einem hübschen kleinen Garten. Die Zimmer der Kinder und der Nanny lagen im Obergeschoss, mit ovalen Fenstern und einem Mansardendach.

Die Zimmer eine Etage tiefer hätten sogar Marie Antoinette alle Ehre gemacht. Sie waren groß, besaßen hohe Decken, holzvertäfelte Wände und bodentiefe Fenster mit Blick auf den Garten. Überall lagen noch die Originalböden. Der Kamin aus rosafarbenem Marmor war noch funktionstüchtig. Neben ihrem Schlafzimmer hatte Ca-role ein Ankleidezimmer, ein Arbeitszimmer und ein Bad mit riesiger Wanne, in der sie gemeinsam mit Chloe badete oder sich allein entspannte. Im Erdgeschoss gab es ein großes Wohnzimmer, ein Esszimmer, eine Küche und einen Zugang zum Garten. Im Frühling und Sommer hatten sie meistens draußen gegessen. Das Haus war im 18. Jahrhundert für eine Kurtisane gebaut worden. Carole hatte nie seine ganze Geschichte erfahren, aber man konnte sich leicht vorstellen, wie romantisch sie gewesen sein musste.

Das Tor zum Innenhof war offen, und Carole trat ein. Sie blieb stehen und schaute hoch zu ihrem ehemaligen Schlafzimmerfenster. Wer mochte jetzt dort wohnen?, fragte sie sich. Ob die Menschen in diesem Haus wohl glücklich waren? Sie selbst war zwei Jahre lang in diesem Haus glücklich gewesen, bis dann das traurige Ende kam. Schweren Herzens hatte sie Paris damals verlassen. Allein der Gedanke ließ sie die ganze Qual wieder spüren. Als würde sie die Türen öffnen, die sie lange verschlossen gehalten hatte. Sie erinnerte sich an Gerüche und Geräusche. An die Begeisterung der Kinder und das Glück, sich ein neues Leben aufzubauen. Und dann gingen sie Hals über Kopf zurück in die Staaten. Es war eine schwere Entscheidung gewesen und eine traurige dazu. Noch immer fragte sie sich, ob sie damals richtig gehandelt hatte. Alles wäre anders verlaufen, wenn sie geblieben wären. Aber als sie jetzt hier stand, spürte sie, das Richtige getan zu haben, zumindest für ihre

Kinder. Und vielleicht auch für sie selbst. Selbst nach fünfzehn Jahren war das nicht leicht zu sagen.
Deshalb war sie hergekommen, das wurde ihr erneut bewusst. Sie wollte herausfinden, ob ihre Entscheidung richtig gewesen war. Wenn sie das erst einmal wusste, würde sie auch die Antworten für ihr Buch kennen. Sie reiste auf dem Weg ihres Lebens zurück. Wenn das Buch auch Fiktion war, so musste sie dennoch erst die Wahrheit wissen, bevor sie eine Geschichte entwickeln konnte. Ihr war klar, dass sie den Antworten sehr lange aus dem Weg gegangen war, aber jetzt fühlte sie sich mutig genug, ihnen entgegenzutreten.
Mit gesenktem Kopf verließ sie den Innenhof und stieß dabei mit einem Mann zusammen, der gerade durch das Tor trat. Er sah sie überrascht an, und sie entschuldigte sich auf Französisch. Er nickte und ging weiter.
Carole spazierte noch eine Weile am Seineufer entlang und betrachtete die Auslagen der Antiquitätenhändler. An einer kleinen Bäckerei, zu der sie oft mit den Kindern gegangen war, machte sie Halt, kaufte sich Macarons und knabberte unterwegs daran. Diese Gegend war für sie voller bittersüßer Erinnerungen, die sie wie eine Welle bei hohem Seegang überspülten. Aber es fühlte sich nicht durchweg schlecht an. So vieles ging ihr durch den Kopf, und plötzlich wollte sie nur noch schnell ins Hotel zurück, um zu schreiben. Auf einmal wusste sie, welche Richtung das Buch nehmen und wo sie anfangen musste. Sie würde den bisherigen Anfang umschreiben. Während sie darüber nachdachte, winkte sie ein Taxi heran. Fast drei Stunden war sie jetzt umhergelaufen, und es wurde bereits dunkel.
Sie nannte dem Fahrer die Adresse, und sie fuhren los. Carole saß im Fond des Wagens und dachte über ihr altes

Haus nach und über all das, was sie bei dem Spaziergang an diesem Nachmittag gesehen hatte. Seit ihrer Abreise vor vielen Jahren war es das erste Mal, dass sie wieder durch Paris lief und es sich gestattete, über die Vergangenheit nachzudenken. Ihr Besuch mit Sean in dieser Stadt war etwas ganz anderes gewesen, und als sie mit Stevie herkam, um das Haus aufzulösen, war sie wie unter einer Lawine der Trauer verschüttet gewesen. Sie hatte es gehasst, das Haus zu verkaufen, aber es zu behalten machte absolut keinen Sinn. Los Angeles war zu weit weg, und sie drehte dort einen Film nach dem anderen. Es gab auch keinen Grund mehr, nach Paris zurückzukehren. Aber jetzt war sie hier. Und die Erinnerungen ängstigten sie nicht mehr. Dadurch, dass sie Sean verloren hatte, konnte sie sich anderen Verlusten in ihrem Leben stellen. Das hatte Sean sie gelehrt.
Als das Taxi in den Tunnel vor dem Louvre fuhr, war Carole ganz in Gedanken vertieft. Mitten im Tunnel blieben sie im dichten Verkehr stecken. Aber das machte ihr nichts aus. Carole hatte keine Eile. Außerdem war sie müde vom langen Flug, dem Zeitunterschied und dem ausgiebigen Spaziergang. Sie wollte in ihrem Zimmer früh zu Abend essen und dann noch ein bisschen an dem Buch arbeiten, bevor sie schlafen ging. In dem Tunnel ging es kaum voran. Sie steckten mitten im Feierabendverkehr. Um diese Uhrzeit war auf den Straßen die Hölle los. Sie schaute in den Wagen neben sich, in dem vorn zwei junge Männer saßen. Sie lachten und hupten das Auto vor sich an. Dort steckte ein Mann den Kopf aus dem Fenster und winkte zurück. Sie hatten viel Spaß und lachten hysterisch über etwas, so dass auch Carole lächeln musste. Sie hatten dunkle Haut und sahen aus wie Nordafrikaner. Auf der Rückbank hockte ein Junge von vielleicht achtzehn oder

neunzehn Jahren. Er lachte nicht mit, sondern wirkte nervös. Caroles und sein Blick begegneten sich für einen langen Moment. Fast schien es, als hätte er Angst. Caroles Taxi stand immer noch, aber die Fahrzeuge auf der Spur neben ihr setzten sich langsam in Bewegung. Die jungen Männer auf den Vordersitzen lachten immer noch. Als sie langsam anfuhren, sprang der Junge vom Rücksitz plötzlich aus dem Wagen und lief los. Neugierig sah Carole, wie er zum Ende des Tunnels rannte und verschwand. In dem Moment, als sie ihn aus den Augen verlor, gab es weiter vorn einen Knall wie bei einer Fehlzündung. Fast im selben Moment verwandelte sich der Wagen mit den beiden jungen Männern in einen Feuerball. Eine Reihe von Explosionen hallte durch den Tunnel, und Carole sah eine riesige Feuerwand auf sich zukommen. Ihr Verstand sagte ihr, sie solle um ihr Leben laufen, und sie riss die Tür auf. Aber sie war kaum ausgestiegen, da wurde sie von einer Druckwelle erfasst und durch die Luft geschleudert. Um sie herum loderten Flammen. Der Wagen, in dem sie gerade noch gesessen hatte, existierte nicht mehr. Menschen schrien, Autos explodierten. Und dann wurde es langsam dunkel um sie herum.

3

Draußen vor dem Tunnel standen seit Stunden Dutzende von Einsatzwagen: die französische Polizei und Sondereinsatzkommandos, die in Kampfanzügen samt Schutzschild und Helm mit Maschinengewehren umherliefen. Die Straße war komplett abgeriegelt worden. Krankenwagen, Notarzteinsatzfahrzeuge und unzählige Rettungssanitäter waren vor Ort. Die Polizisten hielten Schaulustige und Passanten fern, während Sprengstoffexperten nach weiteren Bomben suchten, die nicht explodiert waren. Im Innern des Tunnels tobte ein Inferno. Immer noch gingen Autos in die Luft, und es war beinahe unmöglich, die Verletzten herauszuholen. Der Boden war mit menschlichen Körpern übersät. Überlebende stöhnten, und die, die noch gehen oder kriechen konnten, schleppten sich in Richtung Ausgang. Viele hatten verbrannte Haare und nur noch Kleidungsfetzen am Körper. Immer neue Rettungsteams trafen ein, versuchten verzweifelt, Herr der Lage zu werden. Überlebende wurden befragt. Die meisten standen unter Schock. Bisher hatte sich keine der bekannten Terrorgruppen zu dem Anschlag bekannt. Aber nach dem, was die Überlebenden aussagten, war im Innern des Tunnels eine Bombe explodiert, wenn nicht gar mehrere.

Es war schon weit nach Mitternacht, als Polizei und Feuerwehrleute der Presse mitteilten, dass sie wahrscheinlich alle Überlebenden geborgen hatten. Noch immer waren Menschen in Fahrzeugen eingeklemmt oder unter Schutt

begraben. Aber es würde Stunden dauern, bis sie das Feuer so weit unter Kontrolle hätten, dass sie auch den letzten Leichnam bergen konnten. Zwei Feuerwehrmänner hatten in dem Inferno ihr Leben verloren. Als sie versuchten, Eingeschlossene zu befreien, explodierte in ihrer Nähe ein weiteres Auto. Etliche der Rettungskräfte hatten Rauchvergiftungen und Verbrennungen erlitten, dazu zählten auch die Sanitäter, die versucht hatten, Verletzten direkt vor Ort zu helfen, bevor sie hinausgebracht werden konnten. Frauen, Kinder und Männer waren ums Leben gekommen. Was sich hier zugetragen hatte, übertraf jedes Vorstellungsvermögen. Viele der lebend Geborgenen waren bewusstlos und direkt in umliegende Krankenhäuser gebracht worden. Zwei Spezialkliniken für Verbrennungen waren bereits überfüllt, so dass Menschen mit nicht lebensgefährlichen Verbrennungen in ein darauf spezialisiertes Krankenhaus an den Stadtrand von Paris transportiert wurden. Der Rettungseinsatz war beeindruckend gut organisiert, wie ein Nachrichtensprecher hervorhob. Aber angesichts des Ausmaßes dieser Katastrophe waren die Möglichkeiten schlichtweg beschränkt. Die gezündeten Bomben waren von solcher Explosionskraft gewesen, dass sie ganze Stücke aus den Wänden des Tunnels herausgerissen hatten. Wenn man die immer noch lodernden Flammen und den dichten schwarzen Rauch sah, der aus dem Tunnel herausquoll, war kaum vorstellbar, dass überhaupt jemand dieses Inferno überlebt hatte.
Carole war durch die Wucht der ersten Explosion in eine kleine Nische in der Tunnelwand geschleudert worden. Das war ihr großes Glück. So wurde sie nicht von den Flammen überrollt und gehörte zu den Ersten, die von Feuerwehrwehrmännern hinausgetragen wurden. Sie hatte eine tiefe Schnittwunde in der Wange, einen gebroche-

nen Arm, Verbrennungen an beiden Armen und im Gesicht und eine schwere Kopfverletzung. Bewusstlos wurde sie auf einer Trage zum Notarztwagen gebracht. Nach einer raschen Beurteilung der Schwere ihrer Verletzungen wurde sie intubiert und in die Klinik La Pitié Salpêtrière gefahren. Dort lieferte man die schwersten Fälle ein. Ihre Verbrennungen waren nicht so schlimm wie die vieler anderer, aber ihre Kopfverletzung war lebensbedrohlich. Ihre Personalien konnten nicht festgestellt werden, da sie keine Papiere bei sich hatte. Die lagen auf dem Schreibtisch im Hotel, und da sie nicht einmal den Zimmerschlüssel mitgenommen hatte, war sie das namenlose Opfer eines Terroranschlags in Paris. Als Carole in die Notaufnahme geschoben wurde, hing ihr Leben an einem seidenen Faden. Ein Team von Ärzten stand bereit. Die zwei Ambulanzen, die vor ihnen eingetroffen waren, hatten nur noch Tote einliefern können.
Die diensthabende Ärztin in der Notaufnahme wirkte wenig zuversichtlich, nachdem sie Carole untersucht hatte. Die Schnittwunde im Gesicht war zwar übel, aber nicht bedrohlich. Auch der gebrochene Arm musste warten, bis er von dem herbeigerufenen Orthopäden geschient wurde. Ihre Verbrennungen waren zweiten Grades. Ernsthaft Sorgen bereitete ihr die Kopfverletzung. Sofort wurde eine Computertomografie des Schädels angeordnet. Bevor sie jedoch damit beginnen konnten, setzte plötzlich Caroles Herz aus. Sie konnte zwar reanimiert werden, aber ihr Kreislauf drohte jeden Moment zusammenzubrechen. Während ein Neurochirurg Carole untersuchte, wurden weitere Verletzte eingeliefert. Endlich konnte auch das CT gemacht werden. Der Chirurg entschied, mit einer Operation noch zu warten. Caroles Zustand war nicht stabil genug, und sie hätte den Eingriff wahrscheinlich nicht über-

lebt. Ihre Verbrennungen wurden behandelt und der Arm geschient. Erst gegen Morgen wurde es in der Notaufnahme etwas ruhiger. Der Neurochirurg untersuchte Carole ein zweites Mal. Die Schwellung des Gehirns bereitete ihnen Sorgen. Bislang konnte niemand sagen, ob sie überlebte, und wenn ja, ob dauerhafte Schäden zurückblieben.

»Ist ihre Familie hier?«, fragte der Neurochirurg mit düsterer Miene. Die Angehörigen wollten vermutlich, dass sie die Sterbesakramente empfing. Bei den meisten der hier nach dem Anschlag eingelieferten Opfer war das der Fall.

»Nein. Wir konnten niemanden verständigen. Sie hatte keine Papiere bei sich«, erklärte ihm die diensthabende Ärztin der Notaufnahme. Er nickte. In dieser Nacht gab es einige nicht identifizierte Opfer. Aber früher oder später suchten Verwandte und Freunde nach ihnen, und sie wurden erkannt. Momentan spielte das keine Rolle. Alle Verletzten erhielten die bestmögliche Versorgung. Drei Kinder hatten in dieser Nacht bereits sterben müssen. Sie hatten schlimmste Verbrennungen erlitten. Der Neurochirurg versprach, in einer Stunde wieder nach Carole zu sehen. Sie blieb unter ständiger Beobachtung, angeschlossen an lebenserhaltende Maschinen. Noch immer schwebte sie zwischen Leben und Tod.

Am Mittag legte sich der Neurochirurg im Arztzimmer auf eine Liege, um ein bisschen zu schlafen. Sie behandelten hier zweiundvierzig Opfer des Bombenanschlags. Laut Polizeiangaben waren insgesamt achtundneunzig Menschen verletzt und mindestens einundsiebzig ums Leben gekommen. Aber noch immer waren nicht alle Opfer aus dem Tunnel herausgeholt. Es war eine lange, schreckliche Nacht gewesen.

Als der Arzt vier Stunden später nach Carole sah, war ihr Zustand unverändert. Allerdings ergab ein zweites CT,

dass die Gehirnschwellung nicht weiter zugenommen hatte. Das ließ zumindest hoffen. Sie war offenbar auf den Hinterkopf aufgeschlagen und litt unter einem Schädel-Hirn-Trauma. Auch wenn sie ohne körperliche Folgeerscheinungen davonkam, konnte es dennoch sein, dass sie unter Gedächtnisverlust leiden würde.

Die Schnittwunde in der Wange war genäht worden. Der Neurochirurg sagte zu dem Arzt, der sie gerade untersuchte, dass sie eine bemerkenswert schöne Frau sei. Er war sicher, ihr noch nie begegnet zu sein, und trotzdem kam sie ihm irgendwie bekannt vor. Er schätzte sie auf höchstens Mitte vierzig. Es wunderte ihn, dass sich bislang niemand nach ihr erkundigt hatte. Aber vielleicht lebte sie allein. Dann konnte es durchaus Tage dauern, bis jemandem ihr Verschwinden auffiel.

Der nächste Tag war ein Samstag. Einige der Patienten waren so weit stabilisiert, dass sie die Intensivstation verlassen und auf andere Stationen verlegt werden konnten. Manche waren mit dem Krankenwagen in Spezialkliniken für Verbrennungen gebracht worden. Carole blieb auf der Intensivstation.

Am Sonntag verschlechterte sich ihr Zustand. Sie bekam Fieber. Damit war allerdings zu rechnen gewesen, Carole war noch längst nicht über den Berg.

Das Fieber hielt bis Dienstag an und sank dann langsam. Auch die Schwellung des Gehirns nahm leicht ab. Das Bewusstsein hatte Carole bisher jedoch nicht wiedererlangt. Kopf und Arme waren bandagiert, der linke Arm eingegipst. Der Schnitt an ihrer Wange begann zu heilen, allerdings würde eine Narbe zurückbleiben. Sie wurde im künstlichen Koma gehalten. Noch immer war nicht abzusehen, ob sie überlebte und welche Schäden ihr Gehirn davongetragen hatte.

Am Mittwoch und Donnerstag war die Situation unverändert. Am Freitag, eine Woche nach dem Anschlag, zeigte ein neues CT eine leichte Verbesserung. Das war ein gutes Zeichen. Mittlerweile war sie das einzige nicht identifizierte Opfer. Noch immer hatte sich niemand nach ihr erkundigt.

Am selben Tag ließ das Zimmermädchen ihrer Suite im Ritz eine Bemerkung gegenüber der Hausdame fallen, dass in Caroles Suite seit einer Woche niemand geschlafen habe. Ihre Handtasche stand immer am selben Platz, ihr Ausweis lag auf dem Schreibtisch, und sämtliche Kleidungsstücke hingen im Schrank. Offenbar hatte sie eingecheckt und war dann verschwunden. Die Hausdame fand das nicht weiter ungewöhnlich, da Hotelgäste oft seltsame Dinge tun. Manchmal steckte eine Affäre dahinter. Das Zimmer wurde angemietet und nur sporadisch oder gar nicht benutzt. Sonderbar war allerdings, dass die Dame weder Handtasche noch Papiere mitgenommen hatte. Der Form halber meldete sie es beim Empfang. Dort wurde es zwar notiert, aber da Carole für zwei Wochen gebucht und mit ihrer Kreditkarte die Zahlung garantiert hatte, würde man erst etwas unternehmen, wenn die zwei Wochen abgelaufen waren. Natürlich waren alle darüber im Bilde, wer Carole war, und man ging davon aus, dass sie vielleicht nie die Absicht gehabt hatte, die Suite tatsächlich zu nutzen. Niemand brachte sie mit dem Terroranschlag im Tunnel in Verbindung. Es wurde lediglich vermerkt, dass der Gast das Zimmer seit der Ankunft nicht mehr betreten hatte. Diese Information war natürlich streng vertraulich. Diskretion wurde wie in allen guten Hotels auch in diesem Haus großgeschrieben.

Am darauffolgenden Montag rief Jason Waterman bei Stevie an. Er war Caroles erster Ehemann gewesen und der

Vater ihrer Kinder. Carole und er standen auf gutem Fuß, wenn sie auch nicht gerade oft miteinander sprachen. Er sagte zu Stevie, dass er seit einer Woche erfolglos versucht habe, Carole auf ihrem Handy zu erreichen. Sie hatte auf keine der Nachrichten reagiert, die er auf ihrer Mailbox hinterließ. Und bei ihr zu Hause hatte er auch kein Glück gehabt. Dort hatte er es am Wochenende versucht.

»Sie ist verreist«, erklärte Stevie. Sie hatte Jason ein paar Mal getroffen und verstand sich gut mit ihm. Sie wusste, dass Carole schon allein wegen der Kinder den Kontakt mit ihm aufrechterhielt. Die beiden waren seit mittlerweile achtzehn Jahren geschieden, wobei Stevie nie Einzelheiten über die Trennung erfahren hatte. Das gehörte zu den wenigen Dingen, über die Carole nicht mit ihr sprach. Ihr war lediglich bekannt, dass sie sich scheiden ließen, während Carole einen Film in Paris drehte, und dass sie daraufhin dort geblieben war.

»Das Handy hat sie zwar mit, aber es funktioniert wohl in Europa nicht. Sie ist jetzt seit fast zwei Wochen unterwegs und wird sich bestimmt bald bei mir melden.« Seit zehn Tagen hatte Stevie keine Nachricht mehr erhalten, aber Carole hatte sie ja schließlich vorgewarnt. Stevie nahm an, dass Carole entweder herumreiste oder schrieb und nicht gestört werden wollte. Nicht im Traum dachte Stevie daran, Carole zu nerven. Sie würde sich schon melden, wenn sie so weit war.

»Weißt du, wo sie ist?« Jason klang besorgt.

»Nicht genau. Ihre erste Station war Paris, aber sie wollte von dort aus weiterreisen.«

Er fragte sich, ob Carole eine neue Beziehung hatte, wollte jedoch nicht indiskret sein. Irgendwie hörte es sich für ihn so an.

»Stimmt etwas nicht?«, fragte Stevie und dachte an die

Kinder. Carole würde natürlich sofort wissen wollen, wenn mit den Kindern etwas nicht in Ordnung war.

»Nein. Im Grunde ist es auch nicht wichtig. Ich wollte Pläne für Weihnachten machen und wissen, ob die Kinder dann bei ihr sind. Ich habe schon mit Anthony und Chloe gesprochen, aber die wussten auch noch nichts Genaues. Mir hat jemand über Silvester ein Haus in St. Bart's angeboten, aber ich wollte Caroles Pläne nicht über den Haufen werfen.«

Insbesondere seit Seans Tod bedeutete es Carole viel, die Kinder an den Feiertagen um sich zu haben. Jason hatte darauf immer Rücksicht genommen. Stevie wusste, dass er ein zweites Mal geheiratet und sich wieder getrennt hatte. Aus dieser Ehe hatte er ebenfalls zwei Kinder, die mittlerweile im Teenageralter waren und bei ihrer Mutter in Hongkong lebten. Carole hatte mal erwähnt, dass er sie nicht oft sah.

»Sobald sie sich bei mir meldet, sage ich ihr, dass sie dich anrufen soll. Es wird nicht mehr lange dauern. Ich rechne täglich damit.«

»Hoffentlich war sie nicht in Paris, als die Bombe in diesem Tunnel hochging. Eine schreckliche Geschichte.« In sämtlichen Nachrichten war darüber berichtet worden. Letztlich hatte sich eine Gruppe radikaler Fundamentalisten zu dem Anschlag bekannt. Das hatte zu einem Aufschrei in der arabischen Welt geführt, die nicht mit den Attentätern in Verbindung gebracht werden wollte.

»Ich habe die Bilder in den Nachrichten gesehen. Es sah fürchterlich aus. Ich habe mir natürlich auch sofort Sorgen gemacht, aber es passierte an dem Tag, als Carole gerade in Paris eintraf. Ich bin sicher, dass sie nach dem langen Flug friedlich in ihrem Hotelbett schlief, weit weg vom Unglücksort.«

»Hast du versucht, sie per E-Mail zu erreichen?«, fragte Jason.
»Nein, sie wollte ihren Laptop abschalten, um mal so richtig auszuspannen.«
»In welchem Hotel ist sie abgestiegen?« Jason war beunruhigt und steckte Stevie allmählich damit an. Sie hatte sich natürlich auch Gedanken gemacht, sich aber immer wieder gesagt, dass es lächerlich sei. Dennoch ließen Jasons Sorgen sie nicht kalt.
»Im Ritz«, antwortete sie rasch.
»Ich werde dort anrufen und eine Nachricht hinterlassen.«
»Falls sie auf Reisen ist, kann es ein paar Tage dauern, bis du eine Antwort bekommst. Wir sollten uns nicht zu viele Gedanken machen.«
»Es kann nicht schaden, eine Nachricht zu hinterlassen. Davon abgesehen brauche ich eine Antwort wegen des Hauses, sonst ist es weg. Den Kindern würde es dort gefallen.«
»Wenn sie sich meldet, sage ich es ihr«, versicherte Stevie.
»Und ich versuche, sie im Ritz zu erreichen.« Nachdem er aufgelegt hatte, blieb Stevie nachdenklich am Schreibtisch ihres Arbeitszimmers sitzen. Es kam ihr unwahrscheinlich vor, dass Carole etwas zugestoßen sein könnte. Stevie weigerte sich schlichtweg, das zu denken. Wie groß war die Wahrscheinlichkeit, dass Carole ein Opfer dieses Bombenanschlags geworden war? Eins zu hundert Millionen. Stevie zwang sich, nicht weiter zu grübeln, und wandte sich wieder der Arbeit zu, mit der sie gerade beschäftigt war. Sie sammelte für Carole Informationen über die Rechte von Frauen. Carole plante, einen Vortrag bei der UN-Versammlung zu halten.
Sobald er aufgelegt hatte, rief Jason im Ritz an und fragte

nach Caroles Suite. Er kam in eine Warteschleife, während die Zentrale versuchte, Carole in ihrem Zimmer anzurufen. Carole ließ sich nie Anrufe ohne Voranmeldung durchstellen. Dann hatte Jason wieder jemanden am anderen Ende der Leitung. Man sagte ihm, Carole sei nicht in ihrem Zimmer, und er würde zum Empfang durchgestellt. Das war ungewöhnlich. Nachdem er von einem Angestellten am Empfang gebeten wurde, noch einen Moment zu warten, hatte er schließlich einen Assistant Manager mit britischem Akzent am Apparat. Er fragte Jason, wer er sei. Dieser Anruf gestaltete sich immer sonderbarer. Jason gefiel das ganz und gar nicht.

»Mein Name ist Jason Waterman, ich bin Miss Barbers Ex-Mann und ein langjähriger Gast Ihres Hauses. Stimmt etwas nicht?« Er spürte, wie sich in seinem Magen ein ungutes Gefühl ausbreitete, ohne dass er wusste, warum. »Geht es Miss Barber gut?«

»Davon bin ich überzeugt, Sir. Und wahrscheinlich gibt es eine ganz einfache Erklärung. Vielleicht ist sie tatsächlich verreist. Aber wir haben von der Hausdame den Hinweis erhalten, dass Miss Barber ihre Suite nach dem Einchecken nicht mehr benutzt hat. Normalerweise würde ich das gar nicht erwähnen, aber die Hausdame war insofern besorgt, als Miss Barber nicht einmal ihre Handtasche mitgenommen hat. Und ihr Pass liegt seit nunmehr fast zwei Wochen auf dem Schreibtisch.«

»Verdammt«, platzte Jason heraus. »Hat sie irgendjemand gesehen?«

»Nicht, dass ich wüsste, Sir. Möchten Sie, dass wir jemanden anrufen?« Das Ganze war sehr ungewöhnlich. Jason wusste, dass Hotels wie das Ritz normalerweise niemandem verrieten, dass ein Gast sein Zimmer nicht benutzte. Sie mussten dort ernsthaft besorgt sein.

»Ja«, antwortete Jason. »Es mag verrückt klingen, aber bitte fragen Sie bei der Polizei oder den Krankenhäusern nach, die Verletzte des Bombenanschlags aufgenommen haben, ob es nicht identifizierte Opfer gibt.« Es fiel ihm schwer, das auszusprechen. Jason hatte nie aufgehört, Carole zu lieben. Außerdem war sie die Mutter seiner Kinder. Er hoffte, dass nichts Schlimmes passiert war. Momentan hatte er keinen blassen Schimmer, wo sie stecken konnte. Vielleicht wusste Stevie ja mehr, als sie zugab, und wollte keine Geheimnisse ausplaudern. Vielleicht hatte sich Carole in Paris mit einem Mann getroffen. Schließlich war sie seit Seans Tod wieder Single. Aber das erklärte nicht, warum sie ihre Suite im Hotel nicht benutzte. Und warum war sie ohne Handtasche und Papiere unterwegs? »Könnten Sie das für mich tun?«, fragte er den Assistant Manager, der versprach, sich sofort darum zu kümmern.

»Wenn Sie so nett wären, mir Ihre Nummer zu geben, Sir?« Jason gab sie ihm durch. Es war ein Uhr am Mittag in New York und sieben Uhr am Abend in Paris. Er rechnete nicht damit, vor dem nächsten Tag von dem Mann zu hören. Mit einem unguten Gefühl legte er auf, blieb an seinem Schreibtisch sitzen, starrte auf das Telefon und dachte an Carole. Zwanzig Minuten später sagte ihm seine Sekretärin, das Ritz wäre am Apparat. Es war dieselbe Stimme mit dem klaren britischen Akzent wie zuvor.

»Ja? Haben Sie etwas herausgefunden?«, fragte Jason gespannt.

»Ich glaube ja, Sir, obwohl es sein kann, dass es sich nicht um Miss Barber handelt. Ein Opfer des Anschlags wurde in das Krankenhaus La Pité Salpêtrière gebracht. Es handelt sich um eine blonde Frau Mitte vierzig. Sie konnte bislang nicht identifiziert werden, und es hat auch niemand nach ihr gefragt.« Es klang, als würde er von einem verlorengegangenen Gepäckstück reden. Als Jason antwortete, kam seine Stimme einem Krächzen gleich.

»Ist sie am Leben?«, fragte er bang.

»Sie liegt auf der Intensivstation und ist in kritischem Zustand. Die Frau ist das einzige Opfer des Bombenanschlags, deren Personalien bisher nicht festgestellt werden konnten. Sie hat Verbrennungen erlitten und eine schwere Kopfverletzung.« Jason fühlte sich ganz elend, als er das hörte. »Sie liegt seit ihrer Einlieferung im Koma. Es gibt keinen Grund zur Annahme, dass es sich bei ihr um Miss Barber handelt, Sir. Einen internationalen Star hätte sicher längst jemand in dem Krankenhaus erkannt.«

»Nicht unbedingt. Vielleicht hat sie Verbrennungen im Gesicht. Oder es rechnet einfach niemand damit, dass sie es sein könnte. Oder sie ist es nicht.« Jason schluckte.

»Möchten Sie, dass jemand vom Hotel ins Krankenhaus fährt, um sich die Verletzte anzusehen?«, bot der Assistant Manager an.

»Ich nehme den Achtzehn-Uhr-Flug und komme selbst nach Paris. Morgen früh um sieben bin ich da und kann um halb neun in der Klinik sein. Könnten Sie mir ein Zimmer reservieren?« Jasons Verstand arbeitete auf Hochtouren. Er wünschte, er könnte schneller in Paris sein, aber es gab keinen früheren Flug. Jason hatte oft in Paris zu tun und nahm immer die Nachtmaschine.

»Ich kümmere mich darum, Sir. Hoffen wir, dass es nicht Miss Barber ist.«

»Ich danke Ihnen. Bis morgen dann.« Jason saß wie betäubt an seinem Schreibtisch. Es konnte nicht sein. Allein die Vorstellung war unerträglich. In seiner Verzweiflung rief er Stevie in L. A. an und erzählte ihr, was er im Ritz erfahren hatte.

»O mein Gott. Bitte sag, dass es nicht Carole ist«, stieß Stevie ängstlich hervor.

»Ich nehme die Nachtmaschine nach Paris, um mich persönlich zu vergewissern. Falls sie sich zwischenzeitlich bei dir meldet, gib mir bitte Bescheid. Und vorerst kein Wort zu den Kindern. Anthony werde ich sagen, dass ich nach Chicago oder Boston muss. Bis wir Gewissheit haben, brauchen wir die beiden nicht zu beunruhigen«, sagte Jason mit strenger Stimme.

»Ich fliege auch rüber«, stieß Stevie hervor. L. A. war jetzt der letzte Ort, an dem sie sein wollte. Andererseits würde Carole sie für verrückt erklären, wenn sie mit Jason im Ritz aufmarschierte, während sie selbst gerade putzmunter von einem Ausflug nach Budapest, Wien oder woher auch immer zurückkam. Bestimmt ging es ihr gut. Sie reiste durch Europa, verbrachte eine tolle Zeit und ahnte nicht, dass sich jemand Sorgen um sie machte.

»Warum wartest du nicht erst einmal ab, was ich herausfinde? Der Bursche im Hotel hat schon recht. Wahrscheinlich ist es gar nicht Carole. Man hätte sie längst erkannt.«

»In einer Notaufnahme in Paris rechnet niemand mit einem amerikanischen Fernsehstar.«

»So blind können die gar nicht sein. Sie ist einer der bekanntesten Stars auf diesem Planeten«, brummte Jason.

»Das stimmt natürlich«, sagte Stevie, klang jedoch wenig überzeugt. Im Grunde versuchten sie sich gegenseitig zu beruhigen, wenn auch mit mäßigem Erfolg.

»Vor morgen Abend zehn Uhr deiner Zeit werde ich nicht dort sein«, erklärte Jason. »Ich werde direkt vom Flughafen aus ins Krankenhaus fahren. Es kann trotzdem Mitternacht werden, ehe ich etwas weiß.«

»Ruf mich in jedem Fall an. Ich bleibe wach. Falls ich doch einschlafe, habe ich mein Handy direkt neben mir liegen.«

Sie nannte ihm die Nummer, und dann verabschiedeten sie sich. Danach wies Jason seine Sekretärin an, alle Termine für den Nachmittag und den folgenden Tag abzusagen. Er informierte sie darüber, wo er zu finden sei, instruierte sie jedoch, seinen Kindern kein Wort zu sagen. Die offizielle Version lautete, dass er kurzfristig zu einer wichtigen Besprechung nach Chicago musste. Fünf Minuten später verließ er das Büro und hielt ein Taxi an. Nach zwanzig Minuten war er in seinem Apartment an der Upper East Side. Rasch warf er ein paar Kleidungsstücke in eine Reisetasche. Es war mittlerweile zwei Uhr, und wenn er die Sechs-Uhr-Maschine erwischen wollte, musste er um drei los.

Das Warten war am schlimmsten. Er saß im Flughafen und hatte das Gefühl, sich in einem Traum zu bewegen. Er flog nach Paris, um in einem Krankenhaus eine Frau zu besuchen, die im Koma lag – und hoffte, dass es nicht Carole war. Seit achtzehn Jahren waren sie geschieden, und seit vierzehn Jahren war er sich darüber im Klaren, dass dies der größte Fehler seines Lebens gewesen war. Er hatte sich wegen eines einundzwanzigjährigen russischen Models von ihr getrennt. Die Frau war nur auf sein Geld aus gewesen, wie er schnell feststellen musste, aber er war damals bis über beide Ohren verliebt. Carole befand sich auf dem Höhepunkt ihrer Karriere. Ständig war sie unterwegs zum Dreh oder um einen Film zu bewerben. Er galt als der Wunderknabe der Wall Street, dennoch waren seine Erfolge kleine Fische im Vergleich zu ihren. In den zwei Jahren vor ihrer Trennung hatte sie zwei Oscars gewonnen. Er hatte sich dadurch verunsichern lassen. Erst später wurde ihm klar, dass sein Ego unter diesem Wettbewerb gelitten hatte. Er musste sich als den großen Macher sehen, und das hatte er bei Caroles Ruhm nicht gekonnt.

Also verliebte er sich in Natalya, die ihn anhimmelte. Zumindest bildete er sich das ein. In Wahrheit nahm sie ihn aus wie eine Weihnachtsgans und verließ ihn schon bald wegen eines anderen.

Natalya wurde zur schlimmsten Erfahrung seines Lebens. Sie war atemberaubend schön und wurde schon wenige Wochen nachdem sie sich kennengelernt hatten, schwanger. Er verließ Carole wegen ihr und heiratete sie, noch bevor die Tinte auf dem Scheidungspapier getrocknet war. Im darauffolgenden Jahr bekam Natalya ein zweites Kind. Und dann verließ sie ihn wegen eines Kerls, der reicher war als er. Seither hatte sie noch zweimal geheiratet, lebte jetzt in Hongkong und war die Frau eines der weltweit wichtigsten Bankiers. Seine beiden Töchter kannte Jason kaum. Sie waren so schön wie ihre Mutter, aber für ihn nahezu Fremde, obwohl er sie zweimal jährlich besuchte. Natalya ließ sie nicht in die Staaten, damit sie ihn besuchen konnten. Und die Gerichte in New York hatten ihr gegenüber keine Handhabe. Sie war ein Luder und zog ihn bei der Scheidung kräftig über den Tisch. Das war ein Jahr nachdem Carole mit den Kindern aus Paris zurückgekehrt war und nach L. A. zog. Er und sie hatten in New York gelebt, aber in Los Angeles war sie ihrer Arbeit näher. Außerdem war es nach Paris ein Neuanfang. Jason hatte versucht, Carole zurückzugewinnen. Aber es war zu spät. Sie wollte nichts mehr mit ihm zu tun haben. Als er sich in Natalya verliebte, war er einundvierzig und litt offenbar unter einer Midlifecrisis. Mit fünfundvierzig war ihm das alles klar, aber die Einsicht kam zu spät.

Carole hatte ein paar Jahre gebraucht, um ihm zu verzeihen. Und Jason hatte nie wieder geheiratet. Mit neunundfünfzig war er erfolgreich und allein. Niemals würde er Caroles Gesichtsausdruck vergessen, als er ihr sagte, dass er sie verließ. Sie sah aus, als hätte er auf sie geschossen. Tausend Mal war er diese Szene seither im Kopf durchgegangen, und er wusste, dass er sich das nie verzeihen würde. Aber jetzt zählte nur, dass sie am Leben war und es ihr gut ging. Dass sie nicht die verletzte Frau im Krankenhaus war. Als er an Bord ging, wusste er, dass er sie stärker liebte als je zuvor. Während des Fluges betete er still. Das hatte er nicht mehr getan, seit er ein Junge gewesen war. Jason war bereit, jede Abmachung mit Gott zu treffen, wenn es Carole nur gut ging.

Schlafen konnte er nicht. Er dachte an sie, daran, wie Anthony geboren wurde, später dann Chloe, an den Tag, an dem er Carole kennenlernte ... wie schön sie gewesen war mit zweiundzwanzig und es auch jetzt noch war, achtundzwanzig Jahre später. Sie hatten zehn wunderbare Jahre miteinander verbracht, und er hatte alles weggeworfen wegen Natalya. Er konnte sich nicht einmal annähernd vorstellen, was Carole damals gefühlt haben musste. Sie drehte gerade einen wichtigen Film in Paris. Er flog rüber, um es ihr zu sagen. Es war ein Nachtflug gewesen so wie heute. Er war mit einer Mission unterwegs, wollte frei werden, um Natalya heiraten zu können. Und jetzt betete er um Caroles Leben. Als die Maschine im strömenden Regen auf dem Charles-de-Gaulle-Flughafen landete, sah Jason müde und abgekämpft aus. Er hielt seinen Pass in der Hand, um keine Minute zu verlieren. Er konnte die Anspannung nicht länger ertragen und wollte so schnell wie möglich in dieses Krankenhaus, um das nicht identifizierte Opfer des Anschlags mit eigenen Augen zu sehen.

4

Jason hatte nur seine Aktenmappe und die Reisetasche mit nach Paris genommen. Er hatte sich während des Fluges mit Arbeiten ablenken wollen. Aber die Aktenmappe blieb die ganze Zeit geschlossen, er hätte sich nicht auf irgendwelche Papiere konzentrieren können.
Die Maschine landete um 6.51 Uhr Ortszeit in Paris und bekam eine Außenposition weit draußen auf dem Rollfeld zugewiesen. Die Passagiere mussten bei strömendem Regen die Gangway hinunter und in den wartenden Bus einsteigen, der sie dann zum Terminal brachte. Jason war so ungeduldig, in die Stadt zu kommen, dass er sich erst gar nicht setzte. Da er nur Handgepäck dabeihatte, war er schnell durch die Passkontrolle und saß um halb acht im Taxi. In stockendem Französisch nannte er dem Fahrer sein Ziel: das Krankenhaus Pitié Salpêtrière. Jason wusste, dass es im 13. Bezirk am Boulevard de l'Hôpital lag. Sicherheitshalber hatte er Namen und Adresse aufgeschrieben und reichte dem Fahrer den Zettel. Der nickte und fuhr los.
Die Fahrt zum Krankenhaus dauerte fast eine Stunde. Jason saß auf der Rückbank und versuchte sich einzureden, dass die Frau im Krankenhaus ganz sicher nicht Carole war. Das Ganze würde damit enden, dass er im Ritz saß und frühstückte. Womöglich kam Carole dann gerade von einem Ausflug zurück. Er wusste doch, wie unabhängig sie war, seit Seans Tod noch mehr als früher. Dennoch fragte er sich, was sie in Paris gewollt hatte. Und er konn-

te nur hoffen, dass sie nicht in der Nähe des Tunnels gewesen war, als der Anschlag verübt wurde. Aber warum lag dann ihr Pass im Hotel?

Er wusste um ihre Vorliebe, anonym zu bleiben. Aber irgendjemand erkannte sie immer. Also konnte sie unmöglich die Frau im Krankenhaus sein. Und wenn sie entstellt war? Tausend schreckliche Gedanken schossen ihm durch den Kopf. Endlich hielt das Taxi vor dem Krankenhaus. Jason zahlte, gab ein großzügiges Trinkgeld und stieg aus. In seinem dunkelgrauen englischen Maßanzug, dem dunkelblauen Kaschmirmantel und mit der teuren goldenen Armbanduhr sah er aus wie ein erfolgreicher amerikanischer Geschäftsmann, und genau das war er auch. Ein attraktiver Mann von neunundfünfzig Jahren.

»*Merci!*«, rief ihm der Taxifahrer durch das offene Fenster zu. »*Bonne chance!*«, fügte er noch hinzu. Der Mann hatte Jason Watermans Gesicht angesehen, dass er genau das brauchen würde – viel Glück. Normalerweise ließ sich niemand vom Flughafen direkt zum Krankenhaus bringen, schon gar nicht Leute wie er, es sei denn, es war etwas Schlimmes passiert. So viel hatte sich der Fahrer zusammengereimt. Jasons Blick und die angespannte Miene hatten ihm den Rest verraten.

Jason eilte in das Gebäude und hoffte, jemanden zu finden, der genug Englisch sprach, um ihm weiterzuhelfen. Der Assistant Manager vom Ritz hatte ihm den Namen des Chefarztes der Notaufnahme genannt. Jason blieb vor einer jungen Frau hinter der Anmeldung stehen und schob ihr den Zettel mit dem Namen zu. Sie antwortete auf Französisch, und Jason signalisierte ihr, dass er sie nicht verstehe. Sie zeigte auf die Aufzüge in seinem Rücken, hob drei Finger und sagte langsam: »*Troisième étáge.*« Dritte Etage also. »*Réanimation*«, fügte sie hinzu. Das klang nicht gut.

Er wusste gerade so viel, dass das der französische Ausdruck für Intensivstation war. Jason dankte ihr und ging mit weit ausholenden Schritten zum Aufzug. Er wollte es endlich hinter sich bringen. Angespannt und mit pochendem Herzen stand er allein in der Kabine. In der dritten Etage stieg er aus und blickte sich verloren um. Dann entdeckte er ein Schild mit der Aufschrift *Réanimation*. Er marschierte darauf zu, öffnete die Tür und stand im Vorraum einer Abteilung, in der es hektisch zuging. Ärzte und Schwestern hasteten umher, hinter Glaswänden sah er reglose Körper in Betten liegen, angeschlossen an Schläuche und umgeben von Apparaten. Es roch nach Desinfektionsmitteln, was ihm nach dem langen Flug sofort auf den Magen schlug.

»Sprechen Sie Englisch?«, fragte er die Frau am Empfangstisch mit fester Stimme. Sie sah ihn verständnislos an. Jason hatte plötzlich Angst, dass ihn womöglich niemand hier verstand. »*Anglais. Parlez-vous anglais?*«

»Englisch … one minute«, antwortete sie in einer Mischung aus Englisch und Französisch und entfernte sich. Jason hoffte, dass sie jemanden holte. Kurz darauf kam sie mit einer Ärztin in weißem Kittel, OP-Hosen, Haube auf dem Kopf und Stethoskop um den Hals zurück. Sie war etwa in Jasons Alter.

»Kann ich Ihnen helfen?«, fragte die Ärztin auf Englisch. Er fragte nach dem Chefarzt, aber sie antwortete, dass der momentan nicht auf der Station sei. Jason erklärte, warum er hier war, und vergaß die Vorsilbe Ex, als er nach seiner Frau fragte.

Sie musterte ihn misstrauisch. Jason ahnte, was sie dachte, und berichtete, dass er mit der Nachtmaschine aus New York gekommen und direkt vom Flughafen hergefahren sei. Dann fügte er noch hinzu, dass seine Frau im Hotel vermisst wurde und er befürchte, sie könne das nicht identifizierte Opfer sein.

»Seit wann wird sie vermisst?«

»Ich weiß es nicht genau. Sie kam am Tag des Tunnelanschlags in Paris an. Seither hat sie niemand mehr gesehen, und sie war anscheinend auch nicht mehr im Hotel.«

»Das ist fast zwei Wochen her.« Offenbar wunderte sich die Ärztin darüber, dass er so lange gebraucht hatte, um das Verschwinden seiner Frau zu bemerken. Aber jetzt war es zu spät, um zu erklären, dass sie geschieden waren. Und vielleicht war es auch gut, wenn man ihn hier für Caroles Mann hielt. Er hatte keine Ahnung, welche Rechte man als Ex-Mann in Frankreich hatte – vielleicht keine.

»Sie war auf Reisen – und vielleicht ist sie es ja auch gar nicht. Ich hoffe es zumindest. Aber ich bin hergeflogen, um mir Gewissheit zu verschaffen.« Das schien die Ärztin zu überzeugen, jedenfalls nickte sie. Dann sagte sie etwas zu der Schwester hinter der Anmeldung, die daraufhin auf eine geschlossene Tür zeigte.

Die Ärztin bedeutete Jason, ihr zu folgen, und öffnete die Tür. Jason trat in das Krankenzimmer und sah ein Bett, umgeben von Maschinen. Zwei Schwestern kümmerten sich gerade um die Patientin, wodurch Jason die Sicht versperrt war. Er hörte das regelmäßige Rauschen des Beatmungsgerätes und das Piepen eines Monitors. Ansonsten war es totenstill. Plötzlich fühlte er sich wie ein Eindringling, der hier nichts verloren hatte. Möglicherweise lag hier ein Mensch, den er nie zuvor gesehen hatte. Aber er musste es tun. Das schuldete er Carole und den Kindern. Er trat einen Schritt vor und blickte auf den reglosen Körper im Bett. Die Nase war zugeklebt, und im Mund steckte das Beatmungsgerät. Der Kopf war nach hinten geneigt und bandagiert. Jason konnte nicht viel vom Gesicht erkennen, außer dass es leichenblass war. Zögernd ging er noch ein Stück näher heran. Kurz darauf schossen ihm die Tränen in die Augen, und er hielt den Atem an. Es war Carole.

Sein schlimmster Alptraum war Realität geworden. Er berührte zart die aus dem Gipsverband ragenden Finger, die blau und schwarz verfärbt waren. Carole rührte sich nicht. Sie war in einer anderen Welt, weit weg von ihm, und sie sah aus, als würde sie nicht mehr zurückkehren. Tränen liefen ihm über die Wangen, während er einfach nur dastand und sie ansah. Sie war das nicht identifizierte Opfer des Tunnelanschlags. Die Frau, die er immer noch liebte, kämpfte in Paris um ihr Leben. Ganz allein war sie hier gewesen, fast zwei Wochen lang, und keiner von ihnen hatte die geringste Ahnung gehabt, was ihr zugestoßen war. Betroffen wandte sich Jason der Ärztin zu.

»Sie ist es«, flüsterte er. Die Krankenschwestern mieden taktvoll seinen Blick.

»Tut mir leid«, sagte die Ärztin leise und signalisierte ihm, ihr nach draußen zu folgen. »Ist das Ihre Frau?«, fragte sie ihn vor der Tür, obwohl sie die Antwort bereits kannte. »Wir hatten keine Möglichkeit, ihre Personalien festzustellen«, fuhr sie fort. »Sie hatte keine Papiere bei sich und auch sonst nichts, woraus wir auf ihren Namen hätten schließen können.«

»Ich weiß. Sie hat ihre Handtasche und den Pass im Hotel gelassen. Das macht sie oft.« Schon immer. Sie steckte sich dann eine Zehn-Dollar-Note in die Hosentasche und zog los. Das kannte er noch aus der Zeit, als sie in New York lebten. Er hatte sie immer wieder ermahnt, wenigstens einen Ausweis mitzunehmen. Dieses Mal war der schlimmste Fall eingetreten, und niemand hatte gewusst, wer sie war. »Sie ist Schauspielerin, ein bekannter Filmstar«, erklärte er, obwohl es keine Rolle spielte. Momentan war sie eine Frau mit einer schweren Kopfverletzung auf der Intensivstation, sonst nichts.

»Sie ist Schauspielerin?«, fragte die Ärztin erstaunt.

»Carole Barber.« Jason wusste, wie dieser Name auf Menschen wirkte. Die Ärztin sah ihn erschrocken an.

»Carole Barber? Also … wir hatten ja keine Ahnung!« Sie war sichtlich beeindruckt.

»Ich wäre Ihnen dankbar, wenn Sie nichts an die Presse weitergeben. Unsere Kinder sollen es nicht auf diese Weise erfahren.«

»Natürlich«, versicherte sie. Sie hätten nicht mehr für die Patientin tun können, wenn sie von Anfang an gewusst hätten, wen sie vor sich hatten. Aber wenn jetzt auch nur ein Wort nach außen drang, wurden sie sofort von der Presse belagert. Das würde ihnen allen das Leben unnötig schwermachen.

»Leicht wird es allerdings nicht sein«, sagte sie besorgt. »Vielleicht könnten wir Ihren Namen angeben.«

»Waterman«, sagte er. »Nehmen Sie sie unter Carole Waterman auf.« Es gab eine Zeit, da hieß sie wirklich so. Seans Namen Clarke hatte sie nie angenommen. Jason hätte auch den nennen können, was Carole wahrscheinlich lieber gewesen wäre. Aber spielte das jetzt eine Rolle? Momentan zählte nur, dass sie am Leben blieb. »Wird sie … sie … sie wird doch wieder gesund?« Er konnte es nicht aussprechen, er konnte nicht fragen, ob sie sterben würde.

»Wir wissen es nicht. Bei Kopfverletzungen dieser Art ist das schwer vorherzusagen. Ihr Zustand hat sich leicht stabilisiert, und die Schwellung des Gehirns ist zurückgegangen. Aber ob sie bleibende Schäden davonträgt, wird sich erst zeigen, wenn sie wieder bei Bewusstsein ist. Wir hoffen, dass sie bald kein Beatmungsgerät mehr braucht. Sobald sie selbständig atmet, kann sie aus dem Koma erwachen. Aber bis dahin liegt ein langer Weg vor uns, und die Gefahr ist längst nicht gebannt. Es besteht das Risiko einer Infektion, Komplikationen können auftreten, oder ihr Gehirn könnte wieder anschwellen. Der Schlag auf den Kopf muss sehr heftig gewesen sein. Sie hatte großes Glück, dass sie keine schwereren Verbrennungen davongetragen hat. Und der gebrochene Arm wird heilen.«

Jason konnte sich nicht im Entferntesten vorstellen, wie er es den Kindern sagen sollte. Aber sie mussten es erfahren und herkommen. Sie hatten das Recht, ihre Mutter zu sehen, und er wusste, dass sie jetzt bei ihr sein wollten. Und wenn Carole starb? Allein der Gedanke war unerträglich. Er suchte den Blick der Ärztin.

»Sollte sie vielleicht verlegt werden? Gibt es eine Spezialklinik, in der mehr für sie getan werden kann?«

Die Ärztin wirkte gekränkt. »Wir haben alles Menschenmögliche für sie getan, auch bevor wir wussten, wer sie ist. Jetzt müssen wir hoffen, dass ihr Körper stark genug ist.«

»Wurde sie operiert?«

Die Ärztin schüttelte den Kopf. »Wir hielten es für besser, ihren Körper nicht zusätzlich mit einem Eingriff zu belasten. Und die Schwellung ging von allein zurück.« Jason nickte erleichtert. Zumindest hatte man nicht an ihrem Gehirn herumoperiert. Das ließ ihn hoffen, dass Carole eines Tages wieder sie selbst sein würde.

»Wie gehen Sie weiter vor?« Er wollte, dass etwas getan wurde. Nur herumzusitzen war nicht seine Art.

»Wir warten ab. Mehr können wir nicht tun. In ein paar Tagen wissen wir mehr.« Er nickte und sah sich um. Dieses Krankenhaus wirkte auf ihn sehr trostlos. Er hatte vom American Hospital in Paris gehört und fragte sich, ob er sie dahin verlegen lassen konnte. Allerdings hatte ihm der

Assistant Manager vom Hotel bereits gesagt, dass die Intensivstation vom Pitié Salpêtrière einen ausgezeichneten Ruf genoss und über alle nötigen Behandlungsmöglichkeiten für Schwerstverletzte verfügte.

»Ich werde ins Hotel fahren und meine Kinder anrufen. Am Nachmittag komme ich wieder her. Sollte irgendetwas sein, können Sie mich im Ritz erreichen.« Sicherheitshalber gab er ihr auch seine internationale Handynummer. Die Ärztin notierte sich alles auf Caroles Krankenblatt. Jetzt hatte die Patientin einen Namen. Sie besaß einen Ehemann und Kinder. Und sie war eine berühmte Persönlichkeit, was keinesfalls nach draußen durchsickern durfte. Die Ärztin versicherte ihm, dass sie nur dem Chefarzt Caroles richtigen Namen nennen würde. Aber ihnen war klar, dass es dennoch nur eine Frage der Zeit war, bis die Presse Wind davon bekam. Irgendwie gelang ihnen das immer.

»Wir tun unser Bestes«, beruhigte sie ihn noch einmal.

»Heute Nachmittag komme ich wieder her, und … danke für alles, was Sie für sie getan haben.« Sie hatten Carole das Leben gerettet. Er mochte gar nicht daran denken, wie es gewesen wäre, sie in einem Pariser Leichenschauhaus zu identifizieren. Nach allem, was ihm die Ärztin gesagt hatte, wäre das beinahe eingetreten. Letztlich hatte Carole Glück gehabt. »Darf ich sie noch mal sehen?«, fragte er. Die Ärztin nickte. Dieses Mal ging er allein ins Zimmer. Die Krankenschwestern waren immer noch dort und traten einen Schritt beiseite, damit er sich an das Bett stellen konnte. Jason betrachtete Carole und strich ihr zärtlich über die Wange. Die leichteren Verbrennungen begannen bereits abzuheilen und waren mit Wundsalbe bestrichen.

»Ich liebe dich, Carole«, flüsterte er. »Du wirst wieder gesund.« Es gab keinerlei Reaktion von ihrem Körper. Wie vertraut ihm ihre zarte Haut doch war! Selbst nach all den Jahren hatte sich das nicht geändert. Ihr Haar lag ausgebreitet wie ein Fächer über dem Kopf. Eine der Schwestern kämmte es gerade behutsam.

Carole zu sehen ließ viele Erinnerungen in ihm aufsteigen, und zwar nur gute. Die schlechten waren vergessen, schon seit langem. Was ihn anging sowieso. Carole und er redeten nie über die Vergangenheit. Sie tauschten sich über die Kinder aus oder über ihr aktuelles Leben. Nach Seans Tod hatte er mit ihr gefühlt. Jason wusste, dass dies für Carole ein schwerer Einschnitt gewesen war. Sie hatte einen Mann geheiratet, der jünger war als sie und trotzdem vor ihr starb. Jason war bei der Beerdigung gewesen, hatte sie und die Kinder unterstützt, soweit er konnte. Und jetzt, zwei Jahre später, rang sie selbst mit dem Tod. Das Leben war manchmal sonderbar – und auch grausam. Aber noch lebte sie, hatte eine Chance. Das war das Beste, was er den Kindern sagen konnte. Trotzdem fürchtete er sich vor diesen Telefonaten. »Ich komme nachher wieder«, flüsterte er Carole zu und drückte ihr zärtlich die Hand. »Du wirst wieder gesund«, sagte er dann entschieden und ging rasch aus dem Zimmer. Er musste jetzt stark sein, für sie, für Anthony und Chloe, gleichgültig, wie er sich fühlte. Er verließ das Krankenhaus und ging im strömenden Regen zum nahegelegenen Gare d'Austerlitz. Bis er endlich ein Taxi fand, war er völlig durchnässt. Er nannte dem Fahrer die Adresse vom Ritz. Jason kam sich plötzlich um Jahre gealtert vor. Das hatte Carole nicht verdient. Sie war eine wunderbare Frau, ein warmherziger Mensch und eine liebevolle Mutter. Sie war zwei Männern eine gute Ehefrau gewesen. Der eine verließ sie wegen eines Flittchens, und der andere starb. Und jetzt kämpfte sie nach einem terroristischen Anschlag um ihr Leben. Jason wäre gern wütend auf Gott gewesen, aber das wagte er nicht, weil er dessen Hilfe brauchte. Und während sie in Richtung Place Vêndome im 1. Bezirk fuhren, betete er erneut. Gott sollte ihm beistehen bei diesen Telefonaten mit seinen Kindern. Dann fiel ihm ein, dass er noch einen Anruf zu erledigen hatte. Er holte sein Handy hervor und wählte L. A. an. Bei Stevie war es jetzt fast Mitternacht, aber er hatte ihr versprochen, sich zu melden.

Stevie ging schon nach dem ersten Klingeln ran. Sie war hellwach und hatte ungeduldig auf den Anruf gewartet. Die Zeit war ihr lange vorgekommen, und sie hatte sich schon gefragt, ob sein Flug Verspätung gehabt hatte. Während der letzten Stunde war sie krank vor Sorge gewesen, und als sie sich jetzt meldete, zitterte ihre Stimme.

»Sie ist es«, sagte er, ohne auch nur seinen Namen zu nennen.

»Gütiger Gott … wie geht es ihr?«

»Es sieht nicht gut aus, aber sie lebt. Sie wird künstlich beatmet und liegt wegen einer schweren Kopfverletzung im Koma. Noch ist sie nicht über den Berg, und niemand kann sagen, ob sie dauerhafte Schäden davonträgt.« Er beschönigte nichts. Den Kindern würde er es behutsamer beibringen, aber Stevie hatte das Recht, die volle Wahrheit zu erfahren. Und so, wie er sie kannte, hätte sie sich mit nichts anderem zufriedengegeben.

»Ich nehme die nächste Maschine«, erklärte sie rigoros. Aber allein der Flug dauerte gut zehn Stunden. Sie wäre frühestens am nächsten Tag da. »Wissen die Kinder Bescheid?«

»Noch nicht. Ich bin auf dem Weg ins Hotel. Du kannst hier im Grunde nichts tun. Ich weiß nicht, ob es viel Sinn macht, wenn du herkommst.« Mit zitternder Stimme fuhr er fort: »Keiner von uns kann etwas tun.«

»Ich muss jetzt bei ihr sein, hier würde ich es nicht aushalten«, erwiderte sie stur.
»So geht es mir auch.« Er nannte ihr den Namen des Krankenhauses und fügte hinzu: »Ich buche dir ein Zimmer im Ritz.«
»Ich kann in Caroles Zimmer schlafen«, antwortete Stevie pragmatisch. Warum sollten sie noch ein Zimmer bezahlen? »Es sei denn, dass du dort wohnst«, ergänzte sie zögernd.
»Ich habe mir ein eigenes Zimmer genommen und werde auch welche für die Kinder reservieren. Möglichst nahe beieinander. Wir haben eine harte Zeit vor uns, vor allem Carole. Der Weg ist weit, selbst wenn sie wieder gesund wird. Und ich mag gar nicht daran denken, was passiert, wenn sie es nicht wird.« Ihm wurde plötzlich klar, dass er sie notfalls bis ans Ende ihrer Tage pflegen würde, aber sie durfte einfach nicht sterben. Er liebte sie. Und der Gedanke, sie ganz zu verlieren, war ihm unerträglich. »Wir sehen uns dann Morgen. Gute Reise«, verabschiedete er sich mit erschöpfter Stimme und legte auf. Obwohl es in New York drei Uhr morgens war, rief er seine Sekretärin zu Hause an. Er bat sie, seine sämtlichen Termine für die nächste Zeit zu stornieren. »Es wird eine Weile dauern, bis ich wieder in New York bin.« Er entschuldigte sich für die späte Störung, aber seine Sekretärin wiegelte ab und fragte stattdessen betroffen:
»Dann ist es also tatsächlich Miss Barber?« Sie gehörte zu Caroles größten Fans und hatte sie auch als Mensch immer sympathisch gefunden.
»Ja«, bestätigte er mit düsterer Stimme. »In ein paar Stunden rufe ich Anthony an, um es ihm zu sagen. Wir müssen unbedingt vermeiden, dass die Presse jetzt schon davon Wind bekommt. Im Krankenhaus ist Carole jetzt unter

meinem Namen angemeldet, aber das wird uns nicht lange schützen. Früher oder später dringt doch ein Wort nach draußen, und Sie können sich vorstellen, was dann passiert.«

»Tut mir leid, Mr. Waterman«, sagte seine Sekretärin mitfühlend. »Lassen Sie mich wissen, wenn ich etwas tun kann.«

»Danke«, sagte er und legte in dem Moment auf, als sie vor dem Ritz ankamen. Jason fragte nach dem Assistant Manager, mit dem er telefoniert hatte. Der kam hinter dem Empfang hervor und begrüßte Jason mit ernster Miene.

»Ich hoffe, Sie haben gute Nachrichten«, fragte er vorsichtig, aber Jasons Gesichtsausdruck sagte ihm alles.

»Nein, habe ich nicht. Sie ist es. Wir müssen das unter allen Umständen geheim halten«, sagte er und drückte dem Mann zweihundert Euro in die Hand. Er wollte nichts unversucht lassen.

»Verstehe.« Der Assistant Manager nickte und informierte Jason, dass er in die Suite gegenüber von Caroles ziehen könne. Dort gab es auch genügend Schlafzimmer für die Kinder. Jason antwortete, dass Stevie am nächsten Tag eintreffen und Caroles Suite nutzen würde.

Dann folgte Jason dem Assistant Manager nach oben. Er brachte es nicht übers Herz, Caroles Zimmer zu betreten. Stattdessen ging er sofort in seine Suite und ließ sich in einen Sessel fallen.

»Soll ich Ihnen noch irgendetwas bringen lassen, Sir?« Jason schüttelte den Kopf. Nachdem der junge Engländer das Zimmer verlassen hatte, starrte Jason das Telefon auf dem Schreibtisch an. Ihm blieb noch eine kurze Galgenfrist, aber in wenigen Stunden musste er Anthony und Chloe anrufen. Sie mussten es erfahren. Möglicherweise lebte Carole schon nicht mehr, wenn die beiden hier eintrafen. Er wollte mit dem Telefonieren warten, bis es in New York sieben Uhr morgens war. Bis dahin duschte er und lief unruhig im Zimmer auf und ab.

Um ein Uhr nachts Pariser Zeit ging er mit bleiernen Schritten zum Schreibtisch und rief zuerst seinen Sohn an. Anthony war bereits auf und wollte gleich ins Büro zu einem Frühstücks-Meeting. Jason hatte gerade noch rechtzeitig angerufen.

»Wie läuft's in Chicago, Dad?«, fragte Anthony munter mit seiner jung klingenden Stimme. Jason war stolz auf seinen Sohn und freute sich, dass er sein Mitarbeiter geworden war. Er war fleißig und clever. Anthony hatte viel von Carole – und dazu noch das Finanztalent seines Vaters. Eines Tages würde er ein führender Venture Capitalist sein.

»Das kann ich dir nicht sagen«, gestand Jason. »Ich bin in Paris, und hier läuft es nicht sehr gut.«

»Was tust du denn da?«, fragte Anthony überrascht. Er wusste nichts von der Reise seiner Mutter. Sie hatte diese Entscheidung kurz nach ihrem letzten Telefonat getroffen. Und während der letzten elf Tage war er zu beschäftigt gewesen, um sie anzurufen, was sogar für ihn ungewöhnlich war.

»Anthony ...« Jason wusste nicht, wie er anfangen sollte. Er holte noch einmal tief Luft. »Es gab einen Unfall. Deine Mom ist hier.«

»Geht es ihr gut?«

Anthony befürchtete sofort das Schlimmste.

»Nein. Vor knapp zwei Wochen wurde auf einen Pariser Tunnel ein Anschlag verübt. Ich habe selbst erst vor wenigen Stunden erfahren, dass Carole unter den Opfern ist. Sie konnte bis dahin nicht identifiziert werden. Deshalb wurden wir nicht benachrichtigt. Letzte Nacht bin ich hergeflogen, um mich zu vergewissern.«

»O Gott.« Anthony schluckte erschüttert. »Wie schlimm ist es?«
»Sehr ernst. Sie hat eine schwere Kopfverletzung und liegt im Koma.«
»Aber sie wird doch wieder gesund?« Anthony fühlte sich plötzlich wie ein Vierjähriger, der mit den Tränen kämpft.
»Das hoffe ich. Bisher hat sie durchgehalten, aber noch ist sie nicht über den Berg. Sie wird künstlich beatmet.« Jason wollte, dass sein Sohn auf diesen Anblick vorbereitet war.
»Verdammt, Dad ... wie konnte das passieren?« Jason hörte, dass sein Sohn weinte.
»Einfach Pech. Sie war zur falschen Zeit am falschen Ort. Auf dem Hinflug habe ich die ganze Zeit gebetet, dass sie es nicht ist. Ich konnte mir nicht vorstellen, dass sie niemand erkannt hat.«
»Ist ihr Gesicht verletzt?« Anders konnte sich Anthony das auch nicht erklären.
»Sie hat eine Schnittverletzung an der Wange und leichte Verbrennungen. Nichts, was ein guter Schönheitschirurg nicht beheben könnte. Ihre Kopfverletzung ist das Problem. Wir können nur abwarten.«
»Ich komme mit der nächsten Maschine. Hast du es Chloe schon gesagt?«
»Nein, ich wollte erst mit dir sprechen und rufe sie jetzt gleich an. Du kannst die Sechs-Uhr-Maschine vom Kennedy Airport nehmen. Hoffentlich ist noch ein Platz frei. Vor morgen früh Pariser Zeit wirst du nicht hier sein.«
»Ich komme mit dieser Maschine.« Der Tag würde für ihn zur reinsten Qual werden, ein einziges Warten auf den Abflug am Abend. »Ich werde jetzt packen und dann vom Büro aus zum Flughafen fahren. Wir sehen uns morgen, Dad ... und, Dad ...« Ihm brach die Stimme, und er musste erneut ansetzen. »Sag Mom, dass ich sie liebe.«

»Das habe ich schon getan. Und morgen sagst du es ihr selbst. Sie braucht uns jetzt. Sie führt einen schweren Kampf ...« Jason legte auf und schlug verzweifelt die Hände vors Gesicht.

Dann rief er Chloe an. Er wusste, dass sich dieses Gespräch schwieriger gestalten würde. Als er es seiner Tochter erzählte, begann sie hysterisch zu schluchzen. Zum Glück war sie nur eine Flugstunde weit entfernt. Nachdem sie sich ein bisschen beruhigt hatte, verabredete Jason mit ihr, dass sie mit der nächsten Maschine nach Paris kommen solle.

Um fünf Uhr nachmittags holte er sie am Flughafen ab. Sobald sie durch das Gate war, fiel sie ihm schluchzend in die Arme. Gemeinsam fuhren sie ins Krankenhaus. Dann stand Chloe am Bett ihrer Mutter, starrte sie an und weinte still. Nachdem sie abends um neun noch einmal mit der Ärztin gesprochen hatten, fuhren sie zurück ins Hotel. Caroles Zustand war unverändert, aber immerhin hielt sie durch.

Im Hotel angekommen, weinte Chloe, bis Jason sie schließlich ins Bett brachte. Erschöpft schlief sie ein. Er ging zur Minibar und genehmigte sich einen Scotch. Dann setzte er sich, und dachte über Carole und seine Kinder nach. Nie zuvor war die Familie auf eine derart harte Probe gestellt worden. Und sie konnten nichts tun als hoffen, dass Carole überlebte.

Irgendwann in der Nacht legte er sich angezogen aufs Bett und schlief sofort ein. Morgens um sechs wachte er auf. Nach dem Duschen rasierte sich und zog sich an. Dann saß er im Wohnzimmer seiner Suite, bis Chloe mit verquollenen Augen aus ihrem Schlafzimmer kam.

Anschließend holten sie Anthony vom Flughafen ab und fuhren gemeinsam ins Hotel, um zu frühstücken. Antho-

ny sah müde aus. In Jeans, dickem Pulli und mit düsterer Miene saß er mit den anderen zusammen in der Suite und wartete. Um halb eins traf Stevie im Ritz ein.
Jason bestellte ihr ein Sandwich, und um eins brachen sie alle gemeinsam ins Krankenhaus auf. Anthony bemühte sich, stark zu sein, aber sobald er seine Mutter in diesem Zustand sah, schluchzte er haltlos. Chloe weinte still in Stevies Arm. Die gute Nachricht war, dass sich Caroles Zustand über Nacht leicht gebessert hatte. An diesem Abend sollte das Beatmungsgerät entfernt werden. Das war zwar ermutigend, aber auch nicht ohne Risiko. Falls sie nicht allein atmen konnte, würde man zwar neu intubieren, aber es verhieß nicht Gutes. Caroles Gehirn musste in der Lage sein, ihrem Körper den Befehl zum Atmen zu geben. Und ob ihr das gelang, blieb abzuwarten. Während die Ärztin ihnen das erklärte, hörte Jason mit düsterer Miene zu. Chloe und Anthony sahen ängstlich aus. Stevie saß ganz still und sagte schließlich, sie wolle dabei sein, wenn der Respirator entfernt wurde. Die Kinder und Jason erklärten sich ebenfalls dazu bereit. Dies würde der entscheidende Moment sein.
Sie aßen im Hotel zu Abend, obwohl keiner von ihnen großen Appetit verspürte. Stevie rührte ihr Essen gar nicht an. Dann fuhren sie ins Krankenhaus zurück.
Schweigend saßen sie in dem Wagen, der sie ins La Pitié brachte. Jeder hing seinen Erinnerungen an Carole nach. Die Ärztin hatte ihnen erklärt, dass die Atmung von dem Teil des Gehirns gesteuert wurde, der in Mitleidenschaft gezogen war. Ob sie allein atmen konnte, würde ihnen anzeigen, ob sich ihr Gehirn erholte.
Chloe starrte aus dem Wagenfenster. Tränen liefen ihr über die Wangen. Anthony drückte fest ihre Hand.
»Es kommt alles wieder in Ordnung«, flüsterte er ihr zu.

Aber sie schüttelte den Kopf und wandte sich ab. In ihrer Welt war nichts mehr in Ordnung, und es war kaum vorstellbar, dass es je wieder so sein würde. Welche Missverständnisse sie und ihre Mutter je gehabt haben mochten, Chloe hatte sie längst vergessen. Sie wollte nur noch ihre Mom zurück. Anthony ging es nicht anders. So hilflos zu sein und nichts tun zu können hatte zur Folge, dass sich die beiden wie Kinder fühlten.

»Sie wird atmen können«, versuchte Jason die beiden zu beruhigen. Aber er verspürte diese Zuversicht selbst nicht.

»Und wenn nicht?«, flüsterte Chloe, während sie an der jetzt schon vertrauten Station Austerlitz vorbeifuhren und sich dem Krankenhaus näherten.

»Dann wird sie wieder an das Beatmungsgerät angeschlossen, bis sie sich erholt hat«, versicherte Jason, und Chloe hatte nicht den Mut, diesen Gedanken bis zum Ende zu verfolgen. Nicht laut jedenfalls.

Vor dem Krankenhaus stiegen sie aus. Stevie hatte eine ähnliche Erfahrung bereits durchgestanden, nachdem ihr Vater am Herzen operiert worden war. Der kritische Moment war nervenaufreibend, aber ihr Vater hatte überlebt. Caroles Situation war schwieriger, weil niemand sagen konnte, wie schwer das Gehirn geschädigt war. Im schlimmsten Fall würde sie nie wieder in der Lage sein, selbständig zu atmen. Schweigend fuhren sie nach oben und warteten in Caroles Zimmer auf die Ärztin.

Carole sah aus wie immer. Mit geschlossenen Augen lag sie reglos da. Das gleichmäßige Geräusch des Beatmungsgerätes erfüllte den Raum. Kurz darauf kam die Ärztin. Das Procedere waren ihnen bereits am Mittag erklärt worden. Angespannt sahen alle zu, wie eine Krankenschwester das Klebeband von der Nase löste. Dann signalisierte

die Ärztin der Schwester, den Respirator zu entfernen, und stellte das Beatmungsgerät ab.
Es folgte ein qualvoll langer Augenblick, in dem nichts passierte. Alle starrten Carole an. Sie atmete nicht. Die Ärztin wechselte einen Blick mit der Krankenschwester und wollte bereits eingreifen, da begann Carole zu atmen. Chloe schluchzte erleichtert auf und schmiegte sich in Stevies Arm. Die lachte und weinte gleichzeitig. Sogar die Ärztin lächelte.
»Das nenne ich gute Nachrichten«, sagte sie und warf allen einen aufmunternden Blick zu. Einen Moment lang hatte es so ausgesehen, als schaffe Carole es nicht. »Ihr Gehirn signalisiert dem Körper zu atmen. Das ist ein sehr gutes Zeichen.« Carole hatte eine erste schwere Hürde genommen. Noch immer war es möglich, dass sie nie wieder aus dem Koma erwachte. Aber dies war ein wichtiger Schritt zurück ins Leben.
Die Ärztin sagte ihnen, dass Carole während der Nacht beobachtet werden musste, damit sie sicherstellen konnten, dass die Atmung nicht wieder aussetzte. Dies sei aber eine reine Vorsichtsmaßnahme. Mit jedem Atemzug, der verstrich, stabilisierte sich ihr Zustand. Noch immer lag Carole wie schlafend auf dem Bett. Aber es war ermutigend, zu sehen, wie sich ihr Brustkorb von allein sanft hob und senkte.
Noch über eine Stunde standen Stevie und die Familie um das Bett herum und freuten sich über diesen ersten Sieg. Schließlich schlug Jason vor, ins Hotel zurückzufahren. Für heute hatten sie alle genug durchgemacht und brauchten jetzt selbst etwas Ruhe.
Stevie verließ als Letzte das Krankenzimmer. Sie blieb kurz an Caroles Bett stehen und berührte sanft ihre Finger. Sie fühlten sich ganz kalt an. Aber ohne das Klebe-

band und den Respirator hatte zumindest ihr Gesicht wieder etwas Vertrautes. Wie oft hatte sie dieses Antlitz schon gesehen! Es war das Gesicht, das Caroles Fans kannten und liebten. Aber für Stevie war es mehr als das. Es gehörte zu der Frau, die sie seit Jahren bewunderte und der sie loyal ergeben war.

»Gut gemacht, Carole«, sagte sie leise. »Und jetzt streng dich noch ein kleines bisschen mehr an und wach auf. Wir vermissen dich.« Dann folgte sie den anderen aus dem Zimmer. Es war ein harter Tag gewesen, der aber mit einem Hoffnungsschimmer endete.

5

Zwei Tage später passierte das Unvermeidliche. Irgendjemand, entweder vom Hotel oder aus dem Krankenhaus, gab der Presse einen Tipp. Innerhalb von Stunden wimmelte es vor der Klinik von Fotografen. Ein paar besonders Kühne schlichen sich bis nach oben zur Intensivstation. Stevie fing sie gerade noch rechtzeitig ab. Sie trat aus Caroles Zimmer auf den Flur, stoppte die Reporter in einem Tonfall, der jedes Seemanns würdig gewesen wäre, und ließ sie dann hinauswerfen. Aber damit war die Gefahr nur vorübergehend gebannt.

Das Krankenhaus verlegte Carole in ein anderes Zimmer und stellte einen Wachmann vor die Tür. Für die Familie wurde es jetzt noch schwieriger, als es ohnehin schon war. Vor dem Hotel und am Klinikeingang lauerten die Fotografen auf sie. Blitzlichter flammten auf, sobald einer von ihnen das Gebäude betrat oder verließ.

Carole war zwar noch bewusstlos, atmete aber selbständig und wurde nicht mehr mit Medikamenten im künstlichen Koma gehalten. Sie konnte jetzt jederzeit aufwachen. Sollte sie das nicht tun, hätte das langfristige Folgen, über die keiner von ihnen nachdenken mochte.

Caroles Foto war auf sämtlichen Titelblättern, einschließlich *Le Monde*, *Le Figaro* und *Herald Tribune*.

»Dieses Bild von ihr mochte ich immer besonders.« Stevie versuchte es mit Humor zu nehmen, während sie alle beim Frühstück die Zeitungen studierten. Seit drei Tagen waren sie jetzt in Paris.

»Ja, ich auch«, stimmte Anthony zu und aß sein zweites Schokoladen-Croissant. Sein Appetit hatte sich gebessert. Sie gewöhnten sich alle daran, jeden Tag gemeinsam ins Krankenhaus zu fahren, mit den Ärzten zu sprechen und so lange wie möglich bei Carole zu sitzen. Danach kehrten sie ins Hotel zurück, saßen im Wohnzimmer ihrer Suite und warteten auf Neuigkeiten. Nachts im Krankenhaus zu bleiben war nicht erwünscht und half niemandem. Mittlerweile fanden sich immer mehr Fans vor der Klinik ein und hielten Transparente hoch, wenn die Familie eintraf.

Während sich die vier an diesem Morgen auf den Weg ins Krankenhaus machten, goss sich in einem Apartment in der Rue du Bac ein Mann seinen Café au lait ein, bestrich Toast mit Marmelade und setzte sich hin, um wie jeden Tag beim Frühstück die Zeitung zu lesen. Wie sonst auch faltete er sie auseinander, strich sie glatt und betrachtete die Titelseite. Als er das Foto sah, begannen seine Hände zu zittern. Dieses Bild war aufgenommen worden, als Carole vor Jahren einen Film in Frankreich drehte. Der Mann erinnerte sich daran, als wäre es gestern gewesen. Er war an jenem Tag mit Carole zusammen und hatte beim Fotoshooting zugesehen. Mit Tränen in den Augen las er den Artikel. Dann stand er auf und rief im Pitié Salpêtrière an. Er wurde mit der Intensivstation verbunden, wo man ihm sagte, dass Caroles Zustand stabil sei, man aber keine weiteren Informationen am Telefon preisgeben dürfe. Er zog in Erwägung, den Klinikleiter anzurufen, entschied sich jedoch hinzufahren.
Er war ein großer, vornehm wirkender Mann mit weißem Haar und strahlend blauen Augen hinter eleganten Brillengläsern. Obwohl er nicht mehr jung war, konnte man leicht erkennen, dass er einmal sehr gut ausgesehen hatte und immer noch attraktiv war. Er sprach und bewegte sich wie je-

mand, der es gewohnt war, Befehle zu erteilen, und strahlte Autorität aus. Sein Name lautete Matthieu de Billancourt, und er war der frühere Innenminister von Frankreich.

Er zog seinen Mantel an und saß zwanzig Minuten nachdem er den Artikel gelesen hatte, in seinem Wagen. Fünfzehn Jahre war es her, dass er Carole das letzte Mal gesehen hatte, und seit vierzehn Jahren hatten sie nicht mehr miteinander gesprochen. Seither hatte er nur durch die Presse von ihr erfahren. Er wusste, dass sie wieder geheiratet hatte, einen Produzenten aus Hollywood. Und obwohl er sich für sie freute, hatte es ihm einen Stich versetzt. Seine Erinnerung an damals war hell und klar. Vor achtzehn Jahren war Carole Barber die Liebe seines Lebens gewesen.

Matthieu de Billancourt parkte seinen Wagen vor dem Krankenhaus. Er betrat die Halle und fragte am Empfang nach Caroles Zimmer. Man sagte ihm, dass keine Besucher zu ihr gelassen wurden. Daraufhin fragte er nach dem Leiter der Klinik und reichte der Frau am Empfang seine Karte. Sie warf einen Blick darauf und eilte davon.

Innerhalb von drei Minuten erschien der Leiter der Klinik. Er musterte Matthieu, als wolle er sich davon überzeugen, dass die Visitenkarte nicht gefälscht war. Es war die Firmenkarte der Kanzlei, die Matthieu seit zehn Jahren leitete, nachdem er sich aus der Politik zurückgezogen hatte.

»*Monsieur le Ministre?*«, sagte der Krankenhausleiter nervös und rang die Hände. Er konnte sich nicht vorstellen, was den ehemaligen Innenminister hierher verschlug. Matthieus Ruf war legendär, und noch heute fand sich sein Name regelmäßig in der Presse. Er wurde häufig zu Rate gezogen und oft zitiert. Dreißig Jahre lang war er einer der mächtigsten Männer Frankreichs gewesen, und seine Aus-

strahlung ließ keinen Widerspruch aufkommen. »Wie kann ich Ihnen behilflich sein, Monsieur?«
»Ich bin hier, um eine alte Freundin zu besuchen«, antwortete Matthieu mit ernster Stimme. »Sie war eine Freundin meiner Frau.« Er wollte keine unnötige Aufmerksamkeit auf seinen Besuch ziehen, was sich allerdings kaum vermeiden ließ, wenn er nach dem Krankenhausleiter fragte. Er hoffte jedoch, dass dieser eine gewisse Diskretion an den Tag legte. Matthieu wollte nicht in diesem Zusammenhang in der Presse erscheinen, obwohl er inzwischen nahezu alles riskiert hätte, um Carole wiederzusehen. Möglicherweise war es seine letzte Chance. Aus der Zeitung hatte er erfahren, dass sie nach wie vor in Lebensgefahr schwebte. »Mir wurde gesagt, dass keine Besucher zu ihr gelassen werden«, sagte Matthieu.
Dem Leiter von La Pitié Salpêtrière wurde sofort klar, um welche Patientin es sich handelte. Dem kleinen, beflissen wirkenden Mann blieb nicht verborgen, wie angespannt und besorgt der Besucher wirkte.
»Unsere Familien waren eng befreundet«, fuhr Matthieu mit düsterer Miene fort.
»Ich bin sicher, dass wir bei Ihnen eine Ausnahme machen können, Monsieur. Ohne Frage. Wenn Sie mich bitte nach oben begleiten würden? Wir reden von Mrs. Watermann … Miss Barber … nicht wahr?«
»Ja. Und ich wäre Ihnen dankbar, wenn Sie mich zu ihr bringen würden.« Ohne ein weiteres Wort führte ihn der Krankenhausleiter zum Aufzug. Als sich die Tür öffnete, ließen sie erst die Ärzte, Schwestern und Besucher aussteigen, bevor sie eintraten. Der Direktor drückte auf einen Knopf, und kurz darauf hielten sie in der richtigen Etage. Matthieu spürte, wie sein Herz schneller schlug. Er hatte keine Ahnung, welcher Anblick ihn in dem Kranken-

zimmer erwartete und ob ihre Familie da war. Ihre Kinder konnten sich bestimmt nicht an ihn erinnern, sie waren damals noch klein gewesen. Wahrscheinlich war ihr neuer Ehemann hier. Matthieu hoffte, dass alle gerade zum Beispiel Kaffee trinken waren und er mit Carole allein wäre.
Am Empfang der Intensivstation blieb der Direktor kurz stehen und tauschte leise ein paar Worte mit der Oberschwester. Sie nickte, sah Matthieu neugierig an und zeigte dann auf eine Tür am anderen Ende des Ganges. Wortlos folgte Matthieu dem Direktor. In dem kahlen Krankenhauslicht sah man ihm sein Alter plötzlich an. Der Direktor drückte die Klinke der Tür, auf die die Schwester gezeigt hatte, und signalisierte Matthieu, ihm zu folgen. Der zögerte und flüsterte dann:
»Ist ihre Familie da? Ich möchte keinesfalls stören.« Ihm wurde plötzlich klar, dass er in eine unangenehme Situation geraten könnte.
»Möchten Sie, dass ich Sie anmelde, falls jemand von der Familie anwesend ist?«, fragte der Direktor. Aber Matthieu schüttelte den Kopf, ohne seine Ablehnung weiter zu erklären. Der Direktor verstand. »Ich werde nachsehen.« Er ging hinein, und die Tür schloss sich hinter ihm, ohne dass Matthieu etwas hatte erkennen können. Kurz darauf kam der Direktor wieder heraus. »Die Familie ist da«, bestätigte er. »Möchten Sie vielleicht im Wartezimmer Platz nehmen?«
Matthieu wirkte erleichtert über den Vorschlag. »Ja, bitte. Diese Situation muss für die Angehörigen sehr schwer sein«, antwortete er, während der Direktor ihn den Gang zurückführte zu einem privaten Wartezimmer, das normalerweise für Gespräche genutzt wurde. Für Matthieu war es perfekt geeignet, denn auf diese Weise konnte er neugierigen Blicken aus dem Weg gehen. Außerdem war

er froh, allein zu sein, während er darauf wartete, Carole wiederzusehen. Er hatte keine Ahnung, wie lange ihre Familie bleiben würde, aber er war bereit, notfalls den ganzen Tag zu warten.

Der Direktor zeigte auf einen Sessel und bot Matthieu Platz an. »Möchten Sie etwas trinken, Monsieur? Vielleicht eine Tasse Kaffee?«

»Nein, danke«, sagte Matthieu und reichte ihm die Hand. »Ich weiß Ihre Hilfe zu schätzen. Als ich in der Zeitung davon las, war ich entsetzt.«

»Eine schreckliche Geschichte«, stimmte der Direktor zu. »Sie war fast zwei Wochen hier, bevor wir erfuhren, wer sie ist«, fügte er zurückhaltend hinzu.

»Wird sie wieder gesund?«, fragte Matthieu mit besorgtem Blick.

»Das kann man noch nicht sagen. Kopfverletzungen sind heimtückisch und schwer einzuschätzen. Sie liegt im Koma, atmet aber selbständig. Das ist ein gutes Zeichen. Dennoch ist sie nicht außer Gefahr.« Matthieu nickte. »Ich komme später wieder und sehe nach Ihnen«, versprach der Direktor. »Sollten Sie irgendetwas brauchen, wenden Sie sich bitte an die Schwestern.« Matthieu bedankte sich, und der Direktor verließ das Zimmer. Da saß er nun, der Mann, der einst der mächtige Innenminister Frankreichs gewesen war, traurig und besorgt wie jeder andere Besucher der Intensivstation. Er hatte Angst um Carole und um sich. Allein der Gedanke, dass sie nur wenige Türen von ihm entfernt war, ließ sein Herz klopfen wie seit Jahren nicht mehr.

Jason, Stevie, Anthony und Chloe waren schon seit Stunden bei Carole. Sie saßen abwechselnd auf dem Stuhl neben dem Bett, streichelten ihre Hand und redeten leise mit ihr.

Chloe küsste die blau verfärbten Fingerspitzen ihrer Mutter, die aus dem Gips herausragten, und flehte, sie möge zu ihnen zurückkehren. »Komm schon, Mommy, bitte … wir wollen, dass du die Augen aufmachst.« Sie klang wie ein Kind und weinte still. Stevie legte den Arm um sie, reichte ihr ein Glas Wasser und sorgte dafür, dass jemand Chloe neben dem Bett ablöste.

Anthony wollte immer tapfer sein, aber er brachte nie mehr als ein paar Worte heraus, bevor er zu schluchzen begann. Da die leise Hoffnung bestand, dass Carole sie hören konnte, sprachen sie unaufhörlich mit ihr. Und sie beteten, sie dadurch ins Leben zurückzuholen. Aber bisher hatte sich nichts getan – eine nervenaufreibende Situation. Stevie versuchte ständig, die anderen aufzumuntern, obwohl sie selbst erschöpft war. Sie war wild entschlossen, alles zu tun, was in ihrer Macht stand. Für Carole, die anderen und auch für sich selbst.

»Komm schon, Carole, du musst noch das Buch schreiben. Jetzt ist nicht die Zeit, nachlässig zu werden«, feuerte sie Carole an. Jason lächelte. Er mochte Stevie. Sie war eine Frau von Format und kümmerte sich rührend um sie alle. Er konnte sehen, wie sehr sie an Carole hing. »Jetzt übertreibst du es aber mit der Schreibblockade, findest du nicht auch? Hast du dir Gedanken über das Buch macht? Das solltest du wirklich tun. Die Kinder sind übrigens auch hier. Chloe sieht fürchterlich aus. Sie hat eine neue Frisur und behängt sich mit Designer-Modeschmuck. Warte ab, bis du die Rechnung bekommst!« Die anderen lachten. Doch der Nachmittag zog sich hin, ohne dass sich irgendetwas änderte. Es war eine Qual, ständig dieses bleiche, reglose Gesicht zu betrachten.

»Vielleicht sollten wir ins Hotel fahren«, schlug Stevie schließlich vor. Jason sah aus, als würde er bald umkippen.

Sie hatten seit dem Frühstück nichts mehr gegessen. »Wir brauchen jetzt alle eine Stärkung. Sollte sich etwas tun, wird man uns anrufen. Wir können heute Abend noch mal herkommen«, erklärte sie pragmatisch. Jason nickte. Ihm war nach einem Drink zumute, obwohl er sonst nur selten Alkohol trank. Aber momentan verschaffte ihm das eine gewisse Erleichterung.

»Ich möchte aber nicht gehen«, schluchzte Chloe.

»Komm schon, Clo.« Anthony legte den Arm um seine Schwester und drückte sie. »Mom würde nicht wollen, dass wir uns übernehmen. Wir müssen bei Kräften bleiben.« Stevie hatte bereits früher vorgeschlagen, im Hotel schwimmen zu gehen. Anthony hielt das für eine gute Idee. Sie standen unter einer derartigen Anspannung, dass körperliche Bewegung ihnen guttun würde.

Schließlich gelang es Stevie, alle zum Aufbruch zu veranlassen. Keiner konnte sagen, wie lange dieser Zustand noch andauern würde. Deshalb war es wichtig, dass sie sich auf andere Gedanken brachten. Sonst würden sie diese Belastung nicht durchstehen. Es dauerte ewig, bis sie es zum Aufzug geschafft hatten. Chloe musste noch einmal zurück, weil sie ihren Pulli vergessen hatte.

Von seinem Platz im Wartezimmer aus sah Matthieu sie fortgehen. Er erkannte keinen von ihnen, aber er wusste, wer sie waren. Außerdem hörte er ihren amerikanischen Akzent. Sobald sich die Aufzugtüren hinter ihnen geschlossen hatten, wandte er sich an die Oberschwester, die ihn wortlos zu Caroles Zimmer führte. Sie lag in ihrem Bett wie eine schlafende Prinzessin, mit Kanülen im Arm und angeschlossen an verschiedene Apparate. Eine Krankenschwester überprüfte an einem Monitor gerade die Werte. Carole rührte sich nicht und war leichenblass. Matthieu betrachtete sie und strich dann zärtlich über ihre

Wange. Alles, was er je für diese Frau gefühlt hatte, spiegelte sich in seinen Augen. Die Schwester wandte sich taktvoll ab. Sie spürte, dass diese beiden Menschen etwas ganz Besonderes miteinander verband. Lange stand Matthieu einfach nur da und sah Carole an. Schließlich verließ er mit gesenktem Kopf das Zimmer. Sie war so schön, wie er sie in Erinnerung hatte. Die Zeit schien spurlos an ihr vorübergegangen zu sein. Ihr Haar war noch so golden und seidig wie damals. Der Kopfverband war abgenommen worden, und Chloe hatte ihrer Mutter das Haar gebürstet, bevor sie gingen.

Der ehemalige Innenminister von Frankreich saß lange Zeit regungslos in seinem Wagen. Dann barg er das Gesicht in Händen und weinte wie ein Kind. Er dachte an all das, was passiert war, was er ihr versprochen und nicht erfüllt hatte. Sein Herz verzehrte sich nach dem, was hätte sein sollen, aber eben nicht war. Es war das einzige Mal in seinem Leben gewesen, dass er nicht Wort hielt. Er hatte es seither all die Jahre bitterlich bereut. Und doch wusste er, dass er damals keine andere Wahl gehabt hatte. Carole hatte das erkannt, und deshalb war sie gegangen. Er hatte ihr nie einen Vorwurf daraus gemacht, dass sie ihn verließ. Damals gab es für ihn einfach zu viele andere Verpflichtungen. Er wünschte nur, er könnte mit ihr darüber sprechen, während sie dort in diesem Krankenzimmer lag. Sie hatte damals sein Herz mitgenommen, und es gehörte ihr immer noch. Der Gedanke, dass sie jetzt womöglich starb, war unerträglich. Als er endlich losfuhr, wusste er nur eines – er musste sie wiedersehen. Obwohl seither fünfzehn Jahre vergangen waren und sie beide viel erlebt hatten, war er ihr verfallen wie am ersten Tag. Ein einziger Blick in ihr Gesicht hatte alle Gefühle wieder auflodern lassen.

6

Fünf Tage nach dem Eintreffen von Caroles Familie in Paris bat Jason um eine Besprechung mit den Ärzten. Carole lag nach wie vor im Koma. Sie atmete selbständig, aber ansonsten hatte sich nichts verändert. Seit drei Wochen war sie jetzt bewusstlos. Alle befürchteten insgeheim, dass sie vielleicht nie wieder aufwachte.

Die Ärzte waren freundlich, aber ehrlich. Wenn Carole nicht bald das Bewusstsein wiedererlangte, hatte sie vermutlich einen dauerhaften Hirnschaden erlitten. Im Grunde bestätigten die Ärzte Jasons schlimmste Befürchtungen. Medizinisch konnte momentan nichts für Carole getan werden. Alles lag in Gottes Hand. Menschen waren schon nach viel längerer Zeit wieder aus dem Koma erwacht, aber je länger es dauerte, desto geringer waren ihre Chancen, dass sich das Gehirn wieder vollständig erholte.

Nachdem die Ärzte den Warteraum verlassen hatten, in dem das Gespräch stattfand, herrschte beklommenes Schweigen. Chloe weinte still im Arm ihres Bruders. Stevie schluckte und holte tief Luft.

»Also gut, Leute. Carole hat nie aufgegeben. Und das werden wir auch nicht tun. Ihr kennt sie doch. Sie erledigt die Dinge immer in ihrem eigenen Tempo. Sie wird es schaffen. Wir dürfen jetzt nicht den Mut verlieren. Wir wäre es, wenn wir heute alle gemeinsam etwas unternehmen? Wir brauchen eine Pause.« Die anderen sahen sie an, als wäre sie geistesgestört.

»Was zum Beispiel? Vielleicht ein Einkaufsbummel?«,

fragte Chloe wütend, und die beiden Männer wirkten bestürzt. Seit Tagen hatten sie nichts anderes getan, als zwischen Krankenhaus und Hotel zu pendeln und an Caroles Bett zu sitzen. Dass sie sich elend fühlten, hielten sie für angebracht. Auch Stevie litt, aber sie wollte, dass sich alle ein bisschen erholten.

»Egal was. Kino. Louvre. Essen gehen. Versailles. Nôtre Dame. Ich bin für etwas, das uns Spaß macht. Wir sind in Paris. Lasst uns überlegen, was Carole vorgeschlagen hätte. Sie würde nicht wollen, dass wir hier Tag für Tag trübsinnig an ihrem Bett sitzen.« Ihr Vorschlag stieß auf wenig Begeisterung.

»Wir können sie nicht einfach hier liegen lassen und uns amüsieren gehen«, erklärte Jason mit strenger Miene.

»Ich bleibe bei ihr. Lenkt ihr euch ruhig ein paar Stunden lang ab. Und ja, Chloe, vielleicht mit einem Einkaufsbummel. Was würde deine Mom tun?«, beharrte Stevie.

»Zur Maniküre gehen und Schuhe kaufen«, antwortete Chloe und kicherte dann. »Und sich die Beine wachsen lassen.«

»Perfekt«, stimmte Stevie zu. »Ich möchte, dass du dir heute mindestens drei Paar Schuhe kaufst. Deine Mom kauft nie weniger. Mehr ist auch gut. Ich werde im Hotel einen Maniküretermin für dich vereinbaren. Maniküre, Pediküre, Beine wachsen, das volle Programm. Und eine Massage. Die würde auch den anwesenden Herren guttun. Und wie wäre es, wenn ich einen Squashplatz im Fitnessclub vom Ritz reserviere?« Sie wusste, wie gern die beiden spielten.

»Ist das nicht ein bisschen sonderbar?«, fragte Anthony mit schuldbewusstem Gesichtsausdruck, obwohl er zugeben musste, dass er sich seit Tagen nach sportlicher Betätigung sehnte.

»Nein, ist es nicht. Und nach dem Spiel könnt ihr noch eine Runde schwimmen gehen. Warum esst ihr nicht alle gemeinsam am Pool zu Mittag und legt dann los? Die Jungs spielen Squash, Chloe bekommt ihre Maniküre und danach Massage für alle. Die Massage kann ich aufs Zimmer bestellen, wenn euch das lieber ist.« Jason lächelte sie dankbar an. Trotz allem gefiel ihm die Idee. »Und was ist mit dir?«
»Ich tue meinen Job, wie immer«, erklärte sie schulterzuckend. »Herumsitzen, warten, Dinge organisieren.« Das Gleiche hatte sie für Carole getan, als Sean krank war. Damals hatte Carole auch tagelang an Seans Bett gesessen, insbesondere nach der Chemo. »Ein paar Stunden Pause schaden niemandem. Im Gegenteil, sie werden allen guttun. Ich bleibe so lange bei ihr.« Sie alle fühlten sich jedes Mal schuldig, wenn sie Carole allein im Krankenhaus zurücklassen mussten. Wenn sie nun aufwachte, während alle fort waren? Leider sah es aber nicht danach aus. Stevie rief im Hotel an und buchte die Termine. Dann befahl sie Chloe, auf dem Weg ins Hotel an der Faubourg Saint Honoré einen Zwischenstopp einzulegen. Dort gab es jede Menge Schuhgeschäfte sowie exklusive Läden für Herrenbekleidung. Zwanzig Minuten später scheuchte sie alle wie eine Horde Kinder aus dem Zimmer und brachte sie zum Aufzug. Dankbar zogen sie los.
Stevie ging zurück in Caroles Zimmer. Als sie an der Schwester hinter dem Empfangstisch vorbeikam, nickte die ihr zu. Obwohl sie sich nie miteinander unterhielten, waren sie einander inzwischen vertraut.
Die Schwester, die sich heute um Carole kümmerte, war etwa in Stevies Alter. Stevie wünschte, sie könnte ein paar Worte mit ihr wechseln, aber dafür reichte ihr Französisch nicht. Stattdessen wandte sie sich Carole zu.

»Also gut, Kindchen, Schluss damit. Es wird Zeit, dass du in die Gänge kommst. Die Ärzte werden langsam sauer. Höchste Zeit aufzuwachen. Du brauchst eine Maniküre, und dein Haar ist in einem fürchterlichen Zustand. Die Möbel in deinem Zimmer hier sind auch nicht gerade stilvoll. Du solltest allmählich wieder ins Ritz ziehen. Davon abgesehen wartet da immer noch ein Buch auf dich, das geschrieben werden will.« In wenigen Tagen hatten sie bereits Thanksgiving. »Du *musst* aufwachen«, verlangte Stevie mit verzweifelter Stimme. »Das ist nicht fair den Kindern gegenüber. Oder sonst jemandem. Du hast noch nie aufgegeben, Carole. Und du hast jetzt genug geschlafen. *Wach auf!*« Ähnliches hatte sie in den düsteren Nächten nach Seans Tod zu Carole gesagt. Aber damals war Carole schnell wieder zu sich gekommen. Sie hatte gewusst, dass Sean es von ihr erwartete. »Langsam reicht es mir«, fügte sie nach einer kurzen Pause hinzu. »Und ich bin sicher, dir auch. Das ist doch furchtbar langweilig. Die Rolle der schlafenden Schönheit hatten wir jetzt lange genug.«

Nichts regte sich auf dem Bett. Stevie fragte sich, ob es überhaupt stimmte, dass jemand im Koma hören kann, wenn ein geliebter Mensch zu ihm spricht. Dennoch baute sie darauf. Den ganzen Nachmittag lang redete sie mit Carole, über ganz Alltägliches, so als könnte Carole sie wirklich hören. Die Schwester erledigte ihre Aufgaben und warf Stevie zwischendurch einen bedauernden Blick zu. Die Ärzte und Schwestern waren nahe daran, die Hoffnung aufzugeben. Zu viel Zeit war seit dem Anschlag verstrichen. Caroles Chancen aufzuwachen schwanden zunehmend. Aber Stevie wollte sich dadurch nicht entmutigen lassen.

Um sechs Uhr am Abend, nachdem sie seit acht Stunden bei Carole gewacht hatte, entschloss sich Stevie, zu den anderen ins Hotel zurückzukehren. »Ich bin jetzt weg«, verabschiedete sie sich wie nach einem normalen Arbeitstag in L. A. »Und morgen will ich nichts mehr davon sehen, Carole. Genug ist genug. Heute habe ich dich noch mal gewähren lassen. Aber das reicht. Du hattest jetzt genügend Zeit. Morgen gehen wir zurück an die Arbeit. Du wachst auf, siehst dich hier mal um und frühstückst. Wir werden ein paar Briefe schreiben, und du hast Berge von Telefonaten zu erledigen. Mike hat jeden Tag angerufen. Mir gehen langsam die Entschuldigungen aus, warum du nicht mit ihm sprechen kannst. Du wirst ihn schon selbst anrufen müssen.« Ihr war klar, dass sie sich wie eine Irre anhörte, aber es war nun mal leichter, einfach so zu tun, als würden sie sich ganz normal unterhalten. Außerdem log sie nicht. Mike Applesohn hatte wirklich täglich angerufen, seit die Presse die Nachricht verbreitet hatte. Mike kannte Carole seit Ewigkeiten und war für sie wie ein Vater. Er hatte sie damals in einem Drugstore in New Orleans entdeckt. Dieses Jahr war er siebzig geworden, aber er war immer noch gut in Form und erfolgreich. Eigene Kinder hatte er nie gehabt, wahrscheinlich hing er auch deshalb so an Carole. Er hatte nach Paris kommen wollen, aber Jason bat ihn abzuwarten. Die Situation war für sie alle schon schwer genug, ohne dass sich noch mehr Leidtragende zu ihnen gesellten. Auch wenn es gut gemeint war. Stevie war dankbar, dass die Familie nichts dagegen hatte, dass sie die ganze Zeit blieb. Allerdings war sie allen eine große Hilfe. Im Grunde wären sie ohne sie genauso verloren gewesen wie Carole. So war Stevie nun mal. Carole hatte eine Menge Freunde in Hollywood, aber niemand hatte so viel Zeit mit ihr verbracht und so viel mit ihr erlebt wie ihre Assistentin. Das hatte sie zusammengeschweißt.

»Also, hast du verstanden? Heute hast du den letzten Tag deines Lebens verschlafen. Schluss mit dem Herumliegen wie eine Diva. Du bist eine berufstätige Frau. Du musst aufwachen und dieses verdammte Buch schreiben. Ich werde dir das nicht abnehmen. Du musst es schon selbst tun. Genug gefaulenzt. Schlaf dich heute Nacht noch mal aus, und morgen früh wirst du dann wach. Die Ferien sind *vorbei.* Und wenn du mich fragst, sind diese Ferien ziemlich beschissen.« Die Schwester hätte sicher gelacht, wenn sie die Sprache hätte verstehen können. Sie lächelte, als Stevie ging. In einer Stunde hatte sie ebenfalls Feierabend und konnte nach Hause zu ihrem Mann und den drei Kindern gehen.

Stevie fühlte sich völlig ausgelaugt. Stundenlang hatte sie jetzt auf Carole eingeredet. Wenn die anderen dabei waren, wagte sie das nicht, dann richtete sie nur hin und wieder ein paar aufmunternde Worte an die Schlafende. Sie hatte das nicht im Voraus geplant, aber nachdem die anderen gegangen waren, fasste sie den Entschluss, es auf einen Versuch ankommen zu lassen. Sie hatten schließlich nichts zu verlieren, und schaden konnte es auch nicht.

Sobald sie im Taxi saß, lehnte sie den Kopf hinten an und schloss die Augen. Vor dem Hotel erwartete sie der vertraute Anblick der Paparazzi. Sie erhofften sich Schnappschüsse von Caroles Kindern. Außerdem war Harrison Ford samt Familie soeben aus den Staaten angekommen, und für den nächsten Tag wurde Madonna erwartet. Aus irgendwelchen Gründen verbrachten alle Thanksgiving in Paris. So wie Caroles Familie. Stevie hatte bereits mit dem Restaurant abgesprochen, dass man in einem privaten Speisesaal ein richtiges Thankgiving-Dinner für sie anrichten würde. Das war das Mindeste, was sie tun konnte. Marshmallows für die Süßkartoffeln waren hier jedoch nicht zu bekommen. Sie hatte ihren Freund Alan gebeten, ihr per FedEx welche aus den Staaten zu schicken. Sie hielt ihn telefonisch täglich auf dem Laufenden. Er sagte, er drücke Carole ganz fest die Daumen. Alan war ein toller Mann. Dass sie nicht heirateten, lag nicht an ihm, sondern war eine prinzipielle Entscheidung von Stevie. Sie war nun mal mit ihrem Job verheiratet. Und momentan brauchte Carole sie mehr denn je.

Die Familie war an diesem Abend in wesentlich besserer Stimmung, und auf Stevies Drängen hin aßen sie im Espadon, dem hoteleigenen, gut besuchten Restaurant zu Abend. Dort herrschte eine freundliche, angenehme Atmosphäre, und das Essen war köstlich. Stevie schloss sich ihnen jedoch nicht an. Sie ließ sich massieren, bestellte beim Zimmerservice eine Suppe und ging dann schlafen. Die anderen bedankten sich bei ihr für diesen Tag, denn sie fühlten sich fast wieder wie Menschen. In einem Anfall von Aktionismus hatte Chloe sechs Paar Schuhe und ein Kleid bei Saint Laurent gekauft. Jason konnte es selbst kaum glauben, aber er hatte tatsächlich zwei paar John Lobbs bei Hermès erworben, während er auf Chloe wartete. Und Anthony, der Einkaufsbummel hasste, brachte es immerhin auf vier Hemden. Außerdem hatten sich beide Männer noch mehr bequeme Kleidung zugelegt, die sie im Krankenhaus tragen konnten, vor allem Jeans und Pullover, denn schließlich hatte keiner von ihnen für die Reise viel eingepackt. Nach dem Schwimmen und der Massage fühlten sie sich erfrischt. Jason hatte seinen Sohn beim Squash besiegt – ein seltenes Ereignis. Trotz der schrecklichen Umstände, die sie nach Paris gebracht hatten, verbrachten alle einen ganz netten Tag – dank Stevie. Sie selbst war völlig geschafft und schlief bereits um neun Uhr tief und fest.

Am nächsten Morgen um sechs klingelte das Telefon. Stevies Herz schlug bis zum Hals. Ein Anruf zu dieser Stunde konnte nur eines bedeuten. Jason war dran. Das Krankenhaus hatte ihn zuerst angerufen. Er weinte, während er es Stevie erzählte.

»Sie ist wach«, sagte er und schluckte. »Sie hat die Augen aufgemacht. Noch spricht sie nicht, aber sie reagiert.«

»O mein Gott …« war alles, was Stevie herausbrachte.

»Ich fahre jetzt zu ihr. Begleitest du mich? Ich wollte die Kinder schlafen lassen und mir erst selbst einen Eindruck verschaffen, bevor ich ihnen zu große Hoffnungen mache.«

»Ich zieh mich nur rasch an. In fünf Minuten bin ich fertig.« Und dann lachte Stevie laut auf. »Sie muss mich gehört haben!« Ihr war klar, dass letztlich die Zeit und Gott dafür gesorgt hatten. Aber vielleicht hatten ihre Worte ja doch ein bisschen mitgeholfen.

»Was hast du denn zu ihr gesagt?«, wollte Jason wissen und wischte sich die Tränen der Erleichterung von den Wangen. Nach der Besprechung mit den Ärzten am Vortag war er nahe daran gewesen, den Mut zu verlieren. Aber jetzt war Carole wach. Ihre Gebete waren erhört worden.

»Ich habe ihr gesagt, dass wir die Nase voll haben von diesem Mist und sie ihren Hintern an den Schreibtisch bewegen soll. So etwas in der Art.«

»Gute Arbeit!« Er lachte. »Das hätten wir schon früher versuchen sollen. Anscheinend hast du ihr ein schlechtes Gewissen gemacht.«

»Das hoffe ich.« Dies war für sie alle ein wunderbares Thanksgiving-Geschenk.

»In fünf Minuten klopfe ich bei dir«, verabschiedete sich Jason und legte auf. Als er sie abholte, trug Stevie Jeans, einen Pullover und den dicken Mantel, den sie mitgebracht hatte. Dazu die Cowboystiefel, in denen sie auch in L. A. meistens zur Arbeit kam. Sie hatte sie irgendwann in einem Secondhandladen entdeckt und sagte immer, es seien ihre Glücksstiefel. Jetzt waren sie das ganz sicher, schließlich hatte sie sie auch am Vortag getragen.

Während sie auf dem Weg ins Krankenhaus all die jetzt schon vertrauten Plätze passierten, unterhielten sie sich aufgeregt. Sie konnten es kaum erwarten, Carole zu sehen. Jason erinnerte Stevie daran, dass der Arzt gesagt hatte, sie würde noch nicht sprechen. Bis dahin konnte es noch eine Weile dauern. Aber sie war aufgewacht. Über Nacht hatte sich das Blatt gewendet. Sie eilten durch das noch sehr stille Krankenhausgebäude zu Caroles Zimmer, vor dessen Tür der Sicherheitsbeamte wartete. Er nickte beiden zu und vermutete sofort, dass dieser frühe Besuch ein gutes Zeichen sein musste. Es war ein kühler, sonniger Morgen und für Stevie der schönste Tag ihres Lebens. Jason konnte ihn nur mit den Tagen der Geburt seiner Kinder vergleichen, an denen er sich ähnlich gefühlt hatte. Und jetzt war Carole neu geboren. Sie war wach!

Als sie hineinstürmten, lag Carole mit offenen Augen auf dem Bett. Die Ärztin stand neben ihr. Sie war auch noch nicht lange hier. Man hatte sie ebenfalls direkt benachrichtigt, als Carole die Augen aufschlug, und sie war sofort in die Klinik gefahren. Sie lächelte erst Stevie und Jason an und dann ihre Patientin. Carole erwiderte den Blick der Ärztin, als diese mit starkem Akzent auf Englisch mit ihr sprach, aber sie reagierte nicht. Sie gab keinen Ton von sich und bewegte sich nicht. Sie schaute einfach nur, aber als sie dazu aufgefordert wurde, drückte sie leicht die Hand der Ärztin. Ganz zart nur, und dann wanderten ihre Augen in Richtung der Besucher, die sie wohl eintreten gehört hatte. Ihr Gesicht war wie eine ausdruckslose Maske. Stevie redete sanft auf sie ein, und Jason beugte sich vor, um sie auf die Wange zu küssen. Carole zeigte keinerlei Reaktion. Schließlich schloss sie die Augen und schlief wieder ein. Stevie und Jason verließen gemeinsam mit der Ärztin das Zimmer.

»Sie reagiert nicht«, sagte Jason besorgt. Doch Stevie freute sich einfach nur. Das hier war immerhin ein Anfang und so verdammt viel mehr, als bisher geschehen war.

»Das ist ein erster Schritt«, beruhigte die Ärztin Jason. »Möglicherweise erkennt sie Sie nicht. Sie kann einen Großteil ihrer Erinnerungen verloren haben. Der Hippocampus war in Mitleidenschaft gezogen, was zu Gedächtnisdefekten führt. Noch wissen wir nicht, wie groß die entstandenen Lücken sind. Mit ein bisschen Glück arbeitet ihr Gehirn wieder normal, und die Erinnerung kommt zurück. Aber das braucht Zeit. Sie muss sich an alles wieder erinnern, wie man geht und spricht, sich bewegt. Ihr Gehirn hat einen heftigen Schlag abbekommen. Aber jetzt haben wir eine echte Chance. Wir können mit der Arbeit beginnen.« Sie wirkte ehrlich ermutigt. Tatsächlich hatte sie schon angefangen zu bezweifeln, ob die Patientin je das Bewusstsein wiedererlangen würde. Aber dies bewies nur einmal mehr, dass es immer wieder Wunder gab, und zwar dann, wenn man sie am wenigstens erwartete. Dann lächelte sie Stevie an. »Die Schwestern haben mir erzählt, dass Sie gestern den ganzen Tag lang mit ihr gesprochen haben. Man weiß einfach nicht, was ein Komapatient tatsächlich hören kann und was den Ausschlag bringt.«

»Wahrscheinlich war es einfach an der Zeit«, erklärte Stevie bescheiden. Wenn auch ziemlich überfällig. Es waren für alle schreckliche Tage gewesen, ständig begleitet von Angst, Carole für immer zu verlieren. Eine derartige Erfahrung ließ einen das Leben mit anderen Augen sehen.

»Wir werden heute noch ein CT und eine Kernspintomograhie machen. Außerdem soll sich ein Sprachtherapeut ihre Reaktionen ansehen. Es kann sein, dass sie sich momentan noch nicht an die Wörter erinnert. Wir werden ihr einen kleinen Schubs geben, damit sie leichter in Gang kommt. Ich versuche einen Therapeuten zu finden, der Englisch spricht.« Stevie hatte der Ärztin zwar erzählt, dass Carole Französisch verstand, aber es war in jedem Fall besser, mit der Muttersprache zu beginnen.
»Wenn mir jemand zeigt, wie es geht, könnte ich auch mit ihr arbeiten«, erklärte sich Stevie sofort bereit. Die Ärztin lächelte wieder.
»Sie haben gestern bereits großartige Arbeit geleistet. Man weiß nie, was den Ausschlag gibt, jemanden aus dem Koma zurückzuholen.«
Jason und Stevie fuhren ins Hotel zurück, um es den Kindern zu erzählen. Er weckte die beiden auf.
»Mom?«, fragte Anthony schlaftrunken und ängstlich. Er war ein sechsundzwanzig Jahre alter Mann, aber sie war und blieb seine Mom.
»Sie ist aufgewacht«, sagte Jason leise. »Noch kann sie nicht sprechen, aber sie hat uns gesehen. Sie wird wieder gesund werden, mein Sohn.«
Anthony schluchzte vor Erleichterung. Es konnte zwar noch niemand sagen, wie weit sich Carole wieder erholen würde, aber sie war am Leben und lag nicht länger im Koma.
Chloe schlang ihrem Vater die Arme um den Hals, weinte und lachte gleichzeitig. Dann sprang sie aus dem Bett und tanzte wie ein Kind durchs Zimmer. Anschließend lief sie rüber zu Stevie, um sie zu drücken.
Beim Frühstück lachten und redeten alle durcheinander. Um zehn Uhr machten sie sich auf den Weg ins Kranken-

haus. Carole hatte die Augen geöffnet und betrachtete ihre Besucher.

»Hallo, Mom«, begrüßte Chloe ihre Mutter gutgelaunt, ging zu ihr und küsste sie auf die Wange. Carole wirkte bestenfalls überrascht. Allerdings war ihre Mimik noch stark eingeschränkt. Der Gesichtsverband war vor wenigen Tagen entfernt worden, aber der Schnitt hatte eine hässliche Narbe hinterlassen, die vermutlich bei jeder Bewegung schmerzte. Sie hatten sich bereits alle an den Anblick gewöhnt. Stevie wusste jedoch, dass Carole entsetzt wäre über ihr Aussehen. Jason hatte allerdings versichert, dass ein guter Schönheitschirurg das wieder in Ordnung bringen konnte. Und momentan war diese Narbe Caroles kleinstes Problem.

Carole lag auf dem Bett, beobachtete alles und drehte hin und wieder leicht den Kopf, um ihnen mit den Blicken zu folgen. Als Anthony sie zur Begrüßung küsste, sah sie ihn ebenfalls fragend an. Jason setzte sich neben das Bett und hielt Caroles Hand. Stevie stand mit dem Rücken an die Wand gelehnt und lächelte Carole an, die sie jedoch gar nicht wahrzunehmen schien. Möglicherweise konnte sie ihren Blick noch nicht auf weitere Entfernungen einstellen.

»Du hast uns heute alle sehr glücklich gemacht«, sagte Jason zu seiner Ex-Frau und lächelte sie liebevoll an. Noch immer hielt er ihre Hand. Caole sah ihn ausdruckslos an. Es dauerte eine Ewigkeit, aber schließlich formten ihre Lippen ein einzelnes Wort.

»Mü…d…e.«

»Ich weiß, dass du müde bist, Liebes«, sagte er zärtlich. »Aber du hast schon sehr lange geschlafen.«

»Ich liebe dich, Mom«, sagte Chloe, und Anthony wiederholte ihre Worte. Carole starrte die beiden an, als wisse sie nicht, was das bedeutet. Dann brachte sie mühsam wieder ein Wort hervor.

»Wa...ss...er.« Die Schwester führte ihr ein Glas an die Lippen. Das erinnerte Stevie an Anne Bancroft in dem Film *Licht im Dunkel.* Man musste tatsächlich ganz von vorn beginnen. Aber zumindest ging es jetzt in die richtige Richtung. Carole sagte nichts weiter, sprach niemanden mit Namen an, beobachtete einfach nur. Gegen Mittag gingen alle wieder. Carole wirkte erschöpft. Die einzigen beiden Wörter, die sie gesagt hatte, hatten fremd geklungen, als wäre es nicht ihre Stimme gewesen. Stevie vermutete jedoch, dass Carole noch heiser und wund war von dem Respirator. Caroles Augen wirkten riesig in dem blassen Gesicht. Sie hatte stark abgenommen. Diese Zartheit verlieh ihr jedoch eine eigentümliche Schönheit, als spiele sie die Mimi in *La Bohème*. Wie eine tragische Heldin lag sie dort, aber alle hofften, dass die Tragödie bald ausgestanden war.

Chloe hatte entschieden, bummeln zu gehen, dieses Mal, um zu feiern. Einkaufstherapie, wie Stevie es nannte. Und Anthony tobte sich im Fitnesscenter aus. Allen ging es besser, und sie hatten kein schlechtes Gewissen mehr, zu einem normaleren Tagesablauf zurückzukehren. Sie trafen sich sogar zu einem üppigen Mittagessen im Le Voltaire, Caroles Lieblingsrestaurant in Paris, wie sie alle wussten. Jason sagte, sie würden ihr zu Ehren dort feiern.

Am späten Nachmittag hatte Jason wieder eine Unterredung mit der Ärztin. Sie sagte ihm, dass die Aufnahmen vom CT und der Kernspintomographie gut aussahen. Glücklicherweise schien Caroles Gehirn keinen organischen Schaden erlitten zu haben. Das war angesichts der Schwere der Verletzung erstaunlich. Die feinen Risse in den Gefäßwänden waren bereits verheilt. Aber noch

konnte niemand sagen, wie groß der Gedächtnisverlust war und ob sämtliche Gehirnfunktionen wieder störungsfrei arbeiten würden. Das musste sich mit der Zeit erst zeigen. Carole reagierte auf Ansprache und sagte an diesem Nachmittag noch ein paar Wörter, die sich allesamt auf körperliches Empfinden bezogen. Sie sagte »kalt«, als die Schwester das Fenster öffnete, und »au«, als ihr aus dem Arm Blut entnommen und anschließend die intravenöse Leitung neu justiert wurde. Sie reagierte auf Schmerz und andere körperliche Empfindungen, sah die Ärztin jedoch verständnislos an, wenn sie Fragen mit mehr als ja oder nein beantworten sollte. Nach ihrem Namen gefragt, schüttelte sie den Kopf. Sie sagten ihr, sie hieße Carole, woraufhin sie mit den Schultern zuckte. Es schien sie nicht sonderlich zu interessieren. Die Schwester erzählte, dass sie auch nicht reagierte, wenn man sie mit Carole ansprach. Und da sie sich offenbar nicht an ihren eigenen Namen erinnerte, war es unwahrscheinlich, dass sie die der anderen kannte. Die Ärztin war ziemlich sicher, dass Carole keine Ahnung hatte, wer ihre Besucher waren.
Aber davon wollte sich Jason nicht entmutigen lassen. Und als er es später Stevie erzählte, versicherte er ihr, dass es nur eine Frage der Zeit sei. Er war wieder voller Hoffnung. Vielleicht ein bisschen zu sehr, wie Stevie fand. Sie hatte sich bereits mit dem Gedanken beschäftigt, dass Carole vielleicht nie wieder die Alte wäre. Sie war bei Bewusstsein, aber es war ein weiter Weg, bis sie wieder sie selbst war – falls es ihr überhaupt gelang. Auf diese Frage gab es immer noch keine Antwort.
Erneut sickerte etwas an die Presse durch, und am nächsten Tag stand in den Zeitungen, dass Carole Barber aus dem Koma erwacht sei. Zwar war ihr Zustand schon seit einigen Tagen nicht mehr kritisch, aber ein schlagzeilen-

trächtiges Thema blieb sie in jedem Fall. Stevie vermutete, dass jemand aus dem Krankenhaus Informationen an die Presse verkaufte. So etwas kam immer wieder vor, sie hatte es auch in den USA schon erlebt. Aber es war und blieb abscheulich. Das war nun mal der Preis dafür, ein Star zu sein. In den Berichten wurde angedeutet, dass Carole möglicherweise dauerhaft hirngeschädigt sei. Daneben prangte ein wunderschönes Foto von ihr. Es war vor zehn Jahren aufgenommen worden, auf dem Höhepunkt ihrer Karriere.

Die Polizei kam vorbei, und die Ärztin ließ die Beamten wenige Minuten mit Carole sprechen. Sie konnte sich jedoch nicht an den Anschlag erinnern, und die Polizisten erhielten von ihr keine neuen Hinweise.

Jason, die Kinder und Stevie besuchten Carole weiterhin, während sie langsam immer mehr Wörter zu ihrem Repertoire hinzufügte. *Buch. Decke. Durstig. Nein!* Bei Letzterem konnte sie sehr energisch werden, insbesondere, wenn es ums Blutabnehmen ging. Einmal hatte sie der Schwester sogar den Arm entzogen, sie wütend angestarrt und »böse« gesagt, was alle zum Lächeln brachte. Aber es half nichts, ihr musste Blut abgenommen werden. Carole brach in Tränen aus, wirkte überrascht und sagte »weinen«. Stevie redete mit ihr wie an einem ganz normalen Arbeitstag. Manchmal saß Carole stundenlang da, hörte ihr zu und sagte nichts. Sie konnte jetzt aufrecht sitzen, aber immer noch keine Sätze bilden oder die anderen beim Namen nennen. Am Tag vor Thanksgiving, drei Tage nachdem sie aus dem Koma erwacht war, stand eindeutig fest, dass sie keinen blassen Schimmer hatte, wer ihre Besucher waren. Sie erkannte niemanden, auch nicht ihre Kinder. Besonders Chloe setzte das arg zu.

»Sie erkennt nicht einmal mich!«, rief sie weinend, als sie

mit ihrem Vater das Krankenhaus verließ, um zurück ins Hotel zu fahren.

»Das wird schon wieder, Liebes. Lass ihr Zeit.«

»Und wenn es nun so bleibt?« Damit brachte Chloe ihrer aller größte Angst auf den Punkt. Bisher hatte niemand gewagt, es auszusprechen.

»Wir werden sie zu den besten Ärzten auf dieser Welt bringen«, versicherte Jason ihr überzeugt.

Stevie machte sich ähnliche Sorgen. Sie sprach weiterhin wie in alten Zeiten mit Carole, die sie jedoch immer nur verständnislos ansah. Hin und wieder lächelte sie, aber es war auch nicht der Funke von Erinnerung daran zu erkennen, wer Stevie war. Lächeln war für Carole etwas Neues. Ebenso wie lachen. Als sie das erste Mal wieder lachte, erschreckte sie sich derart, dass sie in Tränen ausbrach. Ihr zuzusehen war so, als würde man ein Baby beobachten. Sie musste viel Boden zurückgewinnen, und vor ihr lag harte Arbeit.

Die Logopädin arbeitete kontinuierlich mit ihr. Sie hatten eine Britin gefunden, die Carole ziemlich forderte. Sie übte mit ihrer Patientin wieder und wieder, den eigenen Namen auszusprechen, und hoffte, dass durch das Anlegen einer Struktur irgendwann der Groschen fiel. Aber bisher war der Funke nicht übergesprungen.

Am Morgen von Thanksgiving erzählte Stevie ihr, welcher Tag heute war und welche Bedeutung er in den Staaten hatte. Sie erzählte ihr, was sie zum Dinner essen würden. Carole sah sie fasziniert an. Stevie hoffte, ihre Worte hätten Caroles Erinnerung auf die Sprünge geholfen. Dem war aber nicht so.

»Truthahn. Was ist das?«, fragte Carole, als hätte sie dieses Wort noch nie zuvor gehört. Stevie lächelte.

»Geflügel, das wir zum Dinner essen.«

»Klingt widerlich«, sagte Carole und verzog das Gesicht. Jetzt musste Stevie lachen.

»Manchmal ist es das auch. Es hat Tradition.«

»Federn?«, fragte Carole interessiert. Sie bewegten sich auf ganz einfachem Niveau. Vögel hatten Federn. Zumindest daran erinnerte sich Carole.

»Nein. Gefüllt. Lecker.« Stevie beschrieb die Füllung, und Carole hörte aufmerksam zu.

»Schwer«, sagte sie, und ihre Augen füllten sich mit Tränen. »Zu sprechen. Wörter. Kann sie nicht finden.« Zum ersten Mal wirkte sie frustriert.

»Ich weiß, und es tut mir sehr leid. Aber das kommt wieder. Vielleicht sollten wir mit Schimpfwörtern anfangen. Das könnte mehr Spaß machen. So etwas wie *Scheiße*, *Mist*, *Arschloch*, all die schlimmen. Warum sich mit *Truthahn* und *Füllung* abmühen?«

»Schlimme Wörter?«, fragte Carole. Stevie nickte, und sie mussten beide lachen. »Arschloch«, sagte Carole stolz. »Mist.« Sie hatte eindeutig keine Ahnung, was das bedeutete.

»Ausgezeichnet!« Stevie sah sie liebevoll an.

»Name?«, fragte Carole und sah wieder traurig aus. »*Dein* Name«, korrigierte sie, um zu üben. Die Logopädin forderte sie immer auf, in ganzen Sätzen zu sprechen. Aber das gelang ihr so gut wie nie. Noch nicht.

»Stevie. Stephanie Morrow. Ich arbeite in L. A. für dich. Und wir sind Freundinnen.«

»Nett«, sagte Carole. »Stevie.« Sie probte das Wort. »Du bist meine Freundin.« Das war der längste Satz, den sie bisher gebildet hatte.

»Ja, das bin ich.«

Jason kam ins Zimmer, um ihr kurz Hallo zu sagen, bevor er zum Thanksgiving-Dinner ins Hotel fuhr. Die Kinder waren bereits im Ritz und zogen sich um. Heute Vormittag waren alle schwimmen gewesen. Carole sah zu ihm hoch und lächelte.

»Arschloch. Mist«, begrüßte sie ihn. Jason sah erst sie und dann Stevie überrascht an. Er fragte sich, ob Carole Rückschritte machte. »Neue Wörter.« Sie strahlte ihn an.

»Oh. Großartig. Und sehr nützlich.« Er lachte und setzte sich.

»Dein Name?«, fragte sie. Er hatte ihn ihr bereits genannt, aber offenbar hatte sie ihn wieder vergessen.

»Jason«, antwortete er leicht bekümmert.

»Bist du ein Freund?«

Er zögerte kurz, bevor er antwortete, und bemühte sich dann, möglichst locker und normal zu klingen. Dies war kein leichter Augenblick, und er zeigte wieder einmal, dass sie sich tatsächlich an nichts aus ihrer Vergangenheit erinnerte. »Ich war dein Mann. Wir waren verheiratet und haben zwei Kinder. Anthony und Chloe. Die beiden waren gestern hier.« Er hörte sich müde an, vor allem aber niedergeschlagen.

»Kinder?« Sie sah ihn verständnislos an, bis ihm klarwurde, warum.

»Sie sind jetzt schon groß. Erwachsene. Es sind unsere Kinder, aber sie sind zweiundzwanzig beziehungsweise sechsundzwanzig Jahre alt. Sie haben dich hier besucht, zusammen mit mir. Chloe lebt in London und Anthony in New York. Er arbeitet bei mir. Ich lebe auch in New York.« Das waren ziemlich viele Informationen auf einmal für Carole.

»Wo lebe ich? Mit dir?«

»Nein. Du lebst in Los Angeles. Wir sind nicht mehr verheiratet. Aber wir waren es lange Zeit.«

»Warum?« Carole schaute ihm tief in die Augen. Sie muss-

te alles ganz genau wissen, um herauszufinden, wer sie war. Sie fühlte sich so verloren!
»Das ist eine lange Geschichte. Vielleicht sollten wir ein anderes Mal darüber reden.« Weder er noch Stevie mochten ihr von Sean erzählen. Das war einfach zu früh. Sie konnte sich ja nicht einmal an ihn erinnern, dann musste sie sich auch nicht damit belasten, dass sie Sean vor zwei Jahren verloren hatte. »Wir sind geschieden.«
»Das ist traurig.« Carole schien zu verstehen, was es bedeutete, *geschieden* zu sein, wie Stevie fasziniert feststellte. Manche Zusammenhänge und Wörter erkannte sie, andere waren ihr gänzlich fremd. Es war sonderbar, was erhalten geblieben war.
»Ja, das ist es«, stimmte Jason zu. Und dann erzählte auch er ihr von Thanksgiving und dem Dinner, das sie im Hotel essen würden.
»Das ist viel Essen. Krank«, erklärte Carole. Er nickte und lachte.
»Da hast du recht. Aber es ist ein schöner Feiertag. Ein Tag, an dem wir Gott für all das Gute danken, das uns zuteil wird. Zum Beispiel, dass du jetzt hier sitzt und mit mir redest«, sagte er mit zärtlichem Blick. »Dieses Jahr danke ich Gott dafür, dass du bei uns bist, Carole.« Stevie wollte sich taktvoll aus dem Raum schleichen, aber er bat sie zu bleiben. Sie hatten alle nichts voreinander zu verbergen.
»Ich bin für euch beide dankbar«, antwortete Carole und sah ihre Besucher an. Sie wusste im Grunde nicht, wer die beiden waren, aber sie waren gut zu ihr, und Carole spürte, wie viel Liebe sie ihr entgegenbrachten.
Sie plauderten noch eine Weile zu dritt, und Carole fielen tatsächlich ein paar weitere Wörter ein, die meisten im Zusammenhang mit Thanksgiving. *Mince Pie* kam ihr plötz-

lich wie von selbst über die Lippen und *Kürbiskuchen*. Sie hatte allerdings keine Ahnung, was das sein könnte. Stevie hatte ihr gegenüber lediglich Apfelkuchen erwähnt, da man die anderen traditionellen Kuchen im Hotel nicht zubereiten konnte. Schließlich standen Stevie und Jason auf, um sich zu verabschieden.

»Wir fahren jetzt ins Hotel zurück, zum Thanksgiving-Dinner mit Chloe und Anthony«, erklärte Jason mit liebevollem Blick und hielt Caroles Hand. »Ich wünschte, du könntest mitkommen.« Sie runzelte die Stirn, als versuche sie etwas schwer Fassbares in ihrem Kopf zu lokalisieren, aber es gelang ihr nicht.

»Hotel?«, fragte sie nach.

»Das Ritz. Dort wohnst du immer, wenn du in Paris bist. Du liebst es. Es ist wunderschön. Sie servieren uns ein Truthahn-Dinner in einem privaten Speisezimmer.«

»Das klingt nett.« Carole wirkte traurig. »Ich kann mich an nichts erinnern, wer ich bin, wer ihr seid, wo ich lebe … das Hotel … ich kann mich nicht einmal an Thanksgiving erinnern, oder an Truthahn und Pie.« Tränen der Verzweiflung traten ihr in die Augen. Das mit anzusehen, versetzte Jason und Stevie einen Stich.

»Das kommt wieder«, versicherte Stevie leise. »Es braucht seine Zeit. Das sind Unmengen an Informationen, die du zurückhaben möchtest. Mach langsam.« Sie lächelte Carole liebevoll an. »Du wirst es schaffen. Das verspreche ich dir.«

»Hältst du deine Versprechen?«, fragte Carole und sah Stevie an.

»Immer.« Stevie hob die Hand zum Schwur und schrieb dann mit zwei Fingern ein X über ihre Brust. Carole begann zu strahlen und stimmte mit ein:

»Hand aufs Herz! Erinnere mich«, rief sie triumphierend. Stevie und Jason lachten.

»Siehst du! Du erinnerst dich an alles Wichtige, zum Beispiel daran, wie man schwört. Der Rest wird dir auch noch einfallen«, versicherte Stevie mit aufmunterndem Lächeln.
»Hoffentlich«, pflichtete Carole eifrig bei, während sich Jason vorbeugte und sie auf die Stirn küsste. Stevie drückte ihr die Hand. »Schönes Dinner. Esst für mich Truthahn mit.«
»Wir werden dir heute Abend welchen vorbeibringen«, versprach Jason. Er und die Kinder hatten vor, nach dem Essen noch einmal ins Krankenhaus zu fahren.
»Schönes Thanksgiving«, sagte Stevie und küsste Carole auf die Wange. Sie fühlte sich dabei ein bisschen komisch, weil sie für Carole jetzt eine Fremde war. Aber Carole ergriff ihre Hand und drückte sie.
»Du bist groß«, sagte sie, und Stevie lächelte.
»Ja, das bin ich.« Mit hohen Absätzen war sie größer als Jason, der immerhin gut eins achtzig maß. »Du übrigens auch, wenn auch nicht ganz so groß wie ich. Alles Gute zu Thanksgiving, Carole. Willkommen zurück in der Welt.«
»Mist«, sagte Carole grinsend, und beide lachten. Dieses Mal blitzte ein Funke Übermut in ihren Augen. Jason hatte das Zimmer bereits verlassen, als sich Stevie Carole noch einmal grinsend zuwandte.
»Du kannst mich mal«, sagte Stevie. »Das ist auch ein Schlimmes. Und sehr nützlich.«
Carole strahlte. »Du kannst mich auch mal«, erklärte sie stolz. Stevie warf ihr durch die Luft einen Kuss zu und verließ lachend den Raum. Dies war zwar nicht das Thanksgiving, das alle erwartet hatten, aber es war dennoch das beste, das Stevie je erlebt hatte.

7

Matthieu kam am Spätnachmittag von Thanksgiving vorbei, um Carole zu sehen. Aus Angst, ihrer Familie zu begegnen, hatte er bisher gezögert. Nachdem er aber in der Zeitung gelesen hatte, dass Carole aus dem Koma erwacht war, hielt er es nicht länger aus. Er musste es einfach wagen.

Zögernd betrat er ihr Zimmer. Er sah Carole jetzt zum ersten Mal in wachem Zustand, und sein Herz machte vor Freude einen Satz. Doch sie sah ihn nur fragend an. In ihrem Blick lag nicht einmal ein Hauch von Erkennen. Matthieu überlegte, ob das an den Folgen des Unfalls lag oder es einfach zu lange her war. Aber nach allem, was sie einander bedeutet hatten, schien es ihm schier unmöglich, dass sich Carole nicht an ihn erinnerte. Er hatte in den vergangenen Jahren jeden Tag an sie gedacht. Und es war ihm schwer vorstellbar, dass es ihr nicht ähnlich ging.

Als er eintrat, wandte sie sich ihm überrascht zu. Sie konnte sich nicht daran erinnern, ihn je zuvor gesehen zu haben. Vor ihr stand ein großer, gutaussehender Mann mit weißem Haar, leuchtend blauen Augen und ernstem Gesicht. Er strahlte Autorität aus, und sie vermutete, dass er einer der Ärzte war.

»Hallo, Carole«, begrüßte er sie auf Englisch mit starkem Akzent. Matthieu war nicht sicher, ob sie momentan Französisch verstand.

»Hallo.« Sie erinnerte sich zweifellos nicht an ihn. Das brach ihm fast das Herz.

»Wahrscheinlich habe ich mich ziemlich verändert«, sagte er. »Es ist ja auch schon eine Weile her. Mein Name ist Matthieu de Billancourt.« Sie lächelte ihn freundlich an, aber ansonsten regte sich nichts in ihrem Gesicht.

»Sind Sie Arzt?«, fragte sie, aber er schüttelte den Kopf.

»Sind Sie ein Freund?«, forschte sie vorsichtig weiter, obwohl sie vermutete, dass er sonst wahrscheinlich nicht hier wäre. Die Frage schien ihn zu überraschen. Allein ihr Anblick genügte, um seine Liebe neu zu entflammen. Sie dagegen schien gänzlich unberührt.

»Ja … das bin ich. Ein sehr guter Freund. Wir haben uns lange nicht gesehen.« Ihm war klar, dass sie ihr Gedächtnis noch nicht zurückerlangt hatte, deshalb war er zurückhaltend, was Informationen anging. Er wollte sie nicht erschrecken. In diesem Krankenhausbett, von Kissen gestützt, sah sie so zerbrechlich aus! Außerdem war eine Krankenschwester mit im Zimmer, und er wusste nicht, wie viel Englisch sie verstand.

»Wir kannten uns, als du in Paris gelebt hast.« Er hatte ihr Blumen mitgebracht und reichte den großen Strauß Rosen nun der Schwester.

»Ich habe in Paris gelebt?« Das war Carole neu. Es war frustrierend, dass sie so vieles von sich nicht wusste. Matthieu konnte ihr das ansehen. »Wann?« Sie hatte inzwischen erfahren, dass sie jetzt in Los Angeles wohnte und eine Zeitlang mit Jason in New York gelebt hatte. Aber Paris hatte niemand erwähnt.

»Du hast zweieinhalb Jahre hier gewohnt und bist vor fünfzehn Jahren weggezogen.«

»Oh.« Carole nickte. Sie betrachtete ihn schweigend. Es lag etwas Irritierendes in seinem Blick, das sie nicht richtig zu fassen bekam. Sie konnte auch nicht sagen, ob es gut oder schlecht war. Nur dass es sehr intensiv war, das spürte sie.

»Wie geht es dir?«, fragte er höflich. Es schien ihm sicherer, über die Gegenwart statt über die Vergangenheit zu reden.
Carole überlegte lange, suchte nach dem richtigen Wort und fand es schließlich. So wie er mit ihr sprach, musste er sie gut kennen. Aber sicher war sie sich nicht. Ein bisschen fühlte es sich an wie bei Jason, und doch anders. »Verwirrt«, beantwortete sie seine Frage schließlich. »Ich weiß nichts. Kann die Wörter nicht finden. Erkenne niemanden. Ich habe zwei Kinder«, sagte sie und wirkte immer noch überrascht von dieser Tatsache.
»Sie sind schon erwachsen«, erklärte sie, als müsse sie es sich selbst noch einmal vor Augen führen. »Anthony und Chloe.« Sie sah stolz aus, weil sie sich an die Namen erinnerte. Doch schließlich gab sie sich ja die größte Mühe, alles zu speichern, was man ihr sagte.
»Ich weiß. Ich kenne die beiden von damals. Sie waren bezaubernd. So wie du.« Sie war immer noch so schön wie früher. Es erstaunte ihn, wie spurlos die Zeit an ihr vorübergegangen war. Natürlich entging ihm nicht die frische Narbe auf ihrer Wange.
»Du wirst dich erinnern. Es fällt dir irgendwann alles wieder ein.« Carole nickte, wirkte jedoch nicht überzeugt. Noch fehlte ihr so vieles, und das spürte sie auch ständig.
»Waren wir gute Freunde?«, fragte sie, als sei sie auf der Suche nach etwas. Aber was es auch war, sie bekam es nicht zu packen. Sie fand einfach nichts über diesen Mann in ihrem Kopf. Was auch immer er ihr bedeutet hatte, war verschwunden, zusammen mit all den anderen Details aus ihrem Leben. Ihr Gedächtnis war wie eine leere Tafel.
»Ja, das waren wir.« Sie saßen eine Weile lang schweigend zusammen, bis er schließlich zögernd zu ihrem Bett ging und vorsichtig ihre Hand ergriff. Sie ließ ihn gewähren,

weil sie nicht wusste, was sie sonst hätte tun sollen. »Ich bin sehr froh, dass es dir besser geht. Ich war schon einmal hier, als du noch geschlafen hast. Es ist ein großes Geschenk, dass du wieder bei Bewusstsein bist.« Carole wusste, dass die anderen das ebenso empfanden. »Du hast mir gefehlt, Carole. Ich habe in all den Jahren an dich gedacht.« Sie wollte ihn fragen, warum, traute sich aber nicht. Es hörte sich für sie zu kompliziert an. Etwas an der Art, wie er sie ansah, beunruhigte sie. Sie konnte sich dieses Gefühl nicht erklären, aber dieser Mann sah sie anders an, als Jason oder die Kinder es taten. Deren Zuneigung strömte ihr unverhohlen entgegen, während dieser Mann etwas Geheimnisvolles an sich hatte. Es kam ihr so vor, als würde er vieles nicht aussprechen, es ihr jedoch mit den Augen sagen. Sie hatte Mühe, es zu verstehen.

»Es ist nett von dir, mich zu besuchen«, sagte sie höflich. Diese Phrase kam ihr wie von selbst über die Lippen. So ging es ihr jetzt manchmal. Bei anderen Gelegenheiten wiederum rang sie um jedes Wort.

»Darf ich wiederkommen?« Sie nickte, unsicher, was sie sonst entgegnen könnte. Gesellschaftliche Umgangsformen verwirrten sie noch. Irgendwie meinte sie zu spüren, dass dieser Mann mehr gewesen war als nur ein Freund. Aber er hatte nicht gesagt, dass sie verheiratet waren. Und sie kam einfach nicht von selbst darauf, welche Rolle er in ihrem Leben gespielt hatte.

»Danke für die Blumen. Sie sind wunderschön«, sagte sie und suchte in seinen Augen nach den Antworten, die er ihr nicht gab.

»So wie du«, sagte er und hielt weiter ihre Hand. »Du hast noch immer diese mädchenhafte Ausstrahlung.«

Sie sah ihn überrascht an, weil ihr plötzlich etwas eingefallen war, worüber sie bisher nicht nachgedacht hatte. »Ich habe keine Ahnung, wie alt ich bin. Weißt du es?« Natürlich wusste er, dass sie jetzt fünfzig war. Fünfzehn Jahre waren vergangen, seit sie ihn mit fünfunddreißig verließ. Er war aber nicht sicher, ob er ihr diese Information geben sollte.

»Das spielt keine Rolle. Du siehst noch jung aus, und ich bin jetzt ein alter Mann. Achtundsechzig.« Sein Gesicht zeigte zwar Spuren seines Alters, aber er versprühte die Energie und Vitalität eines jungen Mannes.

»Du wirkst jünger«, sagte sie freundlich. »Arzt bist du also nicht. Was machst du dann?« Er wirkte auf sie immer noch wie ein Arzt ohne weißen Kittel, trotz seines gut sitzenden dunkelblauen Anzugs und des anthrazitfarbenen Mantels. Seine Kleidung war geschmackvoll und gediegen, mit weißem Hemd, akkurat gebundener Krawatte, das weiße Haar perfekt geschnitten und frisiert. Die typisch französische randlose Brille vervollständigte das Bild.

»Ich bin Anwalt.« Seine frühere Laufbahn verschwieg er. Das spielte jetzt keine Rolle mehr.

Sie nickte und betrachtete ihn neugierig, bis er ihre Hand an seine Lippen führte und zärtlich die vom Anschlag noch ganz verschrammten Finger küsste.

»Ich werde wiederkommen. Du musst dich jetzt ausruhen.« Und dann fügte er hinzu: »Ich denke die ganze Zeit an dich.« Sie fragte sich, warum. Es war frustrierend, keinerlei Erinnerungen zu haben, nicht einmal zu wissen, wie alt sie war. Das benachteiligte sie gegenüber allen anderen. Sie wussten so viel über sie!

»Danke« war alles, was ihr darauf einfiel, während er ihre Hand vorsichtig auf die Bettdecke legte. Er lächelte Carole noch einmal an, und im nächsten Moment war er gegangen. Die Krankenschwester, die sich im Zimmer befand, hatte ihn erkannt. Sie sagte Carole jedoch nichts. Es stand ihr

nicht zu, einen Kommentar darüber abzugeben, dass ehemalige Minister zu Besuch kamen. Schließlich war Carole ein berühmter Fernsehstar und kannte wahrscheinlich auf der ganzen Welt eine Menge wichtiger Leute. Allerdings war nicht zu übersehen, dass Matthieu de Billancourt dieser Frau sehr zugeneigt war und sie gut kennen musste. Das hatte selbst Carole gespürt.
Die anderen kamen am Abend nach dem Essen wieder vorbei. Sie waren bester Laune, und Stevie hatte für Carole Kostproben vom Thanksgiving-Dinner dabei. Carole probierte alles neugierig. Truthahn schmeckte ihr nicht, aber die Marshmallows fand sie köstlich.
»Aber Mom, du magst keine Marshmallows«, sagte Chloe überrascht. »Du hast immer gesagt, dass sei ungesundes Zeug, und es uns nie gegeben, als wir noch klein waren.«
»Wie schade. Sie schmecken mir.« Sie lächelte schüchtern und streckte dann die Hand nach ihrer Tochter aus. »Tut mir leid, dass ich so vieles falsch mache. Ich werde mich bemühen, mich an alles wieder zu erinnern.« Chloe nickte, und Tränen traten ihr in die Augen.
»Ist schon gut, Mom. Wir helfen dir dabei. Vieles ist auch gar nicht so wichtig.«
»Doch, das ist es«, sagte Carole leise. »Ich möchte alles wissen. Was ihr mögt, was ihr nicht mögt, was wir gern zusammen getan haben und was wir unternommen haben, als du noch ein kleines Mädchen warst.«
»Du warst oft weg«, sagte Chloe leise, und ihr Vater warf ihr einen warnenden Blick zu. Es war viel zu früh, um über solche Dinge zu sprechen.
»Warum war ich viel weg?« Carole sah die anderen fragend an.
»Du hast hart gearbeitet«, sagte Chloe lediglich, und Anthony hielt den Atem an. Er kannte diese Gespräche zwi-

schen Mutter und Tochter zur Genüge, sie hatten nie gut geendet. Anthony hoffte, dass es jetzt nicht wieder dazu kam. Er wollte nicht, dass Chloe seine Mutter aufregte. Sie war noch viel zu zerbrechlich. Außerdem war es unfair, ihr etwas vorzuwerfen, an das sie sich nicht einmal erinnern konnte. Carole hatte keine Möglichkeit, sich zu verteidigen.

»Wie denn? Was habe ich getan?«, fragte Carole und sah Stevie an. Sie spürte bereits, dass sie mit dieser Frau etwas Besonderes verband, wenn sie sich auch weder an deren Namen noch an andere Details erinnerte.

»Du bist Schauspielerin«, erklärte Stevie. »Genaugenommen ein bekannter Filmstar.«

»Tatsächlich?« Carole wirkte überrascht. »Kennen mich denn viele Leute?« Dieses ganze Konzept schien ihr fremd zu sein.

Jetzt mussten alle lachen, bis Jason schließlich das Wort ergriff. »Vielleicht sollten wir deine Bescheidenheit unterstützen und es dir nicht verraten. Aber du bist eine der weltweit bekanntesten Schauspielerinnen.«

»Wie bizarr.« Dieses Wort benutzte sie zum ersten Mal, und wieder lachten alle.

»Ganz und gar nicht«, widersprach Jason. »Du bist eine sehr gute Schauspielerin, hast viele Filme gedreht und wichtige Preise gewonnen. Zwei Oscars und einen Golden Globe.« Er war nicht sicher, ob sie damit etwas anfangen konnte. Ihr ratloser Gesichtsausdruck verriet ihm, dass es nicht der Fall war. Das Wort »Film« hatte jedoch etwas bei ihr zum Klingeln gebracht. Sie wusste zumindest sofort, was das ist. »Sehr viele Menschen auf dieser Welt kennen dich«, fügte er hinzu.

»Und wie ist das für euch?«, wandte sie sich an Chloe und sah für einen Moment lang aus wie die alte Carole. Alle im

Raum hielten den Atem an und warteten gespannt auf Chloes Antwort.
»Nicht so schön«, flüsterte die. »Als wir noch klein waren, haben wir darunter gelitten.« Carole sah sie traurig an.
»Sei nicht albern«, unterbrach Anthony und versuchte, die Stimmung nicht kippen zu lassen. »Es war toll, einen Filmstar als Mom zu haben. Jeder hat uns beneidet. Wir waren an den coolsten Orten, und du warst wunderschön. Und das bist du noch.« Er lächelte seine Mutter an. Ihm hatten die Spannungen zwischen den beiden immer zu schaffen gemacht. Zum Glück war es in den letzten Jahren besser geworden.
»Vielleicht war es für dich cool«, fauchte Chloe ihn an. »Für mich nicht.« Dann wandte sie sich wieder Carole zu, die sie mitfühlend ansah, und drückte ihr die Hand.
»Tut mir leid«, sagte Carole. »Für mich klingt das auch nicht lustig. Wenn ich ein Kind wäre, würde ich meine Mom immer um mich haben wollen.« Dann sah sie plötzlich Jason an. Ihr war noch eine wichtige Frage eingefallen. »Habe ich noch eine Mutter?« Erleichtert über den Themenwechsel schüttelte er den Kopf. Nach Wochen des Bangens war Carole wieder zu ihnen zurückgekehrt, und er wollte nicht, dass Chloe sie aufregte oder, schlimmer noch, anfing, mit ihr zu streiten. Und sie wussten alle, dass Chloe dazu fähig war. Zwischen Mutter und Tochter lag noch einiges im Argen, was die beiden nie geklärt hatten. Anthony war da ganz anders. Er hatte seiner Mutter ihren Beruf nie übelgenommen. Seine Ansprüche an Carole waren auch nicht so hoch gewesen wie die von Chloe. Schon als Kind war er viel unabhängiger als seine Schwester.
»Deine Mutter starb, als du zwei warst«, erklärte Jason. »Und dein Vater, als du achtzehn warst.« Carole erinnerte sich sofort an das richtige Wort. Sie war eine Waise.

»Wo bin ich aufgewachsen?«, fragte sie neugierig.
»In Mississippi. Auf einer Farm.« Daran konnte sie sich nicht erinnern. »Dann wurdest du in New Orleans entdeckt und gingst mit achtzehn nach Hollywood.« Sie nickte und wandte sich wieder Chloe zu. Ihre Tochter bereitete ihr mehr Kopfzerbrechen als ihre eigene Geschichte. Sie wusste nicht, wie sie früher dazu gestanden hatte, aber jetzt setzte es ihr zu.
»Tut mir leid, dass ich so viel weg war. Du musst mir davon erzählen. Alles. Ich will wissen, wie das für dich war. Es ist zwar ein bisschen spät, da du mittlerweile erwachsen bist, aber vielleicht können wir in Zukunft ein paar Dinge anders machen. Wie ist es denn jetzt für dich?«
»Ganz in Ordnung«, gestand Chloe ehrlich. »Ich lebe in London. Du kommst mich besuchen. Weihnachten und an Thanksgiving fliege ich nach Hause. Mir gefällt L. A. nicht mehr so gut. Ich mag London lieber.«
»Wo warst du auf dem College?« fragte Carole.
»Stanford.«
Carole wirkte ratlos. Es sagte ihr nichts.
»Das ist eine sehr gute Schule«, half Jason ihr. Carole nickte und lächelte ihre Tochter an.
»Ich hätte nichts anderes von dir erwartet.« Jetzt lächelte Chloe.
Danach unterhielten sie sich über weniger schwierige Themen, bis es schließlich an der Zeit war, ins Hotel zurückzukehren. Als sich alle verabschiedeten, sah Carole müde aus. Stevie ging als Letzte aus dem Zimmer und flüsterte ihrer Freundin rasch noch zu: »Du hast großartig auf Chloe reagiert.«
»Du wirst mir ein paar Dinge erzählen müssen. Ich weiß absolut nichts mehr.«
»Wir werden reden«, versprach Stevie. Dann erst fielen ihr

die Blumen auf dem Tisch in der Ecke auf. Es waren mindestens zwei Dutzend langstielige rote Rosen. »Von wem sind die denn?«
»Keine Ahnung. Ein Franzose hat mich besucht. Ich habe seinen Namen wieder vergessen. Er sagte, wir seien alte Freunde.«
»Ich bin überrascht, dass der Sicherheitsdienst ihn zu dir gelassen hat.« Eigentlich waren nur Familienangehörige als Besucher erlaubt. »Jeder kann behaupten, ein alter Freund von dir zu sein. Wenn die nicht gut aufpassen, wirst du hier von Fans überrannt.« Hunderte von Blumensträußen waren bereits unten abgefangen worden. Stevie und Jason hatte sie an die Patienten verteilen lassen. »Und du hast ihn nicht erkannt?« Eine alberne Frage, und doch musste sie sie stellen.
Man konnte nie wissen. Früher oder später würde sich Carole an das eine oder andere erinnern. Stevie rechnete jeden Tag damit und hoffte, dass sie nicht zu lange warten mussten.
»Natürlich nicht«, lautete die prompte Antwort. »Ich erinnere mich ja nicht einmal an meine eigenen Kinder. Warum also sollte ich diesen Mann erkennen?«
»War nur eine Frage. Ich werde dem Sicherheitsdienst sagen, dass sie besser aufpassen sollen.« Ihr waren ohnehin ein paar Dinge aufgefallen, über die sie sich beschweren wollte. Wenn der Sicherheitsbeamte vor der Tür in die Pause ging, wurde er für diese Zeit von niemandem vertreten. Folglich war es leicht, sich Zugang zu Caroles Zimmer zu verschaffen. So, wie es offenbar jemand getan hatte. »Die Blumen sind jedenfalls sehr schön.«
»Er war nett. Ist nicht lange geblieben. Er sagte, er würde auch meine Kinder kennen.«
»Das kann jeder behaupten.« Sie mussten Carole schüt-

zen, vor Gaffern, Paparazzi, Fans oder Schlimmerem. Letztlich war und blieb sie ein Weltstar. Und dieses Krankenhaus hatte nie zuvor mit einer derart prominenten Persönlichkeit umgehen müssen. Sie und Jason hatten überlegt, einen privaten Sicherheitsdienst zu engagieren, aber das Krankenhaus war der Meinung, das Problem selbst bewältigen zu können. Trotzdem musste Stevie sie unbedingt auffordern, die Kontrollen zu verschärfen. Das Letzte, was sie wollten, war ein Fotograf, der in Caroles Zimmer eindrang und einen Schnappschuss von ihr machte. Carole war momentan überhaupt nicht an ein Leben in der Öffentlichkeit gewohnt und würde sich erschrecken.

»Bis morgen. Frohes Thanksgiving, Carole«, sagte Stevie mit einem warmen Lächeln.

»Du kannst mich mal«, antwortete Carole fröhlich. Dann lachten sie beide. Es ging ihr stündlich besser. Für einen Moment lang hatte sie sich fast wie die alte Carole angehört.

8

Am nächsten Tag gingen Jason, Chloe und Anthony erst in den Louvre und danach abermals shoppen. Anschließend nahmen sie in der Bar des Hotels ein verspätetes Mittagessen zu sich. Nach dem Essen gingen Jason und Anthony in ihre Zimmer, um mit dem Büro zu telefonieren und zu arbeiten. Sie kamen beide mit ihren laufenden Projekten in Verzug, aber die Umstände waren nun mal außergewöhnlich, und ihre Klienten reagierten verständnisvoll. Zudem waren Jasons Partner sofort eingesprungen und vertraten ihn bei laufenden Geschäftsabschlüssen.

Chloe ging währenddessen schwimmen und dann zur Massage. Sie hatte sich in ihrem Job beurlauben lassen. Die Redaktion hatte mitfühlend reagiert und ihr gesagt, sie solle so lange wie nötig in Paris bleiben. An diesem Nachmittag hatte Chloe ein bisschen Zeit für sich und rief einen jungen Mann an, den sie kürzlich in London kennengelernt hatte. Er hieß Jake. Chloe mochte ihn, und sie plauderten etwa eine halbe Stunde. Sie erzählte ihm von ihrer Mutter, und er zeigte sich nett und verständnisvoll. Er versprach, sie bald anzurufen, und wollte sich mit ihr treffen, sobald sie wieder in London war. Er hatte ohnehin vorgehabt, sich bei ihr zu melden, und freute sich sehr über ihren Anruf.

Da alle beschäftigt waren, war Stevie für eine Weile mit Carole allein. Die Ärzte hatten ihr geraten, Carole so viel wie möglich über ihr Leben zu erzählen. Sie hofften, dass diese Details ihrem Gedächtnis auf die Sprünge halfen. Stevie war gern dazu bereit. Um Carole nicht aufzuregen, sparte sie die traurigen Erlebnisse möglichst aus – obwohl es davon eine Menge gab.

Stevie brachte sich ein Sandwich mit und setzte sich Carole gegenüber. Sie gingen nach keinem bestimmten Plan vor, sondern folgten all den Fragen, die Carole durch den Kopf schossen, so wie gestern jenen nach ihren Eltern. Sie fing wirklich bei Null an.

Stevie hatte etwa die Hälfte ihres Sandwiches gegessen, als Carole sie nach ihrer Scheidung fragte. Was das anging, musste Stevie jedoch gestehen, dass sie nicht viel wusste.

»Damals habe ich noch nicht für dich gearbeitet. Ich weiß nur, dass Jason ein russisches Supermodel geheiratet hat. Ein Jahr nachdem du aus Paris zurückgekehrt bist, ließ er sich wieder von der Frau scheiden. Als ich anfing, für dich zu arbeiten, waren wir uns noch fremd, und du hast mir nicht viel erzählt. Er hat dich seinerzeit ein paar Mal besucht, und ich glaube, er hat dich gebeten, zu ihm zurückzukehren. Gesagt hast du mir das jedoch nicht, ich habe es nur geahnt. Jedenfalls bist du nie zu ihm zurück. Du warst damals ziemlich wütend auf ihn. Es dauerte ein paar Jahre, bis sich die Wogen geglättet hatten. Anfangs habt ihr oft am Telefon gestritten. Während der letzten zehn Jahre wart ihr allerdings gute Freunde.« Das spürte Carole auch. Sie kramte in ihrem Kopf nach irgendwelchen Erinnerungen an die Ehe mit Jason, fand jedoch nichts. Ihre Erinnerung war ein leeres Blatt.

»Habe ich ihn verlassen oder er mich?«

»Das weiß ich auch nicht. Diese Dinge wirst du ihn fragen müssen. Während eurer Ehe habt ihr in New York gelebt. Ihr wart zehn Jahre lang verheiratet. Dann bist du nach Frankreich gegangen. Du hast hier einen wichtigen Film gedreht. In dieser Zeit habt ihr euch getrennt. Nachdem der Film abgedreht war, bist du mit den Kindern noch zwei Jahre in Paris geblieben. Du hast in einem wunderschönen kleinen Haus gelebt. Ein Jahr nachdem du wieder in L. A. warst, hast du es verkauft.«

»Woher weißt du das?«, fragte Carole überrascht. »Hast du schon in Paris für mich gearbeitet?« Jetzt war sie erneut verwirrt. Es gab so vieles, das sie verstehen und in die richtige zeitliche Reihenfolge bringen musste.

»Nein, ich bin hergeflogen, um das Haus für dich aufzulösen. Du kamst für ein paar Tage her, hast mir gesagt, was du behalten und nach L. A. geschickt bekommen möchtest. Der Rest wurde verkauft. Das Haus stammte aus dem 18. Jahrhundert, mit Holztäfelung an den Wänden, Parkettböden und bodentiefen Fenstern mit Blick auf den Garten. In fast allen Zimmern gab es einen Kamin. Ich habe es ein bisschen bedauert, dass du das Haus nicht behalten wolltest.«

»Und warum wollte ich das nicht?«, fragte Carole stirnrunzelnd.

»Du sagtest, es sei zu weit weg. Und du hast damals viel gearbeitet. Zusätzlich zu all den Drehterminen konntest du nicht auch noch zwischen L. A. und Paris pendeln. Irgendwie hatte ich auch den Eindruck, dass du nicht hierher zurückkehren wolltest.« Mehr verriet Stevie nicht. »Du hattest stattdessen vor, zwischen den Drehs mehr Zeit mit den Kindern zu verbringen, vor allem mit Chloe. Anthony war schon immer viel unabhängiger.« Stevie kannte ihn seit seinem elften Lebensjahr. Schon damals hatte er gern Zeit mit seinen Freunden oder allein verbracht und während der Ferien seinen Vater in New York besucht.

»Hatte sie recht mit dem, was sie gestern gesagt hat?«,

fragte Carole besorgt. In Wahrheit wollte sie einfach wissen, ob sie eine gute Mutter war. Es war beängstigend, keine Vorstellung davon zu haben.

»Nicht mit allem«, antwortete Stevie fairerweise. »Mit manchem. Du musst sehr viel gearbeitet haben, als sie noch klein war. Als sie auf die Welt kam, warst du achtundzwanzig und auf dem Höhepunkt deiner Karriere. Damals kannte ich dich noch nicht. Ich kam erst sieben Jahre später dazu. Da war sie schon wütend auf dich. Soweit ich weiß, hast du die Kinder so oft wie möglich mit zu den Drehorten genommen – wenn du nicht gerade in der Steppe gedreht hast. Es gab einen Privatlehrer für die beiden. Aber irgendwann hatte Anthony keine Lust mehr dazu. Dann begann die Highschoolzeit, und du konntest sie nicht ständig aus dem Unterricht nehmen. Vorher hast du das getan, und ihre Lehrer regten sich darüber fürchterlich auf. Aber andernfalls hätte Chloe dir die Hölle heißgemacht.« Darüber hinaus hatte Stevie das Gefühl gehabt, dass Chloe, je älter sie wurde, wie ihre Mom *sein* wollte. Das war ein weitaus größeres Problem, von dem sie jetzt jedoch nichts sagte. »Es ist bestimmt nicht leicht, das Kind einer Berühmtheit zu sein. Aber es hat mich immer beeindruckt, wie sehr du dich um sie bemüht hast und wie viel Zeit du mit ihnen verbracht hast. Selbst heute verreist du nie, ohne einen Zwischenstopp in London und New York einzulegen, um die Kinder zu besuchen. Ich bin mir nicht sicher, ob Chloe überhaupt merkt, wie ungewöhnlich und anstrengend das ist. Sie rechnet es dir nicht sonderlich hoch an, zumindest nicht die Zeit, die du mit ihr verbracht hast, als sie noch klein war. Und soweit ich weiß, warst du eine tolle Mutter. Aber Chloe wollte einfach immer noch mehr.«

»Warum?«

»Manche Menschen sind einfach so.« Stevie besaß eine Menge Lebenserfahrung. »Aber sie ist jung und wird schon noch dahinterkommen. Letztlich ist sie ein sehr liebes Mädchen. Es regt mich nur auf, wenn sie mit dir so hart ins Gericht geht. Das ist nicht fair.« Stevie lächelte Carole an. »Außerdem verwöhnst du sie sehr. Sie bekommt alles, was sie will. Das weiß ich – schließlich kümmere ich mich um die Bezahlung der Rechnungen.«

»Schande über mich.« Carole schmunzelte. Sie sprach immer besser. Ständig fielen ihr neue Wörter ein, wenn sie auch nicht mit allen etwas verbinden konnte. »Warum tue ich das deiner Meinung nach?«

»Aus schlechtem Gewissen. Aus Großzügigkeit. Du liebst deine Kinder. Es geht dir finanziell sehr gut, und du möchtest sie daran teilhaben lassen. Chloe nutzt das manchmal aus. Aber ich glaube, sie ist einfach davon überzeugt, als Kind um etwas betrogen worden zu sein. Sie hätte wohl gern eine typische Vorstadt-Mom gehabt, die sie den ganzen Tag durch die Gegend kutschiert und nichts zu tun hat, außer sich um ihre Familie zu kümmern. Wenn du in der Stadt warst, hast du sie jeden Tag von der Schule abgeholt. Aber du hast nicht nur Filme gedreht, sondern auch sonst einen vollen Terminplan gehabt.«

»Womit?« Stevie zuzuhören war so, als würde Carole etwas über das Leben eines Fremden erfahren. Sie konnte sich kaum vorstellen, dass sie diese Frau war, die Stevie da beschrieb.

»Du engagierst dich schon seit Jahren für die Rechte von Frauen. Dafür bist du in Entwicklungsländer gereist und hast vor dem Senat gesprochen, warst bei der UN und hast Vorträge gehalten. Wenn du von etwas überzeugt bist, dann lässt du auf Worte Taten folgen. Dafür habe ich dich immer bewundert.«

»Und Chloe? Bewundert sie mich auch dafür?«, fragte Carole traurig. Nach dem, was Stevie erzählt hatte, hörte es sich nicht danach an.
»Nein, es nervt sie. Es nimmt deine Zeit und dein Geld in Anspruch. Chloe meint nun mal, beides stünde ihr zu. Vielleicht ist sie zu jung, um das zu verstehen. Und zugegebenermaßen bist du auch hierfür ziemlich viel gereist.«
»Vielleicht hätte ich mehr Zeit zu Hause verbringen sollen«, antwortete Carole und fragte sich, ob der entstandene Schaden überhaupt wiedergutzumachen war. Das hoffte sie zumindest. Klang so, als müsse sie ihre Tochter für einiges entschädigen, ob sie nun verwöhnt war oder nicht.
»So bist du nun mal nicht«, erklärte Stevie schlicht. »Du hast immer mehrere Eisen im Feuer.«
»Und heute?«
»Nicht mehr so viele. Während der letzten Jahre hast du einen Gang zurückgeschaltet.« Stevie wählte ihre Worte vorsichtig. Sie war nicht sicher, ob Carole schon stabil genug war, um von Sean zu erfahren. Sobald sie sich an ihn erinnerte, kamen sicher auch die Trauer und das Leid wieder hoch.
»Tatsächlich? Und warum?« Carole suchte erfolglos selbst nach einer Erklärung.
»Vielleicht warst du einfach müde. Du bist auch wählerischer geworden, was deine Filmrollen angeht. Mittlerweile hast du seit drei Jahren keinen Film mehr gedreht. Du hast viele Angebote angelehnt, weil du nur noch Filme machen willst, die dir etwas bedeuten, und nicht weil es Riesenproduktionen sind oder viel Geld bringen. Außerdem schreibst du gerade ein Buch – oder versuchst es zumindest.« Stevie lächelte. »Deshalb bist du auch nach Paris geflogen. Du hast dir von diesem Trip in die Vergangen-

heit eine Inspiration erhofft.« Stattdessen hatte es sie beinahe das Leben gekostet. Stevie würde bis in alle Ewigkeit bedauern, dass Carole diese Reise unternommen hatte. Sie war selbst noch traumatisiert von dem Schock, beinahe einen Menschen verloren zu haben, den sie so liebte und bewunderte. »Du wirst sicher wieder drehen, nachdem du das Buch beendet hast. Es ist ein Roman, und er muss viel mit dir und deinem Leben zu tun haben. Deshalb warst du wahrscheinlich wie blockiert und kamst nicht weiter.«

»Und das sind die einzigen Gründe, warum ich kürzergetreten habe?« Carole sah Stevie mit dem unschuldigen Blick eines Kindes an. Stevie schwieg einen Moment lang, unsicher, was sie darauf entgegnen sollte. Aber dann entschied sie sich, die Wahrheit zu sagen.

»Nein. Es gab noch einen Grund.« Sie seufzte. Sie erzählte Carole nur ungern davon, aber früher oder später musste es jemand tun. Und dann war es schon besser, wenn sie es tat. »Du warst mit einem wunderbaren Mann verheiratet. Ein wirklich netter, sympathischer Kerl.«

»Jetzt sag mir nicht, ich habe mich noch einmal scheiden lassen«, sagte Carole mit heruntergezogenen Mundwinkeln. Eine Scheidung fand sie traurig. Aber zwei waren eindeutig zu viel.

»Hast du nicht«, versicherte Stevie. »Ihr wart acht Jahre lang verheiratet. Sein Name war Sean. Sean Clarke. Als ihr geheiratet habt, warst du vierzig, und er war fünfunddreißig. Er war ein sehr erfolgreicher Produzent. Ihr habt allerdings nie zusammen einen Film gedreht. Du warst sehr glücklich mit ihm, und deine Kinder haben ihn geliebt. Er hatte keine eigenen Kinder. Vor drei Jahren wurde er sehr krank, er hatte Leberkrebs. Ein Jahr lang wurde er behandelt. Es war bewundernswert, wie gefasst er damit umging. Er akzeptierte sein Schicksal auf würdevolle Weise.«

Stevie holte tief Luft, bevor sie weitersprach. »Er ist gestorben, Carole. In deinen Armen, ein Jahr nachdem er krank wurde. Das ist jetzt zwei Jahre her. Es war ein enormer Einschnitt für dich. Seither hast du geschrieben, bist gereist, hast Zeit mit den Kindern verbracht. Die Reise nach Paris war auch ein Schritt auf diesem Weg. Seit seinem Tod bist du viel stärker geworden und innerlich gewachsen.« Als Stevie Carole anschaute, sah sie die Tränen, die ihr über die Wangen liefen. Stevie streichelte Caroles Hand. »Tut mir leid. Ich hätte dir das gern erspart. Er war ein wunderbarer Mann.«

»Ich bin froh, dass du es mir erzählt hast. Obwohl es traurig ist. Ich habe einen Ehemann verloren, den ich geliebt haben muss – und ich erinnere mich nicht einmal an ihn. Ich habe alles verloren, alle Menschen, die mir etwas bedeuteten, und all die Erlebnisse, die uns miteinander verbunden haben. Ich kann mich weder an seinen Namen noch an sein Gesicht erinnern, ebenso wenig wie an die Ehe mit Jason. Sogar die Tage, an denen ich meine Kinder zur Welt gebracht habe, sind wie ausgelöscht.« Es war eine Tragödie. Die Ärzte hatten es ihr zwar erklärt, aber es fühlte sich so unwirklich an! Als wäre das nicht ihr Leben, sondern das eines anderen.

»Außer Sean hast du niemanden verloren. Alle anderen sind noch da. Du hast mit ihm eine wunderbare Zeit verbracht, an die du dich eines Tages wieder erinnern wirst. Und wir sind hier bei dir. Die Kinder und Jason sind da, deine Arbeit und sogar deine Vergangenheit, auch wenn du dich momentan nicht erinnerst. Die Bande zu diesen Menschen, die du liebst, sind geblieben und werden niemals verschwinden.«

»Ich weiß ja nicht einmal, was ich anderen Menschen bedeutet habe und wer ich bin … oder was sie mir bedeutet haben«, sagte Carole niedergeschlagen und schnäuzte sich mit dem Papiertaschentuch, das ihr die Schwester reichte. »Ich komme mir vor wie ein Schiff, das mit Sack und Pack untergegangen ist.«

»*Ich* bin zum Beispiel nicht untergegangen. Und alles andere liegt auch irgendwo da draußen. Sobald sich der Nebel lichtet, wirst du alles wiederfinden, dein ganzes Hab und Gut. Das meiste ist sowieso nur Ballast. Vielleicht bist du ohne das eine oder andere sogar besser dran.«

»Und was ist mit dir?« Carole sah sie fragend an. »Was bin ich für dich? Eine nette Arbeitgeberin? Behandle ich dich gut? Gefällt dir deine Arbeit? Wie lebst du?« Sie wollte mehr über Stevie als Mensch erfahren und nicht nur etwas über die Beziehung zu ihr. Das war ihr wichtig. Stevie erkannte, dass Carole immer noch der gleiche wunderbare Mensch wie früher war.

»Ich mag meinen Job. Vielleicht sogar zu sehr. Für dich zu arbeiten ist mir lieber als alles andere auf der Welt. Ich liebe deine Kinder, unsere gemeinsame Arbeit, die Projekte, für die du dich einsetzt. Ich schätze dich als den Menschen, der du bist. Du hast ein gutes Herz, Carole. Und du bist eine tolle Mom. Lass dir von Chloe nichts anderes einreden.« Stevie regte sich immer noch darüber auf, dass Chloe gleich anfangen musste, ihrer Mutter ein schlechtes Gewissen zu machen. Es war nicht fair, die Verbitterung über die Vergangenheit jetzt anzusprechen.

»Chloe sieht das anscheinend anders«, sagte Carole leise. »Aber ich danke dir, dass du mich für einen guten Menschen hältst. Es ist schrecklich, wenn man das selbst nicht einschätzen kann. Nicht zu wissen, wer man ist und wie man sich anderen gegenüber verhalten hat. Bisher kommt es mir so vor, als hätte ich mich ziemlich mies verhalten, aber du bist unheimlich nett zu mir. Ich hasse es, mich an nichts aus meinem Leben zu erinnern. Es ist beängstigend, darüber nachzudenken.« Es war wie Fliegen im Dunklen, bei dem man Angst haben musste, jeden Moment gegen eine Wand zu prallen. »Was ist mit deinem Leben?«, fragte sie Stevie. »Bist du verheiratet?«

»Nein. Ich lebe mit jemandem zusammen«, sagte Stevie nur.

»Liebst du ihn?« Carole interessierte sich wirklich für Stevies Leben. Sie wollte alles wissen, über sie und auch über die anderen. Sie musste herausfinden, wer sie waren – und wer sie selbst war.

»Manchmal«, gestand Stevie ehrlich. »Nicht immer. Ich bin nicht sicher, was ich für ihn empfinde. Deshalb habe ich ihn auch nicht geheiratet. Sein Name ist Alan, er ist Journalist und reist sehr viel. Das passt mir ganz gut. Unsere Beziehung ist angenehm und zweckmäßig. Ich bin nicht sicher, ob ich es Liebe nennen würde. Und bei dem Gedanken, ihn zu heiraten, möchte ich am liebsten weglaufen. Allerdings war mir das Heiraten nie wichtig, weil ich auch keine Kinder will.«

»Und warum nicht?«

»Ich habe dich«, zog Stevie sie auf, wurde jedoch sofort wieder ernst. »Mir fehlt anscheinend irgendein Gen. Ich habe nie den Drang verspürt, Mutter zu werden. So, wie es ist, bin ich glücklich. Ich habe eine Katze, einen Hund, einen Job, den ich liebe, und einen Kerl, mit dem ich die meiste Zeit das Bett teile. Das reicht mir.«

»Und ihm genügt das auch?« Für Carole klang das nach einer starken Einschränkung. Offenbar hatte Stevie vor irgendetwas Angst.

»Auf Dauer wahrscheinlich nicht. Er sagt, er möchte Kinder. Aber mit mir geht das nun mal nicht«, erklärte Stevie energisch. »Er wird jetzt vierzig und denkt, dass er all-

mählich heiraten sollte. Kann sein, dass unsere Beziehung daran scheitert. Aber ich wollte noch nie Kinder. Diese Entscheidung habe ich schon vor sehr langer Zeit getroffen. Meine eigene Kindheit war fürchterlich. Ich bin froh, erwachsen und ungebunden zu sein. Und ich bin froh, das es niemanden gibt, der mir später vorwerfen kann, was ich alles falsch gemacht habe. Sieh dir doch nur dich und Chloe an. Meiner Meinung nach bist du eine tolle Mutter, und sie ist trotzdem sauer auf dich. Das brauche ich in meinem Leben nicht. Lieber verbringe ich viel Zeit mit meinem Hund. Und wenn ich Alan deshalb verliere, dann hat es eben nicht sollen sein. Ich habe ihm von Anfang an gesagt, dass ich keine Kinder will, und er war einverstanden. Anscheinend tickt jetzt seine biologische Uhr. Meine nicht, die habe ich schon vor Jahren ausrangiert. Ich möchte auch kein Kind adoptieren. Ich liebe mein Leben so, wie es ist.« Sie klang überzeugt von dem, was sie sagte. Dennoch musterte Carole sie kritisch und fragte sich, was daran Wahrheit war und was einfach Angst.
»Und wenn mir nun etwas zustößt? Ich bin älter als du. Was ist, wenn ich sterbe? In den letzten drei Wochen war ich wohl ein paar Mal nahe dran. Wenn ich in deinem Leben das Wichtigste bin, was wird dann aus dir? Du hast dich da in eine beängstigende Situation gebracht.« Das stimmte, ob Stevie es nun wahrhaben wollte oder nicht.
»Das ist für jeden beängstigend. Was ist, wenn dein Mann stirbt? Oder dein Kind? Oder dich dein Mann verlässt und du einsam endest? Früher oder später müssen wir uns dem alle stellen. Vielleicht sterbe ich vor dir. Oder du drehst durch oder wirfst mich eines Tages raus, weil ich Mist gebaut habe. Es gibt im Leben keine Garantien, es sei denn, wir springen alle gemeinsam mit neunzig von einer Brücke. Man muss seine Chancen ergreifen. Man muss

ehrlich gegenüber sich selbst sein und wissen, was man will. Genau das tue ich. Und ich war Alan gegenüber ehrlich. Wenn ihm das nicht passt, muss er gehen. Aber ich habe ihn nie angelogen und behauptet, ich wolle Kinder. Ich habe ihm direkt gesagt, dass ich nicht heiraten werde und dass mir mein Job am wichtigsten ist. Daran hat sich nichts geändert. Wenn er damit nicht leben kann oder mich deshalb nicht mehr mag, sollte er losziehen und sich das suchen, was er braucht. Mehr können wir alle nicht tun. Manchmal passen Menschen eben nur für eine Weile zusammen. So muss es auch bei dir und Jason gewesen sein, sonst wärt ihr noch verheiratet. Die wenigsten Dinge halten auf Dauer. Ich bin bereit, das zu akzeptieren, und gebe dennoch mein Bestes. Zugegeben, manchmal spielt Alan nur die zweite Geige nach dir und meinem Job. Und manchmal muss ich hinter seinem Job zurückstehen. Für mich ist das in Ordnung, für ihn vielleicht nicht.«

Stevie war wie immer ehrlich. Sie log weder sich noch anderen etwas vor. Ganz pragmatisch ging sie an alles heran, an ihr Leben, ihren Job, ihre Beziehungen. Das machte sie so zuverlässig. Es war einfach angenehm, sie um sich zu haben. Das spürte Carole.

»Habe ich es so empfunden?«, fragte Carole unsicher.

»Soweit ich es beurteilen kann, warst du dir selbst gegenüber immer ehrlich. Du hättest Jason damals zurückhaben können, aber aus irgendeinem Grund wolltest du es nicht. Du bist sicher kompromissbereiter als ich, deshalb ist die Ehe auch was für dich. Aber ich habe nie erlebt, dass du deine Werte oder Prinzipien geopfert hättest, für nichts und niemanden. Wenn du an etwas glaubst, dann ziehst du es bis zum Ende durch. Das habe ich immer an dir gemocht. Du bist bereit, für das einzustehen, was dir wichtig ist, und wenn du noch so oft umgehauen wirst. Das nenne ich Charakterstärke. Letztlich kommt es doch darauf an, wie man sich als Mensch verhält.«

»Es ist mir wichtig, zu wissen, dass ich eine gute Mutter bin«, sagte Carole leise.

»Das bist du.« Stevie sah sie beruhigend an.

»Vielleicht. Es kommt mir so vor, als hätte ich bei Chloe eine Menge nachzuholen. Ich bin bereit, das zu akzeptieren. Möglicherweise habe ich das früher einfach nicht wahrhaben wollen.« Da sie jetzt vor einem Neuanfang stand, wollte sie genauer hinsehen und einiges besser machen. Dass sich ihr diese Möglichkeit eröffnet hatte, empfand sie als großes Geschenk, dem sie gerecht werden wollte. Zumindest Anthony schien mit dem zufrieden zu sein, was er von ihr bekommen hatte – oder er war einfach nur höflicher. Vielleicht brauchten Söhne ihre Mütter nicht so sehr. Chloe dagegen brauchte sie, zweifellos, und Carole konnte wenigstens versuchen, die Kluft zwischen ihnen zu überbrücken.

Sie redeten, bis es draußen bereits dunkel wurde. Carole fragte Stevie auch, ob es, als sie damals in Paris lebte, einen Mann in ihrem Leben gegeben habe. Stevie antwortet ausweichend, dass sie keine Details wisse. »Es ging jedenfalls nicht gut aus. Du hast nicht viel darüber gesprochen. Und als wir das Haus auflösten, konntest du es kaum erwarten, von hier fortzukommen. Während wir hier waren, um den Verkauf abzuwickeln, wirktest du niedergeschlagen. Du hast dich mit niemandem getroffen, und sobald du die wichtigsten Dinge geregelt und mir alle nötigen Anweisungen gegeben hattest, bist du zum Flughafen und zurück nach L. A. Mit wem auch immer du zusammen warst, du hattest Angst davor, ihn wiederzusehen. Während der nächsten Jahre hattest du keine ernsthafte Beziehung, bis du Sean kennenlerntest. Es kam mir so vor, als wärst du tief verletzt worden. Ich weiß nicht, ob von Jason oder jemand anderem. Damals kannten wir uns nicht gut genug, als dass du es mir erzählt hättest.« Carole wünschte, sie hätte es getan.

»Und jetzt weiß ich nicht, wie ich es herausfinden soll«, sagte sie traurig. »Wenn es in Paris jemanden gegeben hat, dann ist er zusammen mit meiner Erinnerung für immer verlorengegangen. Aber vielleicht spielt das auch keine Rolle mehr.«

»Du warst noch sehr jung, erst fünfunddreißig, als du nach L. A. zurückkehrtest. Und vierzig, als die Beziehung mit Sean anfing. Die anderen Männer, mit denen ich dich gesehen habe, waren nicht mehr als nette Begleitungen. Du hast dich damals nur um deine Kinder, deinen Job und dein soziales Engagement gekümmert. Wir haben übrigens ein Jahr lang in New York gelebt, während du am Broadway aufgetreten bist. Das war eine schöne Zeit.«

»Wenn ich mich doch wenigstens an *etwas* erinnern könnte«, antwortete Carole frustriert.

»Das wirst du«, sagte Stevie zuversichtlich. Dann lachte sie. »Glaube mir, in meinem Leben gibt es eine Menge, das ich liebend gern vergessen würde. Zum Beispiel meine Kindheit. Was für eine schreckliche Zeit! Meine Eltern waren beide Alkoholiker. Meine Schwester wurde mit fünfzehn schwanger und endete in einem Heim für schwer erziehbare Jugendliche. Sie gab das Kind zur Adoption frei, danach noch zwei weitere. Dann bekam sie einen Nervenzusammenbruch und landete mit einundzwanzig in einer Anstalt. Mit dreiundzwanzig beging sie Selbstmord. Meine Familie war der reinste Alptraum. Ich bin da nur mit Mühe heil herausgekommen. Wahrscheinlich halte ich deshalb nicht so viel von Ehe und Familie. Ich verbinde damit nur Kummer und Schmerz.«

»Das tut mir leid. Es klingt wirklich hart.«
»Das war es auch«, versicherte Stevie und seufzte. »Ich habe ein Vermögen für Therapien ausgegeben, um darüber hinwegzukommen. Ich glaube, es ist mir gelungen, aber ich will mich auch nicht übernehmen und halte mein Leben lieber überschaubar. Durch dich an allem teilzunehmen, macht mich glücklich. Außerdem ist es aufregend, für dich zu arbeiten.«
»Ich kann mir gar nicht vorstellen, warum. Für mich hört es sich nicht danach an. Die Schauspielerei ist sicher spannend. Aber Scheidungen, sterbende Ehemänner, gebrochene Herzen in Paris ... Das klingt nicht gerade nach einer Menge Spaß. Eher nach dem wirklichen Leben.«
»Das stimmt. Dem entkommen wir alle nicht. Selbst wenn du berühmt bist, musst du dich mit dem gleichen Mist auseinandersetzen wie wir alle – vielleicht sogar mit noch mehr. Du kommst bemerkenswert gut mit deinem Ruhm zurecht und bist nie überheblich geworden.«
»Das ist ja wenigstens etwas. Gott sei Dank. Bin ich eigentlich religiös?«, fragte sie plötzlich neugierig.
»Nicht sehr. Du bist häufiger in einen Gottesdienst gegangen, als Sean im Sterben lag, und in der ersten Zeit danach auch noch. Ansonsten gehst du nicht oft in die Kirche. Du wurdest katholisch erzogen, glaubst aber eher an die Inhalte der christlichen Religion als an die Rituale. Du lebst die Grundsätze der Kirche und bist ein guter Mensch. Dafür musst du nicht in die Kirche gehen.« Stevie war wie ein Spiegel, in dem Carole endlich etwas von sich sehen konnte.
»Wenn ich aus dem Krankenhaus entlassen bin, möchte ich in die Kirche gehen. Es gibt eine Menge, wofür ich mich bedanken muss.«
»Ich auch.« Stevie lächelte sie an. Dann sagte sie Carole

gute Nacht und fuhr zurück ins Hotel. Unterwegs dachte sie noch lange über ihr Gespräch nach. Carole war erschöpft und schlief bereits, bevor Stevie am Hotel angekommen war. Ein Leben wieder zusammenzufügen, das sich praktisch in Luft aufgelöst hatte, kostete viel Energie.

9

Am Samstag nach Thanksgiving blieb die Familie nur kurz im Krankenhaus. Carole war immer noch müde vom Vortag. Das lange Gespräch mit Stevie und all die Fragen, mit denen sich Carole den Kopf zermarterte, hatten sie ausgezehrt. Alle sahen ihr an, wie erschöpft sie war, und blieben deshalb nicht lange. Noch bevor sie wieder aus dem Zimmer waren, schlief Carole bereits. Stevie machte sich Vorwürfe, dass sie das Gespräch am Vortag nicht früher abgebrochen hatte, aber es gab so vieles, das Carole wissen wollte.

Chloe und Anthony planten für Sonntag einen Tagesausflug nach Deauville und überredeten Stevie, sie zu begleiten. Ihr gefiel die Idee, außerdem hatte Jason durchklingen lassen, dass er ein bisschen mit Carole allein sein wolle. Nachdem sie sich am Samstag ausgeruht hatte, ging es ihr wieder besser, und sie freute sich darauf, Jason für sich allein zu haben. Sie wollte möglichst viel über ihn und ihre gemeinsame Zeit erfahren.

Als er ankam, küsste er sie zur Begrüßung auf die Wange und setzte sich. Anfangs sprachen sie über die Kinder. Er erzählte ihr, wie aufregend es für Chloe sei, ihren ersten Job zu haben, und wie hart Anthony in New York bei ihm mitarbeite.

»Er war schon immer ein grandioser Junge«, sagte Jason stolz. »Verantwortungsbewusst, liebenswert, ein guter Schüler. Auf dem College hat er im Basketballteam mitgespielt. Durch die Pubertät ist er nur so durchgesegelt. Er hat dich immer vergöttert.« Jason lächelte Carole zärtlich an. »Er denkt, du könntest übers Wasser gehen. Jeden deiner Filme hat er sich mindestens drei Mal angesehen. In einem war er sogar zehn Mal und hat all seine Freunde mitgenommen. Er war so stolz und hatte nie das Gefühl, zu kurz zu kommen. Anthony nimmt die Dinge, wie sie sind. Und wenn mal etwas schiefgeht, macht er das Beste daraus. Er hat eine großartige Einstellung zum Leben und gewinnt immer die Oberhand. Irgendwie war es sogar gut für ihn, dass du so viel gearbeitet hast. Dadurch wurde er unabhängig. Von Chloe kann ich das leider nicht sagen. Als sie noch klein war, hat sie sehr unter deiner Arbeit gelitten. Sie kann nie genug bekommen. Für Chloe ist das Glas immer halb leer und nie halb voll. Für Anthony ist es übervoll. Ist schon lustig, wie unterschiedlich Kinder von ein- und denselben Eltern sein können.«

»War ich die meiste Zeit weg?«, fragte Carole besorgt.

»Nein, aber ziemlich oft. Du hast Chloe häufig mitgenommen. Mehr, als ich gut fand. Du hast einen Privatlehrer für sie engagiert. Aber selbst das half nicht. Chloe braucht nun mal sehr viel Zuwendung. So war sie schon immer.«

»Vielleicht ist das ihr gutes Recht«, wandte Carole ein. »Mir ist nicht klar, wie ich so viele Filme drehen und gleichzeitig eine gute Mutter sein konnte.« Dieser Gedanke schien sie sehr aufzuregen. Jason versuchte, sie zu beruhigen.

»Du hast das geregelt, und zwar verdammt gut. In meinen Augen bist du keine gute, sondern eine fantastische Mutter.«

»Nicht, wenn meine Tochter – *unsere* Tochter«, korrigierte sie lächelnd, »unglücklich war.«

»Sie ist nicht unglücklich. Sie braucht einfach viel Aufmerksamkeit. Mit ihr zusammen zu sein wird schnell zu einem Vollzeit-Projekt – wenn man sie lässt. Niemand kann sich die ganze Zeit nur auf seine Kinder konzentrieren. Als wir verheiratet waren, wollte ich schließlich auch was von dir haben. Okay, du hast viel gearbeitet, obwohl sie noch klein waren. Aber du hast dich auch toll um sie gekümmert, vor allem in den Drehpausen. Carole, wenn du Anwältin oder Ärztin wärst, hättest du dich möglicherweise viel weniger kümmern können. Ich kenne Frauen mit ganz normalen Jobs, die so gut wie keine Zeit mit ihren Kindern verbringen. Du dagegen hast das immer getan. Chloe wollte nun mal eine Vollzeit-Mom, die ständig zu Hause ist, am Wochenende mit ihr Plätzchen backt und ansonsten nichts tut, als sie in Fahrgemeinschaften mit anderen Müttern herumzukutschieren. Wie langweilig das wohl für dich gewesen wäre?«

»Vielleicht gar nicht so sehr«, antwortete Carole traurig. »Wenn sie genau das gebraucht hätte? Warum habe ich die Schauspielerei nicht an den Nagel gehängt, nachdem wir geheiratet haben?« Im Nachhinein schien ihr das vernünftig, aber Jason schüttelte den Kopf und lachte.

»Ich glaube, du hast immer noch nicht verstanden, was für ein berühmter Star du bist. Als wir uns kennenlernten, ging es mit deiner Karriere gerade steil bergauf. Du warst auf dem Weg nach ganz oben. Es wäre eine Schande gewesen, das aufzugeben. Du hast Unglaubliches geleistet und es daneben noch geschafft, dich sozial zu engagieren und deinen Namen für einen guten Zweck einzusetzen. Und darüber hinaus bist du eine gute Mutter gewesen. Ich denke, deshalb ist Anthony auch so stolz auf dich. Wir alle sind stolz. Chloe hätte wahrscheinlich in jedem Fall das Gefühl gehabt, zu kurz zu kommen. Sie ist einfach so. Vielleicht ist das ihre Methode, immer das zu bekommen, was sie will. Glaube mir, keines deiner Kinder wurde jemals vernachlässig oder zu wenig geliebt. Ganz im Gegenteil.«

»Ich wünschte nur, Chloe würde anders empfinden. Sie sieht so traurig aus, wenn sie über ihre Kindheit redet.«

Das verursachte Carole ein schlechtes Gewissen, obwohl sie gar nicht wusste, was sie getan hatte oder eben nicht.

»Sie macht eine Therapie«, sagte Jason leise. »Seit einem Jahr. Sie will endlich darüber hinwegkommen. Vielleicht trägt dieser Bombenanschlag sogar dazu bei, dass sie endlich erkennt, wie glücklich sie sich schätzen kann, dich zu haben. Du bist eine Vier-Sterne-Mom.«

Carole war ihm dankbar für seine Worte. Während sie ihm zuhörte, hatte sie sich etwas überlegt. Nach ihrer Entlassung aus dem Krankenhaus konnte sie ein paar Wochen in London bleiben. Vielleicht würde Chloe das gefallen und ihr zeigen, dass Carole viel an ihrer Tochter lag. Carole konnte die Vergangenheit weder zurückholen noch umschreiben. Aber sie konnte es von nun an besser machen. Zweifellos fand Chloe, dass sie als Kind betrogen worden war. Und vielleicht war das hier Caroles Chance, es wiedergutzumachen und ihrer Tochter das zu geben, was sie meinte, nie bekommen zu haben. Carole war jedenfalls bereit dazu. Das war momentan das Wichtigste, was auf ihrem Programm stand. Dieses Buch, an dem sie laut Stevie schrieb, konnte warten. Seit dem Bombenanschlag setzte Carole andere Prioritäten. Dies war ein höllischer Weckruf gewesen und vielleicht die letzte Chance, etwas zu korrigieren. Carole wollte die Gelegenheit ergreifen, solange ihr noch Zeit dazu blieb.

Danach redeten sie eine ganze Weile lang über andere Themen. Carole betrachtete Jason, der auf demselben Stuhl saß wie zwei Tage zuvor Stevie, und ihr von ihrem

Leben erzählte. Sie wollte vor allem wissen, welche Rolle er darin gespielt hatte.

»Was ist bei uns schiefgegangen?«, fragte sie mit traurigem Blick. Sie hatten sich scheiden lassen, folglich konnte man wohl kaum von einem Happyend sprechen.

»Puh … das ist nicht leicht zu beantworten …« Er war nicht sicher, ob sie schon stabil genug war, um die ganze Geschichte zu ertragen.

»Ehrlich gesagt ist mir das selbst nicht klar«, sagte er schließlich. »Ich habe jahrelang versucht, es herauszufinden. Du warst damals auf dem Höhepunkt deiner Karriere, und ich steckte in einer Midlifecrisis. Beides kollidierte und zerstörte unsere Ehe. Aber natürlich war es ein bisschen komplizierter. Anfangs ging es uns wunderbar. Als wir heirateten, warst du zweiundzwanzig und bereits ein Star. Ich war einunddreißig, arbeitete seit fünf Jahren erfolgreich an der Wall Street und wollte in einen Film investieren. Es ging dabei nicht um großartige Gewinne, sondern um den Spaß an der Sache. Bei einem Meeting in New York lernte ich Mike Applesohn kennen. Er war damals schon ein bedeutender Produzent und arbeitete als dein Agent. Das tut er übrigens heute noch. Er lud mich nach L. A. ein, wo er gerade die Verträge für einen Film unter Dach und Fach brachte. Ich flog hin, unterschrieb und lernte dich kennen. Du warst das schönste Mädchen, das mir je begegnet ist. Und darüber hinaus warst du auch noch nett. Du warst so süß und jung und hattest diese unwiderstehliche Südstaatenausstrahlung. Obwohl du erst vier Jahre zuvor nach Hollywood geholt wurdest, warst du bereits ein Star. Trotzdem hattest du viel von einem liebenswerten, unschuldigen Kind, als wäre dieser ganze Starrummel spurlos an dir vorübergegangen. Du warst immer noch derselbe bescheidene, warmherzige und ehrliche Mensch, der du in Mississippi gewesen sein musstest. Du bist auf einer Farm aufgewachsen und sprachst mit Südstaatenakzent. Ich liebte selbst den. Mike sorgte jedoch dafür, dass du ihn ablegtest. Ich habe das immer bedauert. Er war Teil deines Wesens. Jedenfalls habe ich mich Hals über Kopf in dich verliebt – und du dich in mich. Während der Dreharbeiten bin ich so oft wie möglich hingeflogen, um dich zu sehen. Wir füllten schon bald sämtliche Titelblätter. Wall-Street-Wunderkind umwirbt Hollywoods heißesten Star. Du warst ein absoluter Hammer.« Er lächelte Carole an. »Das bist du heute noch. Ich war das jedoch nicht gewohnt. Irgendwie konnte ich mich wohl nie so recht an deine Berühmtheit gewöhnen. Ich wachte morgens auf und musste mich zwicken. Es war unvorstellbar, aber ich war tatsächlich mit Carole Barber zusammen. Wie sollte das zu überbieten sein? Sechs Monate nachdem wir uns kennengelernt haben, heirateten wir. Du hattest den Film gerade abgedreht. Anfangs fandest du, du seiest zu jung zum Heiraten, und vielleicht warst du das auch. Letztlich habe ich dich überredet. Aber du warst ehrlich zu mir und sagtest, dass du deine Karriere nicht aufgeben würdest. Du hattest eine tolle Zeit, hast viele Filme gedreht. Und ich war an deiner Seite und hatte noch nie so viel Spaß am Leben wie damals.« Jason schwieg für einen Moment. Dann fuhr er fort: »Mike flog uns in einer Privatmaschine übers Wochenende nach Las Vegas, und dort haben wir geheiratet. Er war unser Trauzeuge, gemeinsam mit einer damaligen Freundin von dir. Sie war deine Mitbewohnerin, aber ich kann mich absolut nicht mehr an ihren Namen erinnern. Du warst die schönste Braut, die ich je gesehen habe. Du hast dir für die Trauung ein Kleid von einem Film ausgeliehen, der in den 1930er Jahren spielte, und sahst darin aus wie eine Königin. Die

Flitterwochen verbrachten wir in Mexiko. Zwei ganze Wochen sind wir in Acapulco geblieben, dann mussten wir beide wieder zurück an die Arbeit. Du hast damals pro Jahr drei Filme gedreht. Das ist eine Menge. Du warst die weltweit angesagteste Schauspielerin – und meine Frau. Ständig wurde in der Presse über uns berichtet. Das mussten wir erst mal verdauen. Viele kommen dadurch sicher ins Trudeln, du jedoch nicht. Du hast jede Minute genossen. Und wer könnte dir daraus einen Vorwurf machen? Du warst der Liebling der ganzen Welt, die begehrenswerteste Frau auf diesem Planeten ... und du gehörtest zu mir. Die meiste Zeit warst du an den Drehorten, und dazwischen lebten wir in New York. Wir hatten ein wunderschönes Apartment an der Park Avenue und haben auch über Kinder gesprochen. Aber zunächst war dazu keine Zeit. Kaum war ein Film abgedreht, folgte der nächste. Doch dann war Anthony unterwegs. Wir waren damals zwei Jahre verheiratet, und es kam ein bisschen überraschend. Du hast während der Schwangerschaft sechs Monate pausiert. Drei Wochen nach der Geburt bist du wieder an die Arbeit gegangen. Du hast einen Film in England gedreht und Anthony samt Kindermädchen mitgenommen. Fünf Monate bist du dort geblieben, und ich habe euch alle paar Wochen besucht. Es war schon ein verrücktes Leben, aber deine Karriere war an einem Punkt, an dem du nicht zurückschrauben konntest. Ich habe das absolut verstanden. Als Chloe unterwegs war, hast du wieder ein paar Monate pausiert. Anthony war zu dem Zeitpunkt drei. Wie all die anderen Moms bist du mit ihm in den Park und auf den Spielplatz gegangen. Ich habe auch diese Zeit sehr genossen.« Seine Augen funkelten, während er das erzählte, und Carole fragte sich wieder einmal, warum sie damals nicht kürzergetreten hatte. Ihm schien das weitaus weniger unverständlich zu sein als ihr. Aber das lag vielleicht daran, dass ihr momentan die Karriere nicht mehr wichtig war.

»Ein Jahr nach Chloes Geburt, Anthony war damals fünf, wurdest du wieder schwanger. Dieses Mal war es ein echter Unfall, den wir beide erst einmal verdauen mussten. Ich baute gerade meine Firma auf und arbeitete wie verrückt, und du bist von einem Drehort zum nächsten durch die ganze Welt gereist. Eigentlich waren wir glücklich mit unseren beiden Kindern und wollten nicht noch mehr, entschieden uns aber, die Sache durchzuziehen. Aber kaum hatten wir angefangen, uns auf dieses dritte Kind zu freuen, da erlittest du eine Fehlgeburt. Du hast beim Dreh in Afrika bei einem Stunt mitgewirkt – was im Nachhinein betrachtet völlig verrückt war – und daraufhin das Kind verloren. Das hat dich sehr mitgenommen, aber die Produktionsfirma hatte einen echten Knebelvertrag mit dir abgeschlossen, und du musstest schon zwei Wochen später wieder vor der Kamera stehen. Es war wie ein Karussell, das nie stillstand. Zwei Jahre danach hast du deinen ersten Oscar gewonnen. Der Druck wurde dadurch nur noch größer. Irgendetwas muss damals passiert sein, nicht mit dir, sondern mit mir. Du warst gerade mal dreißig, als du den Oscar bekamst. Ich dagegen ging auf die Vierzig zu. Und obwohl ich es mir selbst niemals eingestanden hätte, setzte es mir zu, dass meine Frau erfolgreicher war als ich. Du verdientest ein Vermögen und warst in der ganzen Welt bekannt. Und ich war es wohl leid, ständig von der Presse belagert zu werden, Thema der Klatschspalten zu sein und jedes Mal alle Blicke nur auf dich gerichtet zu sehen, wenn wir gemeinsam einen Raum betraten. Nie ging es um mich, sondern ständig nur um dich. Das nagt am Ego eines Mannes. Damals wünschte ich mir immer mehr ein normales Leben – eine Frau, zwei Kinder, ein Haus in Connecticut, den Sommer über nach Maine. Stattdessen flog ich quer durch die Welt, um dich zu sehen. Entweder hatte ich unsere Kinder dabei, oder sie waren bei dir. Wenn du ohne sie unterwegs warst, fehlten sie dir. Ich wollte, dass du diesen Job an den Nagel hängst, hatte aber nicht den Mut, dir das zu sagen. Stattdessen machte ich dir Vorwürfe, und wir stritten immer häufiger. Wir sahen uns kaum, und wenn, gingen wir sofort aufeinander los. Dann bekamst du den zweiten Oscar, und bei mir muss endgültig eine Klappe gefallen sein. Mir wurde klar, dass du nie mit der Schauspielerei aufhören würdest, jedenfalls nicht in absehbarer Zeit. Dann hattest du auch noch bei einem Film unterschrieben, für den du acht Monate nach Paris ziehen musstest. Ich war enttäuscht und wütend. Das hätte ich dir sagen sollen, aber ich verstand ja damals selbst nicht, was mit mir los war. Du warst zu sehr beschäftigt, um es zu merken, und ich sagte kein Wort. Du hast deine Filme gedreht, versucht, die Kinder so viel wie möglich um dich zu haben, kamst nach Hause, um mich zu sehen, wann immer sich eine Drehpause ergab. Nur leider hatte das Jahr nicht genug Tage, damit du dich um all das kümmern konntest, was dir wichtig war: deine Kinder, die Karriere und um mich. Vielleicht hättest du sogar gekündigt, wenn ich dich darum gebeten hätte. Aber ich habe nicht gefragt.« Jason sah Carole bedauernd an. Er hatte Jahre gebraucht, bis ihm all das im Nachhinein klarwurde.

Mit gedrückter Miene fuhr er fort. Carole beobachtete ihn aufmerksam, während er erzählte. Sie wollte ihn nicht unterbrechen. »Ich fing an zu trinken und auf Partys zu gehen. Dabei habe ich mehr als einmal über die Stränge geschlagen. Ein paar Mal tauchte ich deshalb in den Klatschspalten auf, aber du hast dich nie beklagt. Du hast mich lediglich darauf angesprochen, was eigentlich los sei. Ich habe dir geantwortet, das sei alles nichts Ernstes, was auch stimmte. Daraufhin hast du dich bemüht, häufiger nach Hause zu kommen, aber sobald die Dreharbeiten in Paris begannen, hingst du dort fest. Ihr habt an sechs Tagen in der Woche gedreht. Anthony war acht und ging dort zur Schule. Chloe hatte einen Teilzeitplatz im Kindergarten und war ansonsten bei dir, zusammen mit der Nanny. Ich begann, mich aufzuführen wie ein Junggeselle – genauer gesagt wie ein Trottel.« Er wirkte verlegen, aber Carole lächelte ihn an.

»Klingt so, als wären wir beide jung und dumm gewesen«, sagte sie. »Es ist bestimmt deprimierend, mit jemandem verheiratet zu sein, der nie da ist.«

Er nickte, dankbar für ihre Antwort. »Es war hart. Je mehr ich darüber nachdenke, desto klarer wird mir, dass ich dich hätte bitten müssen, mit der Schauspielerei aufzuhören oder sie zumindest einzuschränken. Aber mit zwei Oscars in der Tasche ging es mit deiner Karriere immer weiter bergauf. Ich fand, dass ich nicht das Recht dazu hatte, dir das zu nehmen. Stattdessen habe ich unsere Ehe vermasselt und es im Nachhinein immer bedauert.«

Carole hörte schweigend zu. Sie schätzte seine Ehrlichkeit, vor allem, was seine Gefühle anging. Was er ihr erzählte, weckte keinerlei Erinnerungen. Wie bei Stevie hörte es sich für sie an wie die Geschichte eines anderen Menschen. Natürlich fragte sie sich, warum sie damals nicht von selbst darauf gekommen war, weniger zu arbeiten und sich um ihre Ehe zu kümmern. Aber so, wie Jason es beschrieb, musste ihre Karriere wie eine Lawine, die niemand aufhalten konnte, über sie hereingestürzt sein. Ihre Filme hatten offenbar so viel Raum eingenommen, dass sie die frühen Warnzeichen ignorierte. Im Rückblick schien alles ganz einfach zu sein. Aber damals waren sie beide verstrickt, sie in ihrer Karriere und er in seinen Problemen. Bis Jason schließlich innerlich davon aufgefressen wurde. Carole bedauerte, nicht klüger gewesen zu sein. Aber sie war noch jung gewesen, mehr fiel ihr als Entschuldigung nicht ein.

»Du lebtest mit den Kindern in Paris und hast in einer von diesen Mega-Produktionen die Marie Antoinette gespielt. Nur eine Woche nach deiner Abreise war ich bei Hugh Hefner auf eine Party eingeladen. Ich hatte noch nie so viele hübsche Mädchen auf einmal gesehen.« Er lächelte Carole reumütig an, und sie lächelte zurück. Sie kannte ja das Ende der Geschichte.

»Es waren nicht solche Frauen wie du. Du warst immer ein ehrlicher, anständiger Mensch, hast mich nie hintergangen. Die Mädchen dort waren von einem anderen Schlag. Möchtegern-Starlets, B-Models, Herumtreiberinnen. Aber sie verstanden es, den Männern einzuheizen. Ich lernte ein russisches Model namens Natalya kennen. Sie sorgte damals in New York für Furore. Jeder kannte sie. Natalya war aus dem Nichts gekommen, von Moskau über Paris, und sie war hinter dem großen Geld her. Egal, von wem. Sie war bereits in Paris mit ein paar betuchten Playboys zusammen gewesen, ich kann mich nicht mehr erinnern, mit wem genau. Und nach mir ging es munter weiter. Mittlerweile hat sie ihren vierten Ehemann und lebt in Hongkong. Ich glaube, er ist Brasilianer. Angeblich ein Waffenhändler, mit unglaublich viel Geld. Er behauptet, Bankier zu sein.

Jedenfalls hat sie mich damals förmlich umgehauen. Ich hatte getrunken und auf dieser Party sogar Koks probiert, den mir irgendjemand zugesteckt hatte. Am Ende landete ich mit Natalya im Bett. Wir sind von der Party aus zu einer Yacht auf dem Hudson River. Dort wurde wild weitergefeiert. Ich war einundvierzig und sie einundzwanzig. Du warst weit weg in Paris. Ich glaube nicht, dass du mich je betrogen hast. So warst du einfach nicht. Du hattest in Hollywood einen unbefleckten Ruf, was ich von mir nicht gerade behaupten kann. Ich tauchte mit Natalya in sämtlichen Klatschblättern auf. Dafür hat wahrscheinlich sie gesorgt. Wir hatten eine heiße Affäre, die du großzügig ignoriertest. Noch bevor ich mich versah, war Natalya schwanger. Sie wollte das Kind partout bekommen und bestand darauf, dass ich sie heirate. Sie schwor, mich zu lieben, und war bereit, alles aufzugeben, ihre Karriere, ihren ganzen Lebensstil. Sie wollte zu Hause bleiben, nur noch für mich da sein und unsere Kinder großziehen. Das war Musik für meine Ohren. Ich wünschte mir ein ganz normales Familienleben und konnte mir gut vorstellen, noch mehr Kinder zu bekommen. Mit dir war das damals undenkbar. Die Fehlgeburt war für dich hart gewesen, und bei deinem vollen Terminplan blieb kaum genug Platz für zwei Kinder. Wie solltest du es da mit dreien oder vieren schaffen? Außerdem wollte ich nicht mehr, dass meine Kinder durch die Weltgeschichte geschleppt werden, sondern dass sie zu Hause bei mir sind. Frag mich nicht wie, aber Natalya hat mich damals davon überzeugt, dass es die beste Lösung sei, sie zu heiraten – für sie in jedem Fall. Ein glückliches Paar mit einem Haufen Kinder, so sollte es sein. Ich kaufte ein Haus in Greenwich und beauftragte einen Scheidungsanwalt. Offenbar hatte ich den Verstand verloren. Die klassische Midlifecrisis. Wall-Street-Banker dreht durch und zerstört sein Leben. Ich flog nach Paris, um dir zu sagen, dass ich mich scheiden lasse. Nie zuvor habe ich jemanden so weinen sehen. Das rüttelte mich wach. Wir verbrachten die Nacht miteinander, und ich war kurz davor, wieder zur Vernunft zu kommen. Wir hatten zwei wunderbare Kinder, und ich wollte weder sie noch dich unglücklich machen. Aber dann rief Natalya mich an. Sie war wie eine Hexe, die eine Zauberformel kennt. Ich flog zurück nach New York und unterschrieb die Scheidungspapiere. Du verlangtest nichts außer finanzieller Unterstützung für die Kinder. Du hast damals selbst genug Geld verdient und warst zu stolz, um viel von mir anzunehmen. Ich erzählte dir von Natalyas Schwangerschaft. Das hat dich fast umgebracht. Ich war der grausamste Mistkerl, den du dir vorstellen kannst. Anscheinend wollte ich mich mit einem Schlag für all deinen Erfolg und die Zeit, die du nicht mit mir verbracht hast, rächen. Sechs Monate später war ich mit Natalya verheiratet, und du warst immer noch in Paris. Du hast dich geweigert, mit mir zu sprechen – verständlicherweise. Ich bin ein paar Mal rübergeflogen, um die Kinder zu sehen. Du hast sie mir von der Nanny ins Ritz bringen lassen und dich völlig abgeschottet. Zwei Jahre lang hast du nicht direkt mit mir gesprochen, sondern nur über Anwälte, Sekretärinnen und Kindermädchen. Und von denen hattest du eine Menge. Und wie bei einem schlechten Witz bist du zweieinhalb Jahre später nach L. A. gezogen und hast beruflich zurückgeschraubt. Du hast weniger Filme gedreht und dafür mehr Zeit mit den Kindern verbracht. Damit hätte ich leben können, wesentlich besser als mit deinem früheren Tempo. Ich konnte ja nicht ahnen, dass du dein Leben irgendwann ändern würdest. Und ich hatte nicht den Mut, dich darum zu bitten oder einfach abzuwarten. Zwei Tage nach unserer Hochzeit bekam Natalya das Baby und ein Jahr später das nächste. Während dieser zwei Jahre hat sie nicht gemodelt, aber dann sagte sie, sie würde sich zu Tode langweilen. Also zog sie los, um wieder zu arbeiten. Die Kinder blieben erst für eine Weile bei mir, dann nahm sie sie mit. Kurz darauf lernte sie irgendeinen reichen Playboy kennen, ließ sich von mir scheiden und heiratete ihn. Mich hat sie bei der Scheidung ausgenommen wie eine Weihnachtsgans. Frag mich nicht, warum, aber ich hatte mir nicht die Mühe gemacht, einen Ehevertrag abzuschließen. Sie sahnte ab und verschwand. Die Kinder habe ich fünf Jahre lang nicht zu Gesicht bekommen. Natalya ließ es nicht zu, und sie lebte außerhalb der Zuständigkeit unseres Rechtssystems. Sie zog mit ihnen quer durch Europa und Südafrika und sammelte Ehemänner. Im Grunde betrieb sie Edelprostitution auf höchstem Niveau. Und dafür habe ich unsere Ehe zerstört! Sobald du nach L. A. gezogen warst, wartete ich eine Weile, bis du dich eingelebt hattest, und flog dann hin, um die Kinder zu besuchen. In Wahrheit wollte ich dich sehen. Du hattest dich wieder beruhigt, und ich erzählte dir, was passiert war. Ich bat dich um eine zweite Chance, allein um der Kinder willen. Aber ich wollte es auch für mich. Ich liebte dich. Das tue ich übrigens heute noch«, gestand er ehrlich ein. »Dieses russische Mädchen hatte mir vorübergehend den Verstand geraubt. Aber du wolltest keinen Neuanfang. Ich konnte dir keinen Vorwurf machen. Du warst höflich und hast mir auf nette Art zu verstehen gegeben, dass ich verschwinden solle. Ich hätte all deine Gefühle für mich zerstört. Du hättest mich geliebt und wärst bereit gewesen, deine Karriere für mich einzuschränken, wenn ich dich darum gebeten hätte. Ich war allerdings nicht sicher, ob das funktioniert hätte. Du warst es gewohnt, unter Hochdruck zu stehen, so etwas kann man nicht einfach abstellen. Also ging ich zurück nach New York, und du bliebst in L. A. Mit der Zeit wurden wir

Freunde. Die Kinder wurden erwachsen und wir auch. Vier Jahre nach unserem Wiedersehen hast du Sean geheiratet. Ich habe mich für dich gefreut. Er war ein toller Kerl und großartiger Vater für unsere Kinder. Du hattest einen Mann wie ihn verdient und keinen Mistkerl wie mich. Dann starb er. Es hat mir unendlich leidgetan. Wir sind Freunde geblieben. Nächstes Jahr werde ich sechzig. Ich war clever genug, nach Natalya nie wieder zu heiraten. Sie lebt in Hongkong, und ich sehe meine Töchter zweimal im Jahr. Für die beiden bin ich im Grunde ein Fremder, und so behandeln sie mich auch. Natalya ist jetzt neununddreißig und sieht dank der Schönheitschirurgie immer noch umwerfend aus. Die Mädchen sind achtzehn und neunzehn und haben eine exotische Ausstrahlung. Mit den Alimenten, die ich bis heute für die beiden zahle, könnte man einen Kleinstaat finanzieren, aber sie pflegen auch einen extravaganten Lebensstil. Die beiden modeln mittlerweile ebenfalls. Chloe und Anthony haben ihre Halbschwestern nie kennengelernt, was aber vielleicht ganz gut ist. Und so sind wir in der Gegenwart angekommen. Ich bin für dich eine Art bester Freund und großer Bruder. Ein Ex-Mann, der dich immer noch liebt und glaubt, dass du ganz gut allein zurechtkommst. Ich hatte nie das Gefühl, dass du es bedauert hast, nicht zu mir zurückzukehren, insbesondere nachdem du Sean begegnet warst. Du brauchst mich nicht, Carole. Du hast dein eigenes Geld, das ich schon vor langer Zeit gewinnbringend für dich angelegt habe, und in Finanzdingen fragst du mich auch heute noch um Rat. Auf sonderbare Weise lieben wir einander. Ich werde immer für dich da sein. Und mein Gefühl sagt mir, dass es umgekehrt genauso ist. Mehr wird nie mehr zwischen uns sein, aber ich habe wunderbare Erinnerungen an dich. Wir hatten eine schöne Zeit miteinander, und ich möchte keinen Moment davon missen. Dass ich dich so verletzt habe, werde ich bis in alle Ewigkeit bedauern. Aber es wurde mir doppelt heimgezahlt, und das hatte ich auch verdient.«

Carole war tief gerührt über dieses umfassende Geständnis. »Ich hoffe, du wirst mir eines Tages ganz vergeben können. Zum Teil hast du das sicher schon getan. Unsere Freundschaft ist sehr harmonisch, vor allem dank dir. Du hast ein großes Herz und bist eine wunderbare Mutter. Allein dafür bin ich dir dankbar.« Dann schwieg Jason, während Carole ihn mitfühlend ansah.

»Du hast eine Menge mitgemacht«, sagte sie mit sanfter Stimme. »Danke, dass du mir das alles erzählt hast. Tut mir leid, dass ich es nicht verstanden habe, dir die Ehefrau zu sein, die du dir gewünscht hast. Wenn man jung ist, macht man wohl viele dumme Dinge.« Nachdem sie ihm zugehört hatte, fühlte sie sich ein wenig alt. Zwei Stunden hatte dieses Gespräch gedauert. Jetzt war Carole müde, aber es gab auch viel zum Nachdenken. Nichts von seinen Worten hatte ihre Erinnerung wachgerüttelt, dennoch hatte sie das starke Gefühl, er habe versucht, alles fair und objektiv zu schildern. Die Einzige, die bei dieser Geschichte nicht gut wegkam, war dieses russische Model, aber sie schien es auch nicht anders verdient zu haben. Natalya war eine gefährliche Frau. Carole dagegen war immer ehrlich und liebevoll ihm gegenüber gewesen. Das hatte er ihr deutlich zu verstehen gegeben. Sie hatte sich lediglich vorzuwerfen, dass sie zu viel gearbeitet hatte und zu häufig unterwegs gewesen war.

»Ich bin so froh, dass du noch am Leben bist, Carole«, sagte Jason zärtlich beim Abschied. »Dich zu verlieren, hätte den Kindern und mir das Herz gebrochen. Jetzt hoffe ich nur, dass deine Erinnerungen zurückkehren. Aber selbst wenn nicht, wir alle lieben dich.«

»Ich weiß«, sagte sie leise. Sie spürte es ganz deutlich. »Ich liebe dich auch«, fügte sie zärtlich hinzu. Er beugte sich hinunter und küsste sie auf die Wange. Dann ging er.
Jason hatte ihrem Leben etwas hinzugefügt – nicht nur Erinnerungen und Informationen über die Vergangenheit, sondern eine besondere, zärtliche Freundschaft.

10

Nach dem Thanksgiving-Wochenende verkündeten Jason und Anthony, dass sie zurück nach New York mussten. Chloe verspürte ebenfalls das Bedürfnis, sich wieder an die Arbeit zu machen. Außerdem hatte Jake schon ein paar Mal angerufen. Carole hatte sich so weit erholt, dass sie außer Gefahr war. Die anderen konnten nichts mehr für sie tun, von nun an war der Genesungsprozess eine Frage der Zeit.

An Weihnachten würden die Kinder nach Los Angeles kommen. Bis dahin war noch ein ganzer Monat Zeit und Carole sicher so weit wiederhergestellt, dass sie aus dem Krankenhaus entlassen werden und nach Hause fliegen konnte. Sie lud Jason ein, die Feiertage mit ihnen gemeinsam zu verbringen, und er nahm dankbar an. Es mochte zwar eine ungewöhnliche Vereinbarung sein, aber irgendwie fühlten sie sich wieder als Familie. Über Neujahr wollte er mit den Kindern nach St. Barth's fliegen und schlug Carole vor, sie zu begleiten. Die Ärzte rieten ihr jedoch ab. Es wäre zu anstrengend. Sie musste erst in ihr Leben zurückfinden und sich körperlich erholen. Alles, was sie tat, war harte Arbeit. In L. A. würde sie deshalb zunächst zu Hause bleiben. Allerdings wollte sie die Kinder nicht um die gemeinsame Reise mit dem Vater bringen. Alle hatten in letzter Zeit viel durchgestanden, und ein Urlaub würde ihnen sicher guttun.

An seinem letzten Abend in Paris verbrachte Jason eine Stunde allein mit Carole. Er sagte, dass es sicher zu früh sei, um darüber zu sprechen, dass er sich aber fragte, ob Carole ihm, wenn sie wieder ganz gesund war, vielleicht eine zweite Chance gäbe. Carole zögerte. Sie wusste nichts mehr von ihrer gemeinsamen Vergangenheit, dennoch fühlte sie sich Jason zugeneigt. Während der letzten Wochen hatte sie erlebt, was für ein wunderbarer Mann er war, und sie war dankbar dafür, wie er sich um sie gekümmert hatte. Aber mehr empfand sie nicht für ihn, und sie bezweifelte, dass es eine Frage der Zeit sei. Es wäre nicht fair, falsche Hoffnungen zu wecken. Sie musste sich jetzt ganz darauf konzentrieren, wieder zu Kräften zu kommen. Und sie wollte viel Zeit mit ihren Kindern verbringen. Carole fühlte sich nicht in der Verfassung, über eine Beziehung nachzudenken. Und nach allem, was sie wusste, schien ihre gemeinsame Vergangenheit recht kompliziert gewesen zu sein. Offenbar hatten sie sich aber arrangiert und gingen freundschaftlich miteinander um. Das wollte sie nicht aufs Spiel setzen.

Als sie ihm antwortete, hatte sie Tränen in den Augen. »Ich kann dir nicht sagen, warum, aber mein Gefühl sagt mir, dass wir alles so lassen sollten, wie es ist. Über mein Leben habe ich noch nicht viel erfahren, aber ich ahne, dass du mir viel bedeutest. Es muss fürchterlich gewesen sein, als wir uns trennten. Doch aus irgendeinem Grund sind wir danach nicht mehr zusammengekommen. Ich habe jemand anderen geheiratet, und alle sagen mir, dass ich mit ihm glücklich war. Ganz sicher hat es auch in deinem Leben andere Menschen gegeben. Ich spüre, wie stark unsere Freundschaft ist, und durch die Kinder werden wir für immer miteinander verbunden sein. Ich möchte das nicht zerstören oder dich verletzen. Offenbar habe ich dich damals enttäuscht, sonst wärst du nicht mit einer anderen Frau auf und davon. Ich schätze diese tiefe Zuneigung, die wir jetzt als Freunde und Eltern unserer Kinder teilen. Wenn du also einverstanden bist« – sie lächelte ihn liebevoll an –, »würde ich gern alles so lassen, wie es ist. Es kommt mir vor, als hätten wir ein Erfolgsrezept gefunden, das keine weiteren Zutaten benötigt. Wenn es mir gelingt, mich nicht noch einmal von einer Bombe durch die Luft schleudern zu lassen, werde ich immer für dich da sein, Jason.« So attraktiv und nett er auch war, sie verspürte keinerlei Leidenschaft. Früher hatte es die sicher gegeben, aber das war vorbei.

»Ich habe befürchtet, dass du so etwas sagen würdest«, antwortete er traurig. »Aber vielleicht hast du recht. Nach der Scheidung von Natalya habe ich dich schon einmal gefragt. Du hast mir damals eine ähnliche Antwort gegeben, obwohl du wütend auf mich sein musstest. Dazu hattest du alles Recht der Welt. Ich habe mich verhalten wie der letzte Mistkerl und bekam am Ende die Rechnung präsentiert. Ich werde immer für dich da sein, Carole. Du kannst auf mich zählen. Ich hoffe, dass du das weißt.«

»Aber sicher«, erwiderte Carole mit feucht glänzenden Augen. »Ich liebe dich, Jason, auf die allerbeste Weise.«

»Ich dich auch«, antwortete er und küsste sie auf die Stirn. Carole fühlte, dass sie die richtige Entscheidung getroffen hatte. Und in seinem Innern spürte auch Jason es. Trotz der Umstände hatte er die gemeinsame Zeit mit ihr in Paris genossen und flog nur ungern zurück nach New York. Er wusste, dass er sie vermissen würde. Zum Glück sahen sie sich Weihnachten und feierten gemeinsam mit den Kindern. Stevie würde in Paris bleiben und erst mit Carole zurückfliegen. Sie hatte mit Alan darüber gesprochen, und er konnte sie verstehen. Dass sie bei Carole bleiben wollte, war für ihn nachvollziehbar, und Stevie liebte ihn dafür, dass er so verständnisvoll war.

Vor seinem Abflug kam Anthony noch für eine Stunde im Krankenhaus vorbei. Chloe hatte sich gerade von Carole verabschiedet und war bereits auf dem Weg zum Flughafen.

»Keine Dummheiten mehr, zumindest so lange, bis wir wieder zusammen sind. Bei deinem nächsten verrückten Trip nimmst du zumindest Stevie mit.« Anthony wusste natürlich, dass es nichts geändert hätte, wenn Carole nicht allein unterwegs gewesen wäre. Aber der Gedanke, beinahe seine Mutter verloren zu haben, erschreckte ihn nach wie vor. »Danke, dass du Dad eingeladen hast, Weihnachten mit uns zu feiern. Das war sehr nett von dir.« Ihm war klar, dass sein Vater sonst über die Feiertage allein gewesen wäre. Schon lange gab es in Jasons Leben keine andere Frau. Es würde das erste Mal seit achtzehn Jahren sein, dass sie wieder zu viert feierten. An das letzte Mal konnte sich Anthony nur schwach erinnern.

»Ich werde mich benehmen«, versprach Carole und betrachtete ihren Sohn voller Stolz. Zwar konnte sie sich nicht an seine Kindheit erinnern, aber aus ihm war ein feiner Kerl geworden, genau wie sein Vater ihr gesagt hatte.

Sie umarmten sich ein letztes Mal. Der Abschied fiel schwer, obwohl beide wussten, dass sie sich schon bald wiedersehen würden.

Als Anthony gerade gehen wollte, betrat ein Mann das Zimmer. Carole erkannte ihn ihm sofort den großen, eleganten Franzosen wieder, der ihr die Rosen geschenkt hatte. Seinen Namen hatte sie erneut vergessen.

Anthony erstarrte förmlich, während der Franzose ihm lächelnd zunickte. Carole stellte fest, dass Anthony den Mann kannte. Der Blick ihres Sohnes wurde eisig, und sein Körper versteifte sich. Zweifellos war er nicht erfreut, diesen Mann hier zu sehen. Der Franzose hatte ihr gesagt,

er sei ein Freund der Familie und kenne ihre Kinder. Carole erschrak jedoch über Anthonys Reaktion.
»Hallo, Anthony«, sagte Matthieu leise. »Es ist lange her.«
»Was willst du hier?«, fragte Anthony unfreundlich. Er hatte diesen Mann seit seiner Kindheit nicht mehr gesehen. Beschützend stellte er sich neben seine Mutter, während Carole verständnislos von einem zum anderen blickte.
»Ich will deine Mutter besuchen. Ich war schon ein paar Mal hier.« Carole spürte die eisige Atmosphäre im Zimmer und konnte sie sich absolut nicht erklären.
»Erinnert sie sich an dich?«, fragte Anthony kühl.
»Nein«, erwiderte Matthieu. Dafür erinnerte sich Anthony umso besser daran, wie viele Tränen dieser Mann seine Mutter gekostet hatte. Seit fünfzehn Jahren hatte er ihn nicht mehr gesehen, und doch kam es ihm so vor, als sei es gestern gewesen. Er wusste noch, wie verzweifelt Carole damals war, als sie ihm und Chloe sagte, dass sie Paris verlassen würden. Anthony hatte den Anblick seiner in Tränen aufgelösten Mutter nie vergessen.
Anfangs hatte Anthony Matthieu gemocht, sehr sogar. Er hatte viele Stunden seiner Freizeit mit ihm verbracht. Aber dann brachte dieser Mann seine Mutter zum Weinen – und nicht nur einmal. Monatelang hatte sie sich damals gequält. Anthony war froh gewesen, als sie schließlich von Paris fortgingen. Aber in L. A. war es nicht besser gewesen. Es hatte lange gedauert, bis er seine Mutter wieder lachen sah. Er wusste noch, dass sie damals das Haus verkauft hatte und sie nie wieder hierherkamen. Seine Freunde hatte er zurücklassen müssen. Aber all das spielte keine Rolle. Entscheidend war nur, wie unglücklich dieser Mann seine Mutter gemacht hatte. Und Anthony war sicher,

wenn sie ihr Gedächtnis nicht verloren hätte, wären all die alten Gefühle sofort wieder hochgekommen.
Matthieus Auftreten vermittelte den Eindruck, als könne er tun, was er wolle. Er zögerte nie und erwartete, dass die Menschen auf ihn hörten und taten, was er wünschte. Das hatte Anthony schon als Kind irritiert. Als er einmal frech zu seiner Mutter gewesen war, hatte Matthieu ihn in sein Zimmer geschickt. Anthony hatte damals seine Mutter angeschrien, dass Matthieu nicht sein Vater sei, und dieser hatte sich später bei ihm entschuldigt. Aber die Autorität, die Matthieu ausstrahlte, spürte Anthony jetzt sofort wieder. Als hätte dieser Mann das Recht dazu, hier zu sein. Aber er gehörte nicht hierher. Und Carole hatte nicht die geringste Idee, wer er war.
»Ich bleibe nur kurz«, sagte Matthieu höflich, während Anthony seine Mutter noch einmal umarmte und Matthieu einen warnenden Blick zuwarf. Er wollte, dass er aus dem Zimmer und vor allem aus dem Leben seiner Mutter verschwand – und zwar endgültig.
»Bis bald, Mom«, sagte Anthony. »Pass auf dich auf. Ich rufe dich von New York aus an.« Die letzten Worte murmelte er mit Blick auf Matthieu. Anthony hasste es, Carole mit ihm allein zu lassen. Zum Glück war die ganze Zeit eine Schwester im Zimmer. Dennoch befürchtete Anthony, dass Matthieu alte Wunden aufreißen könnte. Und seine Mutter war momentan besonders verletzlich.
Nachdem Anthony gegangen war, sah Carole ihren Besucher fragend an. »Mein Sohn hat sich an dich erinnert«, sagte sie und beobachtete ihn aufmerksam. Anthonys Abneigung war unverkennbar gewesen. »Warum kann er dich nicht leiden?« Sie war darauf angewiesen, dass andere ihr all das erklärten, was sie eigentlich selbst wissen sollte. Vor allem musste sie sich darauf verlassen können, dass sie ihr

die Wahrheit sagten, so wie Jason. Sie hatte ihn für seine Ehrlichkeit bewundert, gerade weil sie spürte, dass es ihm nicht leichtgefallen war. Dieser Mann hier war zurückhaltender. Sie glaubte nicht, dass er seine Gefühle genauso offen vor ihr ausbreiten würde. Er wirkte so, als sei er auf der Hut. Ihr war auch nicht entgangen, wie die Schwestern auf ihn reagierten. Ganz offensichtlich wussten sie, wer er war. »Als ich ihn das letzte Mal sah, war er ein kleiner Junge«, sagte Matthieu seufzend und setzte sich. »Er sah die Welt mit den Augen eines Kindes. Immer wollte er dich beschützen. Er war ein wunderbarer Junge.« Das wusste sie bereits. »Ich habe dich unglücklich gemacht, Carole.« Daran gab es nichts zu leugnen. Der Junge würde es ihr ohnehin erzählen, obwohl er nicht die ganze Geschichte kannte. Die kannten nur sie beide, und noch war er nicht so weit, ihr alles zu erzählen. Zu groß war seine Angst, von seinen Gefühlen überwältigt zu werden. »Unsere Leben waren sehr kompliziert. Wir lernten uns kennen, während du in Paris warst, um einen Film zu drehen. Dein Mann hatte dich gerade verlassen, und wir verliebten uns ineinander.« Er sagte das mit einer Mischung aus Sehnsucht und Bedauern in der Stimme. Carole konnte seinen Augen ansehen, dass er noch etwas für sie empfand. Sein Gefühl für sie war anders als das, das ihr von Jason entgegenströmte. Das hier war leidenschaftlicher, beinahe aggressiv. Es jagte ihr einen Schauer über den Rücken. Jason besaß eine sanfte Herzlichkeit, aber Matthieu berührte sie im Kern. Sie konnte nicht sagen, ob sie sich vor ihm fürchtete, ihm vertraute oder ihn gar mochte. Um ihn war eine Aura des Mysteriösen, voller schwelender Leidenschaft. Was auch immer vor all den Jahren zwischen ihnen gewesen war, die Glut war noch nicht erloschen. Es beunruhigte sie, welch verwirrende Gefühle er in ihr auslöste.

»Was passierte, nachdem wir uns ineinander verliebten?«, fragte Carole gerade, als Stevie ins Zimmer trat. Sie sah Matthieu überrascht an. Carole stellte die beiden einander vor. Stevie runzelte die Stirn und ging wieder hinaus, um auf dem Flur zu warten, nicht ohne Carole zu versichern, dass sie in der Nähe bliebe. Das beruhigte Carole. Obwohl dieser Fremde ihr nichts tun konnte, fühlte sie sich seltsam nackt und schutzlos in seiner Gegenwart. Er wandte die ganze Zeit nicht den Blick von ihr ab.
»Eine Menge ist passiert. Du warst die Liebe meines Lebens. Darüber möchte ich mit dir sprechen, aber nicht jetzt.«
»Warum nicht?« Seine Geheimnistuerei beunruhigte sie. Er verschwieg ihr etwas, und das empfand sie als bedrohlich.
»Weil es eine lange Geschichte ist, die man nicht in ein paar Sätzen erzählen kann. Ich hatte gehofft, dass du dich an alles erinnern würdest, sobald du bei Bewusstsein bist. Aber wie ich sehe, ist dem nicht so. Ich würde gern ein anderes Mal wiederkommen und mit dir darüber sprechen.« Und dann fügte er etwas hinzu, was sie sehr überraschte: »Wir haben zwei Jahre lang zusammengelebt.«
»Tatsächlich?«, fragte sie verblüfft. »Waren wir verheiratet?« Überall stieß sie auf Ehemänner. Erst Jason, dann Sean, jetzt dieser Mann. Er sagte, sie hätten zusammengelebt, aber warum hatte ihr niemand von ihm erzählt? Hatten die anderen nichts davon gewusst? Doch, Anthony in jedem Fall, seine Reaktion war eindeutig gewesen. Offenbar hatte es bei dieser Beziehung kein Happyend gegeben.
Der Mann lächelte und schüttelte den Kopf.
»Nein, ich wollte dich heiraten und du mich, aber es ging nicht. Meine private Situation war kompliziert, und ich

hatte einen schwierigen Job. Es war einfach nicht der richtige Zeitpunkt.« Das Timing war anscheinend alles. Auch bei Jason war es daran gescheitert. Ohne weiter darauf einzugehen, stand Matthieu auf und versprach wiederzukommen. Carole war nicht sicher, ob sie das überhaupt wollte. Vielleicht sollte ihr diese Geschichte für immer unbekannt bleiben. In dem wenigen, was er ihr verraten hatte, steckte bereits so viel Kummer und Bedauern ... Und dann lächelte Matthieu sie an, auf eine Art, die etwas in ihr berührte. Sie erinnerte sich, ohne sagen zu können, woran. Sie wollte nicht, dass er wiederkam, hatte aber nicht den Mut, ihm das zu sagen. Sollte er sie tatsächlich noch einmal besuchen, musste Stevie unbedingt anwesend sein.
Eine innere Stimme sagte Carole, dass sie unbedingt jemanden brauchte, der sie vor diesem Mann beschützte. Er hatte etwas unglaublich Mächtiges an sich und machte ihr Angst.
Matthieu beugte sich vor und küsste ihr die Hand. Seine Umgangsformen waren perfekt und sehr förmlich und gleichzeitig kühn. Und an seinem Blick erkannte sie, wie sehr er sie noch begehrte.
Sobald er gegangen war, kam Stevie wieder ins Zimmer.
»Wer war das?«, fragte sie mit besorgter Miene, aber Carole antwortete, dass sie es nicht wisse. »Vielleicht ist er dieser geheimnisvolle Franzose, der dir damals das Herz gebrochen hat. Du hast mir nie von ihm erzählen wollen«, überlegte Stevie laut, und Carole lachte.
»Sie schießen wie Pilze aus dem Boden: Ehemänner, Liebhaber, geheimnisvolle Franzosen. Er sagte, wir hätten uns geliebt und wollten heiraten. Aber ich erinnere mich an ihn genauso wenig wie an alles andere. Vielleicht ist es in diesem Fall ja besser, die Akte zu schließen. Ich finde ihn ein bisschen sonderbar.«

»Er ist Franzose. Manche sind so«, erklärte Stevie unfreundlich. »Sehr impulsiv. Ist nicht mein Stil.«
»Meiner wohl auch nicht. Aber damals anscheinend schon.«
»Vielleicht hast du mit ihm in dem kleinen Haus gelebt.«
»Mag sein. Anthony wurde richtig wütend, als er ihn hier sah. Und dieser Mann hat auch zugegeben, dass er mich unglücklich gemacht hat«, antwortete Carole nachdenklich.
»Zumindest ist er ehrlich.«
»Wenn ich mich doch nur erinnern könnte!« Carole seufzte.
»Ist dir schon irgendetwas wieder eingefallen?«
»Nein. Nichts. Diese Geschichten finde ich alle sehr spannend, aber es ist so, als ginge es darin um das Leben von jemand anderem. Nach allem, was ich bisher gehört habe, muss ich zu viel gearbeitet haben und war zu selten zu Hause bei meinem Mann. Ich verlor ihn an ein einundzwanzigjähriges Supermodel, die ihn anschließend genauso abservierte wie er mich. Danach verliebte ich mich offenbar in einen Franzosen, der mich unglücklich machte und den mein Sohn hasst. Anschließend heiratete ich einen netten Mann, der viel zu früh starb. Und da wären wir nun.« In ihren Augen lag ein Anflug von Humor, und Stevie lächelte.
»Klingt nach einem interessanten Leben. Ob es wohl noch mehr Männer gab?«
Carole sah sie entsetzt an. »Hoffentlich nicht! Mir langt es schon, über diese drei nachzudenken. Und über meine Kinder.« Sie grübelte immer noch, ob Chloe als Kind zu kurz gekommen war. Das zu klären hatte jetzt Priorität. Jason war kein Thema mehr, obwohl sie ihn liebte. Sean war tot. Und wer auch immer dieser Franzose sein moch-

te, sie war lediglich neugierig, welche Rolle er in ihrem Leben gespielt hatte, aber mehr nicht. Und ihr Gefühl sagte ihr, dass es in diesem Fall besser sei, die Vergangenheit ruhen zu lassen. Sie brauchte nicht noch mehr traurige Erinnerungen, davon schien es schon genug zu geben.

Zusammen mit der Krankenschwester half Stevie ihr dann aufzustehen. Carole musste wieder anfangen, laufen zu lernen.

Sie war erstaunt, wie schwer ihr das fiel. Als hätten ihre Beine vergessen, wie sie ihren Job zu erledigen hatten. Carole kam sich vor wie ein Kleinkind, das herumstolperte, hinfiel und üben musste, selbständig aufzustehen. Aber dann schien ihr Motor anzuspringen, und sie ging – noch unsicher und gestützt von Stevie und einer Schwester – auf dem Flur spazieren. Es war harte Arbeit. Carole war am Abend erschöpft und schlief ein, kaum dass sich Stevie verabschiedet hatte.

Anthony rief wie versprochen aus New York an, sobald er dort eingetroffen war. Er war immer noch wütend auf Matthieu.

»Er hat nichts bei dir im Krankenhaus verloren, Mom. Er hat dir das Herz gebrochen. Wegen ihm sind wir damals aus Paris forgezogen.«

»Was hat er getan?«, fragte Carole, aber Anthony war damals ja noch ein Kind gewesen.

»Er war gemein zu dir und hat dich zum Weinen gebracht.« Es klang so simpel, dass sie lächeln musste.

»Jetzt kann er mir nicht mehr weh tun«, versicherte sie ihrem Sohn.

»Und wenn doch, bringe ich ihn um.« Anthony konnte sich nicht an Einzelheiten erinnern, aber seine Abneigung gegenüber diesem Mann hatte mit der Zeit nicht abgenommen. »Sag ihm, er soll verschwinden.«

»Sollte er gemein zu mir sein, lasse ich ihn rauswerfen. Das verspreche ich dir.« Aber vorher wollte sie mehr erfahren.

Zwei Tage nachdem Jason und Anthony abgereist waren, kündigte Mike Appelsohn an, dass er nach Paris käme, um Carole zu besuchen. Er hatte täglich angerufen und mit Stevie gesprochen. Sie hatte ihm erzählt, dass Carole mittlerweile zwar kräftig genug sei für Besuche, sie in ein paar Wochen aber ohnehin wieder in L. A. sein würden. Aber bis dahin wollte er nicht warten und nahm die nächste Maschine. Carole war für ihn wie eine Tochter.

Mike Appelsohn war ein attraktiver, stattlicher Mann mit lebhaften Augen und einem dröhnenden Lachen. Er hatte viel Sinn für Humor und produzierte seit fünfzig Jahren Filme. Zweiunddreißig Jahre war es her, dass er Carole in New Orleans entdeckt und überredet hatte, zu Probeaufnahmen nach Hollywood zu kommen. Der Rest war Filmgeschichte. Die Probeaufnahmen waren ein voller Erfolg, und dank seiner Unterstützung wurde Carole in Rekordzeit ein Star. Er hatte sie damals behütet wie eine Glucke, und er war es auch gewesen, der sie mit Jason bekannt machte. Natürlich hatte er nicht geahnt, dass sich die beiden auf der Stelle ineinander verlieben würden. Anthony war sein Patenkind, und er wie auch Chloe liebten Mike wie einen Großvater. Seit damals war er Caroles Agent. Nie unterschrieb sie einen Vertrag, ohne vorher mit ihm alles besprochen zu haben. Sie wusste seine Erfahrung und seinen Rat zu schätzen. Als er von dem Bombenanschlag und Caroles Zustand erfuhr, war er am Boden zerstört gewesen. Jetzt wollte er sich mit eigenen Augen davon überzeugen, wie es ihr ging. Stevie warnte ihn, dass sich Carole weder an ihn erinnerte noch an all das, was sie miteinander erlebt hatten. Aber wenn sie erfuhr,

wie wichtig dieser Mann für ihr Leben war, würde sie sich über seinen Besuch freuen, versicherte Stevie.
»Sie erinnert sich an gar nichts?«, fragte Mike und klang bestürzt. »Kommt die Erinnerung denn irgendwann zurück?«
Seit Stevie ihn das erste Mal aus Paris angerufen hatte, war er krank vor Sorge. Sie hatte damals sichergehen wollen, dass er nicht etwa aus der Zeitung von dem Unfall erfuhr.
»Das hoffen wir. Bisher hat nichts ihrem Gedächtnis auf die Sprünge geholfen, aber wir versuchen alles.« Carole grübelte oft stundenlang über all das nach, was die anderen ihr erzählten, und hoffte, es würde etwas in ihr auslösen. Jason hatte seine Sekretärin beauftragt, Fotoalben zu schicken, samt Babyfotos von den Kindern. Carole betrachtete all die hübschen Bilder ohne ein Zeichen des Erkennens. Aber noch waren die Ärzte hoffnungsvoll. Der für Carole zuständige Neurologe sagte, dass es lange dauern könne und ganze Teile ihrer Erinnerung möglicherweise nie zurückkehrten. Die schwere Verletzung samt folgendem Koma hatten ihren Tribut gefordert. Wie groß dieser war und welche dauerhaften Schäden möglicherweise blieben, war noch nicht abzuschätzen. Am frustrierendsten war das für Carole selbst.
Trotz Stevies Warnungen war Mike Appelsohn nicht darauf vorbereitet, dass Carole ihn wie einen Fremden begrüßte. Insgeheim hatte er gehofft, dass doch ein winziger Funke Vertrautheit da wäre, sie sich an sein Gesicht erinnerte oder an irgendeine Kleinigkeit aus der Vergangenheit. Aber sie sah ihn nur ausdruckslos an. Zum Glück war Stevie mit im Zimmer. Sie sah Mike die Enttäuschung an und erklärte Carole sofort, wer dieser Mann war. Sie hatte Carole schon auf diesen Besuch vorbereitet.
Obwohl Mike genau das hatte vermeiden wollen, brach er in Tränen aus. Er war ein gutmütiger Bär von Mann.

»Gott sei Dank«, war alles, was er herausbrachte, während er Carole umarmte. Schließlich fasste er sich wieder und löste sich von ihr.
»Du bist Mike?«, fragte Carole, als begegneten sie sich zum ersten Mal. »Stevie hat mir viel von dir erzählt.« Sie klang dankbar, obwohl sie es nur aus zweiter Hand wusste.
»Ich liebe dich, Kindchen.« Wieder musste er mit den Tränen kämpfen. »Du warst schon mit achtzehn das süßeste Ding, das mir je begegnet ist«, sagte er voller Stolz. »Hast alle förmlich umgehauen. Und das gelingt dir heute noch.«
»Stevie hat mir erzählt, dass du mich entdeckt hast. Das hört sich für mich an, als wäre ich eine Blume oder ein seltener Vogel.«
»Genau das bist du auch«, versicherte er und ließ sich in den einzigen Sessel fallen, während Stevie stehen blieb. Carole hatte sie gebeten, im Zimmer zu bleiben. Wie vor dem Bombenanschlag verließ sie sich bereits völlig auf die schlanke, dunkelhaarige Frau und fühlte sich von ihr beschützt.
»Du hast unglaubliches Talent. Wir haben im Laufe der Jahre ein paar großartige Filme zusammen gemacht. Und das werden wir auch wieder tun, sobald du all das hier hinter dir gelassen hast.« Seit einem halben Jahrhundert war er in seiner Branche ein erfolgreicher und angesehener Mann. »Ich kann es kaum erwarten, dass du wieder in L. A. bist. Ich habe bereits mit den besten Ärzten im Cedars-Sinai-Hospital gesprochen.« Die Ärzte in Paris würden Carole zwar noch genau sagen, an wen sie sich zur Weiterbehandlung wenden sollte, aber Mike hielt nun mal gern die Fäden in der Hand.
»Womit sollen wir anfangen?« Er sah Carole erwartungs-

voll an. Mike war entschlossen, alles zu tun, um ihr zu helfen. Schließlich wusste er mehr über ihr Leben in Hollywood als jeder andere.

»Wo sind wir uns begegnet?« Carole wollte die ganze Geschichte hören.

»Du hast mir im Drugstore an der Ecke eine Tube Zahnpasta verkauft und warst das hübscheste Mädchen, das mir je begegnet ist«, sagte er lächelnd. Er bemühte sich, nicht die Narbe auf ihrer Wange anzustarren. Carole hatte sie mittlerweile selbst entdeckt, seit sie wieder laufen konnte und allein ins Bad ging. Anfangs war sie schockiert, aber dann wies sie sich zurecht, dass sie schließlich mit dem Leben davongekommen war. Das war alles, was momentan zählte. Und sie wollte ihre Erinnerungen zurückbekommen, das war ihr wichtiger als eine makellose Schönheit.

»Ich habe dich zu Probeaufnahmen nach Hollywood eingeladen. Später hast du mir gestanden, dass du dachtest, ich sei ein Zuhälter. Nett, nicht wahr?« Er war ein ausgelassener Mann und lachte dröhnend bei der Erinnerung daran, obwohl er die Geschichte schon tausend Mal erzählt hatte. Carole lachte mit ihm. Ihr Wortschatz war schon wieder so umfangreich, dass sie das Wort kannte.

»Du bist von Mississippi, von der Farm deines Vaters, nach New Orleans gekommen. Dein Dad war wenige Monate vorher gestorben, und du hast die Farm verkauft. Von dem Erlös hast du damals gelebt und mir nicht einmal erlaubt, dein Ticket zu bezahlen. Du sagtest, du wollest dich mir gegenüber zu nichts ›verpflichtet‹ fühlen. Du hattest damals einen unglaublichen Südstaatenakzent. Ich fand es toll, aber für die Leinwand war es unmöglich.«

Carole nickte, weil Jason ihr bereits etwas Ähnliches erzählt hatte. Als sie ihn damals heiratete, war noch ein Rest

davon hörbar. »Du kamst nach L. A., und deine Probeaufnahmen waren der Hammer.«
»Und wie sah mein Leben davor aus?« Er kannte sie länger als jeder andere. Jason hatte ihr grob davon erzählt, aber er wusste sicher nicht viel mehr.
»Ich weiß es nicht genau«, gab Mike ehrlich zu. »Du hast viel von deinem Vater und deiner Kindheit auf der Farm erzählt. Du musst sehr an ihm gehangen haben und hast dich in diesem winzigen Ort außerhalb von Biloxi sehr wohl gefühlt.« Als sie das Wort hörte, machte es bei ihr klick.
»Norton«, sagte sie wie von selbst und sah die anderen überrascht an.
»So hieß der Ort. Norton.« Mike strahlte. »Ihr hattet Schweine, Kühe, Hühner und …«
»Ein Lama«, fiel sie ihm ins Wort. Zum ersten Mal erinnerte sie sich von allein an etwas.
Mike drehte sich um und sah Stevie an, die Carole aufmerksam beobachtete. Carole nickte. Mike hatte ihr eine Tür geöffnet. Kein anderer hatte das bisher vermocht.
»Ich besaß ein Lama. Mein Vater hat es mir zum Geburtstag geschenkt. Er sagte, es hätte genauso große Augen und lange Wimpern wie ich – und einen ebenso langen Hals. Er meinte immer, ich sähe lustig aus.« Sie redete, als könne sie seine Worte hören. »Mein Dad hieß Conway.« Mike nickte nur und traute sich nicht, Carole zu unterbrechen. Etwas Entscheidendes war passiert, das wussten sie alle drei. Carole erinnerte sich an Details aus ihrer Kindheit. Offenbar musste sie bis zum Anfang zurückgehen. »Meine Mom starb, als ich noch klein war. Ich habe sie nie wirklich kennengelernt. Auf dem Klavier stand ein Foto von ihr, mit mir auf dem Schoß. Sie hieß Jane und war sehr hübsch. Ich sehe ihr ähnlich«, sagte Carole, und ihre

Augen füllten sich mit Tränen. »Meine Grandma hieß Ruth. Sie hat immer Plätzchen für mich gebacken und starb, als ich zehn war.«
»Das wusste ich gar nicht«, sagte Mike leise. Aber Carole erinnerte sich offenbar sehr gut an sie.
»Grandma war ebenfalls sehr hübsch. Mein Dad starb kurz bevor ich meinen Schulabschluss machte. Sein Laster stürzte in einen Straßengraben und überschlug sich.« Sie erinnerte sich plötzlich wieder an alles. »Sie sagten mir, ich müsse die Farm verkaufen, und ich …« Carole brach hilflos ab und sah die anderen an. »Ich weiß nicht, was dann passierte.«
»Du hast die Farm verkauft und gingst nach New Orleans. Dort habe ich dich entdeckt«, half Mike ihr aus, aber sie wollte sich selbst erinnern. Es gelang ihr jedoch nicht. Für den Moment war das alles gewesen, ein kleiner Ausschnitt aus ihrer Vergangenheit. Noch immer sah sie das Foto ihrer Mutter und Ruths Gesicht vor ihrem geistigen Auge.
Danach plauderten sie eine Weile lang über dies und das. Mike ergriff Caroles Hand. Er sagte es nicht, aber er konnte es kaum ertragen, sie in diesem Zustand zu sehen. Er betete, dass sie wieder zu der lebensfrohen, aufgeweckten Frau wurde, die sie zuvor gewesen war. Die Vorstellung, dass sie sich möglicherweise nie wieder ganz erholte, war beängstigend. Momentan war auch ihr Kurzzeitgedächtnis gestört. Wenn es so blieb wie jetzt, würde sie nie wieder vor der Kamera stehen. Vielleicht war es das Ende einer bedeutenden Karriere. Aber Mikes Besuch hatte Carole schon zu einem großen Sieg verholfen.
Sie sprachen über Los Angeles und Caroles Haus. Sie hatte keine Vorstellung davon, wie es aussah. Als Stevie jetzt den Garten erwähnte, sagte Carole plötzlich: »Ich glaube, in Paris hatte ich auch einen Garten.«

»Das stimmt«, bestätigte Stevie leise. »Erinnerst du dich an das Haus?«
»Nein.« Carole schüttelte den Kopf. »Ich kann mich an die Farm meines Vaters erinnern, wo ich Kühe gemolken habe.« Wie bei einem Puzzle fand sie nach und nach einzelne Teile. Aber noch passte nicht alles zusammen.
Stevie fragte sich besorgt, ob mit den kleinen Erinnerungsfetzen an den Garten in Paris auch die Erinnerung an Matthieu zurückkam. Sie hoffte beinahe, das würde nicht passieren. Es war ihr noch sehr präsent, wie unglücklich Carole damals gewesen war.
»Wie lange bleibst du in Paris?«, wandte sich Stevie an Mike.
»Nur bis morgen. Ich wollte mein kleines Mädchen sehen, muss aber schnell wieder zurück.« Für einen Mann seines Alters war dieser Kurztrip von Kontinent zu Kontinent durchaus eine Belastung. Aber für Carole wäre er um die ganze Welt marschiert.
»Ich bin froh, dass du hergekommen bist«, sagte Carole und lächelte ihn an. »Bisher konnte ich mich an nichts erinnern.«
»Das wird dir aber gelingen, sobald du wieder in L. A. bist«, sagte er mit einer Zuversicht, die er selbst nicht verspürte. »Wenn ich hier festsäße, bekäme ich auch Gedächtnislücken.« Ebenso wie Sean hatte auch Mike Paris nie gemocht. Das Einzige, was ihm hier gefiel, war das Essen. Mit den Franzosen Geschäfte zu machen, fand er schwierig. Sie waren ihm zu chaotisch und häufig unzuverlässig. Was die Stadt für ihn erträglich machte, war das Ritz. Es war seiner Meinung nach das beste Hotel der Welt. Ansonsten fühlte er sich in den Staaten einfach wohler. Er wollte Carole möglichst schnell nach Hause schaffen, damit sich dort Ärzte um sie kümmern konnten, die er kann-

te. Er hatte bereits einige der besten in Los Angeles kontaktiert. Als erklärter Hypochonder war er im Vorstand zweier Krankenhäuser und einer medizinischen Fakultät. Nur ungern verließ er Carole an diesem Abend, um ins Hotel zurückzukehren. Aber er sah ihr an, wie müde sie war. Und auch er spürte die Erschöpfung. Den ganzen Nachmittag über hatte er versucht, ihrer Erinnerung mit allen möglichen Geschichten aus ihrer Zeit in Hollywood auf die Sprünge zu helfen. Aber bis nach dem Tag, als sie mit achtzehn die Farm verließ, tat sich ein riesiges schwarzes Loch auf. Immerhin war es ein Anfang gewesen.

Lange Gespräche ermüdeten Carole noch sehr. Und sich die ganze Zeit erinnern zu wollen war anstrengend. Als sich Mike verabschiedete, war sie kurz davor einzuschlafen. Er blieb noch für einen Augenblick neben ihrem Bett stehen und strich ihr über das lange blonde Haar. »Ich liebe dich, Baby.« So hatte er sie schon immer genannt. »Und jetzt musst du schnell gesund werden und nach Hause kommen. Ich werde dort auf dich warten.« Er umarmte sie ein letztes Mal, kämpfte gegen die aufsteigenden Tränen an und verließ das Zimmer. Vor dem Krankenhaus wartete ein Fahrer, der ihn ins Hotel bringen sollte.

Stevie blieb noch, bis Carole eingeschlafen war. Dann ging auch sie. Sie war kaum in ihrem Hotelzimmer angelangt, da rief Mike an. »Gütiger Gott«, sagte er, und sie hörte, wie bestürzt er war. »Sie erinnert sich nicht an eine einzige verdammte Geschichte.«

»Das Lama, ihre Heimatstadt, ihre Großmutter, das Foto ihrer Mutter und die Farm ihres Vaters … Wenn das kein Hoffnungsschimmer ist! Ich glaube, du hast ihr einen Riesendienst erwiesen«, antwortete Stevie dankbar und ehrlich.

»Hoffentlich kommt bald mehr dazu.« Mike wollte, dass

sie wieder ganz die Alte wurde. Es durfte einfach nicht auf diese Weise zu Ende gehen, nicht mit ihr und auch nicht mit ihrer Karriere.

»Das hoffe ich auch«, stimmte Stevie zu. Dann erzählte er ihr noch, dass er vor dem Krankenhaus ein kurzes Interview gegeben hatte. Ein amerikanischer Journalist hatte ihn erkannt und nach Caroles Zustand gefragt. Mike hatte versichert, dass es ihr gut gehe, ihr Gedächtnis langsam zurückkehre und sie sich bereits an fast alles wieder erinnern könne. Er wollte keinesfalls, dass es in der Presse hieß, Carole habe den Verstand verloren. Für ihre Karriere war es wichtig, ein positives Bild von ihrer Genesung zu verbreiten. Stevie war nicht sicher, ob er recht hatte, aber schaden würde es keinesfalls. Da Carole selbst noch nicht mit Reportern sprach und ihre Ärzte unter Schweigepflicht standen, mangelte es der Presse an Informationsquellen. Carole bedeutete Mike sehr viel, aber er verlor auch nie ihre Karriere aus den Augen.

Ein kurzer Abriss seines Interviews wurde am nächsten Tag über die Nachrichtenagentur AP verbreitet und stand weltweit in den Zeitungen.

Filmstar Carole Barber auf dem Weg der Besserung. Laut Mike Appelsohn, ihrem Agenten und Produzenten, hat sie ihr Gedächtnis wiedererlangt und wird bald nach L. A. zurückkehren.

Mit keinem Wort wurde erwähnt, dass sie in den letzten drei Jahren keinen einzigen Film gedreht hatte. Wie immer hatte Mike bei dem Interview sehr aufgepasst, welche Informationen Carole nutzen würden.

11

An den Tagen nach Mikes Besuch fühlte sich Carole schrecklich. Sie hatte sich eine starke Erkältung eingefangen, denn aufgrund ihres Zustands war sie anfällig für Infekte. Täglich arbeitete sie mit Physiotherapeuten und ihrer Logopädin. Das Laufen klappte allmählich besser, aber durch die Erkältung wurde sie wieder zurückgeworfen. Stevie steckte sich ebenfalls an. Um nicht noch mehr Viren zu Carole zu schleppen, blieb sie sicherheitshalber im Ritz und legte sich ins Bett. Der Hotelarzt kam und verschrieb ihr ein Antibiotikum. Stevie hatte eine Nebenhöhlenentzündung und starken Husten. Als sie mit Carole telefonierte, hörte sich diese fast genauso schlimm an.

Carole war eine neue Krankenschwester zugeteilt worden, die zwar fürsorglich, aber recht mürrisch war. Als sie in die Mittagspause ging, war Carole beinahe froh, endlich allein zu sein. Allerdings fehlten ihr die Gespräche mit Stevie. Notgedrungen schaltete sie den Fernseher ein und sah sich die Nachrichten auf CNN an. Ein Buch zu lesen, strengte sie zu sehr an, und das Schreiben war noch schwieriger. Selbst ihre Handschrift hatte gelitten. Stevie war bereits klargeworden, dass Carole nicht so bald wieder an ihrem Buch arbeiten würde. Sie erwähnte es jedoch nicht, denn momentan hatte Carole andere Probleme zu bewältigen.

Weil der Fernseher lief, hörte Carole nicht, dass die Tür geöffnet wurde. Als plötzlich jemand am Fußende ihres

Bettes stand, zuckte sie erschrocken zusammen. Sie sah einen jungen Mann in Jeans, vielleicht sechzehn Jahre alt. Er hatte dunkle Haut und große, mandelförmige Augen. Als sich ihre Blicke trafen, sah sie die Angst darin. Sie hatte keine Ahnung, was er in ihrem Zimmer wollte. Aber der Wachmann musste ihn hineingelassen haben. Vielleicht war er ein Bote, der Blumen brachte. Doch dann sah Carole, dass er nichts in Händen hielt. Sie sprach ihn in stockendem Französisch an, aber er schien sie nicht zu verstehen. Deshalb versuchte sie es mit Englisch.

»Kann ich Ihnen helfen? Suchen Sie jemanden?«

»Sie sind Filmstar?«, fragte er mit einem ihr unbekannten Akzent.

»Ja, das bin ich.« Sie lächelte ihn an. Er war so dünn, dass die Jacke über seinem blauen Sweatshirt viel zu groß wirkte. Seine Turnschuhe waren kaputt und hatten Löcher. Sie dachte an Anthonys »Glücksschuhe«, die ähnlich aussahen und die er mit nach Paris gebracht hatte. Aber dieser Junge machte den Eindruck, als besäße er keine besseren.

»Was tun Sie hier?«, fragte Carole freundlich und überlegte, ob er vielleicht ein Autogramm wollte. Obwohl es ihr schwerfiel, hatte sie hier im Krankenhaus bereits ein paar gegeben. Das Gekrakel hatte jedoch nicht viel Ähnlichkeit mit ihrer früheren Unterschrift.

»Ich habe Sie gesucht«, sagte er. Sie war sicher, ihm noch nie begegnet zu sein, und doch kam ihr irgendetwas an ihm bekannt vor. Vor ihrem geistigen Auge tauchte ein Auto auf, ein Gesicht am Fenster ... und da wusste sie es! Sie hatte diesen Jungen im Tunnel gesehen, kurz vor der Explosion. Er war aus dem Wagen neben ihr gesprungen und weggerannt. Nur Sekunden später ging alles in Flammen auf.

Während ihr diese Bilder durch den Kopf schossen, sah

sie, dass er ein Messer aus der Jacke zog. Die lange gebogene Klinge blitzte auf. Der Junge kam einen Schritt auf sie zu, und Carole rutschte auf der anderen Seite aus dem Bett.

»Was tun Sie da?«, rief sie ängstlich, während sie sich am Gestell festhielt.

»Sie erinnern sich an mich, nicht wahr? In der Zeitung stand, Sie hätten Ihr Gedächtnis wiedererlangt.« Er sah beinahe ängstlich aus und wischte die Klinge an der Jeans ab.

»Nein, ich kenne Sie nicht«, versicherte sie mit zitternder Stimme und betete, dass ihre Beine sie nicht im Stich ließen. Sie war nur ein paar Zentimeter vom Notfallknopf an der Wand hinter ihrem Bett entfernt. Wenn es ihr gelang, den Knopf zu drücken, rettete das vielleicht ihr Leben. Andernfalls würde ihr dieser Junge die Kehle durchschneiden. Sie sah die Entschlossenheit in seinem Blick.

»Sie sind Schauspielerin und eine sündige Frau. Sie sind eine Hure«, zischte er ihr zu und kam näher. Carole wich weiter zurück in Richtung Wand.

Ohne Vorwarnung beugte er sich über das Bett und holte aus. Im selben Moment drückte Carole so fest sie konnte den Notfallknopf. Sie hörte, wie draußen der Alarm losging, während der Junge nach ihrem Haar griff und sie wieder als Hure beschimpfte. Carole warf ihr Frühstückstablett nach ihm und brachte ihn damit aus dem Gleichgewicht. Im selben Moment stürzten zwei Ärzte und eine Schwester ins Zimmer. Sie rechneten mit einem medizinischen Notfall, stattdessen sahen sie einen jungen Mann mit einem Messer auf die Patientin losgehen. Er bedrohte jetzt alle, die sich ihm näherten, und versuchte gleichzeitig, sich Carole zu schnappen. Doch die beiden Ärzte überwältigten den Jungen und rangen ihn zu Boden. Währenddessen lief die Schwester los, um Hilfe zu holen. Innerhalb von Sekunden war ein Wachmann im Zimmer. Er nahm dem Jungen das Messer ab und legte ihm Handschellen an. Carole sackte langsam zu Boden. Sie zitterte am ganzen Körper.

Plötzlich erinnerte sie sich wieder an alles, an das Taxi, den Wagen neben ihr, die lachenden Männer auf den Vordersitzen, den Jungen auf der Rückbank … den Knall … das Gefühl, durch die Luft geschleudert zu werden, und dann die endlose Dunkelheit. Mike hatte in dem Interview gesagt, dass Carole ihr Gedächtnis wiedererlangt habe. Das hatte der Junge gelesen und war auf dem schnellsten Wege hierhergekommen. Er wollte sie töten, damit sie ihn nicht identifizieren konnte.

Wenige Minuten später war die behandelnde Ärztin da, um Carole zu untersuchen. Zum Glück war Carole körperlich unversehrt. Sie stand jedoch unter Schock. Der Junge war bereits von der Polizei abgeführt worden.

»Alles in Ordnung?«, fragte die Ärztin besorgt.

»Ich denke schon … ich weiß es nicht …«, stammelte Carole zitternd. »Ich erinnerte mich … als ich ihn sah, erinnerte ich mich wieder an den Tunnel. Er saß in dem Wagen neben mir, und wir blickten uns an. Er lief weg, bevor die Bombe explodierte.« Carole zitterte so sehr, dass ihre Zähne klapperten. Die Ärztin bat die Schwester um eine zusätzliche Decke, die ihr sofort gereicht wurde.

»Woran erinnern Sie sich noch?«, fragte die Ärztin.

»Ich weiß es nicht …« Carole wirkte verwirrt, aber die Ärztin deckte sie zu und sprach weiter auf sie ein.

»Erinnern Sie sich an Ihr Schlafzimmer in Los Angeles? Welche Farbe haben die Wände?«

»Gelb, glaube ich.« Carole meinte, es vor sich zu sehen, war aber nicht sicher. Alles lag wie hinter Nebel.

»Haben Sie einen Garten?«
»Ja.«
»Wie sieht er aus?«
»Da ist ein Springbrunnen ... und ein Teich ... Rosen, die ich gepflanzt habe ... sie sind rot.«
»Haben Sie einen Hund?«
»Nein. Er ist gestorben. Vor langer Zeit.«
»Wissen Sie noch, was Sie vor dem Anschlag getan haben?« Die Ärztin bedrängte sie sehr, wollte die Türen offen halten, die der Junge aufgestoßen hatte.
»Nein«, sagte Carole, aber dann fiel es ihr doch ein. »Ja ... ich wollte mein früheres Haus sehen ... in der Nähe der Rue Jacob.« Sie erinnerte sich wieder an die genaue Adresse, dass sie zu Fuß dorthin gegangen war und ein Taxi zurück zum Hotel nahm. Im Tunnel waren sie dann im Stau stecken geblieben.
»Wie sieht es aus?«
»Keine Ahnung«, antwortete Carole mit schwacher Stimme, da antwortete plötzlich jemand anderes für sie.
»Es war ein kleines Haus in einem Hinterhof mit einem Garten. Es hatte ovale Fenster im Obergeschoss.« Matthieu stand mit grimmiger Miene neben dem Bett. Weinend schaute Carole zu ihm hoch, sie wollte ihn nicht sehen und war gleichzeitig erleichtert. Er blickte an ihr vorbei zu der Ärztin auf der anderen Seite des Bettes.
»Was ist hier passiert?«, fragte er mit seiner autoritären Stimme. »Wo war der Wachmann?«
»Es gab ein Missverständnis. Er ging zum Mittagessen und die Krankenschwester ebenfalls. Seine Vertretung ist nicht aufgetaucht.« Angesichts Matthieus verständlicher Wut fühlte sich die Ärztin sichtbar unbehaglich.
»Und er hat sie einfach allein gelassen?«, fuhr er sie an.
»Tut mir leid, *Monsieur le Ministre*, es wird nicht wieder

vorkommen«, antwortete sie kühl. So beeindruckend Matthieu de Billancourt auch war, sie ließ sich nicht von ihm einschüchtern. Für sie zählte nur das Wohlergehen ihrer Patientin.

»Dieser Junge war hier, um sie zu töten. Er ist einer der Terroristen, die den Anschlag auf den Tunnel verübt haben. Offenbar hat er den Artikel in der Zeitung gelesen. Ich will, dass von jetzt an zwei Wachleute vor der Tür stehen, und zwar Tag und Nacht.« Matthieu hatte in dem Krankenhaus nichts zu befehlen, aber der Ärztin war klar, dass er recht hatte. »Und falls Sie nicht in der Lage sind, sie hier ausreichend zu schützen, dann zieht sie zurück ins Hotel.«

»Ich werde mich darum kümmern«, versicherte die Ärztin, und im selben Moment betrat der Leiter des Krankenhauses das Zimmer. Matthieu hatte ihn unverzüglich informiert.

Als der Krankenhausleiter gesehen hatte, wie ein Junge in Handschellen abgeführt wurde, hatte er sich von den Polizisten berichten lassen, was passiert war. Daraufhin hatte er sich sofort auf den Weg zu Caroles Zimmer gemacht. Er war außer sich, als er erfuhr, dass der Junge Carole fast getötet hätte. Wenn sie nicht schnell genug den Notfallknopf gedrückt hätte, wäre sie jetzt wahrscheinlich nicht mehr am Leben.

In gebrochenem Englisch fragte der Krankenhausleiter Carole, ob es ihr gut ging. Danach stürmte er wieder aus dem Zimmer, um ein paar Leuten den Kopf zu waschen. Das Letzte, was er brauchte, war, dass ein amerikanischer Filmstar in seinem Krankenhaus ermordet wurde. Das hätte gewaltig schlechte Presse gebracht.

Die Ärztin lächelte Carole noch einmal aufmunternd an, warf Matthieu einen kühlen Blick zu und ging. Sie mochte sich eigentlich nicht von einem Laien vorschreiben lassen, was sie zu tun hatte – Ex-Minister oder nicht. Allerdings hatte er in diesem Fall nicht ganz unrecht. Carole wäre fast getötet worden. Es grenzte an ein Wunder, dass der Junge seine Mission nicht beenden konnte. Hätte er Carole schlafend angetroffen, wäre es um sie geschehen gewesen. Das und noch viele andere schreckliche Szenarien schossen ihr durch den Kopf.

Matthieu setzte sich auf den Stuhl neben Caroles Bett und tätschelte ihr die Hand. Dann sah er sie mit einer Zärtlichkeit an, die man ihm nach der Art, wie er mit der Ärztin umgesprungen war, gar nicht zugetraut hätte.

»Ich hatte mir vorgenommen, dich heute zu besuchen«, sagte er mit sanfter Stimme. »Aber du siehst mitgenommen aus. Möchtest du, dass ich wieder gehe?«

Sie schüttelte den Kopf.

»Ich bin erkältet«, antwortete sie und sah ihm in die Augen. Diese Augen hatte sie einst geliebt. Sie erinnerte sich nicht an jede Kleinigkeit, die zwischen ihnen vorgefallen war, und sie war auch nicht sicher, ob sie das wollte. Aber sie erinnerte sich an die Zärtlichkeit ebenso wie an den Schmerz und an das Gefühl großer Leidenschaft. Carole war immer noch ganz zittrig. Aber seine Anwesenheit beruhigte sie. Er strahlte eine solche Stärke aus, dass sie sich beschützt und sicher fühlte.

»Möchtest du eine Tasse Tee, Carole?« Sie nickte. Im Zimmer standen immer eine Thermoskanne mit heißem Wasser und ein Vorrat ihres Lieblingstees bereit. Stevie hatte ihn ihr aus dem Hotel mitgebracht. Matthieu bereitete ihn genau so zu, wie Carole ihn mochte, nicht zu stark und nicht zu schwach. Dann reichte er ihr den Teebecher. Carole stützte sich auf den Ellenbogen auf, nahm den Becher und nippte daran. Sie waren allein im Zimmer. Da Carole

nicht mehr in Lebensgefahr schwebte, brauchte sie nicht ständig eine Schwester um sich.
»Darf ich mir auch eine Tasse nehmen?« Sie nickte wieder, und er bereitete sich ebenfalls einen Tee zu. Ihr fiel ein, dass er es gewesen war, der ihr als Erster diesen Tee angeboten hatte.
»Ich habe viel an dich gedacht«, sagte er, nachdem er einen Schluck Vanilletee getrunken hatte.
»Ich habe auch viel an dich gedacht«, gab Carole zu, die bisher kein Wort gesagt hatte. Zu sehr saß ihr noch der Schreck in den Gliedern. »Ich versuche, mich an dich zu erinnern, aber ich schaffe es nicht.« So vieles war ihr jetzt schon wieder eingefallen, aber nichts über ihn. Sie erinnerte sich nur an seine Augen und daran, dass sie diesen Mann geliebt hatte. Das war alles. Noch immer hatte sie keine Vorstellung davon, wer er war oder warum alle in Habtachtstellung gingen, sobald er den Raum betrat. Viel entscheidender aber war, dass sie sich auch nicht daran erinnerte, mit ihm zusammengelebt zu haben. Sie hatte keine Ahnung, wie ihr gemeinsames Leben ausgesehen hatte, außer, dass er Tee für sie gekocht hatte. Viele Male. Zum Frühstück, an einem Küchentisch, während das Sonnenlicht ins Zimmer fiel.
»Weißt du noch, wie wir uns kennenlernten?«
Sie schüttelte den Kopf. Nach dem Tee fühlte sie sich ein wenig besser. Sie stellte den leeren Becher auf den Nachttisch und legte sich wieder hin. Es störte sie nicht, dass Matthieu nahe an ihrem Bett saß. Sie wollte jetzt nicht allein sein. »Du drehtest gerade einen Film über Marie Antoinette. Der Kulturminister gab am Quai d'Orsay einen Empfang. Er war ein alter Freund von mir und bestand darauf, dass ich teilnahm. Ich wollte eigentlich nicht, weil ich an diesem Abend etwas anderes vorhatte. Aber er gab

keine Ruhe, also ging ich hin. Und da warst du. Atemberaubend schön. Du kamst gerade vom Set und trugst noch dein Kostüm. Diesen Anblick werde ich niemals vergessen. Marie Antoinette war nie so schön wie an diesem Tag.«

Carole lächelte, als eine vage Erinnerung an ein Kostüm und ein eindrucksvolles Deckengemälde am Quai d'Orsay in ihr aufstieg.

»Es war Frühling. Du musstest nach dem Empfang wieder zum Set, um das Kostüm zurückzubringen. Ich brachte dich hin, und danach gingen wir noch an der Seine spazieren. Wir setzten uns am Ufer auf eine Bank und redeten. Ich fühlte mich, als würde ich auf einer Wolke schweben, und du sagtest, es ginge dir genauso.« Er lächelte beim Gedanken daran, und ihre Blicke trafen sich.

»Es war ein *Coup de foudre*«, flüsterte sie, Liebe auf den ersten Blick. Das waren nach jenem ersten Abend seine Worte gewesen.

»Wir haben stundenlang geredet, bis du am nächsten Morgen um fünf Uhr wieder zurück ans Set bist. Für mich war es die aufregendste Nacht meines Lebens. Du hast mir von deinem Mann erzählt, dass er dich wegen einer anderen Frau verlassen hatte. Soweit ich mich erinnere, war sie ein russisches Model und noch sehr jung. Sie bekam ein Kind von ihm, und du warst am Boden zerstört. Du musst ihn wirklich geliebt haben.« Sie nickte. Das Gefühl hatte sie nach dem Gespräch mit Jason auch gehabt. Plötzlich spürte sie wieder, wie aufgeregt sie in jener Nacht gewesen war.

Vage erinnerte sie sich daran, an das Set zurückkehrt zu sein, ohne in dieser Nacht geschlafen zu haben. Aber sie wusste nicht mehr, wie Matthieu damals aussah. Tatsächlich hatte er sich nicht sehr verändert, lediglich sein Haar

war weiß geworden. Damals war es dunkel, fast schwarz. Als sie sich kennenlernten, war er fünfzig und einer der mächtigsten Männer Frankreichs. Viele Menschen hatten sich vor ihm gefürchtet, sie jedoch nie. Dafür hatte er sie zu sehr geliebt und sie immer nur beschützen wollen, so wie auch jetzt. Er wollte nicht, dass ihr irgendjemand etwas zuleide tat. Das spürte sie ganz deutlich, als er jetzt neben ihr saß und über die Vergangenheit sprach.
»Ich lud dich für den nächsten Abend zum Essen ein. Wir gingen in ein kleines Restaurant aus meiner Studentenzeit. Es war ein schöner Abend, und wieder unterhielten wir uns unablässig. Nie zuvor in meinem Leben habe ich mich jemandem so verständlich machen können wie dir. Ich erzählte dir alles, über meine Gefühle, meine Geheimnisse und Wünsche, sogar vieles über meine Arbeit, was ich gar nicht hätte tun dürfen. Aber du hast mein Vertrauen nie missbraucht. Wir trafen uns von da an täglich, bis du fünf Monate später mit den Dreharbeiten fertig warst. Du wolltest zurück nach New York oder nach Los Angeles, warst dir nicht sicher, und ich bat dich, in Paris zu bleiben. Zu dem Zeitpunkt waren wir bereits ein Paar. Du hast zugestimmt, und gemeinsam fanden wir das Haus nahe der Rue Jacob. Wir gingen auf Auktionen und ersteigerten Möbel, um es einzurichten. Ich habe für Anthony im Garten ein Baumhaus gebaut. Er hielt sich unglaublich gern dort auf und hat im Sommer sämtliche Mahlzeiten in dem Haus eingenommen. Während die Kinder ihren Vater besuchten, verbrachten wir die Zeit in Südfrankreich, mieteten uns für zwei Wochen ein Segelboot. Wir waren unzertrennlich, und ich war nie zuvor so glücklich gewesen. Weder davor noch danach. Es war die schönste Zeit meines Lebens.« Carole nickte, während sie zuhörte. Sie erinnerte sich nicht an diese Ereignisse, jedoch an die Gefühle.

Eine Wärme durchströmte sie, als sie daran dachte. Aber da war noch etwas anderes. Irgendetwas hatte nicht gestimmt. Sie suchte in seinen Augen, und dann wusste sie es plötzlich.

»Du warst verheiratet«, sagte sie traurig.

»Ja. Meine Ehe existierte damals nur noch auf dem Papier. Die Kinder waren erwachsen, und meine Frau und ich waren für einander wie Fremde. Seit Jahren lebte jeder sein eigenes Leben. Schon bevor ich dich kennenlernte, wollte ich sie verlassen, und das sagte ich dir auch. Ich wollte, dass es still und leise über die Bühne ging, ohne dass es für einen von uns unangenehm war. Als ich mit meiner Frau darüber sprach, weigerte sie sich jedoch. Sie fürchtete einen Skandal und dass sie öffentlich erniedrigt würde, wenn ich sie wegen eines bekannten Filmstars verließ. Aufgrund meiner Position wäre die Presse natürlich über solch eine Situation hergefallen. Also vereinbarten wir, sechs Monate abzuwarten. Du warst sehr verständnisvoll, und es schien auch keine Rolle zu spielen. Wir waren in dem kleinen Haus sehr glücklich. Ich liebte deine Kinder, und sie schienen mich zu mögen, zumindest am Anfang. Du warst damals noch so jung, Carole, gerade mal zweiunddreißig! Ich hätte dein Vater sein können. Aber mit dir fühlte ich mich wieder jung.«

»Ich erinnere mich an das Boot«, sagte sie leise. »Wir fuhren nach Saint Tropez und in den alten Hafen von Antibes. Ich glaube, ich war sehr glücklich mit dir«, sagte sie verträumt.

»Wir waren beide glücklich«, fügte er traurig hinzu, weil er wusste, wie es danach weiterging.

»Irgendetwas passierte. Du musstest weg.«

»Ja, ich musste zurück.« Er war überrascht, dass sie sich erinnerte. Matthieu hatte es selbst schon fast vergessen, obwohl es damals eine Riesentragödie war. Sie hatten ihn auf dem Boot angefunkt. Am Flughafen von Nizza musste er sich von Carole verabschieden, bevor er in die Militärmaschine stieg.

»Warum musstest du fort? Jemand wurde erschossen, nicht wahr?« Carole dachte angestrengt nach und runzelte die Stirn. »Wer war es noch mal?«

»Der Präsident von Frankreich. Auf ihn wurde ein Attentat verübt, das jedoch fehlschlug. Es passierte während der Parade am Nationalfeiertag auf den Champs Elysées. Ich hätte dort sein sollen, stattdessen war ich bei dir.«

»Du gehörtest zur Regierung ... hattest einen wichtigen Posten ... Was war es? Bei der Polizei?« Von ihrem Bett aus musterte sie ihn.

»Das gehörte zu meinen Pflichten. Ich war Innenminister«, sagte er ganz ruhig, und sie nickte. Langsam dämmerte es ihr. Sie waren mit dem Boot in den nächsten Hafen gesegelt und dann mit dem Taxi zum Flughafen gefahren. Nur wenige Minuten später sah sie ihn in einer Militärmaschine davonfliegen.

Sie kehrte allein nach Paris zurück. Matthieu hatte sich entschuldigt, sich auf diese Weise von ihr verabschieden zu müssen, umringt von Soldaten mit Maschinengewehren. Carole hatte es sonderbar gefunden, aber nicht ängstigend.

»Es muss noch etwas anderes passiert sein ... jemand wurde verletzt ... wir waren zum Skifahren ... du wurdest mit einem Hubschrauber abgeholt.« Sie sah vor sich, wie sich der Hubschrauber in die Luft erhob.

»Der Präsident hatte einen Herzanfall, und ich musste zu ihm.«

»Das war gegen Ende, nicht wahr?« Carole machte ein trauriges Gesicht.

Er nickte schweigend. Dieses Ereignis hatte ihn wachgerüttelt. Er erkannte, dass er seinen Job niemals aufgeben würde und dass er nach Frankreich gehörte. Wie sehr er Carole auch liebte, dies war sein Land. Alles hatte er für sie aufgeben wollen, aber er konnte es nicht. Nach diesem Ereignis blieben sie nicht mehr lange zusammen. Seine Frau machte immer mehr Schwierigkeiten, und die Situation wurde für sie beide untragbar.

»Ja, kurz danach war es vorbei. Aber zwischen diesen beiden Ereignissen lagen zwei wundervolle Jahre.«

»An diese Zeit erinnere ich mich nicht«, sagte sie, während sie ihn ansah und sich fragte, wie es wohl gewesen war. Bestimmt ziemlich aufregend, aber sicher auch anstrengend und hart. Die Politik war sein Leben gewesen, das Blut, das durch seine Adern strömte. Und Carole war das Herz, das ihn am Leben hielt.

»Im ersten Jahr haben wir Weihnachten zusammen mit den Kindern in Gstaad verbracht. Anschließend drehtest du einen Film in England, und ich flog jedes Wochenende zu dir. Als du zurückkamst, wollte ich zum Anwalt gehen und die Scheidung einreichen, aber meine Frau flehte mich an, es nicht zu tun. Sie sagte, sie könne es nicht ertragen. Wir waren einundzwanzig Jahre verheiratet, und ich glaubte, ihr etwas zu schulden, zumindest Respekt, wenn ich sie schon nicht mehr liebte. Sie wusste natürlich von dir und nahm es mir nicht übel. Was das anging, war sie sehr verständnisvoll. In jenem Jahr endete die Legislaturperiode, und ich wollte mich danach aus der Politik zurückziehen. Das wäre der perfekte Zeitpunkt für eine Scheidung gewesen. Aber dann wurde ich für eine weitere Amtszeit nominiert. Damals waren wir ein Jahr zusammen, und du erklärtest dich bereit, weitere sechs Monate zu warten. Ich war fest entschlossen, mich dann scheiden zu lassen. Arlette versprach, sich nicht länger zu widerset-

zen. Aber dann gab es einen Skandal, in den Leute aus der Regierung verwickelt waren. Der denkbar schlechteste Moment für eine Scheidung. Ich bat dich, mir noch ein Jahr Zeit zu geben, dann wollte ich mein Amt niederlegen und mit dir in die Staaten gehen.«
»Das hättest du nie getan. Und wenn, wärst du dort todunglücklich gewesen.«
»Ich fand, ich schuldete meinem Land etwas ... und meiner Frau. Ich konnte beide nicht einfach zurücklassen, ohne meine Pflicht zu erfüllen. Trotzdem war ich entschlossen, mit dir zu gehen, aber dann ...« Er brach ab.
»Deine Tochter starb, bei einem Autounfall, ich erinnere mich. Es war entsetzlich.« Ihre Blicke trafen sich. Carole berührte seine Hand.
»Sie war neunzehn. Es passierte in den Bergen, als sie mit Freunden zum Skifahren unterwegs war. Du warst mir damals eine große Hilfe. Aber ich konnte Arlette in dieser Situation unmöglich verlassen. Das wäre unmenschlich gewesen.«
Carole erinnerte sich daran, dass er ihr genau das damals gesagt hatte.
»Du hast immerzu behauptet, du würdest sie verlassen. Von Anfang an hast du gesagt, eure Ehe sei am Ende. Aber das stimmte nicht. Ständig meintest du, deiner Frau etwas schuldig zu sein. Sie bestand darauf, dass du weitere sechs Monate bei ihr bliebst, und du hast es ihr jedes Mal bewilligt. Ich habe die ganze Zeit gewartet. Wir lebten zusammen, aber du warst mit ihr verheiratet. Und mit Frankreich. Und plötzlich waren zwei Jahre vergangen.« Carole schwieg und fügte dann hinzu: »Und ich war schwanger.«
Er nickte und sah sie gequält an.
»Ich habe dich angefleht, dich endlich scheiden zu lassen, nicht wahr?«

Wieder nickte er, demütig.
»In meinem Vertrag gab es eine moralische Klausel. Wenn jemand herausfand, dass ich mit einem verheirateten Mann zusammenlebte, von dem ich auch noch ein Kind erwartete, wäre es mit meiner Karriere vorbei gewesen. Sie hätten mich rausgeworfen und vielleicht sogar verklagt. Ich habe viel für dich riskiert«, sagte Carole traurig. Das war bei ihm nicht anders gewesen. Aber seine Landsleute verziehen ihm, dass er seine Frau betrog und eine Geliebte hatte. In Frankreich wurde das akzeptiert. Ihre Produktionsfirma dagegen verzieh keine Affäre mit einem verheirateten Mann und schon gar nicht, mit einem hohen Politiker in einen öffentlichen Skandal verwickelt zu werden. Ganz zu schweigen von einem unehelichen Kind. Die Klausel in ihrem Vertrag war eindeutig. Sie wäre über Nacht zu einer Geächteten geworden. Carole war das Risiko dennoch eingegangen, weil Matthieu ihr versichert hatte, sich scheiden zu lassen. Aber er hatte niemals auch nur einen Rechtsanwalt kontaktiert.
»Was passierte mit dem Baby?«, fragte sie mit erstickter Stimme und sah Matthieu an.
»Du hast es verloren. Es war ein Junge. Du warst im fünften Monat. An Weihnachten wolltest du den Baum schmücken und bist dabei von der Leiter gefallen. Ich habe noch versucht, dich aufzufangen. Danach lagst du drei Tage im Krankenhaus, aber wir haben ihn verloren. Chloe wusste nicht, dass du schwanger warst, aber Anthony schon. Wir erklärten es ihm. Er hat mich gefragt, ob wir heiraten würden, und ich sagte ja. Aber dann starb meine Tochter, Arlette hatte einen Nervenzusammenbruch und flehte mich an, bei ihr zu bleiben. Sie drohte mit Selbstmord. Das war, nachdem du das Kind bereits verloren hattest und wir nicht mehr unter dem Zeitdruck standen, bald zu heiraten.

Ich bat dich um Verständnis. Im Frühjahr wollte ich endgültig zurücktreten und hoffte, dass sich Arlette bis dahin wieder gefangen hätte. Ich brauchte mehr Zeit – oder zumindest dachte ich, das wäre der einzige Grund für die Verzögerung.« Er sah Carole traurig an. »Letztlich hast du genau das Richtige getan.« Es fiel ihm unglaublich schwer, das einzugestehen. »Wahrscheinlich hätte ich sie nie verlassen. Weder sie noch meinen Job. Nachdem du aus Paris fortgezogen warst, blieb ich noch weitere sechs Jahre im Amt. Es hätte immer einen Grund gegeben, Arlette nicht zu verlassen. Ich glaube nicht, dass sie mich noch geliebt hat. Sie wollte mich einfach nicht an eine andere Frau verlieren. Ich hatte einfach nicht den Mut, dir zu sagen, dass ich es nicht tun kann. Dabei habe ich mich selbst mehr angelogen als dich. Ich fand dich grausam mir gegenüber. Aber du hattest recht. Andernfalls hätte ich dir das Herz gebrochen, mehr noch, als es schon passiert war. Die letzten sechs Monate waren ein Alptraum. Wir haben ständig gestritten, und es flossen viele Tränen.«

»Was gab den Ausschlag? Warum bin ich schließlich gegangen?« Caroles Stimme war nur ein Flüstern.

»Noch eine Lüge, noch ein Aufschub. Eines Morgens bist du aufgestanden und hast angefangen zu packen. Du hast bist zum Ende des Schuljahres gewartet. Ich hatte nichts wegen der Scheidung unternommen, und man bat mich, ein weiteres Jahr im Ministerium zu bleiben. Ich versuchte, es dir zu erklären, aber du wolltest nicht zuhören. Eine Woche später bist du abgereist. Ich brachte dich zum Flughafen, und wir haben beide die ganze Fahrt über geweint. Du sagtest, ich solle dich anrufen, wenn ich geschieden sei. Ich rief dich an, aber ich ließ mich nicht scheiden und blieb im Ministerium. Dort wurde ich gebraucht. Und Arlette brauchte mich auch, auf ihre Weise. Und sie meinte, ich sei es ihr schuldig zu bleiben. Nachdem du wieder in L. A. warst, habe ich dich ein paar Mal angerufen. Irgendwann weigertest du dich, ans Telefon zu kommen. Ich hörte, du hättest das Haus verkauft. Eines Tages fuhr ich noch einmal daran vorbei. Es brach mir fast das Herz, als ich daran dachte, wie glücklich wir dort gewesen waren.«

»An dem Tag mit dem Bombenanschlag war ich auch dort. Ich wollte es unbedingt noch einmal sehen. Als das Attentat passierte, war ich gerade auf dem Rückweg zum Hotel«, sagte Carole, und Matthieu nickte. Dieses Haus war für sie beide eine Zuflucht gewesen, ein sicherer Hafen und ein Liebesnest, in dem sie ihr Kind zeugten. Sie fragte sich unweigerlich, was wohl passiert wäre, wenn sie das Kind bekommen hätte. Ob er sich *dann* hätte scheiden lassen. Wahrscheinlich nicht.

Carole hätte das nie ein Leben lang akzeptiert. Sie hätte niemals für immer mit dem Ehemann einer anderen Frau zusammenleben können. Das hatte sie ihm von Anfang an gesagt.

»Wir hätten unsere Beziehung nie anfangen sollen«, sagte sie und rückte das Kissen unter ihrem Kopf zurecht.

»Wir hatten keine andere Wahl«, widersprach Matthieu. »Wir liebten uns zu sehr.«

»Das kann ich mir nicht vorstellen«, entgegnete sie. »Menschen haben immer eine Wahl. Wir trafen die falsche und haben teuer dafür bezahlt. Ich bin mir nicht sicher, aber vermutlich habe ich dich nie vergessen können.«

»Ich habe gelesen, dass du vor etwa zehn Jahren wieder geheiratet hast«, sagte er, und sie nickte. »Ich habe mich für dich gefreut.« Er lächelte reumütig. »Und ich war unheimlich eifersüchtig. Er ist ein glücklicher Mann.«

»Er starb vor zwei Jahren an Krebs. Jeder sagt, dass er ein wunderbarer Mensch war.«

»Deshalb war Jason hier. Ich hatte mich schon gewundert.«
»Er wäre in jedem Fall hergekommen. Er ist eine Seele von Mensch.«
»Vor achtzehn Jahren hast du das anders gesehen«, sagte Matthieu. Über ihn würde sie das nicht sagen. Damals zumindest hatte sie ihm vorgeworfen, dass er ein Lügner sei und sie getäuscht habe. Als unehrlich und unehrenhaft hatte sie ihn bezeichnet. Das hatte ihn tief getroffen. Niemand hatte ihn dessen je beschuldigt, aber sie hatte recht.
»Aber inzwischen habe ich meine Meinung geändert«, sagte Carole über Jason. »Wir alle bezahlen am Ende für unsere Sünden. Das russische Model verließ ihn etwa zu der Zeit, als ich aus Paris fortging.«
»Wollte er danach wieder mit dir zusammensein?«, fragte Matthieu neugierig.
»Offenbar schon. Doch er sagt, ich hätte es abgelehnt. Vielleicht habe ich dich zu dem Zeitpunkt noch geliebt.«
»Bedauerst du es?«
»Ja«, antwortete sie ehrlich. »Ich habe zweieinhalb Jahre meines Lebens mit dir verschwendet und wahrscheinlich fünf weitere, um darüber hinwegzukommen. Das ist eine Menge Zeit, wenn es um einen Mann geht, der nicht bereit ist, seine Frau zu verlassen.« Sie überlegte kurz und fragte dann: »Wo ist sie jetzt?«
»Sie starb vor einem Jahr. Sie war die letzten drei Jahre ihres Lebens schwerkrank. Ich war froh, dass ich bei ihr war. Das war ich ihr schuldig. Letztlich waren wir sechsundvierzig Jahre verheiratet. Es war vielleicht nicht die Ehe, die ich mir vorgestellt oder erhofft hatte, als ich mit einundzwanzig heiratete, aber es war nun mal unsere. Aber wir waren Freunde. Über dich hat sie kein Wort mehr verloren. Sie hat die Sache verstanden, wenn sie mir

wohl auch nicht verziehen hat. Ihr war klar, dass ich dich auf eine Weise geliebt habe, wie es mir bei ihr nie möglich war. Sie war eine kalte Person, aber anständig und ehrlich.«

Er war bei ihr geblieben, so wie Carole es sich am Ende gedacht hatte. Und selbst er sagte, dass sie das Richtige getan hatte. Jetzt kannte sie die Antworten, für die sie ihre Reise nach Paris gemacht hatte. Für Matthieu wäre sie nie mehr als die Geliebte gewesen. Er hätte seine Frau nicht verlassen. Das musste sie damals gespürt haben, als sie von Paris fortging. Aber jetzt wusste sie, dass ihr Gefühl sie nicht getrogen und sie die richtige Entscheidung getroffen hatte.

An vieles erinnerte sie sich wieder, an Ereignisse, vor allem aber an Gefühle. Sie konnte die Enttäuschung und Verzweiflung regelrecht schmecken, die sie damals verspürte, als sie endlich aufgab und ihn verließ. Er hätte sie und ihre Karriere beinahe zerstört. Sogar ihre Kinder hatte er enttäuscht. Wie auch immer seine Absichten anfangs gewesen sein mochten und wie sehr er sie liebte, er hatte sich ihr gegenüber nicht ehrenhaft verhalten. Jason war zumindest offen und ehrlich gewesen. Er ließ sich scheiden und heiratete eine andere Frau. Das hatte Matthieu nicht getan.

»Bist du immer noch in der Regierung?«, fragte sie.

»Das war ich bis vor zehn Jahren. Dann zog ich mich aus der Politik zurück und ging wieder in die Kanzlei meiner Familie. Ich arbeite mit zweien meiner Brüder zusammen.«

»Du warst einer der mächtigsten Männer Frankreichs. Du hast so ziemlich alles kontrolliert und das sehr genossen.«

»Ja, das stimmt.« Zumindest heute war er ihr gegenüber ehrlich. Es tat zwar weh, aber es bestätigte ihre Entscheidung. Sie wusste nur zu gut, wie sehr sie damals gelitten hatte. »Macht ist wie eine Droge. Schwer aufzugeben. Ich war süchtig danach. Dir war ich jedoch noch mehr verfallen. Es brachte mich fast um, als du weggingst. Trotzdem hätte ich weder meinen Job noch Arlette aufgeben können.«

»Ich habe nie verlangt, dass du deinen Job aufgibst. Das war nicht der Punkt. Aber ich wollte, dass du dich scheiden lässt.«

»Ich konnte es nicht«, sagte er mit gesenktem Kopf. Dann sah er sie wieder an. »Ich hatte nicht den Mut dazu.« Das war ein riesiges Eingeständnis, und Carole sagte für einen langen Moment nichts.

»Deshalb verließ ich dich.«

Als er antwortete, war seine Stimme nur ein Flüstern. »Und du hast das Richtige getan.« Sie nickte.

Dann saßen sie noch für eine ganze Weile schweigend zusammen. Carole hatte die Augen geschlossen und schlief schließlich ein. Seit langem hatte sie ihren Frieden gefunden. Matthieu betrachtete sie liebevoll. Dann stand er auf und ging leise aus dem Zimmer.

12

In der Nacht wachte Carole auf. Sie hatte lange geschlafen und fühlte sich besser. Matthieus Besuch fiel ihr wieder ein. Sie rechnete es ihm hoch an, dass er ehrlich gewesen war. Von ihm zu erfahren, dass sie damals richtig gehandelt hatte, war ein befreiendes Geschenk. Sie hatte sich gefragt, was wohl geschehen wäre, wenn sie geblieben wäre – wenn sie länger gewartet hätte. Und nun hatte er ihr bestätigt, dass es keinen Unterschied gemacht hätte.
In ihrem Zimmer hielt sich jetzt Tag und Nacht eine Schwester auf, und vor der Tür standen zwei Wachleute – dank des Wirbels, den Matthieu veranstaltet hatte. Carole hatte Jason und die Kinder angerufen, um ihnen von dem Überfall zu erzählen. Sie versicherte ihnen, dass es ihr gut gehe und sie noch einmal Glück gehabt habe. Jason hatte sofort angeboten, wieder nach Paris zu kommen. Aber sie beruhigte ihn mit den Worten, dass die Polizei die Situation unter Kontrolle habe. Alle waren entsetzt, dass jemand versucht hatte, sie umzubringen. Anthony warnte sie auch erneut vor Matthieu. Er drohte damit, vorbeizukommen, um sie persönlich zu beschützen. Aber sie versicherte ihm, dass alles in Ordnung sei.
Jetzt lag sie mitten in der Nacht im Bett und dachte nach. Über den Terroristen, Matthieu und das, was sie miteinander erlebt hatten … Je länger sie grübelte, desto unruhiger wurde sie.
Schließlich rief sie Stevie im Hotel an. Carole hatte ein schlechtes Gewissen, sie mitten in der Nacht zu stören,

aber sie brauchte jetzt unbedingt eine vertraute Stimme. Stevie hatte geschlafen.

»Was macht deine Erkältung?«, fragte Carole.

»Es geht mir schon besser, aber noch nicht richtig gut«, antwortete Stevie. »Warum bist du wach?«

Carole erzählte ihr, was passiert war.

»*Wie bitte?* Willst du mich auf den Arm nehmen? Wo zum Teufel war der Sicherheitsmensch?« Stevie war genauso entsetzt wie Caroles Familie und fand es schier unglaublich.

»Er war zum Mittagessen. Und seine Ablösung ist nicht aufgetaucht.« Carole seufzte tief, legte sich wieder hin und machte sich erneut bewusst, wie viel Glück sie gehabt hatte. Bei der Erinnerung an den Überfall bekam sie sofort eine Gänsehaut. Sie war froh, dass Matthieu kurz danach im Zimmer gestanden hatte.

»Ich komme sofort zu dir. Sie können mir eine Liege in dein Zimmer stellen. Ich werde dich nicht länger allein lassen.«

»Sei nicht albern. Du bist krank. Und mir ist nichts passiert. Matthieu war hier und hat einen ziemlichen Aufstand veranstaltet. Er muss immer noch viel Einfluss haben. Der Krankenhausleiter kam angesaust und katzbuckelte vor ihm. Aber ich hatte wirklich Todesangst.«

»Kein Wunder.«

Die Polizisten wollten am nächsten Tag wiederkommen, weil sie einen Bericht vom Tathergang brauchten. Sie hatten Carole direkt nach dem Überfall nicht noch mehr aufregen wollen. Und da der Angreifer hinter Schloss und Riegel saß, war sie außer Gefahr.

»Ich habe ihn kurz vor dem Attentat im Tunnel gesehen«, sagte Carole und klang immer noch erschüttert. Daraufhin entschied Stevie, das Thema zu wechseln, und fragte nach Matthieu.

»Hat der geheimnisvolle Mann mehr Licht auf deine Vergangenheit geworfen?«, fragte sie gespannt.
»Ja. Ich erinnere mich wieder an vieles. Auch was den Jungen mit dem Messer angeht.« Carole kam sofort wieder auf den Überfall zu sprechen. »Er hat in dem Wagen neben mir gesessen und lief fort. Offenbar hatten die Selbstmordattentäter ihm angekündigt, dass er sterben musste. Aber dazu war er wohl noch nicht bereit.«
»Mensch, ich kann es kaum erwarten, dass wir wieder zu Hause sind.«
»Geht mir genauso.« Carole seufzte. »Das war ein Höllentrip. Aber ich glaube, ich habe Antworten auf meine Fragen erhalten. Wenn ich jemals wieder weiß, wie man einen Computer bedient, werde ich dieses Buch schreiben. Ich denke, ich bin so weit. Außerdem kann ich jetzt eine Menge hinzufügen.«
»Könntest du beim nächsten Mal vielleicht ein Kochbuch schreiben? Oder ein Kinderbuch? Es gefällt mir nicht, wie sich die Recherche für dein derzeitiges Projekt entwickelt.« Carole lachte.
»Hast du mit Alan gesprochen?«, fragte sie dann. Es tat gut, jemanden zu haben, mit dem man mitten in der Nacht reden konnte. Allein deshalb vermisste sie Sean. Tatsächlich begann sie sich an solche Dinge zu erinnern. Stevie hatte ihr einiges über ihn erzählt, und stückweise fiel Carole der Rest wieder ein.
»Er sagt, dass er mich vermisst«, antwortete Stevie. »Angeblich schmachtet er nach meinem Essen – er leidet wohl ebenfalls unter Gedächtnisverlust. Was gibt's denn da zu vermissen? Essen zum Mitnehmen vom Chinesen oder Sandwiches vom Delikatessenladen? In den vier Jahren habe ich ihm nicht eine anständige Mahlzeit gekocht.«
»Ich kann ihn verstehen. Mir hast du heute auch gefehlt.«

»Morgen komme ich vorbei. Und ich werde im Krankenhaus schlafen.«
»Mich überfällt niemand mehr«, beruhigte Carole sie. »Die anderen Attentäter haben sich schließlich selbst in die Luft gejagt.«
»Das ist mir egal. Ich bleibe trotzdem.«
»Und ich wäre lieber im Ritz als im Pitié Salpêtrière. Du hast zweifellos den besseren Zimmerservice.«
»Egal«, widersprach Stevie energisch. »Ich ziehe bei dir ein. Und die sollen ja nicht wagen, mir das zu verbieten. Wenn sie nicht in der Lage sind, während der Mittagspause einen Sicherheitsmann vor deine Tür zu stellen, brauchst du einen Wachhund.«
»Ich glaube, Matthieu hat das bereits in die Hand genommen. Heute Nacht wimmelt es auf dem Flur von Wachleuten.«
»Mir flößt er auch Respekt ein«, gestand Stevie. »Er wirkt sehr cool.«
»Das ist er auch.« Daran konnte sich Carole erinnern. »Aber mir gegenüber war er nie so. Er war verheiratet und hat mich ständig vertröstet, wenn es um seine anstehende Scheidung ging. Wir haben heute darüber gesprochen. Zweieinhalb Jahre lang haben wir zusammengelebt. Als er sich dann immer noch nicht scheiden ließ, habe ich ihn verlassen.«
»Eine ähnliche Geschichte ist mir auch schon passiert. Diese Beziehungen sind immer schwierig. Die Männer ringen sich letztendlich nie dazu durch, sich scheiden zu lassen. Auf so etwas würde ich nicht mehr eingehen. Alan ist zwar manchmal ein Mistkerl, aber er gehört wenigstens mir.«
»Anscheinend habe ich bei Matthieu eine Weile gebraucht, um das zu kapieren. Er hat damals von Anfang an erzählt,

dass seine Ehe schon seit Jahren am Ende wäre und er sich scheiden ließe.«

»Das behaupten sie immer. Die Einzige, die davon nichts weiß, ist die Ehefrau.«

»Er meinte, ich hätte damals gut daran getan zu gehen. Er war noch bis vor einem Jahr mit seiner Frau zusammen.«

»Und jetzt hat er sich getrennt?« Stevie klang überrascht. In seinem Alter ließ sich kaum noch jemand scheiden.

»Nein, sie ist gestorben. Er ist bis zum bitteren Ende bei ihr geblieben. Sechsundvierzig Jahre in einer vermutlich lieblosen Ehe. Warum tut das jemand?«

»Gewohnheit. Bequemlichkeit. Weiß der Himmel, warum die Männer bleiben.«

»Während wir damals zusammenlebten, kam seine Tochter ums Leben. Und seine Frau drohte mit Selbstmord. Es gab ständig neue Entschuldigungen und Gründe, warum er bei ihr bleiben musste. Irgendwann habe ich dann aufgegeben. Er war mit ihr verheiratet – und mit Frankreich.«

»Klingt so, als hättest du keine Chance gehabt.«

»Hatte ich auch nicht. Das gibt er inzwischen zu.« Sie erwähnte Stevie gegenüber nichts von der Schwangerschaft und der Fehlgeburt. Aber sie nahm sich vor, irgendwann mit Anthony darüber zu sprechen. Sie war nicht sicher, ob er sich daran erinnerte – gesagt hatte er nie etwas –, aber seine Reaktion im Krankenhaus war eindeutig gewesen.

»Als wir damals herkamen, um das Haus aufzulösen, wirktest du todunglücklich.«

»Das war ich sicher auch.«

»Du scheinst dich schon wieder an sehr viel zu erinnern«, bemerkte Stevie. Carole hatte während der letzten Tage große Fortschritte gemacht. Tatsächlich hatte der Junge mit dem Messer ihrem Gedächtnis auf die Sprünge geholfen.

»Ja, nach und nach fällt mir alles wieder ein. Aber es sind eher die Gefühle, an die ich mich erinnere, als das, was wirklich passiert ist.«

»Das ist zumindest ein Anfang.« Auch Mike Appelsohn war Carole eine große Hilfe gewesen – abgesehen von seinem Interview für die Presse. »Hoffentlich lassen sie dich bald ins Hotel zurück.«

»Das hoffe ich auch.«

Dann wünschten sie einander gute Nacht und legten auf. Carole konnte noch lange nicht wieder einschlafen und dachte darüber nach, wie glücklich sie sich schätzen musste, ihre Kinder und Stevie als Freundin zu haben. Außerdem hatte sie zwei Anschläge überlebt. Sie versuchte nicht an Matthieu oder den jungen Attentäter zu denken. Mit geschlossenen Augen lag sie im Bett, atmete tief und ruhig. Aber was sie auch tat, ständig sah sie dieses Messer in der Hand des Jungen vor sich, und dann schweiften ihre Gedanken zu Matthieu, bei dem sie sich sicher und beschützt fühlte. Nach all den Jahren war er für sie immer noch wie ein Zufluchtsort, an dem ihr nichts geschehen konnte. Sie wollte es nicht wahrhaben, aber tief in ihrem Herzen empfand sie so. Carole meinte, seine starken Arme zu spüren, während sie endlich einschlief.

13

Die Polizei kam ins Krankenhaus, um Caroles Aussage aufzunehmen. Der Junge, den sie verhaftet hatten, war siebzehn Jahre alt und stammte aus Syrien. Er gehörte einer Fundamentalistengruppe an und hatte bereits drei weitere Anschläge verübt, zwei in Frankreich und einen in Spanien. Ansonsten wusste man nicht viel über ihn. Carole war die Einzige, die ihn mit dem Bombenattentat im Tunnel in Verbindung bringen konnte. Ihr fehlten zwar noch ganze Teile ihrer eigenen Vergangenheit, aber sie konnte sich genau daran erinnern, ihn in dem Wagen neben sich gesehen zu haben. Als er in der Pitié Salpêtrière vor ihr stand, war ihr schlagartig alles wieder eingefallen.
Die Polizisten befragten sie fast drei Stunden lang und zeigten ihr Fotos von einem Dutzend Männern. Aber bis auf den Jungen erkannte sie niemanden. Einer der Abgebildeten erinnerte sie vage an den Fahrer des Wagens, aber sie hatte damals nicht so genau hingesehen, sondern sich ganz auf den Jungen im Fond konzentriert, und war sich deshalb nicht sicher. Er war ihr damals direkt aufgefallen, weil er sich so merkwürdig verhielt.
Auch andere Erinnerungen stellten sich nach und nach wieder ein. Häufig waren sie aus dem Zusammenhang gerissen und ergaben anfangs keinen Sinn für Carole. Sie sah die Farm ihres Vaters vor sich und erinnerte sich an das Melken der Kühe, als wäre es gestern gewesen. Sie hörte das Lachen ihres Vaters, aber sein Gesicht blieb verschwunden, so sehr sie sich auch konzentrierte. Die erste

Begegnung mit Mike Appelsohn in New Orleans war ebenfalls ein schwarzes Loch für sie. Dafür erinnerte sie sich mittlerweile an die Probeaufnahmen und ihren ersten Film. Auch die Hochzeit mit Jason, das Apartment in New York, in dem sie gelebt hatten, und sogar Anthonys Geburt fielen ihr wieder schemenhaft ein. Das war alles. Sie wusste weder, wie sie Jason kennengelernt, noch, welche Filme sie gedreht hatte. Und sie konnte sich auch nicht an Chloe, die Oscars und den größten Teil ihrer Beziehung mit Sean erinnern.

Wie Ausschnitte aus einem Film tauchten einzelne Fetzen auf, landeten auf dem Tisch des Cutters und mussten neu zusammengesetzt werden. Namen fielen ihr ein oder Gesichter, anfangs ohne Bezug, bis sie dann eine ganze Szene klar vor Augen hatte. Es kam ihr vor wie eine bunte Patchworkdecke, die sie ständig anders zusammensetzen musste. Und immer, wenn sie dachte, sie hätte alles richtig sortiert, fiel ihr etwas Neues ein und warf ihre Vorstellung über den Haufen. Alles war ständig in Bewegung und veränderte sich, wie die Farben in einem Kaleidoskop. Das andauernde Sortieren und Verstehen war sehr anstrengend. Immerzu stellte sich Carole Fragen und versuchte, Antworten zu finden. Es war ein Vollzeit-Job – der härteste, den sie je gehabt hatte.

Stevie entging nicht, wie kräftezehrend das alles für Carole war. Sobald sie merkte, das Carole wieder nach ihren Erinnerungen suchte, saß sie schweigend im Zimmer und ließ sie in Ruhe. Es konnte Stunden dauern, in denen Carole scheinbar nur vor sich hinstarrte. Aber früher oder später sagte sie dann etwas, vermochte zum Beispiel den Fotos in den Alben plötzlich Namen zuzuordnen. An einiges erinnerte sie sich detailliert, an anderes kaum. Manchmal dauerte es Tage, bis sie eine Szene oder ein Ge-

sicht identifizieren konnte. Das waren dann echte Siege. Triumphierend und erschöpft lag sie anschließend im Bett.
Die Polizisten waren beeindruckt gewesen, wie detailliert Carole ihnen das Attentat beschreiben konnte. Immerhin hatte es anfangs geheißen, sie leide unter vollständiger Amnesie. Und viele der anderen Überlebenden des Tunnelanschlags erinnerten sich an weitaus weniger. Sie hatten nun mal nicht darauf geachtet, was in dem Tunnel geschah, sondern sich vielleicht unterhalten oder Radio gehört. Möglicherweise war der Schock auch so groß, dass sie das Erlebnis verdrängten. Seit Wochen befragten die Polizisten alle Überlebenden. Außerdem war eine spezielle Meldestelle eingerichtet worden, an die sich Augenzeugen wenden konnten. Aber bisher hatten sie auf der Stelle getreten. Erst Carole hatte Licht in die Angelegenheit gebracht.
Nach dem Mordanschlag auf sie wurden zusätzliche Beamte zu ihrer Sicherheit im Krankenhaus abgestellt. Zwei Beamte der CRS, einer Sondereinsatzgruppe der Polizei, standen in dunklen Overalls und schweren Stiefeln draußen vor ihrer Zimmertür. Es waren keinerlei Erklärungen nötig, wer diese Männer waren – ihre Maschinenpistolen sagten alles. Die CRS war die gefürchtetste Einheit in Paris, sie wurde bei Demonstrationen und zur Terrorismusbekämpfung eingesetzt. Die Anwesenheit dieser Männer zeigte, wie ernst die Angelegenheit genommen wurde.
Aber all das waren reine Vorsichtsmaßnahmen. Soweit man es sagen konnte, waren alle am Tunnelanschlag beteiligten Attentäter tot, mit Ausnahme des Jungen. Carole erinnerte sich haargenau daran, wie er damals weggelaufen war, kurz bevor die erste Bombe explodierte. Über die anderen Männer konnte sie nicht viel sagen, weil sie kurz

darauf selbst aus dem Wagen geschleudert wurde. Als Augenzeugin konnte sie also niemandem mehr gefährlich werden, aber die Terroristengruppe hätte es sicherlich als zusätzlichen Sieg verbucht, eine bekannte Persönlichkeit wie Carole zu töten und dadurch noch stärker ins Licht der Öffentlichkeit zu rücken.

In jedem Fall war der Polizei nicht daran gelegen, dass Carole auf französischem Boden weiteren Schaden nahm. Man hatte auch bereits Kontakt zum FBI aufgenommen. Dessen Beamte würden Carole nach ihrer Rückkehr nach Bel Air für die nächsten Monate bewachen. Für Carole war diese Vorstellung gleichermaßen beruhigend wie ängstigend.

Dass jemand davon ausging, sie sei möglicherweise weiteren Gefahren ausgesetzt, ermutigte sie nicht gerade. Sie hatte einen hohen Preis dafür gezahlt, während des Attentats im Tunnel gewesen zu sein. Jetzt wollte sie einfach nur in ihr altes Leben zurückkehren – und ihre Erinnerung wiedergewinnen. Ihre Vergangenheit und auch die Gegenwart erschienen ihr plötzlich ungeheuer kostbar.

Während Carole von der Polizei befragt wurde, kam Matthieu vorbei. Leise betrat er den Raum, nickte Carole zur Begrüßung zu und lauschte dann mit ernster Miene der Befragung. Matthieu hatte ein paar Telefonate mit dem zuständigen Leiter des Sondereinsatzkommandos sowie mit dem Chef vom CRS geführt. Auch den Innenminister hatte er am Vortag angerufen. Matthieu wollte, dass sowohl die Ermittlungen als auch der Schutz von Carole ohne Pannen verliefen. Er hatte bei niemandem Zweifel daran gelassen, dass diese Angelegenheit für ihn von höchster Wichtigkeit war. Es war nicht nötig, das weiter zu begründen. Carole Barber war ein internationaler Star. Außerdem hatte Matthieu durchklingen lassen, dass er

viele Jahre lang eng mit ihr befreundet gewesen war. Der Minister hatte nicht gefragt, wie das zu verstehen sei.
Matthieu beobachtete während der Befragung Caroles Gesicht und war ebenfalls erstaunt, an wie viel sie sich erinnerte. Seine Anwesenheit schien sie nicht zu stören.
Tatsächlich beruhigte es Carole, dass eine vertraute Person im Zimmer war. Ihre anfängliche Unsicherheit ihm gegenüber hatte wohl daran gelegen, dass sie spürte, wie wichtig er für ihr Leben gewesen war, sie ihn jedoch nicht einordnen konnte. Inzwischen erinnerte sie sich an mehr Details aus dem Leben mit ihm als aus den Beziehungen zu vielen anderen Menschen.
Ihr fielen nicht nur die entscheidenden Momente und Situationen ein, sondern auch viele Kleinigkeiten, wie glückliche Tage, heiße Nächte, zärtliche Augenblicke – aber auch der Schmerz darüber, dass er seine Frau nicht verließ und wie sie deshalb gestritten hatten. Seine Begründungen und Entschuldigungen klangen ihr förmlich wieder im Ohr. Sie erinnerte sich an all die Gespräche, die sie damals auf dem Segelboot vor Saint Tropez führten, an seinen Kummer, als seine Tochter starb, und wie traurig und verzweifelt sie beide waren, nachdem sie das Kind verlor. Die Vergangenheit drohte sie zu überwältigen und alles andere wegzuspülen. Als wäre es erst gestern gewesen, dass sie ihn verließ, so stark spürte sie den Schmerz wieder. Sie hatte jegliche Hoffnung auf eine Beziehung mit ihm begraben. Deshalb war es umso sonderbarer, sich jetzt im selben Zimmer mit ihm aufzuhalten. Es war beunruhigend, aber nicht ängstigend.
Nachdem die Polizisten gegangen waren, fühlte sich Carole erschöpft und ausgezehrt. Matthieu setzte sich zu ihr ans Bett und reichte ihr ohne zu fragen einen Becher Tee. Carole blickte ihn dankbar an und lächelte. Sie war beina-

he zu müde, um die Tasse an die Lippen zu führen. Matthieu sah, wie ihre Hand zitterte, und hielt den Becher für sie. Die Schwester war draußen auf dem Flur und sprach mit den CRS-Wachen. Die Krankenhausleitung hatte sich anfangs wegen der gut sichtbaren Maschinenpistolen beschwert, aber kein Gehör gefunden. Caroles Sicherheit ging den Behörden über alles. Sie selbst hatte die Waffen, als sie einmal auf dem Flur spazieren ging, mit gemischten Gefühlen betrachtet. Aber ebenso wie Matthieus Anwesenheit kamen sie ihr gleichermaßen als Fluch wie auch als Segen vor.
»Alles in Ordnung?«, fragte Matthieu mit ruhiger Stimme.
Sie nickte und nippte an ihrem Tee. »Es geht schon.«
Er hatte eine fürsorgliche Seite an sich, die ihr vertraut vorkam. Es war eine Wohltat, wie er sich um sie kümmerte. Sie fragte sich, ob er glaubte, etwas wiedergutmachen zu müssen. Er wirkte so ernst und unglücklich! Aber in seinen Augen konnte sie lesen, dass er sie immer noch liebte. Sie war nicht sicher, ob diese Liebe aus seinen Erinnerungen genährt wurde oder ob das Feuer in ihm nie erloschen war. Aber sie mochte ihn nicht danach fragen. Manche Türen blieben besser für immer geschlossen. Was dahinter lag, war für sie beide zu schmerzhaft.
Jetzt atmete sie einmal tief durch, ließ sich aufs Kissen fallen. »Puh, das war anstrengend«, sagte sie. Matthieu nickte.
»Du hast das sehr gut gemacht.« Er war stolz auf sie. Carole hatte sich bemüht, präzise und klar zu antworten und jedes scheinbar noch so unwichtige Detail aus ihrer Erinnerung hervorzukramen. Sie war beeindruckend gewesen, was ihn nicht überraschte. Carole war schon immer eine bemerkenswerte Frau. Nicht nur, als seine Tochter damals

starb, sondern auch in unzähligen anderen Situationen hatte sie ihm das bewiesen und ihn nie enttäuscht. Wieder und wieder hatte er diese Situationen in seinem Kopf durchgespielt. Seit fünfzehn Jahren wurde er von ihrem Gesicht und ihrer Stimme förmlich heimgesucht. Er hatte nie vergessen, wie sie sich anfühlte, fünfzehn Jahre lang. Und jetzt saß er neben ihr, es war schier unglaublich.

»Hattest du vorher mit ihnen gesprochen?«, fragte Carole neugierig. Die Polizisten waren ihr gegenüber freundlich und höflich gewesen, obwohl sie unablässig nach Details fragten. Carole war durch den Kopf gegangen, ob sie es Matthieu zu verdanken hatte, dass die Beamten so rücksichtsvoll vorgingen.

»Ich habe gestern Abend mit dem Innenminister telefoniert«, bestätigte er ihre Vermutung. So wie früher hielt er die Fäden in der Hand.

»Danke«, sagte Carole und lächelte ihn an. Sie wusste, dass eine solche Befragung durchaus ruppiger ausfallen konnte. Aber dank Matthieu hatte man sie mit Samthandschuhen angefasst.

»Vermisst du deinen alten Job?« Es schien ihr naheliegend. Wenn man lange Zeit so mächtig gewesen war wie er, stellte sie es sich schwer vor, plötzlich darauf verzichten zu müssen. Er hatte sich bei seiner Arbeit entfalten können und seine Aufgabe geradezu spielerisch gemeistert. Deshalb hatte er seinen Posten auch nicht verlassen können. Nach seiner Überzeugung lag das Wohlergehen Frankreichs in seinen Händen. Das Wohlergehen des Landes, das er liebte. *»Ma patrie«*, hatte er es oft genannt, voller Leidenschaft für seine Heimat und ihre Menschen. Das hatte sich vermutlich kaum geändert, auch wenn er sich aus der Politik zurückgezogen hatte.

»Manchmal vermisse ich meinen Job tatsächlich«, gab er

ehrlich zu. »Es ist schwer, eine große Verantwortung einfach aufzugeben. Aber die Zeiten haben sich geändert. Der Job ist härter geworden. Als ich damals im Amt war, wusste man, wer die bösen Buben sind. Heutzutage sind sie gesichtslos. Man ahnt nichts von ihnen, bis das Unglück passiert ist – so wie bei dir. Das macht es verdammt schwer, Land und Leute zu schützen. Viele sind deshalb verbittert und desillusioniert. Ein Held zu sein ist nicht mehr leicht. Die Menschen sind wütend auf jeden, nicht nur auf ihre Feinde, sondern auch auf die eigene Regierung.« Er seufzte. »Ich beneide niemanden, der jetzt einen Posten in der Regierung hat, und doch fehlt es mir.« Er schenkte Carole eines seiner seltenen Lächeln. »Welchem Mann ginge es nicht so?«

»Ich weiß noch, wie sehr du deine Arbeit geliebt hast«, sagte Carole freundlich. »Du hattest nie Feierabend und wurdest sogar mitten in der Nacht angerufen.« Er hatte es so gewollt. Matthieu musste bei allem immer auf dem neuesten Stand sein. In dieser Hinsicht war er geradezu besessen.

Auch an diesem Morgen hatte er in ihrem Zimmer gestanden und die Befragung mitverfolgt, als wäre er noch im Amt. Manchmal vergaß er, dass diese Zeiten endgültig vorbei waren. Von der Öffentlichkeit und seinen Nachfolgern wurde ihm viel Respekt entgegengebracht. Er bezog zu allem Stellung und wurde oft zitiert. Auch nach dem Anschlag auf den Tunnel hatte man ihn angerufen, um sich Rat zu holen, wie in der Angelegenheit vorzugehen sei. Er hatte äußerst diplomatisch geantwortet, was er durchaus nicht immer tat. Wenn er sich über etwas aufregte oder die Regierung kritisierte, nahm er kein Blatt vor den Mund.

»Frankreich war immer meine große Liebe«, antwortete er. »Bis ich dir begegnete«, fügte er leise hinzu. Carole war jedoch nicht sicher, ob das stimmte. So, wie sie es sah, hatte sie immer an dritter Stelle gestanden – hinter seinem Land und seiner Ehe.

»Warum hat du dein Amt niedergelegt?«, fragte sie und griff nach dem Teebecher. Dieses Mal hielt sie ihn selbst, da sie sich allmählich entspannte.

»Ich fand, es war an der Zeit. Ich habe meinem Land lange gedient und meine Arbeit getan. Meine Amtszeit war vorbei, und es fand ein Regierungswechsel statt. Außerdem hatte ich gesundheitliche Probleme, die möglicherweise mit dem Job zusammenhingen. Jetzt geht es mir aber wieder gut. Anfangs habe ich die Arbeit fürchterlich vermisst. Mir wurden als symbolische Geste verschiedene kleinere Posten angeboten, aber ich habe abgelehnt. Ich wollte keinen Trostpreis. Es gefällt mir, wieder als Anwalt zu arbeiten. Ich bin schon ein paar Mal gefragt worden, ob ich nicht Lust hätte, einen Posten als Richter zu übernehmen. Aber das finde ich langweilig. Die Arbeit als Anwalt ist spannender. Außerdem überlege ich, mich noch in diesem Jahr ganz zur Ruhe zu setzen.«

»Warum?« Sie sah ihn besorgt an. Er war ein Mann, der das Arbeiten brauchte. Mit achtundsechzig verströmte er die Energie und Tatkraft eines jungen Mannes. Das war ihr sofort aufgefallen, als er bei der Befragung zuhörte. Er hatte wie elektrisiert gewirkt. Für jemanden wie ihn konnte es nicht gesund sein, sich ganz aus dem Berufsleben zurückzuziehen.

»Ich werde langsam alt. Höchste Zeit, andere Dinge zu tun. Lesen, schreiben, reisen, nachdenken, neue Welten erforschen. Ich möchte eine Weile durch Südostasien reisen.« Im Jahr zuvor war er in Afrika gewesen. »Ich möchte alles ein bisschen langsamer angehen und mehr genießen – bevor es zu spät dafür ist.«

»Du hast bestimmt noch viele Jahre vor dir, um das zu tun. Du bist schließlich ein vitaler, jugendlich wirkender Mann.«

Er lachte über ihre Wortwahl. »Ja, jugendlich, aber nicht jung. Das ist der Unterschied. Ich möchte mein Leben genießen und die Freiheit, die ich nie zuvor hatte. Ich muss niemandem mehr Rechenschaft ablegen. Das hat seine Vorteile – und auch eine Kehrseite. Meine Kinder sind erwachsen, selbst meine Enkelkinder sind schon groß.« Es war nur schwer vorstellbar, aber Carole sah ein, dass er recht hatte. »Arlette ist nicht mehr da. Es interessiert niemanden, wo ich bin oder was ich tue. Im Grunde ist das traurig, aber es entspricht nun mal der Wahrheit. Also sollte ich einfach das Beste aus meiner Situation machen, bevor meine Kinder anfangen, regelmäßig meine Haushälterin anzurufen und zu fragen, ob ich meine Suppe brav gegessen oder ins Bett gemacht habe.«

Davon war er noch Lichtjahre entfernt, aber das Bild, was er von sich entwarf, rührte Carole. Im Grunde steckte sie in einer ähnlichen Situation, obwohl ihre Kinder um einiges jünger waren als seine. Sein ältester Sohn musste Ende vierzig sein, nicht viel jünger als sie selbst. Matthieu hatte jung geheiratet und früh Kinder bekommen. Aber auch ihre Kinder hatten bereits das College hinter sich und lebten in anderen Städten. Ohne Stevie wäre es bei ihr zu Hause still wie in einer Gruft. Es gab keinen Mann in Caroles Leben, niemanden, dem sie erklären musste, wie sie ihre Zeit verbrachte, oder den es interessierte, wann und ob sie überhaupt zu Abend aß. Obwohl sie fast zwanzig Jahre jünger war als Matthieu, war sie genauso frei und ungebunden wie er. Deshalb war sie schließlich auch auf die Idee gekommen, das Buch zu schreiben und durch Europa zu reisen.

»Und was ist mit dir?« Sie sah ihm an, dass ihn dieselben Fragen bewegten wie sie. »Du hast schon lange keinen Film mehr gedreht. Das weiß ich, weil ich alle gesehen habe.« Er lächelte. In einem dunklen Kino zu sitzen, ihr Gesicht zu sehen und ihre Stimme zu hören – das hatte er sich gegönnt. Manche ihrer Filme hatte er drei- oder viermal gesehen. Und wenn sie dann im Fernsehen liefen, hatte er sie erneut angeschaut. Seine Frau hatte nie etwas gesagt und schweigend den Raum verlassen, wenn Caroles Gesicht auf dem Bildschirm erschien. Sie wusste, wie sehr er diese Frau liebte. Aber sie sprachen nie darüber. Sie akzeptierte diese Liebe und war zufrieden mit dem Respekt, den er ihr entgegenbrachte. Seine Gefühle für Carole entsprangen der Leidenschaft, dem Verlangen, Träumen und Hoffnungen. Die Träume hatte er verloren, aber nicht die Hoffnung oder die Liebe. Die waren in seinem Herzen geborgen wie ein seltenes kostbares Juwel in einem Safe, außer Sicht und Gefahr.
Während sie in diesem Krankenhauszimmer saßen und miteinander redeten, spürte Carole all die Gefühle, die er für sie hegte. Der Raum war erfüllt von Unausgesprochenem.
»Die Drehbücher der letzten Jahre haben mir nicht gefallen. Ich möchte nicht irgendeine alberne Rolle übernehmen, es sei denn, in einer richtig guten Komödie. Daran habe ich in letzter Zeit öfter gedacht. Ich weiß nicht, ob mir das Humorvolle liegt, aber ich würde es gern ausprobieren. Warum auch nicht? Ansonsten möchte ich nur noch Rollen, die mir und auch den Menschen etwas sagen, die sich diese Filme ansehen. Ich will nicht einfach nur mein Gesicht auf der Leinwand präsentieren, damit mich die Leute nicht vergessen. Ein Film muss mir etwas bedeuten, sonst ist es die Sache nicht wert. Aber solche Rol-

len sind rar gesät, vor allem für Frauen meines Alters. Als mein Mann krank wurde, wollte ich nicht arbeiten. Und seither habe ich kein einziges Drehbuch gelesen, das mir gefiel. Stattdessen versuche ich, ein Buch zu schreiben«, gestand sie ihm lächelnd. Sie hatten schon immer interessante Gespräche geführt, über Filme, Politik, ihre Arbeit, philosophische Themen oder das Leben an sich. Matthieu war ein gebildeter, kultivierter Mensch mit wachem Verstand und vielseitig interessiert. Er hatte Literatur, Psychologie und Kunst studiert und besaß einen Doktortitel in Politikwissenschaften.

»Schreibst du ein Buch über dein Leben?«, fragte er neugierig.

»Ja und nein.« Sie lächelte verlegen. »Es geht um eine Frau, die in die Jahre kommt und nach dem Tod ihres Mannes über ihr Leben nachdenkt. Ich habe es bestimmt schon ein Dutzend Mal neu und anders angefangen, ein paar Kapitel geschrieben – und dann bleibe ich immer hängen. Stets an derselben Stelle. Ich kann einfach nicht formulieren, worin für sie nach seinem Tod der Sinn des Lebens liegt. Sie ist eine brillante Neurochirurgin und konnte ihn dennoch nicht retten. Er starb an einem Hirntumor. Da sie Kontrolle und Macht gewohnt ist, bringt sie die Tatsache, dass sie das Schicksal nicht ändern konnte, an den Scheideweg ihres Lebens. Es geht darum, zu akzeptieren, dass man in bestimmten Situationen aufgeben muss, und es geht darum, sich selbst zu verstehen und herauszufinden, was im Leben wirklich zählt. In der Vergangenheit hat sie ein paar wichtige Entscheidungen getroffen, die immer noch Auswirkungen auf ihr Leben haben. Jetzt lässt sie sich beurlauben und geht auf Reisen, um Antworten auf ihre Fragen zu finden und die Schlüssel zu den Türen, die sie lange Jahre verschlossen gehalten hat. Bevor sie weiter nach

vorn gehen kann, muss sie erst in die Vergangenheit zurückkehren.« Carole war selbst überrascht, dass sie sich plötzlich so detailliert an das Buch erinnerte.
»Klingt spannend«, sagte Matthieu mit nachdenklicher Miene. Ihm war sofort klar, dass es in dem Buch um Carole und die Entscheidungen ging, die sie einst getroffen hatte. Die Wege, die sie eingeschlagen, und nicht zuletzt, wie sie sich in Bezug auf ihn entschieden hatte.
»Das hoffe ich. Vielleicht wird es eines Tages sogar verfilmt – wenn ich es denn je geschrieben bekomme. Diese Rolle würde ich gern übernehmen.« Sie wussten beide, dass sie das bereits getan hatte. »Abgesehen von dieser Schreibblockade gefällt mir die Arbeit an dem Buch. Man kann für alle Figuren sprechen und ist nicht auf eine Rolle beschränkt. Ein Autor ist allwissend, zumindest meint er es zu sein. Wie sich in meinem Fall herausstellte, ist er es nicht. Ich fand keine Antworten auf meine Fragen, deshalb kam ich nach Europa. Ich hoffte, hier den Schlüssel zu einigen Türen zu finden.«
»Hat es funktioniert?« Er sah sie gespannt an, und sie lächelte wehmütig.
»Keine Ahnung. Vielleicht. Am Tag meiner Ankunft bin ich zu unserem alten Haus gegangen und hatte ein paar Ideen. Auf dem Rückweg zum Hotel mussten wir durch den Tunnel. Den Rest kennst du. Mein Kopf war wie leer gefegt. Es ist sonderbar, nicht zu wissen, wer und wo man ist.«
Er konnte sich dies tatsächlich kaum vorstellen, aber es musste der reinste Alptraum sein.
»Stück für Stück kommt allmählich alles wieder. Aber ich weiß nicht, was ich endgültig vergessen habe. Meistens sehe ich einzelne Bilder oder Gesichter, erinnere mich an Gefühle und weiß nicht, wie sie in das Gesamtbild passen

oder wie ich sie in das Puzzle meines Lebens einfügen soll.« Erstaunlicherweise erinnerte sie sich im Zusammenhang mit Matthieu an die meisten Dinge. Sie erinnerte sich stärker an Matthieu als an ihre eigenen Kinder, was ihr sehr zusetzte. Sogar die Erinnerung an Seans Tod war nur schemenhaft. Und an ihr Leben mit Jason erinnerte sie sich am allerwenigsten. Zumindest wusste sie, dass sie heute freundschaftliche Gefühle für ihn hegte und ihn eher wie einen Bruder liebte. Ihre Gefühle für Matthieu sahen ganz anders aus. Die Erinnerungen an ihn waren unangenehm, sie weckten Freude, aber auch Schmerz. Vor allem Schmerz.

»Es wird dir alles wieder einfallen. Du musst Geduld haben. Vielleicht gelangst du dadurch zu Einsichten, die du sonst nie erhalten hättest.«

»Vielleicht.«

Die Ärzte hatten ihr Mut gemacht, jedoch nichts versprochen. Es ging ihr besser, und sie zeigte große Fortschritte, aber manchmal trat sie auf der Stelle. Es gab Worte, Orte, Ereignisse und Menschen, die völlig aus ihrem Kopf verschwunden waren. Sie war auf andere angewiesen, um ihrem Gedächtnis auf die Sprünge zu helfen – so wie Matthieu es getan hatte. Und in dem Fall war es schwer zu sagen, ob es ein Segen war oder nicht. Was er ihr bisher erzählt hatte, weckte eine tiefe Trauer über all das, was sie verloren hatte – sogar ein Kind.

»Falls meine Erinnerung nicht zurückkehrt«, erklärte sie ganz pragmatisch, »kommen bei der Schauspielerei harte Zeiten auf mich zu. Kann sein, dass alles vorbei ist. Eine Schauspielerin, die sich nicht an ihren Text erinnern kann, wird wohl kaum viele Rollen bekommen«, sagte sie und lachte. Dafür, dass sie so viel erlitten hatte, war sie ganz schön beherrscht. Ihre Ärzte und die Familie hatten befürchtet, dass sie in Depressionen fallen könnte. Aber Carole gab die Hoffnung nicht auf. Und Matthieu auch nicht.

»Ich habe dir früher gern beim Drehen zugesehen. Nach *Marie Antoinette* hast du in England gefilmt. Ich weiß nicht mehr, wie der Film hieß. Steven Archer hat mitgespielt und Sir Harland Chadwick.« Er grübelte, aber da platzte Carole schon heraus: »*Die Offenbarung!* Du liebe Güte, das war vielleicht ein schrecklicher Film!« Sie grinste und hielt dann erstaunt inne. »Wow, wo kam das denn jetzt her?«

»Es ist alles irgendwo in dir«, antwortete Matthieu mit sanfter Stimme. »Du wirst es finden. Du musst nur danach suchen.«

»Ich fürchte mich vor dem, was ich finden werde«, gestand sie ehrlich. »Vielleicht ist es so leichter. Ich erinnere mich nicht an Situationen, in denen ich verletzt wurde, an Menschen, die ich gehasst habe oder die mich hassen – all diese Dinge, von denen ich mir immer gewünscht haben muss, sie zu vergessen. Allerdings erinnere ich mich auch nicht an die guten Sachen«, sagte sie wehmütig. »Ich wünschte, ich würde mich besser an meine Kinder erinnern, vor allem an Chloe. Sie muss sehr unter meinem Beruf gelitten haben. Offenbar war ich ziemlich selbstsüchtig, als sie und Anthony noch klein waren. Er trägt mir nichts nach. Aber Chloe ist wütend und verletzt. Wäre ich doch nur klüger gewesen und hätte mehr Zeit mit ihnen verbracht.« Mit der Erinnerung kamen auch die Schuldgefühle.

»Du warst oft mit ihnen zusammen. Sehr oft sogar«, versicherte Matthieu. »Du hast sie überallhin mitgenommen. Wenn du nicht gedreht hast, war Chloe bei dir am Set und die übrige Zeit nie außer Sichtweite. Du wolltest sie ja nicht einmal in die Schule gehen lassen. Sie war ein forderndes kleines Mädchen. Was auch immer du ihr gegeben hast, sie wollte mehr oder etwas anderes. Sie war nicht leicht zufriedenzustellen.«

»Ist das wahr?« Es war interessant, seine Perspektive zu hören. Carole war jedoch nicht sicher, ob er recht hatte oder ob er als Mann einfach eine andere Einstellung zu diesen Dingen besaß.

»Ich finde schon. Ich habe nie so viel Zeit mit meinen Kindern verbracht, und ihre Mutter auch nicht – dabei hat sie nicht einmal gearbeitet. Du hast ständig an Chloe geklebt. An Anthony übrigens auch. Mit ihm kam ich besser zurecht. Er war ein bisschen älter, und zu einem Jungen hatte ich wohl eher einen Draht. Wir wurden richtig dicke Freunde, bis er mich am Ende hasste. So wie du. Er hat dich oft weinen sehen.« Schuldbewusst sah Matthieu Carole an.

»Ich habe dich gehasst?«, fragte sie verdutzt. Sie erinnerte sich an Leid, aber nicht an Hass. An die Enttäuschung und den Ärger. Aber Hass schien ihr doch ein starkes Wort zu sein. Jetzt, während er hier neben ihr saß, hasste sie ihn nicht. Anthony war wütend geworden, als er ihn sah. Wie ein enttäuschtes oder betrogenes Kind hatte er reagiert. Aber letztlich hatte Matthieu nicht nur sie und ihre Kinder betrogen, sondern auch sich selbst.

»Ich weiß es nicht«, sagte er nach einigem Überlegen. »Es wäre zumindest nachvollziehbar gewesen. Ich habe dich schrecklich enttäuscht. Das war falsch. Ich habe dir Versprechungen gemacht, die ich dann nicht hielt. Dazu hatte ich kein Recht. Damals habe ich selbst daran geglaubt, aber rückwirkend betrachtet – und ich habe oft darüber nachgedacht –, habe ich mir etwas vorgemacht. Ich wollte es wahr werden lassen und konnte es nicht. Mein Traum wurde für dich zu einem Alptraum. Und für mich am Ende ebenfalls.« Er versuchte ihr und sich selbst gegenüber ehrlich zu sein. Seit Jahren hatte er ihr all das sagen wollen. Und obwohl es weh tat, empfand er es als Erleichterung, es endlich tun zu können. »Bei eurer Abreise wollte sich Anthony nicht einmal von mir verabschieden. Erst hatte sein Vater euch betrogen und dann ich. Es war ein schwerer Schlag für ihn. Und ich fühlte mich zum ersten Mal in meinem Leben als schlechter Mensch.« Carole nahm seine Worte auf und nickte. Sie hätte das, was er sagte, weder bestätigen noch abstreiten können, aber es klang nachvollziehbar. Während sie ihm zuhörte, fühlte sie mit ihm, und ihr wurde klar, dass auch er gelitten hatte.

»Es muss für uns beide eine schwere Zeit gewesen sein.«

»Das war es. Und ebenso für Arlette. Ich hatte nie das Gefühl, dass sie mich liebt, bis du in mein Leben tratst. Vielleicht wurde es ihr selbst erst dann bewusst. Aber ich bin nicht sicher, ob es Liebe war. Sie meinte, ich sei ihr gegenüber verpflichtet, und vermutlich hatte sie sogar recht. Ich hielt mich immer für einen Mann von Ehre, aber ich habe mich keiner von euch gegenüber ehrenhaft verhalten. Oder mir selbst gegenüber. Ich liebte dich und blieb bei ihr. Vielleicht wäre es etwas anderes gewesen, wenn ich nicht mehr in der Regierung gearbeitet hätte. Mein zweite Amtszeit hat alles verändert – und dein Ruhm ebenfalls. Eine Geliebte zu haben ist hierzulande kein Vergehen, das passiert bei anderen auch. Aber dass du es warst, hätte deine Karriere zerstört, und meine vielleicht auch. Es hätte einen unglaublichen Skandal gegeben. Davon profitierte Arlette«, gab er ehrlich zu.

»Soweit ich mich erinnere, hat sie es ausgenutzt«, sagte Carole und wirkte plötzlich angespannt. »Sie drohte damit, die Filmstudios anzurufen sowie die Presse zu be-

nachrichtigen, und sie drohte mit Selbstmord.« Plötzlich fiel ihr alles wieder ein, und Matthieu sah sie verlegen an.
»Sie hatte dich am Wickel«, sagte Carole frei heraus, und er lachte.
»So könnte man es auch ausdrücken. Vor allem auch durch die Kinder. Ich war fest davon überzeugt, dass die nie wieder ein Wort mit mir reden würden, wenn ich ihre Mutter verließ. Sie brachte meinen ältesten Sohn dazu, auf mich einzureden, als Sprecher der Familie sozusagen. Arlette hat das alles ziemlich clever eingefädelt. Aber ich kann ihr keinen Vorwurf machen. Es war naiv von mir, zu glauben, sie würde mich einfach gehen lassen. Und meine Naivität brachte mich dazu, dich zu täuschen.« Er sagte es mit Bedauern in der Stimme, und ihre Blicke trafen sich.
»Wir befanden uns beide in einer schwierigen Situation«, antwortet Carole großmütig.
»Ja«, stimmte er zu. »Gefangene und Geisel unserer Liebe und meiner Verpflichtungen als Minister.« Als er das sagte, wurde Carole klar, dass er eine Wahl gehabt hatte, wenn auch keine leichte. Er traf damals seine Entscheidung und sie ihre, als sie ihn verließ. Sie erinnerte sich daran, dass sie fürchtete, zu früh das Handtuch zu werfen. Noch Jahre danach hatte sie sich gefragt, ob sie hätte bleiben sollen, ob sich die Situation geändert und sie ihn am Ende doch für sich gewonnen hätte. Losgelassen hatte sie ihn erst, als sie Sean kennenlernte und ihn heiratete. Bis dahin hatte sie sich mit Selbstvorwürfen gequält, Matthieu voreilig verlassen zu haben. Aber zweieinhalb Jahre schienen ihr eigentlich ausreichend Zeit, um das durchzuführen, was er ihr versprochen hatte. Ständig gab es neue Entschuldigungen, die sie nach einer Weile nicht mehr überzeugten. Und heute bestätigte er ihr, dass sie richtig gehandelt hatte. Trotz ihrer verworrenen Erinnerung war es eine Erleich-

terung, das endlich zu hören. In dem Jahr nach ihrer Trennung hatte er ihr am Telefon oft Vorwürfe gemacht, weil sie ihn angeblich übereilt verlassen hatte. Aber das war es nicht, wie sie jetzt wusste. Auch fünfzehn Jahre danach war es ein Gewinn, das zu hören. Genauso dankbar war sie für das, was Jason ihr über sie beide erzählt hatte. So verrückt es sich anhörte, dieser Bombenanschlag im Tunnel hatte sich für sie als Chance entpuppt, endlich mit sich und ihrer Vergangenheit ins Reine zu kommen. Andernfalls wäre ihr das womöglich nie gelungen. Jetzt hatte sie das, was sie für ihr Buch brauchte – und für ihr Leben.

»Du solltest dich ausruhen«, sagte Matthieu schließlich, als er ihre müden Augen sah. Die Befragung durch die Polizisten hatte sie angestrengt, und mit ihm über die Vergangenheit zu sprechen, ermüdete sie zusätzlich. Und dann stellte er ihr eine Frage, die ihn verfolgte, seit er sie wiedergesehen hatte. Er hatte es bisher so eingerichtet, dass er immer wie zufällig und spontan vorbeikam, um scheinbar aus reiner Höflichkeit nach ihr zu sehen. In Wahrheit waren diese Besuche alles andere als ungeplant. Doch da Carole jetzt wusste, was sie beide einander einst bedeutet hatten, wollte er ihr die Wahl lassen. »Möchtest du, dass ich wiederkomme, Carole?«, fragte er und hielt gespannt den Atem an. Carole zögerte. Anfangs hatte es sie verwirrt und aufgeregt, ihn zu sehen, aber inzwischen besaß seine Anwesenheit etwas Beruhigendes. Er war wie ein Schutzengel, der über sie wachte.

»Ja, das möchte ich«, sagte sie schließlich. »Ich mag es, mit dir zu reden.« Das war schon immer so gewesen. »Wir müssen auch nicht über die Vergangenheit sprechen.« Sie wusste jetzt genug und war nicht sicher, ob sie überhaupt mehr hören wollte. Auch heute noch war zu viel Schmerz damit verbunden. »Vielleicht können wir Freunde sein.

Das würde mich freuen.« Er nickte, wollte in Wahrheit mehr, mochte sie aber nicht ängstigen. Sie war immer noch sehr labil nach dem Anschlag. Außerdem lag ihre Beziehung lange zurück. Möglicherweise war es zu spät, um daran anzuknüpfen. Matthieu hasste es, sich das einzugestehen. Er hatte die Liebe seines Lebens verloren. Aber sie war zurückgekehrt, in anderem Gewand. Vielleicht genügte das ja. Sie mussten es zumindest versuchen.
»Ich komme morgen wieder«, versprach er und stand auf. Carole sah so zerbrechlich aus, wie sie da auf dem Kissen lag. Er beugte sich hinunter und küsste sie auf die Stirn. Sie lächelte und sagte mit schläfriger Stimme: »Auf Wiedersehen, Matthieu … danke …«
Er hatte sie nie mehr geliebt als jetzt.

14

Am späten Nachmittag tauchte Stevie mit einer Reisetasche im Krankenhaus auf und bat die Schwester, für sie eine Liege in Caroles Zimmer zu stellen. Sie hatte vor, die Nacht dort zu verbringen. Als sie eintrat, erwachte Carole gerade von einem ausgiebigen Mittagsschlaf. Sie hatte tief und fest geschlafen, seit Matthieu gegangen war.

»Ich ziehe hier ein«, sagte Stevie und stellte die Tasche ab. Ihre Augen sahen noch verquollen aus, und die Nase war gerötet. Außerdem hustete sie. Aber sie nahm Antibiotika, und die Ärzte meinten, sie sei nicht mehr ansteckend.

»Und in welchen Ärger bist du heute geraten?«

Carole erzählte ihr von der Befragung durch die Polizei. Mit Genugtuung hatte Stevie die beiden CRS-Wachen vor der Tür gesehen, obwohl auch sie die Maschinenpistolen ein bisschen beunruhigend fand. Aber möglichen Angreifern würde es genauso gehen.

»Nachdem sie weg waren, ist Matthieu noch geblieben. Er war bei der Befragung dabei«, fügte Carole mit nachdenklicher Miene hinzu, während Stevie sie misstrauisch ansah.

»Muss ich mir Sorgen machen?«

»Ich denke nicht. Das alles ist lange her. Ich war sozusagen noch ein Kind, jünger, als du jetzt bist. Wir haben uns darauf geeinigt, Freunde zu sein oder es zumindest zu versuchen. Ich glaube, er meint es ehrlich. Er wirkt unglücklich.« Matthieu strahlte immer noch diese Heftigkeit aus, die sie aus der Zeit ihrer Leidenschaft kannte, aber in seinen Augen lag eine tiefe Trauer, die es früher nicht gegeben hatte. »Außerdem fliege ich sowieso bald nach Hause. Es ist übrigens angenehm, sich mit den Gespenstern der Vergangenheit auszusöhnen. Es nimmt ihnen die Macht.«

»Ich bin nicht sicher, ob irgendjemand diesem Kerl seine Macht nehmen kann«, gab Stevie zu bedenken. »Er kommt hier herein wie eine Flutwelle, und alle springen bei seinem Anblick.«

»Er war ein wichtiger Mann und ist es noch. Er hat wegen mir den Innenminister angerufen. So sind wir an die beiden Wachen vor der Tür gekommen.«

»Dagegen habe ich auch nichts. Aber ich will nicht, dass er dich aufregt.« Carole hatte ihrer Meinung nach schon viel zu viel durchgemacht und noch einen harten Weg vor sich. Da musste sie nicht zusätzlich mit Gefühlsproblemen jonglieren, insbesondere, wenn sie Matthieu betrafen. Nach Stevies Meinung hatte er seine Chance vertan.

»Er regt mich nicht auf. Stattdessen regen mich meine Fehler von damals auf. Aber er ist unheimlich nett. Er hat mich um Erlaubnis gebeten, wiederkommen zu dürfen.« Es hatte sie beeindruckt, dass er es nicht als selbstverständlich ansah, sondern fragte.

»Und? Hast du es ihm erlaubt?«, fragte Stevie gespannt. Sie traute diesem Kerl nicht über den Weg.

»Ja, ich glaube, wir können Freunde sein. Es ist einen Versuch wert. Außerdem ist er ein interessanter Mann.«

»Das war Nero auch. Ich weiß nicht, warum, aber ich werde das Gefühl nicht los, dass dieser Mann vor nichts Halt macht, um zu bekommen, was er will.«

»So war er früher. Aber das ist vorbei. Wir haben uns beide verändert. Er ist älter geworden.« Carole klang überzeugt, Stevie war es nicht.

»Darauf würde ich nicht wetten. Alte Liebe stirbt nur langsam.« Auf ihre traf das sicher zu. Aber Carole sagte nichts, sondern nickte nur.

Stevie machte es sich auf der Liege bequem, die für sie ins Zimmer gebracht worden war. Gegen Abend zog sie ihre Schlafsachen an, und die beiden ulkten, dass sie eine Pyjamaparty feierten.

Carole hatte ein schlechtes Gewissen, weil Stevie bei ihr blieb, statt im Ritz zu wohnen. Aber nach dem versuchten Mordanschlag wollte Stevie unbedingt in Caroles Nähe sein. Das hatte sie auch Jason versprochen. Er hatte sie nach dem Überfall ein paar Mal angerufen. Auch mit den Kindern hatte Stevie telefoniert. Es rührte Carole, dass sich Stevie solche Sorgen um sie machte. Bis spät in die Nacht redeten und kicherten sie wie zwei Teenager, während sich die Schwester draußen auf dem Flur mit den Wachen unterhielt.

»Das macht Spaß«, sagte Carole irgendwann und lachte. »Danke, dass du hierbleibst.«

»Ich habe mich im Hotel auch einsam gefühlt«, gestand Stevie. »Ich fange tatsächlich an, Alan zu vermissen.« Sie war jetzt schon seit Wochen hier. »Er ruft oft an und hört sich langsam an wie ein Erwachsener. Das sind verdammt gute Nachrichten – schließlich ist er letzten Monat vierzig geworden. Er ist ein Spätentwickler.« Genau wie Stevie hatte er nie geheiratet. Aber in letzter Zeit begann er, davon zu reden und längerfristige Pläne für ihre Zukunft zu entwerfen. »Er hat mich zum Weihnachtsessen bei seinen Eltern eingeladen. Bisher haben wir die Festtage immer getrennt verbracht. Zusammen zu feiern erschien uns zu verbindlich. Das nennt man wohl Fortschritt, aber wohin? Ich mag unsere Beziehung so, wie sie ist.« Seine Pläne machten sie nervös.

»Was wäre die Konsequenz, wenn du heiratest?«, fragte Carole vorsichtig von ihrem Bett aus. Im Zimmer brannte nur ein Nachtlicht, ansonsten war es dunkel. Das verleitete zu vertraulichen Gesprächen, die sie sonst vielleicht nicht geführt hätten. Zwischen ihnen herrschte zwar große Offenheit, aber bestimmte Themen waren tabu. Deshalb hatte Carole diese Frage auch nie zuvor gestellt und zögerte selbst jetzt.

»Ich würde mich umbringen«, erklärte Stevie schlichtweg, und beide lachten. »Konsequenzen in welcher Hinsicht? Keine Ahnung … vermutlich nichts … ich hasse lediglich Veränderungen. Unser Apartment ist gemütlich. Er findet meine Möbel scheußlich, aber das ist mir egal. Vielleicht würde ich das Wohnzimmer neu streichen und noch einen Hund kaufen.« Stevie war nicht klar, warum sich etwas ändern sollte, aber die Möglichkeit dazu bestand. Durch eine Ehe hätte Alan größeren Einfluss auf ihr Leben, und genau deshalb wollte sie nicht heiraten.

»Ich meine in Bezug auf deinen Job.«

»Meinen Job? Was hat eine Ehe damit zu tun – es sei denn, ich heirate dich? Dann würde ich vermutlich bei dir einziehen.« Sie amüsierten sich beide köstlich darüber.

»Du arbeitest viele Stunden und verreist oft mit mir. Wir sind viel unterwegs. Und jedes Mal, wenn ich in einem Tunnel durch die Luft fliege, hängst du verdammt lange am Tatort fest«, erklärte Carole lächelnd.

»Ach, das meinst du. Verdammt, darüber habe ich noch gar nicht nachgedacht. Wahrscheinlich würde ich eher Alan aufgeben als meinen Job. Ich weiß es wirklich nicht. Wenn meine Arbeit bei dir ein Problem für ihn ist, dann kann er Leine ziehen. Meinen Job würde ich niemals aufgeben. Nicht, solange ich lebe.« Das war zwar beruhigend für Carole, aber sie wollte, dass Stevie glücklich war.

»Und wie denkt Alan darüber? Beschwert er sich manchmal?«

»Im Grunde nicht. Wenn ich zu lange weg bin, jammert er, dass er mich vermisst. Tut ihm vielleicht ganz gut – solange er sich keine neue Mitbewohnerin sucht. Aber er ist eine treue Seele und arbeitet selbst sehr viel. Er ist häufiger unterwegs als ich.« Er hielt sich meist irgendwo in Kalifornien auf, während sie mit Carole durch die ganze Welt reiste. »Soweit ich weiß, hat er mich nie betrogen. Früher muss er ein ziemlich wildes Leben geführt haben. Ich bin die erste Frau, mit der er zusammengezogen ist. Und bisher klappt es ganz gut. Warum also etwas reparieren, was nicht kaputt ist?«

»Hat er dich gebeten, ihn zu heiraten, Stevie?«

»Nein, zum Glück noch nicht. Ich fürchte jedoch, dass er es tun wird. Früher hat er nie übers Heiraten gesprochen. Aber in letzter Zeit taucht das Thema immer öfter auf. Sollte er mir einen Antrag machen, werde ich mich fürchterlich aufregen. Anscheinend steckt er in einer Art Midlifecrisis. Das ist deprimierend. Mir gefällt die Vorstellung nicht, dass wir schon so alt sind.«

»Das bist du auch nicht. Es ist doch schön, dass er sich für dich verantwortlich fühlt. Mich würde es mehr aufregen, wenn es anders wäre. Fährst du Weihnachten mit zu seinen Eltern?«, fragte Carole gespannt. Stevie stöhnte auf ihrer Liege am anderen Ende des Zimmers laut auf.

»Ich denke schon. Seine Mutter ist die reinste Qual. Sie findet, ich bin zu groß und zu alt für ihn. Aber sein Vater ist süß. Und ich mag seine beiden Schwestern. Sie sind genauso pfiffig wie Alan.« Für Carole hörte sich das alles recht normal an und erinnerte sie daran, Chloe am nächsten Morgen anzurufen. Sie wollte sie einladen, einige Tage früher als die anderen nach Kalifornien zu kommen, da-

mit sie ein bisschen Zeit zu zweit hätten. Das würde ihnen sicher guttun.
Ein paar Minuten lang lag sie im Dunkeln und dachte darüber nach, dass Matthieu meinte, Chloe sei als kleines Mädchen schwierig gewesen. Das entlastete Carole zwar, aber sie wollte dennoch versuchen wettzumachen, was Chloe vermisst hatte. Sie hatten beide nichts zu verlieren, aber viel zu gewinnen.
Sie war schon fast eingeschlafen, als Stevie noch etwas wissen wollte. Es war eine weitere dieser Fragen, die man im Dunkeln leichter stellen kann. Sie konnten einander von ihren Betten aus nicht sehen. Es war wie bei der Beichte. Und die Frage traf Carole überraschend.
»Liebst du Matthieu noch?« Das bewegte Stevie schon seit Tagen. Carole brauchte lange, ehe sie antwortete. Was sie dann sagte, kam der Wahrheit wohl am nächsten.
»Ich weiß es nicht.«
»Würdest du irgendwann wieder hierherziehen?« Stevie hatte Angst um ihren Job. Aber dieses Mal antwortete Carole ohne zu zögern.
»Nein. Schon gar nicht wegen eines Mannes. Es gefällt mir in L. A.« Sie mochte das Haus, die Stadt, ihre Freunde dort und das Wetter. Die grauen Pariser Winter lockten sie nicht mehr, wie schön die Stadt auch sein mochte. »Ich gehe nirgendwohin«, versicherte sie ihrer Assistentin.
Kurz darauf schliefen sie beide mit dem beruhigenden Gefühl ein, dass sich nichts in ihrem Leben ändern würde.

Als Carole am nächsten Morgen erwachte, war Stevie bereits aufgestanden und hatte ihr Bett gemacht. Eine Schwester brachte gerade das Tablett mit Caroles Frühstück. Ihr auf den Fersen folgte die Neurologin.
Sie stellte sich an Caroles Bett und lächelte sie freundlich

an. Carole war ihre Vorzeigepatientin. Sie erholte sich so gut und schnell, dass sie sämtliche Erwartungen übertraf. Das sagte die Ärztin Carole, während Stevie wie eine stolze Mutter daneben stand.

»Es gibt noch so vieles, woran ich mich nicht erinnere! Meine Telefonnummer, meine Adresse, wie mein Haus von außen aussieht. Ich weiß wieder, wie mein Schlafzimmer, der Garten und mein Arbeitszimmer aussehen. Aber vom Rest des Hauses habe ich keine Vorstellung. Ich erinnere mich auch nicht an den Namen oder das Gesicht meiner Haushälterin, oder an die Zeit, als meine Kinder noch klein waren ... Ich kann die Stimme meines Vaters hören, aber ich sehe sein Gesicht nicht ... Ich kann mich nicht an meine Ehen erinnern, vor allem nicht an meine letzte.« Es war eine endlose Aufzählung, und die Ärztin lächelte.

»Zumindest bei Letzterem könnte das ein Segen sein. Ich erinnere mich an viel zu viel aus meiner Ehe! Ich würde einiges liebend gern vergessen«, sagte die Ärztin, und die drei Frauen lachten. Dann wurde sie wieder ernst. »Sie müssen Geduld haben, Carole. Es dauert Monate, vielleicht sogar ein oder zwei Jahre. Manches bleibt womöglich für immer verschwunden, Kleinigkeiten wahrscheinlich. Sie können sich selbst auf die Sprünge helfen, indem Sie sich Fotos ansehen, alte Briefe lesen und sich von Freunden über ihr Leben erzählen lassen. Auch ihre Kinder werden Ihnen viele Informationen liefern. Ihr Gehirn hat einen gewaltigen Schlag erlitten und fängt langsam wieder an, seine Arbeit aufzunehmen. Geben Sie ihm Zeit, sich zu erholen. Es ist etwa so, als würde bei einer Vorführung die Filmrolle reißen. Es dauert eine Weile, die Spule neu aufzuwickeln und den Film langsam wieder anlaufen zu lassen. Währenddessen müssen Sie Geduld haben. Mit den Füßen zu stampfen oder Popcorn gegen die Leinwand zu werfen beschleunigt den Prozess nicht. Und je ungeduldiger Sie sind, desto schwieriger wird dieser Prozess für Sie sein.«

»Werde ich mich wieder daran erinnern, wie man Auto fährt?« Ihre Motorik und Koordinationsfähigkeit hatten sich schon sehr gebessert, waren aber längst nicht perfekt. Der Physiotherapeut arbeitete hart mit ihr, und ihr Gleichgewichtssinn war wesentlich besser geworden. Aber hin und wieder schien sich plötzlich alles um sie her zu drehen, oder sie meinte, ihre Beine würden sie jeden Moment im Stich lassen.

»Vielleicht nicht am Anfang, aber mit der Zeit wahrscheinlich schon. Und dann fällt es Ihnen ein, ohne dass Sie groß darüber nachdenken müssen. Die Spülmaschine, die Waschmaschine, Ihr Auto, Ihr Computer ... Wer weiß, in einem Jahr gibt es vielleicht kaum noch Lücken. Sie brauchen in Los Angeles unbedingt einen guten Physiotherapeuten, der sich mit Schädel-Hirn-Traumata auskennt. Ich wollte Ihnen eigentlich auch einen Logopäden empfehlen, aber das ist gar nicht nötig.« Nachdem Carole anfänglich Schwierigkeiten gehabt hatte, die richtigen Wörter zu finden, schien sie mittlerweile wieder Zugang zu ihrem vollständigen Wortschatz zu haben. »Ich weiß den Namen eines ausgezeichneten Neurologen in Los Angeles, der sich mit Ihrem Fall beschäftigen kann. Sobald Sie wieder in L. A. sind, werden wir ihm alle nötigen Unterlagen zukommen lassen. Sie sollten sich etwa alle vier Wochen von ihm untersuchen lassen, aber das wird er Ihnen schon sagen. Wenn weiterhin keine Probleme auftreten, wird es mit der Zeit auch genügen, wenn Sie alle paar Monate zu ihm gehen. Achten Sie unbedingt auf Kopfschmerzen. Sollten die auftreten, müssen Sie ihn unverzüglich aufsuchen. Warten Sie nicht bis zum nächsten

Termin. Dasselbe gilt für Gleichgewichtsprobleme. Wir werden heute noch ein paar Untersuchungen durchführen, aber ich bin sehr zufrieden mit Ihren bisherigen Fortschritten. Sie gelten hier im La Pitié als Wunderkind.«

Andere Überlebende des Bombenanschlags hatten sich längst nicht so gut erholt, und nicht wenige waren in den Tagen nach dem Attentat ihren schweren Verbrennungen erlegen.

Caroles Armverletzung war gut geheilt, und an die Narbe im Gesicht gewöhnte sie sich allmählich. Die Ärztin hatte es beeindruckt, wie vernünftig und wenig eitel sich Carole in diesem Punkt gezeigt hatte. Carole war besorgter um ihr Gehirn als um ihr Gesicht. Vorerst würde sie sich auch keiner kosmetischen Operation unterziehen, weil sie fürchtete, die Narkose könne negative Auswirkungen auf ihr Gehirn haben. Die Narbe konnte warten.

»Dennoch möchte ich, dass Sie noch ein paar Wochen hierbleiben. Mir ist klar, dass Sie Weihnachten gern zu Hause verbringen möchten, aber wenn Sie bis zum zwanzigsten oder einundzwanzigsten Dezember warten könnten, würde ich das begrüßen. Vorausgesetzt, bis dahin treten keine unvorhergesehenen Komplikationen auf. Dann müssten Sie Ihre Pläne ohnehin ändern. Aber wenn sich alles weiter so entwickelt wie bisher, werden Sie Weihnachten wieder zu Hause sein.«

Sowohl Carole als auch Stevie traten Freudentränen in die Augen. Immerhin hatte es eine Zeitlang in den Sternen gestanden, ob Carole je dorthin zurückkehren und ihr Zuhause überhaupt erkennen würde. Das würde dieses Jahr ein ganz besonderes Weihnachtsfest werden, gemeinsam mit den Kindern und Jason. Er hatte seit Jahren nicht mehr mit ihnen zusammen gefeiert, und die Kinder freuten sich sehr darauf, ebenso wie Carole.

»Wann kann ich wieder ins Hotel ziehen?«, fragte Carole. In ihrem geschützten Krankenhauszimmer fühlte sie sich zwar wohl, aber sie wollte ihre letzten Tage in Paris doch gern im Ritz verbringen. Das Krankenhaus hatte sich bereit erklärt, ihr eine Krankenschwester mitzugeben.

»Lassen Sie uns die heutige Untersuchung abwarten. Vielleicht können Sie dann schon morgen oder übermorgen zurück ins Hotel.« Carole strahlte, obwohl sie sich an das beruhigende Gefühl gewöhnt hatte, im Notfall medizinische Hilfe in Reichweite zu haben. Das würde sie vermissen. Die CRS-Wachen ständen allerdings auch vor ihrem Hotelzimmer, das war bereits alles arrangiert. Zudem wollte das Hotel seine Sicherheitsvorkehrungen verschärfen.

»Wären Sie einverstanden, wenn wir Sie auf dem Rückflug nach Kalifornien von einem Arzt begleiten lassen? Durch den Druckunterschied könnten Sie sich merkwürdig fühlen und Angst bekommen. Ich glaube allerdings nicht, dass es zu Problemen kommt. Es ist lediglich eine Sicherheitsmaßnahme, damit Sie sich wohler fühlen.« Sowohl Stevie als auch Carole gefiel die Idee. Stevie hatte bisher nicht gewagt, es zu sagen, aber der Gedanke an den Flug hatte ihr Sorgen bereitet.

»Finde ich gut«, stimmte Carole zu, und Stevie nickte.

»Hier im Haus gibt es einen jungen Neurochirurgen, dessen Schwester in Los Angeles lebt. Er würde gern Weihnachten mit ihr dort feiern. Ich sage ihm Bescheid, dass er Sie begleiten wird. Bestimmt macht er vor Freude einen Luftsprung.«

»Ich auch«, sagte Stevie erleichtert. Sie hatte Angst vor der Verantwortung gehabt, sich auf dem Rückflug allein um Carole kümmern zu müssen. Der Flug dauerte elf Stunden – das war eine lange Zeit, wenn man plötzlich medizinischen Rat oder Hilfe brauchte. Sie hatten auch schon überlegt, eine Maschine zu chartern, aber das wollte Carole nicht. Sie mochte nicht so viel Aufhebens um ihre Person. Außerdem war sie zwar noch ein wenig wackelig auf den Beinen, aber durchaus gehfähig. Sie wollte so zurückkehren, wie sie hergekommen war, mit Air France. Stevie war ungemein erleichtert. Mit einem Arzt an Bord würde sie sich sogar trauen, ein bisschen zu schlafen.

»Dann hätten wir ja alles geregelt.« Die Ärztin lächelte. »Ich lasse Sie später wissen, wie die Testergebnisse ausgefallen sind. Aber Sie können ruhig langsam mit dem Packen anfangen. Ehe Sie sich versehen, sitzen Sie im Ritz und trinken Champagner.« Alle grinsten, denn Carole würde noch eine ganze Weile keinen Alkohol trinken dürfen.

Nachdem sich die Ärztin verabschiedet hatte, stand Carole auf und ging duschen. Stevie half ihr beim Haarewaschen, und dieses Mal betrachtete Carole im Spiegel lange Zeit ihre Narbe.

»Schön ist es ja nicht gerade«, sagte sie stirnrunzelnd.

»Sieht aus wie die Mensur nach einem Duell«, bestätigte Stevie munter. »Jede Wette, dass du sie mit Make-up kaschieren kannst.«

»Vielleicht ist das ja mein Ehrenabzeichen. Wenigstens habe ich nicht völlig den Verstand verloren.« Achselzuckend ging Carole vom Spiegel fort und rubbelte sich das Haar mit einem Handtuch trocken.

Danach rief sie Chloe in London an. Sie sagte ihr, dass sie bald wieder im Hotel und noch vor Weihnachten auf dem Rückweg nach Los Angeles sein würde. Wie alle anderen ging auch sie davon aus, dass die heutigen Untersuchungen keine bösen Überraschungen brachten. Schließlich wies nichts darauf hin.

»Hättest du nicht Lust, schon ein paar Tage vor den anderen nach Hause zu kommen?«, schlug Carole ihrer Tochter vor. »Wir könnten gemeinsam alles für Weihnachten vorbereiten und die Einkäufe erledigen. Nur wir beide. Und im Frühling könnten wir zusammen verreisen. An irgendeinen Ort, an den du schon immer mal wolltest.« Carole hatte sich das seit Tagen reiflich überlegt.

»Nur wir beide?«, fragte Chloe überrascht.

»Genau.« Carole lächelte und wechselte einen Blick mit Stevie, die das Daumen-hoch-Zeichen machte. »Ich glaube, wir haben etwas nachzuholen. Ich bin bereit dazu, falls du es auch bist.«

»Wow, Mom, ich hätte nie gedacht, dass du so etwas vorschlagen würdest.« Chloe klang beeindruckt.

»Ich habe große Lust dazu und würde mich freuen, wenn du es zeitlich einrichten kannst.« Ihr fiel wieder einmal ein, was Matthieu darüber gesagt hatte, wie einnehmend und fordernd Chloe als Kind gewesen war. Aber selbst wenn er recht hatte, warum sollte man ihr nicht das geben, was sie brauchte? Jeder Mensch hatte nun mal andere Bedürfnisse. Vielleicht waren die von Chloe besonders groß, aus welchem Grund auch immer. Möglicherweise war es Caroles Schuld, vielleicht aber auch nicht. In jedem Fall hatte sie Zeit.

Warum also sollte sie diese nicht dazu verwenden, ihre Tochter glücklich zu machen? Waren Mütter nicht genau dazu da? Nur weil Anthony unabhängiger und selbstgenügsamer war, mussten Chloes Bedürfnisse nicht falsch sein. Sie waren eben anders. Aber Carole wollte auch mit ihrem Sohn Zeit verbringen. Sie wollte ihr Leben, dieses großes Geschenk, das ihr bereitet worden war, mit den beiden teilen. Auch wenn Anthony und Chloe jetzt erwachsen waren, so blieben sie doch ihre Kinder. Was auch immer die beiden von ihr brauchten, sie wollte es ihnen geben. Eines Tages gründeten sie vermutlich eigene Familien. Aber jetzt war der Augenblick, um besondere Momente mit ihnen zu verleben – bevor es zu spät dafür war.

»Denk doch schon mal darüber nach, wohin du gern möchtest. Du hast die freie Wahl.« Es war ein tolles Angebot, und wie schon oft war Stevie beeindruckt von ihrer Freundin und Arbeitgeberin. Sie ließ nie jemanden hängen. Carole war und blieb eine außergewöhnliche Frau.

»Wie wäre es mit Tahiti?«, stieß Chloe atemlos hervor. »Im März könnte ich Urlaub nehmen.«

»Klingt großartig. Da war ich noch nie. Oder ich kann mich zumindest nicht daran erinnern. Es ist also für uns beide eine neue Erfahrung.« Darüber mussten sie lachen. »Aber das werden wir auch noch herausfinden. Ich hoffe jedenfalls, am einundzwanzigsten Dezember wieder in L. A. zu sein. Du könntest am zweiundzwanzigsten hinkommen. Die anderen treffen erst Heiligabend ein. Dann bleibt uns zwar nicht sehr viel Zeit, aber es ist immerhin etwas.«

Carole wusste, dass Chloe ihre Fehlzeit bei *Vogue* aufarbeiten musste und deshalb momentan nicht einmal am Wochenende frei hatte. Vor Weihnachten würden sie sich deshalb nicht mehr sehen. Und Carole war noch nicht fit genug, um ihre Tochter in London zu besuchen. Bis zum Rückflug nach L. A. wollte sie es noch langsam angehen lassen.

»Ich werde am zweiundzwanzigsten da sein, Mom. Und danke«, sagte Chloe. Carole spürte, wie ernst es ihrer Tochter damit war. Zumindest wusste Chloe die Bemühungen ihrer Mutter zu schätzen. Vielleicht habe ich mich immer schon um sie gekümmert, dachte Carole, aber Chloe hatte es nicht wahrgenommen oder war zu jung, um es zu verstehen. Jetzt strengten sie sich beide an und bemühten sich umeinander. Allein das war für sie ein Riesengeschenk.

»Ich sage dir Bescheid, sobald ich wieder im Hotel bin. Vielleicht schon morgen oder übermorgen. Ich rufe dich an«, sagte Carole zum Abschied.

»Danke, Mom«, antwortete Chloe in liebevollem Ton.

Nachdem sie aufgelegt hatten, rief Carole Anthony in New York an. Er war im Büro und klang beschäftigt, freute sich aber offenbar, ihre Stimme zu hören. Carole erzählte ihm vom baldigen Umzug ins Hotel und wie sehr sie sich darauf freue, ihn Weihnachten zu sehen. Er schien gut aufgelegt zu sein, warnte sie jedoch noch einmal vor Matthieu. Das Thema tauchte in jedem ihrer Telefonate auf.

»Ich traue ihm nicht, Mom. Menschen ändern sich nur selten. Ich weiß noch, wie unglücklich er dich damals gemacht hat. Während unserer letzten Tage in Paris hast du unaufhörlich geweint. Ich will nicht, dass es noch einmal dazu kommt. Du hast genug durchgemacht. Mir wäre es lieber, du tätest dich wieder mit Dad zusammen.« Es war das erste Mal, dass er das sagte. Carole war überrascht. Sie wollte weder ihren Sohn enttäuschen noch Jason verletzen, aber sie würde nicht zu ihm zurückkehren.

»Dazu wird es nicht kommen«, antwortete sie ruhig. »Es ist besser, wenn wir nur Freunde sind.«

»Von mir aus, aber Matthieu ist kein Freund«, brummte Anthony. »Er hat sich damals wie der reinste Mistkerl verhalten. Er war verheiratet, nicht wahr?« Er erinnerte sich nur vage an jene Tage. Was er aber ganz sicher wusste, war, wie wütend ihn Matthieu damals gemacht hatte. Deshalb wollte Anthony heute alles tun, um seiner Mutter erneuten Kummer zu ersparen. Sie hatte Besseres als das verdient. Gleichgültig, von welchem Mann.

»Ja, er war verheiratet«, antwortete sie ruhig. Sie mochte es nicht, in die Position gedrängt zu werden, ihn zu verteidigen.

»Das dachte ich mir. Und warum hat er dann mit uns zusammengelebt?«

»Damals war es wesentlich schwieriger, sich scheiden zu lassen. Also fand man andere Wege. Ich wollte, dass er sich scheiden lässt. Aber dann starb seine Tochter, und seine Frau drohte mit Selbstmord. Matthieu hatte einen hohen Posten in der Regierung und wäre nicht ohne Skandal aus dieser Ehe herausgekommen. Es klingt verrückt, aber so, wie er sich verhielt, fanden es alle weniger schockierend als eine Scheidung. Er wollte sich scheiden lassen, das hat er mir versichert, damit wir hätten heiraten können. Aber irgendwie kam nie der richtige Zeitpunkt. Deshalb gingen wir weg«, sagte sie und seufzte. »Ich wollte ihn nicht verlassen. Aber noch weniger wollte ich, dass wir so weiterleben. Das schien mir nicht richtig. Für dich und Chloe nicht, aber auch nicht für mich. Ich wollte nicht auf Dauer die Geliebte sein und ein Leben im Verborgenen führen.«

»Was wurde aus seiner Frau?«, fragte Anthony mit strenger Stimme.

»Sie ist letztes Jahr gestorben.«

»Solltest du dich wieder mit ihm einlassen, bekommt er Ärger. Er wird dich wieder verletzen. Das hat er schon einmal getan.« Er klang mehr wie ein Vater statt wie ein Sohn.

»Ich fange nichts mit ihm an«, versicherte Carole und versuchte, ihn damit zu beruhigen.

»Ganz bestimmt nicht? Sei ehrlich, Mom.« Sie liebte den Klang des Wortes »Mom«. Es war immer noch ungewohnt, aber ungeheuer liebevoll. Jedes Mal, wenn eines ihrer Kinder dieses Wort aussprach, überkam sie ein freudiges Gefühl.

»Ich kann mir nicht vorstellen, dass es dazu kommt. Das alles ist sehr lange her.«
»Er liebt dich immer noch. Als er in dein Zimmer kam, habe ich es ihm sofort angesehen.«
»Wenn das so ist, dann liebt er die Carole, die ich einmal war. Wir alle haben uns verändert und sind älter geworden.« Ihre Stimme klang müde. So viel war passiert, seit sie wieder in Frankreich war …
»Du bist nicht alt. Und ich will einfach nicht, dass dir weh getan wird.«
»Das will ich auch nicht. Momentan ist eine Beziehung das Letzte, woran ich denke.« Das beruhigte Anthony ein wenig.
»Gut. Bald bist du wieder zu Hause. Lass dich nur nicht von ihm einwickeln, solange du noch in Paris bist.«
»Keine Sorge. Du kannst mir ruhig ein bisschen mehr vertrauen«, sagte sie und fühlte sich dabei tatsächlich wie eine Mutter. Wie sehr ihr Sohn sie auch liebte, sie hatte das Recht, ihre eigenen Entscheidungen zu treffen und ihr eigenes Leben zu führen. Daran musste sie ihn erinnern.
»Ich traue ihm nicht.«
»Warum sprechen wir ihn nicht vorerst mangels Beweisen frei? Er war auch damals kein schlechter Mensch. Seine Situation ließ ihm kaum Spielraum und mir als Folge davon auch nicht. Es war dumm von mir, mich überhaupt darauf einzulassen. Aber ich war jung, nicht viel älter als du jetzt. Mir hätte klar sein müssen, wie es endet. Hierzulande hat man eben andere Gepflogenheiten.« Sie lächelte, während Anthony am anderen Ende der Leitung den Kopf schüttelte.
»Ich finde das ziemlich daneben.«
»Tja, war es wohl auch«, gab Carole zu.
Dann wechselten sie das Thema, und er erzählte ihr, dass

es in New York schneite. Als er das sagte, hatte sie plötzlich ein Bild vor Augen: Schneeflocken fielen vom Himmel, und sie ging mit ihren Kindern zum Rockefeller Center Schlittschuh laufen. Die beiden waren damals noch klein, es musste kurz vor ihrer Abreise nach Frankreich gewesen sein. Der große Weihnachtsbaum war bereits geschmückt und ihre Welt noch in Ordnung. Jason holte sie dort ab und ging dann mit ihnen etwas Warmes trinken. Das mussten die glücklichsten Tage ihres Lebens gewesen sein.

»Zieh dich warm an!«, sagte Carole, und Anthony lachte.

»Mach ich, Mom. Pass du auf dich auf. Keine verrückten Sachen, wenn du wieder im Ritz bist, tanzen gehen oder so etwas.« Das konnte sie nicht einordnen.

»Tanze ich gern?«, fragte sie erstaunt.

»Wie eine Wahnsinnige. Du bist die beste Tänzerin auf dem Parkett. Wenn ich Weihnachten rüberkomme, werde ich dich daran erinnern. Wir legen ein bisschen Musik auf, oder ich führe dich in einen Club aus.«

»Das klingt lustig.« Solange sie nicht das Gleichgewicht verlor und hinfiel, dachte sie. Es erschreckte sie, wie viel sie nach wie vor nicht über sich wusste. Aber wenigstens gab es Menschen, die sie an alles erinnerten.

Sie plauderten noch ein paar Minuten lang und verabschiedeten sich dann. Kurz darauf rief Jason an. Er war im Büro seines Sohnes gewesen, nachdem der mit seiner Mutter telefoniert hatte. Anthony sagte ihm, dass sie sich ziemlich gut angehört habe. Es rührte Carole, dass Jason sie daraufhin anrief.

»Wie ich höre, schneit es in New York«, sagte sie.

»Wie verrückt. Allein in der letzten Stunde bestimmt zehn Zentimeter. In den Nachrichten haben sie gesagt, dass bis heute Abend sechzig Zentimeter fallen. Sei froh, dass du nach Kalifornien zurückgehst und nicht hierher. In L. A. soll es heute dreiundzwanzig Grad warm sein. Ich kann es kaum erwarten, Weihnachten rüberzufliegen.«

»Und ich kann es kaum erwarten, dass wir alle zusammen sind«, freute sich Carole. »Vorhin habe ich mich daran erinnert, wie ich früher mit den Kindern am Rockefeller Center Schlittschuh laufen war. Danach hast du uns abgeholt, und wir sind etwas trinken gegangen. Es war unheimlich schön.«

»Das weiß ja nicht einmal ich mehr«, sagte er lächelnd. »Wir waren mit den Kindern oft im Park Schlitten fahren. Das hat Spaß gemacht.« Auch daran erinnerte sie sich vage. Und an das Karussell, den kleinen Teich, wo man Modellsegelschiffe fahren lassen konnte, und an den Zoo. Vielleicht hatte Matthieu recht, und sie war wirklich keine nachlässige Mutter gewesen.

»Wann wirst du aus dem Krankenhaus entlassen?«, fragte Jason.

»Ich hoffe morgen. Sie wollen mir nachher Bescheid geben.« Dann erzählte sie ihm, dass sie auf dem Rückflug ein Arzt begleiten würde. Jason wirkte erleichtert.

»Gute Idee. Und stell nur ja nichts Verrücktes an, bis du zurück nach L. A. fliegst. Geh es ganz langsam an, bleib im Hotel und knabbere französisches Gebäck.«

»Die Ärztin hat gesagt, ich soll mich bewegen und herumlaufen. Vielleicht erledige ich ein paar Weihnachtseinkäufe.«

»Mach dir darüber keine Gedanken. Wir alle bekommen das Weihnachtsgeschenk, das wir uns am meisten gewünscht haben – dich.«

Seine Worte rührten Carole. Aber sie konnte noch so tief in ihrem Gedächtnis graben, es tauchten keinerlei romantische Gefühle für ihn auf. Er war der Vater ihrer Kinder, ein Mann, den sie geliebt hatte und mit dem sie zehn Jahre lang verheiratet gewesen war. Sie würde für immer mit ihm verbunden bleiben, wenn auch auf andere Weise als früher. Bei Matthieu war das anders. In seiner Gegenwart spürte sie eine seltsame Unruhe. Bei Jason nie. Er war wie ein warmer Sonnenstrahl, in dem sie sich gut aufgehoben fühlte. Matthieu war dagegen ein verwunschener Garten, den sie zu betreten fürchtete. Sie erinnerte sich an seine Schönheit – und die Dornen.

»Wir sehen uns in L. A.«, verabschiedete sich Jason gutgelaunt und legte auf. Nur wenig später kam die Ärztin zu Carole. Sie hatte die Untersuchungsergebnisse dabei. Die Aufnahmen ließen erkennen, dass sich Caroles Zustand weiter gebessert hatte.

»Sie können anfangen zu packen.« Die Ärztin strahlte sie an. »Sie können nach Hause … oder vorerst ins Ritz. Morgen werden Sie entlassen.« Einen ganzen Monat war Carole hier gewesen, so dass ihr der Abschied tatsächlich schwer fiel.

Am Nachmittag packte Stevie Caroles Tasche und gab im Hotel Bescheid, dass sie am nächsten Tag eintreffen würden. Der Sicherheitschef riet ihr, das Hotel auf der Rückseite zu betreten, durch den Hintereingang von der Rue Cambon aus. Man würde sie dort erwarten und sofort hereinlassen. Auf dem Place Vendôme warteten zu viele Reporter. Carole war sich darüber im Klaren, dass die Fotografen früher oder später Schnappschüsse von ihr ergattern würden. Aber sie brauchte noch eine kleine Verschnaufpause, schließlich war sie einen Monat lang nicht mehr draußen gewesen. Und auch Stevie wollte, dass sich Carole erst weiter erholte, bevor die Presse über sie herfiel. Dass Carole Barber aus dem Krankenhaus entlassen wurde, war ein Thema für die Titelseite. Als Star hatte man wenig Privatsphäre. Tot oder lebendig, die Öffentlichkeit glaubte, Besitz ergreifen zu können. Und es war Stevies Aufgabe, sie vor neugierigen Blicken zu schützen. Das CRS und die Ärzte waren dafür zuständig, sie am Leben zu erhalten. So betrachtet hatte Stevie noch den leichtesten Job, wie sie selbst fand.

Abends rief Matthieu aus Lyon an. Er hatte für zwei Tage geschäftlich verreisen müssen und wollte wissen, wie es ihr ging.

»Ich darf nach Hause!«, rief Carole glücklich. Einen Moment lang war nichts als Schweigen am anderen Ende.

»Nach Los Angeles?«, fragte er niedergeschlagen, aber sie lachte.

»Nein, ins Hotel. Sie wollen, dass ich noch zwei Wochen in Paris bleibe, bevor ich den weiten Flug antrete. Nur um sicher zu sein, dass es mir gut geht. Eine Krankenschwester zieht mit ins Hotel, und auf dem Rückflug wird mich ein Arzt begleiten. Ich bin bestens versorgt. Solange ich nichts Dummes anstelle und niemand versucht, mich umzubringen, wird alles gut gehen. Ich soll Spaziergänge machen, um meine Beine wieder ans Laufen zu gewöhnen. Vielleicht kann ich die Juweliere am Place Vendôme besuchen«, neckte sie ihn. Carole kaufte sich nie selbst Schmuck. Aber sie war ziemlich aufgedreht, und Matthieu war erleichtert, dass sie vorerst nur ins Hotel zog. Er wollte noch etwas Zeit mit ihr verbringen, bevor sie nach L. A. zurückkehrte. Er hatte keine Lust, sie schon wieder zu verlieren.

»Wir könnten im Jardin de Bagatelle spazieren gehen«, schlug er vor. Matthieu hatte es kaum ausgesprochen, da erinnerte sich Carole, mit ihm früher schon dort gewesen zu sein. Dort und auch im Jardin du Luxembourg und im Bois de Bologne. Es gab in Paris jede Menge schöner Möglichkeiten für Spaziergänge. »Morgen bin ich wieder zurück. Dann rufe ich dich an. Pass auf dich auf, Carole.«

»Versprochen. Es macht mir ein bisschen Angst, aus dem Krankenhaus entlassen zu werden. Ich fühle mich, als wäre mein Kopf aus Glas.« Sie hatte wie nie zuvor zu spüren bekommen, wie verletzlich der menschliche Körper war. Das wollte sie nicht noch einmal auf die Probe stellen. Deshalb ängstigte es sie ein wenig, nicht länger von den Ärzten umgeben zu sein, die ihr das Leben gerettet hatten. Zumindest eine Krankenschwester in der Nähe zu haben war eine Erleichterung. Außerdem hatte Stevie ein Zimmer direkt neben Caroles Suite bekommen. Sie würde also in der Nähe sein, falls es Probleme gab. Im Grunde war nicht damit zu rechnen, dennoch war Carole aufgeregt.

»Bist du sicher, dass du so bald schon zurückfliegen willst?« Matthieu hatte zwar ein begründetes Interesse daran, dass sie blieb, war aber auch ehrlich besorgt.

»Sie haben gesagt, das sei kein Problem, vorausgesetzt, dass in den nächsten zwei Wochen keine Komplikationen auftreten. Und ich möchte Weihnachten zu Hause bei meinen Kindern sein.«

»Sie könnten mit dir im Ritz feiern«, schlug er hoffnungsvoll vor.

»Das ist nicht dasselbe.« Davon abgesehen war Paris für sie alle negativ besetzt. Es würde eine Weile dauern, bis sich ihre Kinder im Ritz wieder wohl fühlten, ohne daran denken zu müssen, wie sie dort gesessen und um ihre Mutter gebangt hatten. Wieder nach Hause zurückzukehren würde ihnen allen guttun. Vor allem Carole.

»Verstehe. Wenn dir danach ist, würde ich dich gern morgen im Hotel besuchen.«

»Das wäre schön«, versicherte sie ihm. Tatsächlich freute

sie sich darauf, ihn wiederzusehen und mit ihm spazieren zu gehen.

Und letztlich war nichts dabei, wie sie fand.

»Dann bis morgen«, sagte er und legte auf. Matthieu fürchtete sich vor dem Tag, an dem sie abreiste, dieses Mal vielleicht für immer.

15

Carole aus dem Krankenhaus herauszubringen war mühsamer, als Stevie gedacht hatte. Morgens wachte Carole unausgeschlafen auf und war fürchterlich nervös, weil sie heute ihren schützenden Kokon verlassen sollte. Zum zweiten Mal in ihrem Leben verwandelte sie sich von der Raupe in den Schmetterling. Stevie half ihr beim Haarewaschen, und zum ersten Mal seit Wochen schminkte sich Carole. Es gelang ihr erstaunlich gut, die Narbe auf der Wange abzudecken. Sie zog Jeans, einen schwarzen Pullover, einen kurzen, zweireihigen Wollmantel und schwarze Wildlederslipper an. Ihre charakteristischen Diamantohrstecker trug sie ebenfalls, und das Haar war in altbekannter Weise zu einem straffen Pferdeschwanz gebunden. Sie sah nicht mehr aus wie irgendeine Krankenhauspatientin im Nachthemd, sondern wie Carole Barber. Allerdings hatte sie abgenommen und wirkte zerbrechlich. Sie setzte sich in einen Rollstuhl und verabschiedete sich von den Ärzten und Schwestern. Die Krankenschwester, die sie ins Hotel begleitete, zog sich einen Mantel an und schob den Rollstuhl. Die beiden CRS-Wachen gingen rechts und links von Carole. Stevie trug Caroles und ihre eigene Tasche. Zusammen wirkten sie wie ein ziemlich bunter Haufen.

Sie fuhren mit dem Aufzug hinunter. Unten in der Halle kam der Krankenhausleiter herbeigeeilt, um Carole zum Abschied die Hand zu geben und ihr alles Gute zu wünschen.

Draußen wartete eine Mercedes-Limousine, die das Ritz geschickt hatte. Carole, Stevie, die Krankenschwester und beide Wachmänner stiegen rasch ein. Stevie stellte erfreut fest, dass kein Fotograf in Sichtweite war. Mit ein bisschen Glück würden sie genauso unspektakulär durch den Hintereingang in der Rue Cambon ins Hotel gelangen. Carole sah müde aus, dabei waren sie noch nicht einmal angekommen. Aber es war eine Riesenumstellung für sie.

Als die Limousine am Hintereingang hielt, den das Hotel extra für sie öffnete, stieg sie aus, stand für einen Moment auf etwas wackeligen Beinen und schaute lächelnd nach oben zum Himmel. Mit den Wachleuten zu beiden Seiten ging sie langsam auf den Eingang zu. Noch bevor sie ihn erreichte, tauchten wie aus dem Nichts vier Fotografen auf und postierten sich zwischen ihr und dem Eingang. Carole zögerte kurz und ging dann lächelnd weiter. Irgendjemand hatte der Presse also doch einen Tipp gegeben. Während die Wachleute die Fotografen wegscheuchten, drückten die unaufhörlich auf den Auslöser. Einer von ihnen rief »Brava!« und warf ihr eine Rose zu. Carole fing sie auf, lächelte den Mann an und verschwand dann schnell im Hotel.

Drinnen wartete der Manager und begleitete sie zu ihrer Suite. Allein bis dorthin zu gelangen war härtere Arbeit, als Carole gedacht hatte. Auf dem Tisch stand ein riesiger Rosenstrauß als Willkommensgruß vom Hotel. Carole bedankte sich beim Manager dafür. Dann ging er wieder, und die Wachen postierten sich draußen vor der Tür.

Stevie stellte die Taschen ab und warf Carole einen ernsten Blick zu.

»Setz dich. Du siehst erschöpft aus.« Caroles Gesicht war weiß wie Schnee, und Stevie machte sich Sorgen.

»Das bin ich auch«, gestand Carole und ließ sich auf einen

Stuhl fallen. Sie fühlte sich, als wäre sie hundert Jahre alt. Die Schwester half ihr, den Mantel auszuziehen, und hängte ihn zusammen mit ihrem eigenen in einen Schrank. »Wie kann ich nur so müde sein? Ich bin nur aus dem Bett aufgestanden und habe im Auto gesessen. Aber mir ist, als hätte mich ein Bus angefahren«, beklagte sie sich bei Stevie.
»Du musst dir einfach noch Ruhe gönnen.« Stevie war verärgert darüber, dass jemand der Presse einen Tipp gegeben hatte. Von nun an würden die Reporter vor dem Hotel auf der Lauer liegen und über Carole herfallen, sobald sie sich nur einen Schritt nach draußen wagte. Möglichweise konnten sie durch den Lieferanteneingang entwischen, überlegte Stevie. Der lag zwar unweit des Hintereingangs in der Rue Cambon, hatte ihnen aber früher schon einmal gute Dienste erwiesen. Von Reportern belagert zu werden war eine zusätzliche Belastung, der Carole noch nicht gewachsen war. Aber zu viele Menschen waren involviert, als dass es nicht früher oder später eine undichte Stelle gab. Die Zimmermädchen, der Zimmerservice und dazu der Klatsch und Tratsch in einem großen Hotel, auch wenn es das Ritz war. Wahrscheinlich hatte sich jemand den Tipp gut bezahlen lassen.
Ohne zu fragen reichte Stevie Carole eine Tasse Tee. Carole nahm sie dankbar entgegen. Sie fühlte sich, als hätte sie soeben den Mount Everest bestiegen. »Möchtest du etwas essen?«
»Nein, danke.«
»Warum legst du dich nicht ein bisschen hin? Für heute Vormittag hattest du genug Sport.«
»Werde ich mich jemals wieder normal fühlen? So müde war ich ja nicht einmal im Krankenhaus.«
»Bestimmt«, versicherte Stevie. Sie konnte Carole ansehen, wie erschöpft sie war. Aber das war im Grunde nicht

besorgniserregend. Der Wechsel vom Krankenhaus zurück in die normale Welt war ein Riesenschritt, auch wenn er noch so umsichtig vorgenommen wurde. »In ein, zwei Tagen wird es dir besser gehen. Du musst dich erst wieder an diese Umgebung gewöhnen. Im Krankenhaus hat man dich in Watte gepackt. Als mir vor zwei Jahren der Blinddarm herausgenommen wurde, ging es mir danach ähnlich. Zu Hause fühlte ich mich wie neunzig, aber nur fünf Tage später hätte ich schon wieder Bäume ausreißen können. Du musst Geduld haben«, versuchte Stevie, sie aufzumuntern. Carole seufzte. So schwach und kraftlos zu sein entmutigte sie.

Langsam ging Carole in ihr Schlafzimmer und sah sich staunend um. Auf dem Schreibtisch sah sie den Laptop und ihre Handtasche stehen. Es kam ihr vor, als hätte sie diesen Raum erst vor wenigen Stunden verlassen, um spazieren zu gehen. Als sie sich zu Stevie umdrehte, standen Tränen in ihren Augen.

»Es ist ein komisches Gefühl, zu wissen, dass ich wenige Stunden nachdem ich dieses Zimmer verlassen habe beinahe tot gewesen wäre. Als wäre man gestorben und wieder auferstanden oder hätte eine zweite Chance bekommen.« Stevie nickte und umarmte ihre Freundin fest.

»Ich weiß. Daran habe ich auch schon gedacht. Möchtest du, dass wir die Zimmer tauschen?« Carole schüttelte den Kopf. Sie wollte nicht verhätschelt werden. Sie brauchte einfach nur Zeit, um all das zu verarbeiten, nicht nur körperlich, sondern auch seelisch.

Carole legte sich aufs Bett und sah sich im Zimmer um. Stevie brachte ihr noch eine Tasse Tee. Sobald sie lag, fühlte sich Carole besser. Sie hatte es sich nicht anmerken lassen, aber die kurze Begegnung mit der Presse hatte sie angestrengt.

Stevie bestellte ihnen Lunch aufs Zimmer, und nachdem Carole etwas gegessen hatte, fühlte sie sich gestärkt. Sie gönnte sich ein heißes Bad in der riesigen Wanne und legte sich dann in dem hoteleigenen pinkfarbenen Frotteebademantel aufs Bett.

Um vier Uhr am Nachmittag rief Matthieu an. Carole war gerade von ihrem Mittagschlaf erwacht und fühlte sich schon besser.

»Wie ist es denn so, wieder im Hotel zu sein?«, fragte er.

»Der Wechsel war anstrengender, als ich dachte«, gestand sie ihm. »Als ich hier ankam, war ich völlig fertig. Aber jetzt geht es schon wieder. Am Hintereingang haben uns ein paar Paparazzi aufgelauert. Als ich aus dem Wagen stieg, muss ich ausgesehen haben wie Frankensteins Braut. Ich konnte mich kaum auf den Beinen halten.«

»Du warst ganz bestimmt wunderschön. So wie immer.«

»Ein Paparazzo hat mir eine Rose zugeworfen. Das fand ich süß. Aber sie hätte mich fast umgehauen.« Er lachte, als sie ihm das erzählte.

»Ich wollte dich eigentlich fragen, ob du mit mir spazieren gehen möchtest. Aber du scheinst noch nicht so weit zu sein. Wie wäre es, wenn ich dich stattdessen besuche? Wir können ja morgen ein wenig vor die Tür gehen. Oder mit dem Auto herumfahren, wenn dir das lieber ist.«

»Hättest du Lust, auf einen Tee vorbeizukommen?«, lud sie ihn ein. Zu einem gemeinsamen Dinner war sie noch nicht bereit, und sie wusste auch nicht, ob sie das überhaupt tun sollte. Ihre Beziehung war fragil und schwer belastet.

»Klingt gut. Um fünf?«, schlug er vor und freute sich, dass sie ihn sehen wollte.

»Ich werde hier sein«, sagte sie lachend.

Eine Stunde später war er da, in dunklem Geschäftsanzug

und grauem Übermantel. Es war an diesem Tag bitterkalt geworden, und seine Wangen waren vom eisigen Wind leicht gerötet. Carole trug wieder die Jeans und den schwarzen Pullover, in denen sie das Krankenhaus verlassen hatte. Dazu die schwarzen Slipper und ihre Diamantohrringe. Obwohl sie blass war, fand Matthieu sie wunderschön. Ihre Augen strahlten, und als sie sich hinsetzten, um Tee zu trinken und Gebäck sowie Macarons vom La Durée zu knabbern, fühlte sie sich richtig gut. Matthieu hatte zufrieden registriert, dass die Sicherheitsvorkehrungen im Hotel verschärft worden waren und vor der Zimmertür zwei Wachen standen. Man wollte nichts riskieren, und das war auch gut so. Der Zwischenfall im Krankenhaus hatte alle in Alarmbereitschaft versetzt.

»Wie war es in Lyon?«, fragte sie interessiert und freute sich tatsächlich, ihn zu sehen.

»Ermüdend. Ein Gerichtstermin, den ich unmöglich absagen konnte. Beinahe hätte ich den Zug zurück verpasst. Die typischen Sorgen und Nöte eines Anwalts eben.« Er musste selbst lachen, und sie stimmte mit ein.

Carole wurde immer lebhafter. Sie aß mindestens ein Dutzend Macarons, was er mit Wohlgefallen registrierte, und teilte sich mit ihm ein Kaffee-Eclair. Er fand, dass sie sehr dünn geworden war, und hoffte, dass ihr Appetit anhielt. Wenigstens war sie nicht mehr so blass wie in den vergangenen Wochen. Es war ein ganz anderes Bild, sie in Pullover und Jeans zu sehen. Carole hatte sich eine Maniküre gegönnt. Ihre Nägel waren blassrosa lackiert, der einzigen Farbe, die sie auch früher schon getragen hatte. Während sie am Tee nippte, bewunderte er schweigend ihre schlanken schönen Finger. Stevie hatte sie beide allein gelassen und sich mit der Krankenschwester in ihr eigenes Zimmer zurückgezogen. Bevor sie ging, hatte sie Carole einen fragenden Blick zugeworfen. Aber die hatte lächelnd genickt und ihr zu verstehen gegeben, dass alles in Ordnung sei.

»Ich hatte Angst, dass ich dieses Zimmer nie wiedersehen würde«, gestand Carole, als sie jetzt im Wohnzimmer der Suite saßen.

»Ging mir ähnlich«, gab er zu und sah sie erleichtert an. Er sehnte sich danach, aus diesem Hotel herauszukommen und mit ihr spazieren gehen zu können.

»Anscheinend gerate ich in Paris jedes Mal in Schwierigkeiten«, sagte sie mit schelmischem Grinsen, während Matthieu lachte.

»Aber dieses Mal hast du ein bisschen übertrieben«, entgegnete er, und sie nickte. Dann begannen sie, über ihr Buch zu reden.

Während der letzten Tage waren ihr ein paar gute Ideen gekommen, und sie hoffte, sich wieder an die Arbeit machen zu können, sobald sie in L. A. war. Matthieu bewunderte sie dafür. Er wurde immer wieder von Verlegern gefragt, ob er nicht seine Memoiren schreiben wolle, aber bisher war er nicht dazu gekommen. Es hatte noch so viel vor in seinem Leben! Deshalb wollte er sich auch im nächsten Jahr beruflich zur Ruhe setzen. Dann würde er endlich Zeit haben für all das, wovon er immer schon geträumt hatte – bevor es zu spät dafür war. Der Tod seiner Frau hatte ihn daran erinnert, wie kurz und kostbar das Leben war. Über Weihnachten wollte er mit den Kindern nach Val D'Isere zum Skifahren reisen. Carole sagte bedauernd, dass sie sich wohl nie wieder auf Ski wagen würde. Sie hatte viel zu große Angst davor, bei einem möglichen Unfall eine weitere Kopfverletzung davonzutragen. Sie mussten beide daran denken, wie viel Spaß sie damals hatten, als sie gemeinsam mit Caroles Kindern Ski laufen

waren. Matthieu war ein fabelhafter Skifahrer und hatte es in seiner Jugend bis ins Nationalteam geschafft.
Sie sprachen über alles Mögliche, während es draußen schon lange dunkel war. Als sich Matthieu schließlich erhob, war es fast acht Uhr, und er hatte ein schlechtes Gewissen, Carole so lange auf den Beinen gehalten zu haben. Allmählich wirkte sie müde und brauchte offenbar dringend Schlaf. Sie stand ebenfalls auf, blickte durch die Fenster nach draußen und stieß überrascht einen kleinen Schrei aus. Es schneite. Carole öffnete ein Fenster und hielt die Hand hinaus. Sie versuchte, die Schneeflocken zu fangen, und Matthieu sah ihr dabei zu. Kurz darauf drehte sie sich zu ihm um und sah ihn mit den großen staunenden Augen eines Kindes an.
»Sieh doch nur! Es schneit!«, sagte sie glücklich. Er nickte und lächelte, während sie schon wieder hinaus in die Nacht schaute. Jede Kleinigkeit war für sie ein Ereignis, an dem sie sich erfreuen konnte. Aber so war sie immer schon gewesen. »Das ist so schön«, sagte sie ehrfürchtig. Er stand dicht hinter ihr, berührte sie jedoch nicht. Ihre Nähe ließ ihn innerlich erzittern.
»So wie du«, sagte er leise. Er war so glücklich, mit ihr hier zu sein. Das war ein kostbares Geschenk.
Sie wandte sich um und sah ihn an. Hinter ihr fielen dichte Flocken vom Himmel. »An dem Abend, als ich in das Haus zog, hat es auch geschneit … du warst bei mir … wir haben Schneeflocken gefangen und uns geküsst. Damals dachte ich, dass ich diese Nacht nie vergessen würde. Wir haben einen langen Spaziergang an der Seine gemacht, und die ganze Zeit hat es geschneit … ich trug einen Pelzmantel mit Kapuze«, flüsterte sie.
»Du hast ausgesehen wie eine russische Prinzessin.«
»Genau das hast du an jenem Abend auch gesagt.« Mat-

thieu nickte. Sie dachten beide an den Zauber von damals, und während sie nun am offenen Fenster des Ritz standen, neigten sie sich kaum merklich einander zu und küssten sich.

16

Als Matthieu Carole am nächsten Morgen im Ritz anrief, wirkte sie angespannt. Körperlich ging es ihr zunehmend besser, aber sie hatte die halbe Nacht wach gelegen und über den Abend zuvor nachgedacht.

»Das war dumm von uns … es tut mir leid«, sagte sie, sobald er seinen Namen genannt hatte. Der Gedanke an den Kuss hatte ihr seither keine Ruhe gelassen. Sie wollte mit ihm nicht wieder an den Punkt gelangen, wo sie schon einmal gewesen waren. Aber die Erinnerung an damals war so übermächtig gewesen, dass sich Carole hatte mitreißen lassen. Offenbar hatten sie beide immer noch dieselbe berauschende Wirkung aufeinander wie früher.

»Warum war es dumm?«, fragte er und klang enttäuscht.

»Weil sich die Situation geändert hat. Gestern ist gestern, und heute ist heute. Wir können die Zeit nicht zurückdrehen. Ich werde bald abreisen und möchte dir nichts vormachen.«

Nachdem er sich verabschiedet hatte, war sie völlig durcheinander gewesen. In ihrem Kopf drehte sich alles, und das lag nicht an der Verletzung. Es lag an Matthieu und dem Wiedererwachen der alten Gefühle.

»Du hast mir nichts vorgemacht, Carole. Wenn überhaupt, dann tue ich das selbst.« Aber seine Gefühle für Carole waren alles andere als eingebildet. Er wusste, dass er nie aufgehört hatte, sie zu lieben. Für ihn hatte sich nichts geändert. Sie war es gewesen, die die Tür hinter sich schloss, und genau das versuchte sie jetzt erneut.

»Ich möchte, dass wir Freunde sind«, sagte sie streng.
»Das sind wir.«
»Das darf nicht noch einmal passieren«, verlangte sie und bemühte sich, stark zu klingen, dabei war sie sehr erschrocken. Carole wusste, wie Matthieu auf sie wirkte, und letzte Nacht hatte sie es mit der Kraft einer Flutwelle zu spüren bekommen.
»Dann soll es tatsächlich nie wieder vorkommen. Ich gebe dir mein Ehrenwort«, versprach er. Aber sie wusste ja, was Versprechen bei ihm hießen. Er hielt sie nie. Früher zumindest nicht.
»Was das wert ist, wissen wir ja.« Die Worte rutschten ihr heraus, und sie hörte, wie er die Luft anhielt. »Tut mir leid. War nicht so gemeint.«
»Doch, du hast es so gemeint. Und ich habe es verdient. Wir könnten uns aber darauf einigen, dass mein Wort heute mehr wert ist, als es einmal war.«
»Tut mir leid.« Carole schämte sich für das, was sie gesagt hatte. Sie hatte sich noch nicht wieder so unter Kontrolle wie früher. Dennoch war das keine Entschuldigung, ob er es nun verdient hatte oder nicht.
»Ist schon in Ordnung. Was ist mit unserem Spaziergang? Bist dafür kräftig genug?« Der Schnee der vergangenen Nacht war bereits geschmolzen. Aber es war eisig, und Matthieu wollte nicht, dass sich Carole erkältete. »Du brauchst auf alle Fälle einen warmen Mantel.«
»Ich habe einen … besser gesagt, hatte.« Sie erinnerte sich daran, dass sie ihn im Tunnel getragen hatte. Wie alles andere, was sie bei dem Anschlag am Körper trug, existierte er nicht mehr. »Ich werde mir Stevies Mantel leihen.«
»Wo möchtest du hin?«
»Zur Bagatelle?«
»Gute Idee. Ich kümmere mich darum, dass uns deine

Wachen in einem zweiten Wagen folgen.« Matthieu wollte kein Risiko eingehen, was Carole beruhigend fand. Die Kunst bestand darin, das Hotel heimlich zu verlassen. Sie schlug vor, ihn vor dem Crillon zu treffen und dort von ihrem in seinen Wagen umzusteigen.

»Wie in einem Agentenfilm.« Er lächelte, weil es ihm vertraut war. Früher waren sie auch stets vorsichtig gewesen.

»Um wie viel Uhr sollen wir uns treffen?« Sie klang munterer und entspannter als noch vor ein paar Minuten. Carole versuchte, klare Grenzen mit Matthieu abzustecken.

»Wie wäre es um zwei? Bis dahin habe ich Besprechungen.«

»Dann treffen wir uns um zwei am Crillon. Bevor ich es vergesse: Wie sieht dein Auto überhaupt aus? Ich habe keine Lust, in den falschen Wagen zu steigen.« Er amüsierte sich bei der Vorstellung und war sicher, dass der Fahrer sehr angetan wäre.

»Ich habe einen dunkelblauen Peugeot, trage einen grauen Hut, eine Rose und nur einen Schuh.«

Carole lachte und erinnerte sich plötzlich wieder daran, wie humorvoll er schon immer gewesen war. Sie hatten viel Spaß miteinander gehabt, aber leider auch großen Kummer. Und noch immer ärgerte sie sich darüber, ihn am Vorabend geküsst zu haben. Aber es würde nicht wieder passieren, da war sie sich sicher.

Sie bat Stevie, einen Wagen zu organisieren. Danach aßen sie beide in der Suite zu Mittag. Carole bekam Hühnersuppe und ein Club-Sandwich, das ihr himmlisch gut schmeckte.

»Bist du wirklich schon fit genug für einen Ausflug?«, fragte Stevie besorgt. Carole sah besser aus als am Tag zuvor, aber ein Spaziergang im Park war ein Riesenschritt,

und womöglich übernahm sie sich. Stevie wollte nicht, dass Matthieu Carole überanstrengte. Nachdem er am Tag zuvor gegangen war, hatte sie erschöpft und angespannt gewirkt.
»Abwarten, wie ich mich fühle. Wenn ich müde werde, komme ich eben zurück.« Matthieu würde sowieso nicht zulassen, dass das Ganze zu anstrengend wurde.
Sie lieh sich Stevies Mantel. Gemeinsam gingen sie zu dem Wagen, der in der Rue Cambon auf sie wartete. Carole hatte die Kapuze über den Kopf gezogen und eine dunkle Sonnenbrille aufgesetzt. Sie war angezogen wie am Vortag, nur dass sie dieses Mal zusätzlich einen dicken weißen Pullover trug. Vor dem Eingang warteten zwei Paparazzi, die Fotos von ihr schossen, wie sie in den Wagen stieg. Stevie fuhr zwei Blocks mit und ging dann zu Fuß zurück zum Hotel. Die Wachen blieben im Wagen.
Matthieu wartete an der verabredeten Stelle, und Carole schlüpfte unbemerkt von ihrem in seinen Wagen. Niemand war ihnen gefolgt. Als sie neben Matthieu im Auto saß, war Carole leicht außer Atem, und ihr war schwindelig.
»Wie fühlst du dich?«, fragte er besorgt. Als sie ihre Kapuze zurückschob und die Brille abnahm, sah er, wie blass sie immer noch war. Dennoch verschlug ihm ihr Anblick jedes Mal den Atem.
»Ganz gut«, beantwortete sie seine Frage. »Ein bisschen wackelig. Aber es tut gut, mal aus dem Hotel herauszukommen.« Sie wurde es bereits leid, in dem Zimmer gefangen zu sein, und erzählte ihm, dass sie vor Langeweile zu viel Gebäck aß. »Es klingt verrückt, aber spazieren zu gehen ist das Aufregendste, was ich seit einem Monat getan habe.« Abgesehen davon, ihn zu küssen. Aber den Gedanken verdrängte sie sofort wieder.

Matthieu merkte, dass sie auf der Hut war und eine gewisse Distanz zwischen ihnen wahren wollte. Dennoch hatte sie ihn zur Begrüßung auf die Wange geküsst. Alte Gewohnheiten sind auch nach fünfzehn Jahren nur schwer abzulegen. Ihre Vertrautheit war wie ein verborgenes Muster, das keineswegs verschwunden war.
Sie fuhren zu den Jardins de Bagatelle. Die Sonne schien, aber es war kalt und windig. Zum Glück hatten sie sich beide warm angezogen. Carole war überrascht, wie gut es sich anfühlte, an der frischen Luft zu sein. Sie hakte sich bei Matthieu unter, um mehr Halt zu haben. So spazierten sie langsam durch den Park.
Als sie schließlich wieder am Auto ankamen, war Carole außer Atem. Die Wachen hielten immer so weit Abstand, dass sie jederzeit eingreifen konnten, Carole aber ihre Privatsphäre ließen.
»Wie fühlst du dich?«, fragte Matthieu noch einmal und sah sie prüfend an. Er fürchtete, sie hätten es vielleicht übertrieben, und machte sich deshalb Vorwürfe, aber ihre Anwesenheit berauschte ihn derart, dass er sich nur schwer bremsen konnte.
»Wunderbar!« Ihre Wangen glühten nach dem Spaziergang in der Kälte, und ihre Augen funkelten. »Es fühlt sich gut an, am Leben zu sein.«
Er hätte sie gern noch irgendwohin ausgeführt, wagte es aber nicht. Matthieu sah ihr an, dass sie erschöpft, aber entspannt war. Während der Rückfahrt zum Hotel plauderten sie angeregt. Trotz ihres Spaßes am Versteckspiel fuhr er sie bis zum Ritz. Sie dachten beide gar nicht mehr daran, am Crillon zu halten. Caroles Wagen folgte ihnen. Sie parkten vor dem Haupteingang an der Vendôme-Seite. Carole machte sich selbst darauf aufmerksam, dass sie schließlich nichts zu verbergen hatten. Sie und Matthieu

waren nichts als alte Freunde, noch dazu beide verwitwet. Es war sonderbar, dass sie ausgerechnet diese Gemeinsamkeit hatten. In jedem Fall waren sie beide frei und ungebunden – und er ein ganz normaler Anwalt und kein Minister mehr.

»Möchtest du noch mit hochkommen?«, fragte sie und setzte sich wieder die Kapuze auf. Da sie nirgendwo einen Paparazzo erspähen konnte, ließ sie die Sonnenbrille in der Tasche.

»Bist du nicht zu müde?«, fragte er.

»Das kommt wahrscheinlich später. Momentan fühle ich mich gut. Die Ärztin hat mir schließlich geraten, spazieren zu gehen.«

Er wollte nur nicht, dass sie sich übernahm. Aber tatsächlich wirkte sie recht munter. »Wir könnten wieder Tee trinken – ohne Kuss«, erinnerte sie ihn, und er lachte.

»Das nenne ich eine klare Ansage. Also gut, Tee ohne Kuss. Obwohl ich es genossen habe«, gestand er ehrlich.

»Ich auch.« Sie lächelte schüchtern. »Aber das ist nicht das übliche Menü. Gestern gab es eine Art einmaliges Spezialgericht.« Wie gut es auch geschmeckt hatte, es war und blieb ein Ausrutscher.

»Wie schade. Geh doch schon mal mit den Wachleuten nach oben. Ich parke den Wagen und komme in einer Minute nach.« Auf diese Weise mussten sie auch nichts erklären, falls doch ein Paparazzo Carole auflauerte.

»Bis gleich«, verabschiedete sie sich und stieg aus. Die Wachen verließen ebenfalls den Wagen und folgten ihr. Nur einen Augenblick später brach das reinste Blitzlichtgewitter los. Carole war erst überrascht, aber dann lächelte sie und winkte. Vor den Kameras stand es einfach nicht zur Debatte, mürrisch auszusehen. Das hatte sie schon vor Jahren gelernt. Dann eilte sie durch die Lobby zu den

Aufzügen und fuhr nach oben. Stevie war selbst gerade erst zurückgekommen. Da sie Carole ihren Mantel geliehen hatte, war sie in einer Windjacke unterwegs gewesen und hatte einen netten Spaziergang entlang der Rue de la Paix gemacht. Auch sie hatte es genossen, ein bisschen frische Luft zu tanken.

»Wie war's?«, fragte Stevie sofort, und Carole antwortete: »Sehr nett.« Sie wollte sich selbst beweisen, dass Matthieu und sie Freunde sein konnten.

Kurz darauf kam auch Matthieu, und Stevie bestellte für alle Sandwiches und Tee. Carole langte mit großem Appetit zu. Matthieu freute sich, denn anscheinend hatte ihr der Spaziergang wirklich gutgetan. Sie sah zwar ein bisschen müde aus, aber zufrieden, und streckte die Beine auf dem Sofa aus. Wie in alten Zeiten sprachen sie über alles Mögliche. Matthieu hatte früher gern mit ihr über Politik diskutiert und ihre Meinung immer geschätzt, aber dazu war sie jetzt weder aufgelegt noch genügend über die aktuelle Situation in Frankreich informiert.

Dieses Mal blieb er nicht so lange wie am Vortag, und es gab, wie versprochen, keinen Kuss. Der Schnee hatte bei ihnen beiden romantische Erinnerungen geweckt, und Carole war von ihren Gefühlen überwältigt worden. Aber jetzt hatte sie sich wieder unter Kontrolle, und er respektierte das. »Sollen wir morgen wieder spazieren gehen?«, fragte Matthieu beim Abschied. Sie standen an der Tür zu ihrer Suite, und Carole nickte. Sie genoss die gemeinsame Zeit mit ihm sehr.

»Ich dachte, ich würde dich nie wiedersehen«, sagte er und kostete den Augenblick voll aus.

»Ich auch«, stimmte sie zu.

»Dann bis morgen«, verabschiedete er sich liebevoll und ging hinaus. Im Vorbeigehen grüßte er die beiden Wachen und verließ dann nachdenklich das Ritz. Er dachte daran, wie schön es war, wenn sie neben ihm herging und sich bei ihm unterhakte.

Am nächsten Tag trafen sie sich am Nachmittag um drei Uhr. Sie gingen eine Stunde lang spazieren und fuhren dann noch bis sechs mit dem Auto durch die Gegend. Sie parkten für eine Weile im Bois de Boulogne und sprachen über ihr ehemaliges Haus. Matthieu war seit Jahren nicht mehr dort gewesen, und sie vereinbarten, auf dem Rückweg zum Hotel vorbeizufahren. Carole hatte diese Pilgerfahrt bereits unternommen, aber jetzt würden sie es noch einmal gemeinsam tun.

Das Hoftor stand wie beim letzten Mal offen, und während die Wachen taktvoll draußen warteten, gingen Carole und Matthieu Seite an Seite hinein. Instinktiv wanderten ihre Blicke hoch zum ehemaligen Schlafzimmerfenster. Dann sahen sie einander an und nahmen sich bei den Händen. Sie hatten hier so viel miteinander geteilt und erhofft, und am Ende lösten sich all ihre Träume in Luft auf. Es war wie der Besuch eines Friedhofs, auf dem ihre Liebe beerdigt lag. Unweigerlich dachte Carole an das Kind, das sie verloren hatte, und sah Matthieu mit feuchten Augen an. Gegen ihren Willen fühlte sie sich ihm näher denn je.

»Wie es wohl gewesen wäre, wenn er zur Welt gekommen wäre?«, fragte sie leise. Matthieu wusste sofort, was sie meinte, und seufzte.

»Vermutlich wären wir dann jetzt verheiratet«, sagte er mit tiefem Bedauern in der Stimme.

»Oder auch nicht. Vielleicht hättest du Arlette selbst dann nicht verlassen. Uneheliche Kinder waren doch sogar schon bei Frankreichs Königen Tradition.«

»Es hätte sie umgebracht, wenn sie davon gewusst hätte.« Er wandte sich Carole traurig zu. »Stattdessen hat es dich

beinahe umgebracht.« Es war für sie beide eine Tragödie gewesen.
»Es hat nicht sollen sein«, sagte Carole schließlich. Immer noch ging sie jedes Jahr am Todestag des ungeborenen Babys in die Kirche. Bald würde es wieder so weit sein, und sie verdrängte den Gedanken rasch.
»Ich wünschte, es wäre anders gekommen«, sagte Matthieu leise und musste sich zwingen, sie nicht zu küssen. Aber er dachte an sein Versprechen, nahm sie in die Arme und hielt sie lange fest. Er spürte ihre Wärme und genoss den Gedanken, wie glücklich sie in diesem Haus gewesen waren. Mit Blick auf ein ganzes Leben waren zweieinhalb Jahre nicht viel, aber damals war es für sie alles gewesen. Dieses Mal war es Carole, die ihm das Gesicht zuwandte und ihn küsste. Er war überrascht, zögerte erst und spürte dann, wie seine Entschlossenheit schwand. Matthieu erwiderte den Kuss und küsste sie danach noch einmal. Im ersten Moment fürchtete er, sie würde es ihm übelnehmen. Aber dem war nicht so. Carole war derart von ihren Gefühlen überwältigt, dass nichts sie hätte abhalten können. Sie wurde wie von einem Strom mitgerissen.
»Und jetzt wirst du sagen, dass ich nicht Wort gehalten habe«, schalt er sie mit besorgtem Blick. Er wollte nicht, dass sie wieder wütend auf ihn wurde.
»Ich habe meines nicht gehalten«, sagte sie ruhig, während sie zurück zu seinem Wagen gingen. »Manchmal kommt es mir so vor, als würde sich mein Körper besser an dich erinnern, als mein Kopf es tut«, sagte sie mit schwacher Stimme. »Nur Freunde zu sein ist nicht so einfach, wie ich dachte«, gestand sie ehrlich, und er nickte.
»Für mich auch nicht, aber ich will mich deinen Wünschen fügen.« Zumindest das war er ihr schuldig. Doch sie überraschte ihn noch einmal.

»Vielleicht sollten wir die nächsten zwei Wochen einfach genießen, in schöner Erinnerung an die Vergangenheit. Und dann gehen wir mit einem Abschiedskuss auseinander.«

»Der Plan gefällt mir nicht«, antwortete er, während sie in den Wagen stiegen. »Was ist falsch daran, wenn wir uns weiterhin sehen? Vielleicht sind wir füreinander bestimmt. Vielleicht ist dies Gottes Art, uns eine zweite Chance zu geben. Wir sind jetzt beide ungebunden und würden niemandem weh tun. Wir müssen vor niemandem außer uns selbst Rechenschaft ablegen.«

»Ich möchte nicht noch einmal verletzt werden«, erklärte sie rigoros, während er den Motor anließ und sich ihr zuwandte. »Das letzte Mal hat es zu weh getan.« Das konnte er nicht leugnen.

»Ich verstehe.« Und dann stellte er ihr eine Frage, die ihn seit Jahren plagte. »Hast du mir je vergeben, Carole? Dass ich dich im Stich ließ und mein Versprechen brach? Hast du mir das je verzeihen können?« Er wusste, dass er kein Anrecht darauf hatte, hoffte es aber dennoch.

Sie sah ihn mit großen Augen offen an. »Ich weiß es nicht. Daran kann ich mich nicht erinnern. Dieser Teil meines Gedächtnisses ist verschwunden. Ich erinnere mich an das Schöne und den Kummer, aber nicht mehr an das, was danach kam. Nur dass es lange dauerte, das weiß ich noch.«

Es war die beste Antwort, die sie ihm geben konnte.

Er setzte sie am Hotel ab und versprach, sie am nächsten Tag abermals zum Spazierengehen abzuholen. Sie wollte gern in den Jardin du Luxembourg, wo sie oft mit den Kindern gewesen war, als sie hier lebten.

Während Matthieu nach Hause fuhr, konnte er an nichts anderes denken als daran, wie gut sich ihre Lippen auf seinen angefühlt hatten. Matthieu schloss die Haustür auf, ging durch den Flur zu seinem Arbeitszimmer und setzte sich, ohne Licht einzuschalten. Er wusste nicht, was er ihr sagen sollte oder ob er sie je wiedersehen würde, wenn sie in knapp zwei Wochen abreiste. Vermutlich wusste sie es genauso wenig. Ihm blieb nur, jeden Tag so zu nehmen, wie er kam.

17

Mit Matthieu im Jardin du Luxembourg spazieren zu gehen, weckte bei Carole eine Flut von Erinnerungen. Mit ihm war sie damals zum ersten Mal in diesem Park gewesen und danach noch unzählige Male mit Anthony und Chloe.

Lachend erinnerten sie sich an alle möglichen Streiche der Kinder. So vieles fiel Carole plötzlich wieder ein! Mit Matthieu durch Paris zu ziehen weckte Erinnerungen, die sonst vermutlich nicht wieder aufgetaucht wären, schöne und zärtliche Augenblicke, die sie miteinander erlebt hatten. Im Vergleich zu dem großen Glück, das ihr zunehmend präsenter wurde, verblasste der Kummer beinahe.

Als sie vor dem Ritz aus seinem Wagen stiegen, lachten und plauderten sie immer noch. Carole hatte Matthieu für diesen Abend zum Dinner in ihre Suite eingeladen, und er hatte zugestimmt. Gerade als er den Autoschlüssel dem Parkwächter gab, flammte ein Blitzlicht auf. Erst waren beide überrascht, dann lächelte Carole, während Matthieu ernst dreinblickte. Er mochte es nicht, fotografiert zu werden, schon gar nicht von irgendeinem Paparazzo für die Regenbogenpresse. Früher waren sie vorsichtiger gewesen, aber jetzt hatten sie auch weniger zu verlieren. Sie mussten sich nicht mehr verstecken. Dennoch mochte er nicht zum Thema der Klatschspalten werden. Das war nicht sein Stil. Auf dem Weg zum Aufzug beklagte er sich darüber. Sie benutzten jetzt immer den Haupteingang des Hotels, das war einfacher, als jedes Mal den Hintereingang öffnen zu lassen.

Carole trug graue Freizeithosen und Stevies Mantel, die dunkle Sonnenbrille hielt sie in der Hand.
In der Suite erzählte sie Stevie von den Fotografen und vermutete, dass die Reporter nicht wussten, wer »er« war.
»Sie finden es schon heraus«, lautete Stevies knappe Antwort. Es gefiel ihr nicht, dass Carole so viel Zeit mit Matthieu verbrachte. Allerdings wirkten die beiden glücklich und entspannt. Carole erholte sich von Tag zu Tag mehr. Zumindest schien ihr seine Gesellschaft nicht zu schaden.
Stevie bestellte beim Zimmerservice das Abendessen. Carole entschied sich für gebratene Foie gras, und Matthieu wollte ein Steak. Stevie aß mit der Krankenschwester in ihrem Zimmer.
Matthieu blieb bis 22 Uhr. Wie früher gingen ihnen auch jetzt nie die Gesprächsthemen aus. Die Polizei hatte noch einmal mit ihr gesprochen, um weitere Details zu dem Anschlag im Tunnel zu erfahren. Aber Carole konnte nichts weiter sagen. Nach der Explosion hatte sie sehr schnell das Bewusstsein verloren. Dafür gab es mittlerweile eine Reihe weiterer Zeugenaussagen. Alles deutete darauf hin, dass außer dem Jungen mit dem Messer alle anderen Attentäter bei dem Anschlag ums Leben gekommen waren.
Matthieu erzählte ihr von den Fällen, an denen er gerade arbeitete, und betonte noch einmal, dass er sich zur Ruhe setzen wolle. Sie hielt das für keine gute Idee, solange er sich keine andere Beschäftigung gesucht hatte, die ihn ausfüllte.
»Du bist zu jung, um dich zur Ruhe zu setzen«, beharrte sie.
»Ich wünschte, das wäre so. Was ist mit deinem Buch?«,

wechselte er das Thema. »Hast du noch einmal darüber nachgedacht?«

»Das habe ich«, bejahte sie. Aber momentan war sie noch nicht so weit, sich wieder an die Arbeit zu begeben. Sie hatte zu vieles andere im Kopf – ihn zum Beispiel. Er füllte Tag und Nacht ihre Gedanken, und sie versuchte vergeblich, dem zu widerstehen. Wahrscheinlich war es gut, dass ihre Abreise näherrückte, bevor die Dinge so wie früher außer Kontrolle gerieten.

Die intelligenten Gespräche mit Matthieu spornten Caroles Verstand an. Das tat ihr gut, und sie spürte, wie sie geistig agiler wurde.

Zum Abschied küssten sie sich wieder. Es ging dabei ebenso um die Vergangenheit wie um die Gegenwart, war eine Mischung aus Verlangen und Trauer, Freude und Angst.

Am nächsten Morgen beim Frühstück brachte Stevie Carole die Zeitungen. Sie hatte einen ganzen Stapel dabei. Carole und Matthieu zierten sämtliche Titelseiten. Er sah auf dem Foto überrascht und grimmig aus, während Carole in die Kamera lächelte. Offenbar hatte man das zweite Foto verwendet. Die Narbe auf ihrer Wange war kaum zu sehen. Vor allem die *Herald Tribune* hatte ihre Hausaufgaben gemacht und Matthieu nicht nur wie die anderen Zeitungen als ehemaligen Innenminister identifiziert. Irgendein besonders emsiger Journalist hatte offenbar in den Archiven ein altes Foto von ihnen beiden gefunden. Es war ein schönes Bild, aufgenommen auf einer Wohltätigkeitsveranstaltung in Versailles. Carole erinnerte sich sofort daran. Sie waren damals getrennt zu der Party gegangen, weil Matthieu in Begleitung von Arlette war. Carole war mit einem Schauspielkollegen da, der gerade in Paris zu Besuch war. Sie gaben ein Traumpaar ab und wurden ununterbrochen fotografiert. Was allerdings nicht

einmal seine Fans wussten: Ihr Kollege war schwul. Für Carole war er die perfekte Tarnung.
Später an jenem Abend hatten sie und Matthieu sich kurz im Garten getroffen. Während sie sich flüsternd unterhielten, wurden sie von einem Fotografen entdeckt. Am nächsten Tag lautete die Bildunterschrift: »Matthieu de Billancourt, Innenminister, unterhält sich mit dem amerikanischen Filmstar Carole Barber.« Sie hatten Glück gehabt. Niemand schöpfte Verdacht. Nur seine Frau war außer sich, als sie das Foto sah.
Dieses Mal waren die beiden Fotos, das alte aus Versailles und das neue vor dem Ritz, nebeneinander abgedruckt, und die Unterschrift lautete ein bisschen anders: »Damals und heute. Ist uns da etwas entgangen?« Der Text warf eine Frage auf – mehr nicht. Und Carole war sicher, dass sie keine Antwort finden würden. Sie hatten ihre Spuren gut verwischt. Und heute waren sie nur zwei Menschen, die gemeinsam ein Hotel betraten, alte Freunde vielleicht. Sie waren beide verwitwet und Matthieu nicht mehr Innenminister. Daraus konnte man keine große Geschichte machen.
Matthieu rief Carole sofort an. Er war wütend, weil er derartige Anspielungen nicht leiden konnte. Carole war daran gewöhnt.
»Das ist so was von dumm!«, schimpfte er.
»Ganz im Gegenteil. Ich finde es ziemlich clever. Sie müssen ganz schön tief gegraben haben, um dieses alte Foto zu finden. Ich erinnere mich noch daran, wie es entstanden ist. Du warst mit Arlette auf der Party und konntest kaum ein Wort mit mir reden. Ich war damals schon schwanger.« Caroles Stimme kippte leicht, als sie das sagte. Nach der Party hatten sie gestritten, es war die erste Auseinandersetzung von vielen gewesen. Es war kein angenehmer

Abend für sie beide, und vielleicht ärgerte sich Matthieu auch deshalb über das Foto. Er wollte nicht daran erinnert werden. »Es ist die Sache nicht wert, sich darüber aufzuregen«, sagte Carole schließlich. »Wir können doch nichts dagegen tun.«
»Möchtest du, dass wir vorsichtiger sind?«, fragte er zögernd.
»Nein«, sagte sie nach kurzem Überlegen. »Wir sind beide ungebunden, und in ein paar Tagen reise ich ohnehin ab. Wir tun niemandem weh. Und wenn uns jemand fragt, sind wir alte Freunde.«
Und genau das passierte später an diesem Vormittag. Das *People Magazine* rief an, um zu erfahren, ob zwischen ihnen beiden jemals etwas gewesen sei.
»Natürlich nicht«, antwortete Stevie für Carole, die den Anruf nicht persönlich entgegengenommen hatte. Dann erzählte Stevie dem Reporter, wie gut sich Carole erhole. Sie hoffte, damit vom Thema abzulenken. Nachdem sie aufgelegt hatte, berichtete Stevie ihrer Freundin alles.
»Danke«, sagte Carole und beendete ihr Frühstück, während sich Stevie ein Croissant nahm.
»Bist du nicht beunruhigt, dass die Presse womöglich dahinterkommt?«, fragte Stevie mit besorgtem Blick.
»Sie werden nichts finden. Wir sind wirklich nur Freunde. Ab und zu küssen wir uns, das ist aber auch alles.« Stevie war die Einzige, der sie das erzählte.
»Und wie geht es weiter?«, wollte Stevie wissen und runzelte die Stirn.
»Na, wie schon? Wir fliegen nach Hause.« Das konnte Stevie nicht recht glauben. Sie sah die Liebe in Caroles Augen funkeln. Matthieu hatte ein lange erloschenes Feuer in Carole zum Lodern gebracht.
»Und dann?«

»Nichts und dann. Das Kapitel ist abgeschlossen. Das hier ist lediglich der freundlichere Epilog zu einer Geschichte, die vor langer Zeit ein hässliches Ende fand.« Carole klang energisch, als müsse sie sich selbst überzeugen.
»Und es gibt keine Fortsetzung von der Geschichte?«, fragte Stevie. Carole schüttelte den Kopf.
»Na gut, wenn du es sagst. Auf mich macht es allerdings einen anderen Eindruck. Matthieu ist geradezu verrückt nach dir.« Und Carole konnte sagen, was sie wollte, er war ihr keineswegs gleichgültig.
»Mag sein.« Carole seufzte. »Aber *verrückt* trifft es genau. Wir haben damals beide den Verstand verloren. Mittlerweile sind wir erwachsen und vernünftig geworden. Unsere Beziehung hatte nie eine Chance.«
»Die Situation hat sich geändert«, betonte Stevie. Sie sah Matthieu mittlerweile mit anderen Augen. Ihr war nicht entgangen, wie viel Carole ihm bedeutete und wie fürsorglich er mit ihr umging. »Vielleicht war damals einfach nicht der richtige Zeitpunkt.«
»Ganz bestimmt sogar. Aber ich lebe nicht mehr hier. Meine Heimat ist L. A. Es ist zu spät«, erklärte Carole mit entschlossener Miene. Sie wusste selbst, dass sie ihn noch liebte, aber sie wollte das Rad der Zeit nicht zurückdrehen.
»Vielleicht wäre er ja bereit umzuziehen«, sagte Stevie hoffnungsvoll, aber Carole lachte.
»Hör auf. Ich will nicht wieder damit anfangen. Ich habe ihn sehr geliebt. Aber das war damals. Man kann nicht einfach fünfzehn Jahre später an derselben Stelle weitermachen, wo man aufgehört hat.«
»Möglicherweise doch. Keine Ahnung. Ich sehe dich nur nicht gern so allein. Du hast es verdient, glücklich zu sein.«

Seit Seans Tod hatte Carole wie eine Einsiedlerin gelebt. Stevie hatte das bedauert. Und was auch immer einst zwischen Carole und Matthieu vorgefallen war, jetzt erweckte sie das Zusammensein mit ihm förmlich zu neuem Leben.

»Ich bin glücklich. Ich bin am Leben. Das ist genug. Ich habe meine Kinder und meine Arbeit. Mehr will ich nicht.«

»Du brauchst mehr als das«, beharrte Stevie.

»Nein, tue ich nicht«, widersprach Carole energisch.

»Du bist zu jung, um den Laden dichtzumachen.«

Carole sah ihr in die Augen. »Ich hatte zwei Ehemänner und eine große Liebe. Was willst du denn noch?«

»Dass du glücklich bist. Du weißt schon: ›Sie lebten glücklich bis ans Ende ihrer Tage‹ und dieser ganze Mist. Vielleicht hat es in diesem Fall bis zum Happyend nur etwas länger gedauert.«

»Das kannst du laut sagen! Fünfzehn Jahre. *Sehr viel* länger also. Glaube mir, es würde ins Chaos führen. Damals fand ich es unheimlich schön, hier zu sein. Aber jetzt gehöre ich nach L. A., und unsere Leben sind völlig unterschiedlich.«

»Wirklich? Ihr unterhaltet euch ununterbrochen, wenn ihr zusammen seid. Du wirkst so lebhaft wie seit zwei Jahren nicht mehr. Nach Seans Tod habe ich dich nicht mehr so fröhlich gesehen.« Sie mochte Carole nicht überreden, aber tatsächlich begann sie Matthieu zu mögen.

»Er ist ein intelligenter, interessanter Mann. Aber er ist mit Leib und Seele Franzose und würde sich an jedem anderen Ort unwohl fühlen. Und ich bin nun mal gern in L. A. Apropos – was gibt's Neues von Alan?« Carole wollte offenkundig das Thema wechseln. Kaum hatte sie die Frage gestellt, da wurde Stevie rot.

»Alan? Wieso?«, fragte sie schuldbewusst.

»Wieso? Ich habe dich lediglich gefragt, was es Neues gibt.« Und dann grinste sie Stevie an. »Also los, spuck's aus.«
»Nichts. Rein gar nichts ist los.« Stevie wirkte noch verlegener. »Es geht ihm gut, geradezu großartig. Ich soll dich grüßen.«
Carole lachte. »Da ist doch was im Busch.«
Ein bedeutungsvolles Schweigen hing im Raum. Aber Stevie konnte kein Geheimnis lange für sich behalten – außer Caroles.
»Also gut. Ich wollte es dir erst sagen, wenn wir wieder zu Hause sind. Außerdem habe ich mich noch nicht entschieden. Zuerst muss ich mit ihm reden und die Bedingungen abklären.«
»Welche Bedingungen?«, fragte Carole verwirrt, während sich Stevie wie ein Ballon, der die Luft verliert, in einen Sessel fallen ließ und seufzte.
»Er hat mir gestern Abend einen Heiratsantrag gemacht«, gestand sie mit verlegenem Lächeln.
»Am Telefon?«
»Er konnte nicht abwarten. Er hat sogar schon einen Ring gekauft. Aber ich habe noch nicht ja gesagt.«
»Sieh dir erst den Ring an«, zog Carole sie auf, und Stevie stöhnte.
»Ich weiß nicht, ob ich heiraten will. Er schwört, dass es nicht mit meinem Job kollidiert. Es würde alles so bleiben wie bisher, nur besser – mit Papieren und einem Ring. Falls ich es tue, würdest du meine Trauzeugin sein?«
»Es wäre mir eine Ehre. Du solltest ja sagen«, riet Carole ihr.
»Warum?«
»Weil ich glaube, dass du ihn liebst«, erklärte Carole schlicht.
»Tatsächlich? Und warum müssen wir dann heiraten?«

»Du musst nicht, aber es ist ein schönes Bekenntnis. Bei der Hochzeit mit Sean ging es mir so wie dir jetzt. Jason hatte mich wegen einer Jüngeren verlassen. Matthieu wollte sich nicht von seiner Frau trennen und hat mir das Herz gebrochen. Das Letzte, was ich mir vorstellen konnte, war, ein weiteres Mal zu heiraten. Sean hat mich förmlich überredet, und ich habe es nie bereut. Es war die beste Entscheidung, die ich je getroffen habe. Du musst dir nur sicher sein, dass Alan der Richtige für dich ist.«

»Davon bin ich überzeugt«, brummte Stevie mürrisch.

»Dann warte einfach ab, wie du dich fühlst, wenn du wieder zu Hause bist. Ihr könnt ja noch eine lange Verlobungszeit einplanen.«

»Er möchte an Silvester in Las Vegas heiraten. Ist das nicht fürchterlich kitschig?«

»Allerdings. Aber es macht sicher Spaß. Die Kinder sind dann mit Jason in St. Bart's, ich könnte also nach Las Vegas kommen«, schlug Carole vor. Stevie kam zu ihr und nahm sie in den Arm.

»Danke. Ich werde dir Bescheid geben. Ich habe Angst, dass ich womöglich ja sage.«

»Vielleicht bist du inzwischen einfach so weit.« Carole sah sie liebevoll an und versuchte, ihr Mut zu machen. »Ich gehe zumindest davon aus. Du hast in letzter Zeit oft davon gesprochen.«

»Weil er es tut. Er ist geradezu davon besessen.«

»Danke, dass du es mir erzählt hast«, sagte Carole warmherzig.

»Sieh lieber zu, dass du zur Stelle bist, um mir die Hand zu halten – falls ich es tue«, antwortete Stevie leise. Aber sie lächelte glücklich.

»Darauf kannst du wetten«, versicherte Carole. »Das lasse ich mir nicht entgehen.«

Abends aß Carole wieder mit Matthieu. Sie gingen zum ersten Mal aus, ins L'Orangerie auf der Ile Saint Louis, inmitten der Seine. Carole trug den einzigen Rock, den sie mitgenommen hatte. Matthieu kam im dunklen Anzug und war beim Friseur gewesen. Er wirkte distinguiert und sah unheimlich gut aus. Noch immer war er wütend über die Kommentare in der *Herald Tribune*.

»Um Himmels willen!« Carole lachte. »Sie haben doch recht. Warum regst du dich also so auf?« Ihr kam das vor, als würde eine Prostituierte behaupten, sie wäre noch Jungfrau – aber das sagte sie ihm lieber nicht.

»Aber niemand hat davon gewusst!« Darauf war er immer stolz gewesen, was Carole wiederum geärgert hatte. Ihr hatte es nie sonderlich gefallen, ein Schattendasein zu führen.

»Wir hatten Glück.«

»Und wir waren vorsichtig.« Das stimmte. Dennoch grenzte es fast an ein Wunder, dass sie es schafften, jeglichen Skandal von ihm fernzuhalten.

Das Essen war köstlich, und sie plauderten angeregt. Matthieu wartete bis zum Dessert. Erst dann schnitt er ein heikles Thema an: ihre Zukunft. In der Nacht zuvor hatte er wach gelegen und darüber nachgedacht. Die Andeutungen in der Zeitung hatten das Übrige getan. Es war an der Zeit. Sie hatten in der Vergangenheit genügend Heimlichtuerei erduldet und verdienten zumindest jetzt eine ehrenhafte Beziehung. Das sagte er Carole bei Tarte Tatin mit Karamelleis.

»Wir sind ehrenhaft«, betonte Carole. »Sehr sogar – zumindest ich. Ich weiß nicht, was du in letzter Zeit alles angestellt hast, aber ich habe ein tadelloses Witwendasein geführt.«

»Ich auch«, antwortete er spröde. »Seit du von hier weggegangen bist, hatte ich keine Beziehung mehr«, fügte er hinzu. Sie sah ihm an, dass er die Wahrheit sagte. Er hatte ihr damals schon versichert, dass sie außer seiner Frau die einzige Beziehung in seinem Leben gewesen sei. »Dieser Artikel im *Tribune* lässt uns unehrlich und durchtrieben erscheinen«, beklagte er sich.

»Nein, tut er nicht. Du bist einer der angesehensten Männer in Frankreich, und ich bin ein bekannter Filmstar. Was erwartest du denn? Dass sie schreiben: Abgehalfterte Schauspielerin und gescheiterter Politiker wurden gesehen, als sie wie zwei alte Langweiler spazieren gingen? Genau das sind wir nämlich.«

»Carole!« Obwohl er über ihre Worte schockiert war, musste er lachen.

»Sie müssen ihre Auflage verkaufen, also machen sie die Geschichte spannender, als sie ist. Dabei haben sie eine Vermutung angestellt und mit ein bisschen Glück ins Schwarze getroffen. Aber solange du oder ich ihnen nichts erzählen, werden sie nie sicher sein können.«

»Aber wir wissen es. Und das genügt.«

»Wofür?«

»Um uns das Leben aufzubauen, dass wir schon vor Jahren hätten führen sollen.«

»Was willst du damit sagen?« Sie sah beunruhigt aus.

Matthieu kam direkt zur Sache. »Willst du mich heiraten, Carole?« Er nahm ihre Hand und sah ihr in die Augen. Carole schwieg lange, dann schüttelte sie den Kopf. Das zu tun, kostete sie große Überwindung.

»Nein, Matthieu.« Sie klang sehr überzeugt, und er sah plötzlich sehr enttäuscht aus. Er hatte befürchtet, dass sie so reagieren würde. Es war zu spät.

»Warum nicht?«, fragte er dennoch traurig, weil er hoffte, ihre Meinung vielleicht noch ändern zu können.

»Weil ich nicht verheiratet sein möchte«, antwortete sie müde. »Mir gefällt mein Leben so, wie es ist. Ich war zweimal verheiratet. Das reicht. Mein verstorbener Mann war ein wunderbarer Mensch. Außerdem hatte ich zehn glückliche Jahre mit Jason. Und dich habe ich von ganzem Herzen geliebt und verloren.«

»Du hast mich nicht verloren. Du bist gegangen«, erinnerte er sie. Carole nickte.

»Du gehörtest nie wirklich zu mir«, korrigierte sie sich. »Du gehörtest deiner Frau. Und Frankreich.«

»Jetzt bin ich Witwer und im Ruhestand«, hob er hervor.

»Aber ich nicht. Verwitwet schon, aber nicht im Ruhestand. Ich möchte noch ein paar Filme drehen, wenn mir anständige Rollen angeboten werden.« Sie begann zunehmend, Gefallen an der Vorstellung zu finden. »Ich möchte reisen können, wann und wohin ich will, ohne dass ständig jemand um mich herum ist oder zu Hause auf mich wartet und sich beklagt. Ich möchte mein eigenes Leben führen und frei sein, das zu tun, was ich will. Ich möchte Zeit mit meinen Kindern verbringen und dieses Buch schreiben – falls ich jemals wieder einen Computer bedienen kann. Ich möchte keine gute Ehefrau mehr sein.«

»Ich liebe dich so, wie du bist.«

»Ich dich auch. Aber ich möchte mich nicht binden. Und am allerwenigstens will ich, dass mir noch einmal das Herz gebrochen wird.« Das wog am schwersten, mehr als irgendwelche anderen Gründe. Sie hatte Angst. Sie wusste, dass sie ihn liebte und dass es gefährlich für sie war. Sie wollte sich nicht für ihn aufgeben.

»Dieses Mal werde ich dir nicht das Herz brechen«, sagte er mit schuldbewusstem Blick.

»Vielleicht doch. Menschen tun einander so etwas oft an. Darum geht es in der Liebe. Ich bin dazu nicht bereit. Ich habe diese Erfahrung bereits gemacht, und sie hat mir nicht gefallen. Das brauche ich nicht noch einmal, schon gar nicht von demselben Mann. Ich bin fünfzig Jahre – zu alt, um mich auf so etwas noch einmal einzulassen.«

»Das ist doch lächerlich! Du bist eine junge Frau. Ständig heiraten irgendwo Menschen, die viel älter sind als wir.« Verzweifelt versuchte Matthieu, Carole zu überzeugen. Aber er spürte, dass es ihm nicht gelang.

»Die sind mutiger als ich. Drei lange Beziehungen haben mir genügt. Ich möchte das nicht mehr.« Sie klang unerbittlich, und Matthieu wusste, dass es ihr ernst war. Allerdings war er nicht weniger entschlossen, sie umzustimmen.

Sie diskutierten immer noch, als sie bereits das Restaurant verließen. Bislang hatte er nichts erreicht. So hatte er sich dieses Gespräch wahrlich nicht vorgestellt. »Außerdem gefällt es mir in L. A. Ich möchte nicht wieder in Frankreich leben.«

»Warum nicht?«

»Es ist nicht meine Heimat. Ich bin Amerikanerin, und ich möchte in meinem Land leben.«

»Damals hat es dir hier gut gefallen«, beharrte er. Aber das wusste sie selbst nur allzu gut. Deshalb machte ihr diese Beziehung ja Angst. Sie fürchtete sich mehr vor sich selbst als vor ihm. Sie wollte keine falsche Entscheidung treffen.

»Ja, das stimmt. Aber ich war glücklich, wieder nach Hause zu kommen. Erst da wurde mir bewusst, dass ich nicht hierhergehöre. Das war einer der Gründe für unsere Probleme. ›Kulturelle Diskrepanzen‹ hast du es genannt. Deshalb war es für dich auch in Ordnung, mit mir zusammenzuleben und mit einer anderen Frau verheiratet zu sein – selbst wenn wir ein uneheliches Kind gehabt hätten. Aber ich möchte nicht mit jemandem zusammen sein, dessen

Ansichten sich so sehr von meinen unterscheiden. Wenn man versucht, jemand anderer zu sein, und an einem Ort lebt, wo man nicht hingehört, kann man nur verletzt werden.« Ihr wurde klar, dass die Wunden, die er ihr zugefügt hatte, so tief waren, dass sie selbst nach fünfzehn Jahren noch brannten. Jetzt wollte sie nur noch nach Hause zurückkehren und dort in Frieden leben.

Matthieu fragte sich, wie es Sean gelungen war, sie zum Heiraten zu überreden.

Sie debattierten während der ganzen Rückfahrt zum Hotel und verabschiedeten sich im Auto. Carole wollte nicht, dass er noch mit in ihre Suite kam. Sie hauchte ihm einen Kuss auf die Lippen, dankte ihm für den Abend und stieg schnell aus.

»Wirst du es dir noch einmal überlegen?«, rief er ihr nach.

»Nein. Vor fünfzehn Jahren habe ich darüber nachgedacht. Du nicht. Du hast mich belogen und dich selbst auch, Matthieu. Du hast mich fast drei Jahre lang hingehalten. Was erwartest du jetzt von mir?« Sie sah ihn traurig an, und ihm wurde klar, dass es hoffnungslos war, auch wenn er es nicht glauben mochte.

»Vergib mir. Lass mich dich lieben und den Rest deines Lebens auf dich aufpassen. Ich schwöre, dass ich dich dieses Mal nicht enttäusche.« Sie sah ihm an, dass es ihm ernst war.

»Ich kann auf mich selbst aufpassen«, erwiderte sie leise und warf ihm durch das offene Wagenfenster einen Blick zu. »Ich bin zu erschöpft, um noch einmal ein solches Risiko einzugehen.«

Carole wandte sich ab und eilte die Stufen zum Ritz hinauf, gefolgt von den CRS-Wachen. Matthieu sah ihr nach, bis sie verschwunden war. Dann fuhr er los. Tränen liefen ihm über die Wangen. Er hatte jetzt Gewissheit über etwas, was er die ganze Zeit befürchtet hatte. Er hatte sie verloren.

18

Als Carole Stevie am nächsten Morgen beim Frühstück gegenübersaß, war sie ungewöhnlich still. Stevie verdrückte ein Pilzomelette und mehrere Schokoladen-Croissants.

»Wenn wir wieder nach Hause fliegen, wiege ich mindestens dreihundert Pfund«, beklagte sie sich, während Carole schweigend die Zeitung las. Stevie fragte sich, ob es Carole gut ging. Seit dem Aufstehen hatte sie kaum ein Wort gesprochen.

»Wie war das Essen gestern Abend?«, fragte Stevie schließlich, als Carole die Zeitung weglegte. Carole lehnte sich auf ihrem Stuhl zurück und seufzte.

»Es war nett.«

»Wo seid ihr gewesen?«

»Im L'Orangerie auf der Ile Saint Louis. Da sind wir früher immer hingegangen.« Es war eins von Matthieus Lieblingsrestaurants und wurde auch eines von ihren, neben dem Le Voltaire.

»Geht es dir gut?«

Carole nickte. »Ich bin nur müde. Das viele Laufen verursacht mir Muskelkater.« Sie war jeden Tag mit Matthieu unterwegs. Sie gingen stundenlang spazieren und unterhielten sich dabei.

»Hat er sich wegen des Artikels in der *Herald Tribune* aufgeregt?«

»Ein bisschen. Aber er wird drüber wegkommen. Schließlich haben sie recht. Eigentlich ist es ein Wunder, dass niemand früher dahintergekommen ist. Obwohl wir immer sehr vorsichtig waren. Für ihn stand damals viel auf dem Spiel – aber für mich auch, das vergisst er anscheinend.«

»Es wird alles im Sande verlaufen«, versicherte Stevie. »Im Nachhinein kann sowieso niemand mehr etwas beweisen. Es ist zu lange her.« Carole nickte zustimmend.

»Hast du dich denn gut amüsiert?« Carole zuckte erst nur mit den Schultern. Dann sah sie ihre Assistentin über den Tisch hinweg fest an.

»Er hat mir einen Antrag gemacht.«

»Er hat *was?*«

»Um meine Hand angehalten.« Ihr Gesicht war ausdruckslos. Stevie war erst völlig baff, dann strahlte sie.

»Himmel! Was hast du geantwortet?«

»Ich habe nein gesagt«, erwiderte Carole leise, und Stevie starrte sie an.

»Ehrlich? Ich hatte eigentlich den Eindruck, dass ihr beide euch liebt und dass er versucht, eure Beziehung wieder in Gang zu bringen.«

»Tut er auch, oder hat er zumindest getan.« Carole war nicht sicher, ob er nach dem Abend zuvor überhaupt noch mit ihr redete. Wahrscheinlich hatte sie ihn sehr verletzt.

»Warum hast du nein gesagt?« Obwohl sich Stevie anfangs Sorgen um diese Beziehung gemacht hatte, war sie jetzt enttäuscht.

»Es ist zu spät. Seitdem ist viel Wasser die Seine hinuntergeflossen. Ich liebe ihn immer noch, aber er hat mich zu sehr verletzt. Davon abgesehen möchte ich nicht mehr heiraten. Das habe ich ihm gestern Abend gesagt.«

»Die ersten beiden Gründe kann ich nachvollziehen. Aber warum willst du nicht mehr heiraten?«

»Es ist vorbei. Einmal geschieden, einmal verwitwet. Und

ein gebrochenes Herz in Paris. Warum sollte ich dieses Risiko noch einmal eingehen? Ich tue es nicht. Mein Leben ist so sehr viel einfacher. Es geht mir gut.«

»Du klingst wie ich«, antwortete Stevie bestürzt.

»Du bist jung, Stevie. Und du warst noch nie verheiratet. Du solltest es wenigstens einmal versuchen – falls du den Burschen genügend liebst, um eine solche Bindung einzugehen. Ich habe die Männer geliebt, mit denen ich zusammen war. Jason hat mich verlassen, und Sean starb viel zu früh. Warum das Risiko eingehen?« Sie liebte Matthieu, aber dieses Mal wollte sie, dass ihr Verstand ihr Herz steuerte. Das war sicherer.

»Ja, aber soweit ich es verstanden habe, hat er sich nicht als Mistkerl entpuppt, sondern war ein Gefangener seiner eigenen Misere. Seine Frau ließ ihn nicht gehen, und als Minister musste er sich gewissen Regeln unterwerfen. Aber jetzt ist er verwitwet und im Ruhestand. Und ich habe den Eindruck, dass er dich glücklich macht. Stimmt's?«

»Ja«, gab Carole ehrlich zu. »Das tut er. Aber selbst wenn er nicht den gleichen Mist baut wie damals: Irgendwann wird er sterben und mich erneut mit gebrochenem Herzen zurücklassen«, sagte sie mit düsterer Miene. »Ich möchte nicht noch einmal mein Glück aufs Spiel setzen. Es tut zu weh.« Es war schwer genug gewesen, über Seans Tod hinwegzukommen. Zwei Jahre hatte sie dafür gebraucht. Und sie war fünf Jahre lang unglücklich gewesen, nachdem sie Matthieu damals verließ. Anfangs hatte sie jeden Tag gehofft, er würde anrufen, um ihr zu sagen, dass er seine Frau verlassen hatte. Aber das tat er nicht.

»Du kannst doch nicht einfach aufgeben!« Stevie war traurig und entsetzt. Sie hatte nicht geahnt, wie sehr Carole verletzt war.

»Ich wollte nicht einmal mehr Sean heiraten. Er hat mich

überredet. Aber damals war ich auch erst in deinem Alter. Jetzt bin ich definitiv zu alt.«

»Mit fünfzig? Sei nicht albern. Du siehst aus wie fünfunddreißig.«

»Ich fühle mich wie achtundneunzig. Und mein Herz ist dreihundertzwölf. Glaub mir, es hat schon einiges mitgemacht.«

»Komm schon, Carole. Erzähl keinen Mist. Du bist müde, weil du diese Tortur hinter dir hast. Ich habe dein Gesicht gesehen, als wir damals nach Paris kamen, um das Haus zu verkaufen. Du hast diesen Mann geliebt.«

»Genau das ist der Punkt. Ich möchte mich nie wieder so fühlen. Ich war am Boden zerstört. Als ich ihm auf Wiedersehen sagte und von hier fortging, meinte ich, sterben zu müssen. Monatelang habe ich mich abends in den Schlaf geweint. Wer braucht das? Was ist, wenn er mich verlässt oder stirbt?«

»Und wenn nicht? Wenn du mit ihm glücklich wirst? Dieses Mal richtig, ohne Versteckspiel und gestohlene Zeit? Ich meine richtig glücklich, in einer erwachsenen Partnerschaft. Möchtest du riskieren, das zu verpassen?«

»Ja.« In Caroles Stimme schwang auch nicht der kleinste Zweifel.

»Liebst du ihn?«

»Ja, das tue ich – so erstaunlich, wie das nach der langen Zeit ist, selbst für mich. Er ist sicher ein wunderbarer Mann. Aber ich möchte nicht mit ihm oder irgendjemandem sonst verheiratet sein. Ich möchte frei sein, das zu tun, wozu ich Lust habe. Mir ist klar, wie egoistisch das klingt. Vielleicht war ich im Grunde immer so. Möglicherweise ist Chloe deshalb so sauer, und möglicherweise ist das auch der Grund, warum Jason mich verlassen hat. Ich war so damit beschäftigt, meine Karriere zu verfolgen und

ein Filmstar zu sein, dass ich vergaß, was wirklich wichtig ist. Ich habe meine Kinder großgezogen und meine Ehemänner geliebt. Vor seinem Tod habe ich Sean auch nicht eine Minute allein gelassen. Jetzt möchte ich tun und lassen, was ich will, ohne mir Gedanken darüber machen zu müssen, ob ich damit jemanden verletze, verärgere oder im Stich lasse. Wenn ich mich ins Flugzeug setzen und irgendwo hinfliegen will, so kann ich das tun. Wenn ich keine Lust habe, zu Hause anzurufen, brauche ich das auch nicht zu tun. Weil dort niemand auf mich wartet. Vor Jahren hätte ich für Matthieu alles stehen und liegen gelassen. Sogar meine Karriere hätte ich für ihn aufgegeben. Ich wollte seine Frau sein und Kinder mit ihm haben. Aber das ist lange her. Jetzt besitze ich ein Haus, das mir gefällt, Freunde, die ich mag, kann meine Kinder sehen, wann immer ich will. Ich möchte nicht in Paris hocken und mir wünschen, woanders zu sein. Schlimmer noch, mit einem Mann, der mir weh tun könnte und es in der Vergangenheit bereits getan hat.«
»Ich dachte, du magst Paris.« Stevie hatte ihr erstaunt zugehört. Aber vielleicht war es wirklich zu spät.
»Das tue ich auch. Ich liebe diese Stadt. Aber ich bin keine Französin. Ich möchte mir nicht anhören müssen, was an meinem Heimatland nicht stimmt, wie unausstehlich Amerikaner sind oder dass ich keine Ahnung habe, weil ich aus einem ›unzivilisierten‹ Land stamme. Matthieu hat einen Großteil unserer Probleme auf ›kulturelle Diskrepanzen‹ zurückgeführt, weil ich wollte, dass er sich scheiden lässt. Nenn es altmodisch oder puritanisch, aber ich möchte nicht mit dem Ehemann einer anderen schlafen. Ich dachte, das sei er mir schuldig.«
Natürlich war die ganze Geschichte letztlich komplizierter.

»Er ist jetzt frei. Mit solchen Problemen hättest du nicht mehr zu kämpfen. Wenn du ihn wirklich liebst, weiß ich ehrlich gesagt nicht, was dich zurückhält.«

»Ich bin zu feige«, gestand Carole niedergeschlagen. »Ich möchte nicht noch einmal verletzt werden. Lieber laufe ich weg, bevor es dazu kommt. Und es kommt immer dazu.«

»Das ist traurig«, sagte Stevie und sah ihre Freundin mitfühlend an.

»Das war es, als ich ihn vor fünfzehn Jahren verließ. Wir standen weinend am Flughafen. Aber ich hätte nicht bleiben können. Und jetzt gäbe es sicher andere Gründe, warum er mir nicht folgen kann: seine Kinder, seine Arbeit ... Ich sehe nicht, dass er woanders als in Frankreich leben wird. Und ich will nicht hier wohnen, zumindest nicht die ganze Zeit.«

»Könnt ihr keinen Kompromiss finden?«, fragte Stevie, aber Carole schüttelte den Kopf.

»Es ist einfach besser, die Finger davonzulassen. Dann wird auch niemand enttäuscht oder meint, zu kurz zu kommen.« Sie hatte sich entschieden, und nichts würde ihre Meinung ändern. Stevie kannte das. Manchmal war Carole stur wie ein Maulesel.

»Dann willst du also den Rest deines Lebens mit deinen Erinnerungen allein bleiben und ab und zu die Kinder besuchen. Und wenn die ihre eigenen Familien gründen und keine Zeit mehr für dich haben, was dann? Du drehst alle paar Jahre einen Film – oder lässt du das auch sein? Du schreibst ein Buch, hältst hier und da einen Vortrag über etwas, das dich womöglich nicht einmal interessiert ... Carole, das ist das Dümmste, was ich je gehört habe.«

»Tut mir leid, dass du es so siehst. Für mich ergibt es Sinn.«

»Aber nicht mehr in zehn oder fünfzehn Jahren, wenn du verdammt einsam bist und all die gemeinsamen Jahre mit ihm verpasst hast. Möglicherweise ist er dann bereits tot, und du hast die Chance vertan, mit jemandem zusammen zu leben, der dich seit fast zwanzig Jahren liebt. Was euch beide vereint, hat sich in der Not und über die Zeit bereits bewährt. Warum also das Glück nicht am Schopf packen, solange es noch geht? Du bist jung und wunderschön, und als Schauspielerin hast du noch ein paar Jahre vor dir. Aber wenn das passé ist, wirst du allein sein. Ich möchte nicht mit ansehen, wie es dazu kommt.«

»Und was soll ich deiner Meinung nach tun? Für ihn alles aufgeben? Aufhören, die zu sein, die ich bin? Keine Filme mehr drehen? Nicht mehr für die UN arbeiten? Herumsitzen und mit ihm Händchen halten? So wollte ich nie werden. Ich muss mich selbst achten und das respektieren, woran ich glaube. Wenn ich es nicht tue, wer dann?«

»Geht nicht beides?« Stevie wirkte frustriert. Sie wollte, dass es in Caroles Leben mehr gab als Wohltätigkeitsarbeit, hin und wieder einen Film und an den Feiertagen Besuche der Kinder. Sie hatte es verdient, geliebt zu werden, glücklich zu sein und einen Lebenspartner zu haben. »Musst du unbedingt die Jungfrau von Orléans spielen und ein Ehelosigkeitsgelübde ablegen, um du selbst sein zu können?«

»Vielleicht«, presste Carole zwischen zusammengebissenen Zähnen hervor. Stevie begann, ihr auf die Nerven zu gehen. Genau das hatte Stevie auch beabsichtigt, dennoch hatte sie nicht das Gefühl, zu Carole durchzudringen.

Frustriert wandten sich die beiden wieder ihren Zeitungen zu. Es kam selten vor, dass sie derart unterschiedlicher Meinung waren. Keine von ihnen sagte ein Wort, bis am Mittag die Ärztin kam, um Carole zu untersuchen.

Sie war zufrieden mit Caroles Fortschritten. Das viele Spazierengehen hatte ihr gut getan. Sie konnte die Beine besser koordinieren, das Gleichwicht halten, und ihr Gedächtnis erholte sich zunehmend. Die Ärztin war zuversichtlich, dass Carole wie geplant bald nach L. A. zurückkehren konnte. Aus medizinischer Sicht sprach nichts dagegen. Die Ärztin kündigte an, in ein paar Tagen noch einmal vorbeizukommen, und riet Carole, bis dahin so weiterzumachen wie bisher. Sie gab der Krankenschwester ein paar Anweisungen und fuhr dann zurück ins Krankenhaus.
Nachdem die Ärztin gegangen war, bestellte Stevie Lunch für Carole. Sie selbst zog sich in ihr Zimmer zurück, um dort zu essen. Sie war zu aufgebracht wegen dem, was Carole gesagt hatte, als dass sie beim Essen mit ihr über Nichtigkeiten hätte plaudern können. Ihrer Meinung nach beging Carole den größten Fehler ihres Lebens. Die Liebe lief einem schließlich nicht jeden Tag über den Weg. Carole war sie noch einmal in den Schoß gefallen, und Stevie hielt es für ein Verbrechen, diese Chance nicht zu ergreifen.
Carole langweilte sich allein an ihrem Tisch. Stevie hatte Kopfschmerzen vorgeschoben, was Carole ihr nicht glaubte. Sie nahm es ihr aber nicht übel. Nachdem Carole eine Zeitlang im Wohnzimmer ihrer Suite auf- und abmarschiert war, rief sie Matthieu im Büro an. Vielleicht war er gerade zum Essen, aber sie wollte es dennoch versuchen. Seine Sekretärin stellte sie durch.
Matthieu saß an seinem Schreibtisch und aß ein Sandwich. Er war den ganzen Tag über in einer miesen Stimmung gewesen. Bereits zweimal hatte er seiner Sekretärin fast den Kopf abgerissen und die Tür zugeknallt, nachdem er sich über einen Klienten geärgert hatte. Seine Sekretärin hatte ihn noch nie so erlebt. Deshalb meldete sie auch nur

zögernd, wer am Telefon war. Er nahm den Anruf jedoch sofort entgegen. Matthieu hoffte, dass Carole ihre Meinung geändert hatte.
»Bist du zu wütend, um mit mir zu reden?«, fragte Carole mit sanfter Stimme.
»Ich bin nicht wütend auf dich«, antwortete er traurig. »Hast du deine Meinung geändert? Mein Angebot gilt noch.« Unwillkürlich musste er lächeln, denn ihm war klar, dass es bis in alle Ewigkeit gelten würde.
»Nein, habe ich nicht. Ich weiß, dass es die richtige Entscheidung ist, zumindest für mich. Ich habe zu große Angst davor, noch einmal zu heiraten. Jedenfalls im Moment. Und ich will es auch nicht. Heute Morgen habe ich mit Stevie darüber gesprochen, und sie glaubt, dass ich in zehn oder fünfzehn Jahren anderer Meinung sein werde.«
»Dann werde ich wohl nicht mehr leben«, erklärte er nüchtern, und Carole schauderte bei dem Gedanken.
»Hoffentlich doch. Oder war das nur ein kurzfristiges Angebot?«
»Ein langfristiges. Spielst du etwa mit mir?« Ihm war klar, dass er selbst das verdient hätte.
»Natürlich nicht, Matthieu. Ich versuche, mich zu finden und das zu respektieren, woran ich glaube. Ich liebe dich, aber ich muss mich selbst achten. Wenn ich das nicht tue, was bleibt mir dann? Es ist alles, was ich habe.«
»Du hast dich immer selbst respektiert, Carole. Deshalb hast du mich damals verlassen. Du hattest zu viel Selbstachtung, um zu bleiben.«
Sie saßen zum zweiten Mal in einer Zwickmühle fest, damals war es seine, heute ihre. Anscheinend waren sie ständig gefangen zwischen unvereinbaren Möglichkeiten, die damit zu tun hatten, sich selbst oder andere und manchmal beides gleichzeitig zu respektieren.

»Würdest du heute mit mir zu Abend essen?«, fragte sie ihn.
»Sehr gern.« Matthieu klang erleichtert. Er hatte schon befürchtet, dass sie ihn vor ihrer Abreise nicht wiedersehen wollte.
»Im Voltaire?«, schlug sie vor. Dort waren sie unzählige Male zusammen gewesen. »Neun Uhr?« Das war in Paris die übliche Dinnerzeit, eher sogar etwas früh.
»Perfekt. Soll ich dich im Hotel abholen?«
»Wir treffen uns dort.« Sie war viel unabhängiger als früher, aber auch das gefiel ihm an ihr. »Unter einer Bedingung«, fügte sie plötzlich hinzu.
»Und die wäre?«
»Du machst mir nicht wieder einen Heiratsantrag.«
»Nicht heute Abend. Aber auf lange Sicht verspreche ich das nicht.«
»In Ordnung. Das ist fair.« Ihre Antwort ließ ihn hoffen, dass er sie eines Tages doch überreden konnte. Vielleicht musste sie sich erst wieder ganz von dem Anschlag erholen oder ihr Buch fertigstellen. Eines Tages würde er sie erneut fragen, und dann sagte sie hoffentlich ja. Matthieu war bereit zu warten. Das tat er bereits seit fünfzehn Jahren, da kam es auf ein bisschen länger nicht an. Aufgeben würde er jedoch nicht, gleichgültig, was sie sagte.
Pünktlich um neun hielt ihr Wagen vor dem Voltaire. Ihre beiden Beschützer saßen mit im Fahrzeug. Matthieu stand in der Eingangstür und wartete auf sie. Es war eine sternklare Nacht, in der ein eisiger Dezemberwind wehte. Matthieu küsste Carole zur Begrüßung auf die Wange, und sie lächelte zu ihm hoch. Am liebsten hätte er ihr sofort wieder gesagt, wie sehr er sie liebe. Es kam ihm vor, als hätte er sein Leben lang nur auf sie gewartet.
Im Restaurant herrschte reger Betrieb, und sie setzten sich

in eine Ecknische. Ein Kellner brachte ihnen Rohkost mit Dips sowie frisches Brot und Butter.
Bis zum Dessert gelang es ihnen, schwierige Themen zu vermeiden. Als sie dann zum Kaffee Mokkabohnen knabberten, von denen Carole sagte, dass diese sie bestimmt die ganze Nacht wach halten würden, hielt Matthieu es nicht länger aus. Nachdem sie am Nachmittag miteinander telefoniert hatten, war ihm eine Idee gekommen.
»Als ich dich vor langer Zeit kennenlernte, hast du mir gesagt, dass du nichts davon hältst, wenn Leute ohne Trauschein zusammenleben. Du warst der Meinung, dass man sich ganz oder gar nicht aufeinander einlassen sollte. So sehe ich das auch. Aber deine Meinung hat sich offenbar geändert. Was würdest du zu einem Arrangement sagen, bei dem du frei bist, zu kommen und zu gehen, wann immer du willst? Eine Art Politik der offenen Tür.« Er lächelte Carole an, während sie sich noch eine Mokkabohne in den Mund schob. Sie hatte schon genug davon gegessen, um eine ganze Woche wach bleiben zu können. Aber wer brauchte schon Schlaf, wenn die Liebe zum Greifen nahe war?
»Wie muss ich mir das vorstellen?« Carole sah Matthieu gespannt an. Er war in jedem Fall kreativ, außerdem genauso stur und entschlossen wie sie. Diese Gemeinsamkeiten hatten sie damals schon gegenseitig angezogen.
»Keine Ahnung. Ich dachte nur, wir finden vielleicht eine Lösung, die für uns beide akzeptabel ist. Natürlich wäre ich am liebsten mit dir verheiratet. In der Beziehung bin ich altmodisch, und außerdem habe ich mir dich immer zur Frau gewünscht. Aber womöglich brauchen wir diese ganzen Formalitäten nicht mehr, vor allem, wenn du dich dadurch eingeschränkt fühlst. Wie wäre es, wenn du sechs Monate im Jahr mit mir in Paris lebst, und die übrigen

sechs ziehe ich zu dir nach L. A.? Du kannst kommen und gehen, wie es dir gefällt, reisen, deinen Projekten nachgehen, Filme drehen, schreiben, deine Kinder besuchen. Ich werde auf dich warten. Würde dir das besser gefallen?«

»Das klingt dir gegenüber nicht fair«, gestand sie ehrlich. »Was hättest du davon? Du wärst oft allein.« Sie sah ihn skeptisch an, aber er tätschelte ihr die Hand.

»Ich hätte dich, meine Liebe. Das ist alles, was ich will.«

»Ich bin mir nicht sicher, ob ein Zusammenleben ohne Trauschein etwas für mich ist. Damals hat es sich seltsam angefühlt, nicht verheiratet zu sein, vielleicht wäre das jetzt wieder der Fall.« Davon abgesehen schützte sein Vorschlag sie nicht davor, erneut verletzt zu werden. Aber gab es denn dafür Garantien? Wenn sie es riskierte, sich auf die Liebe einzulassen, spielte es keine Rolle, in welcher Form sie zusammenlebten. Andererseits war das, was Stevie ihr an diesem Morgen gesagt hatte, nicht auf taube Ohren gestoßen.

»Was ist denn deine größte Sorge?«, fragte er.

»Ich habe Angst, verletzt zu werden.«

»Ich auch«, gestand er. »Und wir können nie sicher sein, dass das nicht passiert. Aber wenn wir einander lieben, sollten wir das Risiko eingehen. Wir könnten es doch für eine Weile ausprobieren und sehen, ob es funktioniert. Nach den Feiertagen könnte ich dich in L. A. besuchen kommen.« Carole wusste, dass er Weihnachten mit seinen Kindern verbrachte. »Ich käme am ersten Januar, wenn dir das recht ist«, schlug er vor. »Und ich bleibe, so lange du möchtest. Im Frühling besuchst du mich dann vielleicht in Paris. Wir pendeln, abhängig von unseren Terminplänen, und sehen einfach, wie es läuft.« Da sie wusste, dass er sie lieber heiraten würde, hatte sie keineswegs das Gefühl, er wolle sie »austesten«. Er gab sein Bestes, damit sie sich

wohl fühlte und den Freiraum bekam, der ihr wichtig war.
»Wie klingt das für dich?«
»Interessant.« Carole lächelte ihn an. Sie war noch nicht bereit, irgendeine Vereinbarung zu treffen. Aber sie musste ihn nur ansehen, um zu wissen, dass sie ihn liebte. Und zwar auf eine Weise, die ihr heute besser bekam als damals. Dieses Mal war sie darauf bedacht, sich zu schützen. Das hatte sie früher außer Acht gelassen.
»Wärst du dazu bereit?«, drängte er sie. Carole lachte.
»Vielleicht.« Sie nahm noch ein paar Mokkabohnen, und er musste schmunzeln. Sie hatte diesen Dingern noch nie widerstehen können. Das erinnerte ihn an alte Zeiten, daran, wie sie ihn die ganze Nacht wach hielt.
»Du wirst wochenlang nicht schlafen können«, warnte er sie.
»Ich weiß.« Sie lächelte glücklich. Sein Vorschlag gefiel ihr. Zumindest hatte sie dabei nicht das Gefühl, ihre Seele zu verkaufen.
»Darf ich dich im Januar besuchen?«, fragte er noch einmal, und sie lächelten einander an. Heute lief es wesentlich besser als am Vorabend. Jetzt war ihm klar, dass er zu schnell vorgeprescht war. Nach allem, was er ihr angetan hatte, musste er in kleinen Schritten vorgehen und zuerst ihr Vertrauen zurückgewinnen. Außerdem hatte er erkannt, wie wichtig es für sie war, ihre Selbstachtung wahren zu können. Dieses Mal war sie keinesfalls bereit, sich selbst zu verraten, indem sie sich ihm anpasste.
»Ja«, sagte sie leise. »Ich würde mich freuen. Wie lange kannst du bleiben? Wochen? Tage? Monate?«
»Ich könnte es einrichten, ein paar Monate zu bleiben, aber es muss nicht so lange sein. Das liegt ganz bei dir.«
»Lass uns abwarten, wie es läuft«, antwortete sie. Carole wollte sich alle Türen offen halten.

»Klingt gut«, versicherte er. Sie sollte sich keinesfalls bedrängt fühlen.
»Im März fliege ich mit Chloe nach Tahiti. Danach könnte ich nach Paris kommen. Vielleicht bleibe ich den Frühling über hier – je nachdem, was sonst noch ansteht«, fügte sie rasch hinzu.
»Natürlich.« Sie war jetzt die Beschäftigtere von ihnen beiden, insbesondere, wenn er sich aus der Kanzlei zurückzog. Im Januar würde er sich freinehmen. Der Zeitpunkt war ideal. Seine laufenden Fälle waren bis dahin alle abgeschlossen, und er hatte in letzter Zeit keine neuen angenommen. Als hätte er gespürt, dass eine Veränderung auf ihn zukam.
Matthieu bezahlte die Rechnung, und sie waren die letzten Gäste, die das Restaurant verließen. Es war spät, aber sie hatten viel Boden gutgemacht. Er hatte ihr einen Vorschlag unterbreitet, mit dem sie leben konnte. Ihr Herz war zwar nicht vor möglichen Verletzungen geschützt, aber sie gab für ihn nicht ihr Leben auf. Und das war ihr sehr wichtig, mehr noch als früher.
Matthieu fuhr Carole zum Hotel zurück, und ihr eigener Wagen folgte ihnen. Beinahe wäre er mit ihr durch den verhängnisvollen Tunnel gefahren, der inzwischen wieder passierbar war. Im letzten Moment fiel es ihm ein, und er konnte gerade noch rechtzeitig abbiegen.
»Entschuldige«, sagte er mit ehrlichem Bedauern in der Stimme.
»Danke.« Sie beugte sich zu ihm hinüber und küsste ihn auf die Wange. Ihr gefielen die Pläne, die sie sich überlegt hatten. Und ihm auch. Es war nicht ganz das, was er sich wünschte, aber er wusste, dass er sich erst wieder Caroles Vertrauen verdienen und lernen musste, wie ihre Bedürfnisse aussahen. Er war jedoch bereit dazu.

Fünf Minuten später hielten sie vor dem Hotel. Matthieu nahm Carole in die Arme und küsste sie.

»Danke, Carole, dass du mir noch eine Chance gibst. Ich habe es im Grunde nicht verdient. Aber ich verspreche, dich dieses Mal nicht zu enttäuschen. Darauf gebe ich dir mein Ehrenwort.« Er küsste sie noch einmal, dann stiegen sie aus und gingen händchenhaltend ins Hotel.

»Sehe ich dich morgen?« Sie lächelte ihn glücklich an.

»Ich rufe dich an, direkt nachdem ich mit Air France telefoniert habe.«

Sie trennten sich, und während Carole von ihren Wachen zum Zimmer begleitet wurde, ging Matthieu lächelnd zurück zu seinem Wagen. Er war ein glücklicher Mann. Und dieses Mal würde er es nicht vermasseln, da war er ganz sicher.

Als Stevie in der Nacht um vier aufwachte, schlich sie auf Zehenspitzen nach nebenan, um nachzusehen, ob alles in Ordnung war. Überrascht musste sie feststellen, dass bei Carole Licht brannte. Sie saß aufrecht im Bett und beugte sich über ihren Laptop.

»Geht es dir gut? Was machst du da?« Plötzlich wurde Stevie klar, dass Carole seit dem Anschlag keinen Computer mehr bedient hatte und jetzt in wildem Tempo tippte.

»An meinem Buch arbeiten.« Sie grinste Stevie an. So tatendurstig und voller Vitalität hatte Stevie sie seit Monaten nicht mehr gesehen. »Ich habe herausgefunden, wie man dieses Ding bedient – und wie ich den Roman umschreiben muss. Ich fange ganz vorn an und lösche alles, was ich bisher geschrieben habe. Nun weiß ich, wo ich hinwill.«

»Wow!« Stevie lächelte. »Du siehst aus, als hättest du den Turbo eingeschaltet.«

»Das ist auch so. Ich habe im Le Voltaire zwei Schälchen Mokkabohnen gegessen – genug, um die nächsten Jahre wach zu bleiben.«

Sie mussten beide lachen, und dann wandte sich Carole Stevie mit dankbarem Gesichtsausdruck zu. »Danke für das, was du gestern Morgen zu mir gesagt hast. Matthieu und ich haben jetzt entschieden, was wir tun werden.«

»Ihr werdet heiraten?« Stevie sah sie gespannt an, und Carole lachte.

»Nein. Jedenfalls nicht jetzt. Aber vielleicht eines Tages, wenn wir uns bis dahin nicht an die Gurgel gegangen sind. Ich weiß nicht, wer von uns beiden der größere Sturkopf ist. Wir werden eine Zeitlang pendeln und sehen, wie es läuft. Auf jeden Fall ist er bereit, die Hälfte seiner Zeit in Kalifornien zu verbringen. Und vorerst werden wir in Sünde leben.« Carole musste erneut lachen. Jetzt war sie es, die nicht heiraten wollte. Dass sich das Blatt derart gewendet hatte, nannte man wohl Ironie des Schicksals.

»Es wird funktionieren«, sagte Stevie glücklich. »Und ich hoffe, dass du ihn eines Tages heiratest. Er ist der Richtige für dich. Das muss dir im Grunde auch klar sein, sonst hättest du damals nicht so viel hingenommen.«

»Ja, das denke ich auch. Doch jetzt brauche ich einfach Zeit, bis ich mich entgültig entscheiden kann.«

»So ist es im Leben manchmal.« Carole nickte, und Stevie gähnte herzhaft. »Kommst du mit dem Buch voran?«

»Bisher sehr gut. Geh wieder schlafen, wir sehen uns morgen früh.«

»Du solltest auch ein bisschen schlafen«, sagte Stevie und tappte zurück in ihr Zimmer. Es sah allerdings nicht so aus, als würde Carole ihren Rat befolgen. Sie hämmerte schon wieder wie verrückt auf die Tasten.

19

Ihren letzten Abend verbrachten Carole und Matthieu in einem neuen Restaurant, von dem sie gehört hatten und das sie gern ausprobieren wollten. Das Essen war ausgezeichnet und die Atmosphäre romantisch und intim. Matthieu hatte vor, am zweiten Januar nach Los Angeles zu fliegen, da er an Neujahr mit den Kindern vom Skifahren aus Val d'Isere zurückkehrte. Sie unterhielten sich über ihre Pläne für die Feiertage, und Carole erzählte, dass sie vorher ein paar Tage nur mit Chloe verbringen wolle. Das war zwar nicht viel, aber ein Anfang.

»Du hast sie um nichts betrogen«, versicherte Matthieu ihr noch einmal. Nach allem, wie er die beiden zusammen erlebt hatte, fand er Chloes Groll unangemessen.

»Das sieht sie anders. Und darauf kommt es schließlich an. Vernachlässigung liegt im Auge – oder besser gesagt im Herzen – des Betrachters. Ich habe genügend Zeit, warum sollte ich sie nicht mit ihr verbringen?«

Dieser Abend hatte nichts Wehmütiges, weil sie beide wussten, dass Matthieu schon in zwei Wochen nach Kalifornien kam. Carole freute sich auf Weihnachten mit den Kindern und hoffte auf eine Hochzeit in Las Vegas. Davon abgesehen hatte Stevie ihr schon versprochen, sie im März oder April nach Paris zu begleiten. Allerdings würde sie nicht ganze Zeit bei ihr bleiben. Carole und Matthieu wollten vielleicht zu zweit ein bisschen durch Frankreich oder Italien reisen. Und Carole hoffte, dass ihr bis dahin weitere gute Einfälle für ihren Roman gekommen waren.

Als das Dessert serviert wurde, holte Matthieu ein kleines Päckchen hervor und reichte es Carole. Es war eine Schachtel von Cartier. Darin befand sich sein Weihnachtsgeschenk, dass er für Carole hatte anfertigen lassen.
Erleichtert sah sie, dass es kein Ringetui war. Vorsichtig klappte sie den Deckel hoch. In dem Kästchen lag ein wunderschöner goldener Armreif. Er war ganz schlicht gehalten, mit drei eingelassenen Diamanten. Matthieu sagte leise, dass er etwas habe eingravieren lassen. Carole hielt den Reif an die Kerze auf dem Tisch, um besser lesen zu können. Als sie sah, was dort stand, traten ihr Tränen in die Augen. »Achte dich selbst. Ich liebe dich, Matthieu.«
Sie streifte den Reif über und küsste Matthieu. Es war seine Art, ihr zu sagen, dass er ihre Entscheidung guthieß und sie so liebte, wie sie war – ein Zeichen der Liebe ebenso wie des Respekts.
Sie hatte ihm auch ein Geschenk mitgebracht, und Matthieu lächelte, als er sah, dass es ebenfalls von Cartier stammte. Gespannt öffnete er die Schachtel. Es war eine goldene Uhr. Carole hatte ihm vor Jahren schon einmal eine geschenkt, die er heute noch trug. Arlette hatte gewusst, von wem er sie bekommen hatte, und sich jedes Kommentars enthalten. Es war das einzige Schmuckstück, das Matthieu trug. Carole hatte ebenfalls etwas eingravieren lassen. Auf der Rückseite stand: »Joyeux Noël. Je t'aime, Carole.«
Das Restaurant lag unweit des Hotels, und sie gingen zu Fuß zurück. Die beiden Wachen folgten ihnen. Carole und Matthieu hatten sich mittlerweile daran gewöhnt. Vor dem Ritz blieben sie stehen und küssten sich. In dem Moment flammten Blitzlichter auf. Sie drehten sich um, und Carole flüsterte Matthieu rasch zu: »Lächle.« Das tat er, und sie mussten beide lachen. In dem Moment wurden die nächsten Fotos geschossen. »Wenn sie einen schon erwi-

schen, dann kann man auch in die Kamera lächeln«, sagte sie strahlend.

»Wenn ich unverhofft von Fotografen erwischt werde, sehe ich auf den Bildern immer aus wie der Mörder mit dem Hackebeil.«

»Denk nächstes Mal daran zu lächeln«, riet ihm Carole, während sie die Lobby betraten.

Matthieu begleitete Carole in ihre Suite und nahm sie im Wohnzimmer sanft in die Arme. Stevie war bereits zu Bett gegangen, nachdem sie sämtliche Koffer gepackt hatte. Nur Caroles Computer stand noch auf dem Tisch, aber sie hatte in dieser Nacht nicht vor zu arbeiten.

»Ich bin süchtig nach dir«, sagte er leidenschaftlich und küsste sie noch einmal. Er freute sich auf all das, was sie in Kalifornien vor sich hatten. Er erinnerte sich nur zu gut daran …

»Das sollst du nicht sein«, erwiderte Carole. Sie wollte nicht wieder diese verrückte Abhängigkeit, die in der Vergangenheit zwischen ihnen geherrscht hatte. Sie wollte eine ruhige und stabile Beziehung statt der quälenden Leidenschaft, die sie früher erfahren hatten. Aber als sie ihn jetzt ansah, wurde ihr klar, dass sie es nicht mit Sean zu tun hatte, sondern mit Matthieu. Er war ein leidenschaftlicher Mann, daran hatte sein Alter nichts geändert. Nichts an ihm war zurückhaltend oder halbherzig. So war Sean auch nicht gewesen, aber eben doch eine andere Art Mann. Matthieu war eine treibende Kraft und die perfekte Ergänzung für Carole. Gemeinsam verfügten sie über so viel Energie, dass sie damit die Welt zum Leuchten bringen konnten. Genau das hatte Carole anfangs Angst gemacht, aber allmählich gewöhnte sie sich wieder daran.

Sie trugen beide ihre Weihnachtsgeschenke, saßen im Wohnzimmer der Suite und redeten noch lange. Sich ihrer

Lust hinzugeben, wagten sie nicht. Die Ärztin hatte Carole geraten, damit noch zu warten, bis sie körperlich wieder vollständig genesen war.
Matthieu wollte Carole am nächsten Morgen zum Flughafen bringen. Sie mussten um sieben Uhr früh vom Hotel losfahren, damit sie rechtzeitig einchecken konnten. Der Flug ging um zehn. Der Neurochirurg, der sie auf dem Flug begleiten würde, hatte versprochen, um halb sieben im Hotel zu sein. Er wollte Carole vor der Abreise noch untersuchen.
Um kurz nach eins verabschiedete sich Matthieu. Während sich Carole die Zähne putzte und ein Nachthemd anzog, wirkte sie glücklich und zufrieden. Sie freute sich darauf, dass Matthieu nach Kalifornien kommen wollte, und natürlich auch auf alles andere, was sie bis dahin noch vorhatte.
Stevie weckte sie am Morgen um sechs. Als der Arzt um halb sieben eintraf, war Carole bereits angezogen und saß am Frühstückstisch. Er sah noch sehr jung aus. Carole hatte sich am Vortag von der Neurochirurgin verabschiedet, die sie die ganze Zeit über betreut hatte. Zum Abschied schenkte sie ihr eine Cartier-Uhr aus Weißgold mit Sekundenzeiger, die sie auch im Dienst nutzen konnte. Die Ärztin freute sich sehr.
Matthieu traf pünktlich um sieben Uhr ein. Wie immer trug er Anzug und Krawatte und zog Carole damit auf, dass sie in ihrer Jeans und dem weiten grauen Pullover aussah wie ein junges Mädchen. Aber sie wollte es auf dem Flug bequem haben. Für den Fall, dass ihr wieder Fotografen auflauerten, hatte sie sich geschminkt. Sie trug den Armreif, und die Diamanten funkelten im Licht. Matthieu hatte stolz seine neue Uhr umgebunden und sagte jedem, der es hören wollte – oder auch nicht –, wie spät es war.

Carole amüsierte sich köstlich darüber. Die beiden erinnerten an glückliche Kinder.

»Ihr seid echt süß«, sagte Stevie, während der Gepäckträger kam, um ihre Koffer zu holen. Stevie hatte wie immer alles perfekt organisiert. Das Trinkgeld für Zimmermädchen, Concierge und die beiden Assistant Manager, die eine große Hilfe gewesen waren, hatte sie am Empfang hinterlegt. Matthieu sah beeindruckt zu, wie Stevie alles managte und sich gleichzeitig um den Arzt und das Gepäck kümmerte, sich von der Krankenschwester verabschiedete und etwas mit den Wachleuten abklärte.

»Sie ist richtig gut«, sagte er zu Carole, während sie mit dem Aufzug hinunter in die Lobby fuhren.

»Ja, das stimmt. Stevie arbeitet schon seit fünfzehn Jahren für mich. Wenn ich im Frühling nach Paris komme, wird sie wieder dabei sein.«

»Und ihr Mann hat nichts dagegen?« Carole hatte ihm erzählt, dass Stevie vielleicht bald heiraten würde.

»Offenbar nicht. Ich bin Teil der Vereinbarung.« Sie grinste.

Sie fuhren mit zwei Wagen zum Flughafen. Carole stieg bei Matthieu ein. Stevie, der Arzt und die beiden Wachen folgten in der gemieteten Limousine. Die ihnen jetzt schon vertrauten Fotografen machten schnell ein paar Schnappschüsse, bevor Carole in Matthieus Wagen davonfuhr. Sie winkte ihnen lächelnd zu. Nichts an ihr deutete darauf hin, dass sie noch vor kurzem schwer verletzt auf der Intensivstation gelegen hatte. Und die Narbe an der Wange war perfekt überschminkt.

Während sie auf dem Weg zum Flughafen angeregt plauderten, musste Carole daran denken, wie Matthieu sie das letzte Mal auf diesem Weg begleitet hatte. Fünfzehn Jahre war es her, und für sie beide war es ein schrecklicher Tag gewesen. Dieses Mal stieg sie jedoch am Flughafen lächelnd aus. Sie ging durch den Sicherheitscheck und setzte sich mit Matthieu in die Lounge für First-Class-Passagiere, während Stevie das Gepäck eincheckte. Die Air France hatte bei Matthieu eine Ausnahme gemacht, so dass er Carole begleiten konnte.

Eine halbe Stunde vor dem Abflug überprüfte der Arzt noch einmal Caroles Blutdruck.

Als der Flug aufgerufen wurde, brachte Matthieu Carole zum Gate. Er blieb bis zur letzten Minute und nahm sie zum Abschied noch einmal fest in die Arme.

»Dieses Mal ist es anders«, sagte er. Ihm war nicht entgangen, was ihr während der Fahrt durch den Kopf ging.

»Ja, das empfinde ich auch so.« Sie waren beide dankbar für diese zweite Chance. »Das war damals einer der schrecklichsten Tage meines Lebens«, sagte Carole leise und schaute zu ihm hoch.

»Für mich auch«, antwortete er und drückte sie innig.

»Pass auf dich auf. Mute dir nicht zu viel zu. Du musst nicht alles auf einmal machen«, ermahnte er sie. Während der letzten Tage war ihr Tatendrang unaufhörlich gewachsen. Sie wurde zunehmend wieder die Alte.

»Die Ärztin hat gesagt, es geht mir prima«, entgegnete sie.

»Lass es nicht drauf ankommen«, schalt er sie sanft. Stevie rief ihnen zu, dass es höchste Zeit wurde, ins Flugzeug zu steigen. Carole nickte. Sie sah Matthieu an, und in ihren Augen spiegelte sich das Glück.

»Viel Spaß mit deinen Kindern«, sagte er.

»Ich rufe dich an, sobald ich zu Hause bin«, versprach sie. Stevie hatte ihm die genauen Flugdaten genannt.

Sie küssten sich, und dieses Mal waren keine störenden Fotografen in der Nähe. Carole konnte sich nur schwer losreißen. Es war erst wenige Tage her, dass sie noch Angst hatte, ihm ihr Herz zu öffnen. Und jetzt wuchs ihre Nähe zueinander stetig. Sie war traurig, ihn zu verlassen, aber sie freute sich auch auf L. A. Wie leicht hätte es passieren können, dass sie nie wieder von dieser Reise zurückkehrte! Schließlich löste sie sich von Matthieu und ging langsam in Richtung Gangway. Sie blieb noch einmal stehen und sah ihn mit jenem Lächeln an, an das er sich all die Jahre erinnert hatte. Dann formte sie mit den Lippen die Worte: »Je t'aime«, winkte ihm zu und stieg ins Flugzeug. Es war eine wundersame Reise gewesen. Jetzt kehrte sie nach Hause zurück, erneut mit Matthieu in ihrem Herzen. Aber dieses Mal nicht traurig, sondern voller Hoffnung.

20

Der Flug nach L. A. verlief angenehm ereignislos. Der junge Neurochirurg überprüfte regelmäßig Caroles Vitalfunktionen. Es traten keinerlei Probleme auf. Sie aß zwei Mahlzeiten und sah sich einen Film an. Dann klappte sie die Rückenlehne zurück, kuschelte sich in die Decke und schlief während der restlichen Strecke. Stevie weckte sie rechtzeitig vor der Landung, damit Carole ihr Makeup auffrischen und sich in Ruhe kämmen konnte. Mit Sicherheit wartete am Flughafen die Presse auf sie. Die Fluggesellschaft hatte ihr einen Rollstuhl angeboten, aber Carole lehnte ab. Sie wollte nicht das Bild einer Invalidin kultivieren, schließlich war sie das nicht. Trotz des langen Flugs fühlte sie sich kräftiger als seit Wochen. Das lag sicher auch an dem Neuanfang mit Matthieu. Carole freute sich darüber und sah ihrer gemeinsamen Zukunft aufgeregt entgegen. Aber sie war auch dankbar und stolz. Sie hatte zwei Attentate überlebt und während der ganzen Zeit nicht aufgegeben.

Schweigend sah sie aus dem Fenster auf die Gebäude und Swimmingpools und die vertrauten Sehenswürdigkeiten und Wahrzeichen von L. A. Als sie den Hollywood-Schriftzug entdeckte, musste sie lächeln. Es gab eine Zeit, da hatte sie gedacht, sie würde all diese Dinge nie wiedersehen. So viel war in den letzten zwei Monaten passiert! Allein daran zu denken, ließ Carole schwindelig werden.

Die Maschine setzte auf der Landebahn auf und rollte zum Ausstieg.

»Willkommen daheim«, sagte Stevie mit breitem Grinsen. Carole kamen vor Erleichterung beinahe die Tränen. Der junge Arzt war begeistert, in L. A. zu sein. Seine Schwester wollte ihn am Flughafen abholen. Er blieb eine Woche, bevor er wieder zurück nach Paris flog.

Carole und ihre beiden Begleiter gehörten zu den ersten, die aus der Maschine stiegen. Ein VIP-Beauftragter von Air France erwartete sie, um sie durch den Zoll zu begleiten. Außer dem Armreif von Matthieu hatte sie ohnehin nichts zu verzollen. Die Zollerklärung hatte sie bereits vorbereitet. Man nannte ihr die zu zahlende Summe, und Carole schrieb einen Scheck aus. Rasch wurden noch die Pässe kontrolliert, dann winkte man Carole durch.

»Willkommen, Miss Barber.« Der Zollbeamte lächelte Carole an. Vor der Tür drängten sich Heerscharen von Reportern. Blitzlichter flammten auf, und Carole hörte, wie überall ihr Name gerufen wurde. Es gab Beifall, als Carole mit sicheren Schritten, gesund und munter an ihnen vorbeiging.

»Wie fühlen Sie sich? … Was macht der Kopf? … Was ist passiert? … Wie fühlt es sich an, wieder zu Hause zu sein?«, hallten ihr die Fragen entgegen.

»Großartig! Einfach großartig!« Carole strahlte, während Stevie sie am Arm fasste und durch die Menge geleitete. Sie brauchten ganze fünfzehn Minuten, und ständig wurden Fotos geschossen.

Als Carole endlich in die wartende Limousine stieg, sah sie müde aus. Stevie hatte eine Krankenschwester engagiert, die für eine Weile bei Carole wohnen würde. Sie musste zwar nicht mehr medizinisch betreut werden, aber Stevie hielt es für klüger, wenn Carole nachts nicht allein im Haus war. Stevie würde bei sich in ihrem eigenen Bett schlafen. Sie war lange fort gewesen und freute sich darauf, Alan wiederzusehen. Sie beide hatten einiges zu feiern.

Als Carole durch die Haustür trat, klingelte bereits das Telefon. Es war Matthieu.
»Hat alles gut geklappt?«, wollte er wissen. »Wie geht es dir?«
»Ganz wunderbar. Es gab keinerlei Probleme, auch nicht beim Start oder bei der Landung.« Ihre Ärztin hatte befürchtet, dass sie durch den Druckunterschied Kopfschmerzen bekommen könnte, was aber nicht der Fall gewesen war. »Der Arzt hatte während des ganzen Flugs nichts anderes zu tun, als zu essen und sich Filme anzusehen.«
»Gut. Ich bin trotzdem froh, dass er dabei war«, sagte Matthieu erleichtert.
»Das war ich auch«, gestand sie.
»Ich vermisse dich bereits«, beklagte er sich.
»Ich dich auch.«
»Was hast du als Erstes vor?« Er konnte sich vorstellen, was für ein Gefühl es sein musste, nach allem, was sie durchgestanden hatte, wieder zu Hause zu sein.
»Keine Ahnung. Einfach nur herumlaufen und Gott dafür danken, dass ich hier bin.«
Das tat Matthieu selbst auch. Er wusste noch, wie erschrocken er gewesen war, als er Carole zum ersten Mal im La Pitié Salpêtrière besuchte. Damals hatte sie wie tot ausgesehen. Ihre Genesung war wie eine Neugeburt. Und dass sie einander wiedergefunden hatten, war für sie beide wie ein Traum.
»Mein Haus ist hübsch«, sagte Carole in den Hörer und blickte sich um. »Das hatte ich ganz vergessen.«
»Ich kann kaum erwarten, es zu sehen.«
Sie plauderten noch ein paar Minuten und verabschiedeten sich dann. Stevie kümmerte sich derweil um alles. Zehn Minuten später traf die Krankenschwester ein. Es war eine nette Frau, die ganz aufgeregt schien, Carole kennenzu-

lernen. Wie viele andere hatte auch sie in der Zeitung von dem Attentat gelesen und sagte zu Carole, es grenze an ein Wunder, dass sie überlebt habe.

Carole ging in ihr Schlafzimmer und schaute sich um. Sie hatte sich bereits vor einer Weile wieder daran erinnert, und der Raum war genau so, wie sie ihn vor Augen gehabt hatte. Nachdem sie durch das Fenster auf den Garten geschaut hatte, schlenderte sie in ihr Arbeitszimmer und setzte sich an den Schreibtisch. Stevie hatte den Laptop bereits angeschlossen. Die Krankenschwester ging in die Küche, um das Mittagessen zuzubereiten. Stevie hatte die Reinigungskraft telefonisch gebeten, Lebensmittel liefern zu lassen. Wie immer hatte sie an alles gedacht.

Stevie und Carole setzten sich zum Essen in die Küche, wie sie es meistens taten. Carole hatte ihr Truthahnsandwich zur Hälfte gegessen, als sie plötzlich in Tränen ausbrach.

»Was ist los?«, fragte Stevie fürsorglich, obwohl sie die Antwort kannte.

»Ich kann nicht glauben, dass ich hier bin! Ich dachte, ich würde nie wieder nach Hause zurückkehren.«

Endlich durfte sie zu ihrer Angst stehen. Jetzt musste sie nicht mehr tapfer sein. Erst das Bombenattentat, dann der Mordanschlag. Das war mehr, als ein Mensch wegstecken konnte.

»Es geht dir gut«, erinnerte Stevie Carole und umarmte sie. Dann reichte sie ihr ein Papiertaschentuch, damit sie sich die Nase schneuzen konnte.

»Tut mir leid. Ich habe gar nicht gemerkt, wie durcheinander ich war. Und dann noch die Sache mit Matthieu … Das muss ich erst einmal verarbeiten.«

»Das steht dir zu«, versicherte Stevie. »Wenn es dir hilft, dann schrei ganz laut. Du hast es verdient.«

Die Krankenschwester räumte das Geschirr ab. Stevie kochte für Carole eine Tasse Vanilletee und blieb mit ihrer Freundin noch eine Weile am Küchentisch sitzen.

»Du solltest nach Hause fahren«, ermahnte Carole sie. »Alan wartet bestimmt schon ganz ungeduldig auf dich.«

»Er holt mich in einer halben Stunde ab. Ich werde dich später anrufen und berichten, wie es war.« Stevie wirkte nervös und aufgeregt.

»Genieß es einfach, ihn wiederzuhaben. Du kannst mir auch morgen noch alles erzählen.« Carole hatte ein schlechtes Gewissen, weil sie so viel von Stevies Zeit in Anspruch nahm. Stevie hatte ihr immer weit mehr gegeben als das, was man als ihre »Pflicht« bezeichnen konnte.

Eine halbe Stunde später hupte Alan draußen zweimal, und Stevie sauste durch die Tür. Carole rief ihr noch »Viel Glück« hinterher.

Die Krankenschwester half Carole beim Auspacken der Koffer. Danach setzte sie sich an den Schreibtisch und starrte aus dem Fenster. Der Computer wartete auf sie, aber Carole war zu müde, um ihn auch nur anzurühren. Bei ihr war es jetzt drei Uhr am Nachmittag, in Paris jedoch bereits Mitternacht.

Später ging sie hinaus in den Garten und telefonierte mit ihren Kindern. Chloe würde am nächsten Tag eintreffen und sagte, sie könne es kaum erwarten, ihre Mom zu sehen. Carole hätte sich gern hingelegt, aber sie wollte sich möglichst schnell auf die kalifornische Zeit einstellen, deshalb blieb sie bis zehn Uhr auf. Doch sie schlief ein, sobald ihr Kopf das Kissen berührte.

Als sie am nächsten Tag um halb elf erwachte, sah sie erstaunt, dass Stevie feixend durch die Tür spähte.

»Bist du wach?«

»Wie viel Uhr ist es? Ich muss zwölf oder dreizehn Stun-

den geschlafen haben.« Carole rekelte sich und gähnte herzhaft.
»Du hast es gebraucht«, antwortete Stevie und zog die Vorhänge beiseite. Carole sah sofort, dass an Stevies linker Hand ein Diamant blinkte.
»Nun?« Mit schläfrigem Lächeln setzte sie sich auf. Sie hatte Kopfschmerzen und an diesem Morgen Termine beim Neurologen und beim Neuropsychologen. Die beiden arbeiteten im Team mit Patienten, die schwere Kopfverletzungen erlitten hatten. Carole nahm an, dass die Schmerzen von der Zeitumstellung und dem langen Flug kamen und von daher nicht bedenklich waren.
»Bist du an Silvester noch frei?«, frohlockte Stevie, und Carole begann zu strahlen.
»Du wirst es also tun?«
»Ja«, bestätigte Stevie mit einem Hauch Panik in der Stimme. Sie hielt Carole den Ring hin, damit sie ihn sich genau ansehen konnte. Es war ein zierlicher, antiker Diamantring, der hervorragend zu Stevies schlanker Hand passte. Stevie war die Begeisterung anzusehen, und Carole freute sich mit ihr. Wenn es jemand verdient hatte, glücklich zu sein, dann ihre Assistentin. »Silvester fliegen wir am Morgen nach Las Vegas. Alan hat für uns alle Zimmer im Bellagio gebucht.«
»Ich werde da sein. Gespannt und in Feierlaune. Ach du liebe Güte, wir müssen shoppen gehen! Du brauchst ein Kleid.« Carole war plötzlich hellwach. Die Aufregung ihrer Freundin war anscheinend ansteckend.
»Das können wir gemeinsam mit Chloe aussuchen. Heute solltest du dich noch ausruhen. Das war gestern ein langer Tag für dich.«
Carole stand langsam aus dem Bett auf. Nachdem sie eine Tasse Tee getrunken und etwas Toast gegessen hatte, fühl-

te sie sich besser. Stevie begleitete sie zu den Ärzten, und unterwegs sprachen sie über die Hochzeit.
Nachdem der Neurologe den Bericht seiner französischen Kollegin durchgelesen hatte, sah er Carole erstaunt an. »Sie haben viel Glück gehabt«, sagte er. Er ging davon aus, dass sie noch sechs bis zwölf Monate lang immer wieder Gedächtnisprobleme haben würde. Etwas Ähnliches hatte man Carole auch in der Pariser Klinik gesagt.
Caroles Begeisterung für ihren neuen Arzt hielt sich in Grenzen, die Ärztin in der Klinik war ihr sympathischer gewesen. Carole fand den Mann zu methodisch, nüchtern und trocken. Aber dafür musste sie erst in einem Monat wiederkommen, nur zur Kontrolle. Sicherheitshalber sollte dann noch einmal ein CT gemacht werden. Außerdem musste sie weiterhin zur Physiotherapie.
Als sie kurz darauf die Neuropsychologin kennenlernten, waren sie und Stevie beeindruckt. Als die Frau das Untersuchungszimmer betrat, war es, als würde ein Sonnenstrahl hineinfallen. Sie war zierlich, mit großen blauen Augen, Sommersprossen und leuchtend roten Haaren. Sie sah aus wie eine Fee und hatte einen wachen Verstand.
Die Ärztin lächelte Carole an und stellte sich mit ausgeprägtem irischem Akzent als Dr. Oona O'Rourke vor. Allein ihr Anblick brachte Carole zum Lächeln.
Dr. O'Rourke schwang sich in ihrem weißem Kittel wie ein Kobold auf die Tischkante und widmete sich intensiv beiden Frauen, die ihr gegenüber auf den Stühlen saßen. Stevie war als moralische Unterstützung dabei – und falls Informationen gebraucht wurden, an die sich Carole momentan nicht erinnern konnte.
»Wie ich hörte, sind Sie durch einen Pariser Tunnel geschwirrt. Ziemlich beeindruckend. Ich habe davon gelesen. Wie war es denn für Sie?«

»Nicht so amüsant wie erwartet«, antwortete Carole. »Ich hatte mir meinen Trip nach Paris anders vorgestellt.« Dr. O'Rourke warf einen Blick in die Krankenakte und fragte, wie es mit den Gedächtnislücken aussähe.
»Sehr viel besser«, sagte Carole. »Anfangs war es ganz schön gruselig. Ich hatte keine Ahnung, wer ich bin, und habe niemanden erkannt. Mein Gedächtnis war völlig ausgelöscht.«
»Und jetzt?« Den strahlend blauen Augen entging nichts.
»An vieles kann ich mich wieder erinnern. Es gibt immer noch Lücken, aber das ist kein Vergleich zu dem, wie es anfangs war.«
»Hatten Sie Angstattacken? Schlafprobleme? Kopfschmerzen? Haben Sie sich seltsam verhalten? Sind Depressionen aufgetreten?« Carole verneinte jeden Befund, abgesehen von den leichten Kopfschmerzen, die sie an diesem Morgen beim Aufwachen verspürt hatte. Dr. O'Rourke stimmte mit Carole überein, dass es ihr erstaunlich gut ging.
»Klingt so, als hätten Sie großes Glück gehabt. Bei dieser Art Kopfverletzung ist schwer einzuschätzen, wie nachhaltig der Schaden ist. Das menschliche Gehirn ist ein wundersames Ding. Und manchmal kommt es mir so vor, als hätte unsere Arbeit mehr mit Kunst als mit Wissenschaft zu tun. Wollen Sie wieder vor der Kamera stehen?«
»Nicht in nächster Zeit. Ich schreibe an einem Buch und will erst im Frühjahr damit anfangen, mir Drehbücher anzusehen.«
»Ich würde nichts überstürzen. Möglicherweise werden Sie noch für eine ganze Weile oft müde sein. Forcieren Sie nichts. Ihr Körper wird Ihnen sagen, wenn er so weit ist. Und er wird sich rächen, falls Sie es übertreiben. Mögli-

cherweise treten dann neue Erinnerungslücken auf.« Die Aussicht darauf war Carole eine Warnung. Und Stevie warf ihr einen vielsagenden Blick zu.
»Gibt es irgendetwas, das Ihnen Sorgen bereitet?«, fragte die Ärztin.
»Nun, manchmal macht es mir Angst, wie knapp ich dem Tod entronnen bin. Ich habe deswegen Alpträume.«
»Das ist verständlich.« Carole erzählte ihr von dem Mordanschlag im Krankenhaus. »Klingt so, als hätten Sie wirklich viel durchgemacht. Lassen Sie es in nächster Zeit langsam angehen. Geben Sie Ihrem Körper die Chance, sich von dem physischen Trauma, aber auch dem emotionalen Schock zu erholen. Sind Sie verheiratet?«
»Nein, verwitwet. Meine Kinder und mein Ex-Mann kommen über Weihnachten zu Besuch.« Sie sah glücklich aus, als sie das sagte, und die Ärztin lächelte.
»Gibt es sonst noch jemanden?«
Carole schmunzelte. »In Paris habe ich eine alte Beziehung wieder aufleben lassen. Er besucht mich nach den Feiertagen.«
»Gut. Genießen Sie das Leben. Sie haben es verdient.«
Dann unterhielten sie sich noch eine Weile lang, und die Ärztin nannte Carole ein paar Übungen, mit denen sie ihr Gedächtnis trainieren konnte. Es hörte sich spaßig an. Die Ärztin verströmte Vitalität und Lebensfreude, und als Stevie und Carole kurz darauf die Praxis verließen, unterhielten sie sich darüber.
»Sie ist nett«, sagte Stevie.
»Und clever«, fügte Carole hinzu. »Ich mag sie.« Sie hatte den Eindruck, als könne sie dieser Frau völlig vertrauen und sie alles fragen, wie seltsam es ihr auch vorkäme. Sie hatte Dr. O'Rourke sogar darauf angesprochen, ob sie wieder Sex haben dürfe. Die Ärztin hatte keine Bedenken,

ermahnte sie jedoch, Kondome zu benutzen. Daraufhin war Carole rot geworden. Es war lange her, dass sie sich über so etwas hatte Gedanken machen müssen. Dr. O'Rourke erklärte ihr mit verschmitztem Grinsen, dass sie sich nicht zu allem Überfluss noch eine Geschlechtskrankheit einfangen müsse. Carole stimmte lachend zu und fühlte sich wie ein junges Mädchen.

Sie war erleichtert, eine Ärztin gefunden zu haben, mit der sie über alles reden konnte. Es mochte ja sein, dass in L. A. Probleme auftraten, von denen sie in Paris verschont geblieben war. Aber bisher sah es zum Glück nicht so aus. Sie freute sich sehr auf Weihnachten mit der Familie und auf Stevies bevorstehende Hochzeit.

Auf der Rückfahrt bestand Carole darauf, dass sie bei Barney's einen Zwischenstopp einlegten, um sich nach einem Kleid für Stevie umzuschauen. Stevie probierte drei Modelle an und verliebte sich in das erste. Carole kaufte es ihr als Hochzeitsgeschenk, dazu noch weiße Satin-Manolos, die sie im Erdgeschoss entdeckten. Das Kleid war bodenlang und betonte Stevies statuenhafte Figur. Sie würde in Weiß heiraten.

Für Carole entdeckten sie ein smaragdgrünes Kleid. Es war schulterfrei und kurz. Sie sagte, sie käme sich vor wie die Mutter der Braut.

Chloe traf erst um sieben am Abend ein. Bis dahin blieb ihnen noch genug Zeit, im Haus herumzuwerkeln und alles vorzubereiten. Stevie wollte Chloe vom Flughafen abholen. Im letzten Moment entschied sich Carole, sie zu begleiten. Um sechs verließen sie das Haus. Eine Stunde zuvor hatte ihr Florist einen komplett geschmückten Christbaum geliefert. Plötzlich sah das Haus richtig weihnachtlich aus.

Auf dem Weg zum Flughafen sprachen sie wieder über die

Hochzeit. Stevie war ziemlich aufgeregt und Carole nicht minder.
»Ich kann nicht glauben, dass ich es tue«, sagte Stevie zum bestimmt zehnten Mal an diesem Tag. Carole lächelte sie an. Sie wussten beide, dass Stevie das Richtige tat.
»Oder hältst du mich für übergeschnappt? Was ist, wenn ich ihn in fünf Jahren hasse?«
»Das wirst du nicht tun, und wenn doch, dann reden wir darüber. Und nein, ich halte dich nicht für übergeschnappt. Er ist ein toller Kerl, und er liebt dich. Und du liebst ihn. Kommt er damit klar, dass du keine Kinder willst?«
»Er behauptet es und sagt, dass ich ihm genüge.«
»Bestens.«
Als sie aus dem Wagen ausstiegen, klingelte Caroles Handy. Es war Matthieu. »Was machst du gerade?«, fragte er gutgelaunt.
»Ich hole Chloe am Flughafen ab. Heute war ich bei meinem neuen Arzt. Er war zufrieden mit mir. Und auf dem Rückweg haben wir ein Hochzeitskleid für Stevie gefunden.« Es machte Spaß, ihm von ihren Unternehmungen zu erzählen. Nach dem Alptraum von Paris kam ihr jede Minute wie ein Geschenk vor.
»Übernimm dich nicht. Der Arzt hat doch bestimmt gesagt, dass du dich schonen sollst?«
In Paris war es fast vier Uhr am Morgen. Matthieu war aufgewacht und hatte beschlossen, Carole anzurufen. Er fand, dass sie viel zu weit weg war. Es war schön, ihre Stimme zu hören. Sie klang so jung und glücklich …
»Er will mich erst in einem Monat wiedersehen.« Als sie das sagte, musste sie wieder einmal an das Kind denken, das sie damals verloren hatte. Während ihrer Schwangerschaft wollte Matthieu auch immer wissen, was der Arzt gesagt hatte. Einmal war er zur Untersuchung mitgekommen, um

die Herztöne des Kindes zu hören. Sie hatten eine Menge miteinander durchgestanden ... Carole verdrängte den Gedanken an all das schnell, es machte sie zu traurig.

»Du fehlst mir«, sagte er wie am Tag zuvor. Fünfzehn Jahre lang war sie aus seinem Leben verschwunden gewesen, und jetzt schien jede Stunde ohne sie wie eine Ewigkeit zu sein. Er konnte es kaum erwarten, sie wiederzusehen.

Am nächsten Tag fuhr er mit seinen Kindern zum Skifahren. Er versprach, Carole von dort aus anzurufen. Matthieu wünschte, Carole könnte sie begleiten, auch wenn sie nicht Ski fuhr. Sie hatte seine Kinder nie kennengelernt, aber jetzt wollte er unbedingt, dass es bald geschah. Ihnen war klar, dass es für Carole ein bittersüßes Erlebnis werden würde.

Zusammen mit Stevie wartete sie darauf, dass ihre Tochter den Zoll passierte. Chloe wusste, dass Stevie sie abholte. Als sie jedoch ihre Mutter sah, ging ein Strahlen über ihr Gesicht.

»Du bist mitgekommen?«, sagte sie überrascht und schlang die Arme um Carole. »Darfst du das überhaupt? Geht es dir gut?« Man sah ihr an, dass sie sich freute und gleichzeitig besorgt war.

Carole war froh, hergekommen zu sein. Allein Chloes Gesichtsausdruck war die Anstrengung wert gewesen. Sie schwelgte in der Liebe ihrer Mutter, und genau das hatte Carole gewollt.

»Es geht mir gut. Ich war heute beim Arzt, und er hat gesagt, dass ich alles tun kann – solange ich es nicht übertreibe. Davon abgesehen konnte ich es kaum erwarten, dich zu sehen.« Sie legte ihrer Tochter den Arm um die Taille. Stevie holte den Wagen. Noch fuhr Carole nicht selbst. Der Arzt hatte ihr davon abgeraten, und Carole fühlte sich dem Verkehr von L. A. auch noch nicht gewachsen.

Während der Rückfahrt sprachen die drei Frauen über Stevies Hochzeitspläne. Chloe freute sich für sie. Sie kannte Stevie fast ihr ganzes Leben und betrachtete sie als eine Art große Schwester.

Zu Hause setzten sich Carole und Chloe in die Küche. Stevie ließ die beiden allein. Chloe hatte während des Fluges geschlafen und fühlte sich hellwach. Carole bereitete ihnen Rührei zu, und zum Nachtisch aßen sie Eiscreme. Als sie schlafen gingen, war es schon fast Mitternacht.

Am nächsten Tag erledigten sie die Weihnachtseinkäufe. Carole hatte noch kein einziges Geschenk.

Bei Barney's und Neiman's fand sie alles, was sie für Jason, Stevie und die Kinder brauchte. Sie waren kaum wieder zu Hause, da rief Mike Appelsohn an.

»Du bist zurück! Warum hast du mich nicht angerufen?« Er klang gekränkt.

»Ich bin erst seit vorgestern wieder hier«, entschuldigte sich Carole. »Und gestern Abend kam Chloe an.«

»Ich habe im Ritz angerufen, und die sagten mir, du hättest ausgecheckt. Wie geht es dir?«

»Großartig. Ein bisschen müde, aber einen Jetlag hätte ich in jedem Fall. Und wie geht es dir?«

»Viel zu tun. Ich hasse diese Jahreszeit.« Er plauderte ein paar Minuten über dies und das und kam dann zum eigentlichen Grund seines Anrufs.

»Was hast du nächsten September vor?«

»Dann gehe ich aufs College. Warum?«, zog sie ihn auf.

»Im Ernst?« Er war irritiert.

»Natürlich nicht. Was weiß ich, was ich im September tun werde! Ich bin erst einmal froh, wieder hier zu sein. Beinahe wäre mir das nicht gelungen.«

»Lass uns bloß nicht davon reden«, sagte er.

Carole war immer noch gerührt, dass er sie in Paris besucht hatte. Wer würde schon eine solche Strecke zurücklegen, um an ihr Krankenbett zu eilen?

»Also gut, Kindchen. Ich habe eine Rolle für dich. Eine Riesensache. Wenn du diesen Film ablehnst, kündige ich dir die Freundschaft.« Er erzählte ihr, worum es bei dem Film ging und welche Schauspieler mit von der Partie waren. Carole bekäme neben zwei anderen bekannten Schauspielern eine Hauptrolle. Außerdem spielte eine ausgezeichnete Nachwuchsschauspielerin mit, und für Carole winkte ein ansehnliches Honorar. Es war ein toller Film mit einem großen Budget und einem Regisseur, mit dem Carole bereits früher gut zusammengearbeitet hatte.

»Ist das dein Ernst?«

»Und ob. Der Regisseur dreht vorher ab Februar noch einen anderen Film in Europa. Einschließlich der Nacharbeiten wird sich das bis Ende August hinziehen. Damit hättest du ausreichend Zeit, vorher dein Buch zu beenden – falls das noch Thema ist.«

»Ist es. Ich arbeite wieder daran.« Carole war begeistert von dem, was er ihr erzählt hatte.

»Ein paar Szenen werden in Europa gedreht, in London und Paris. Der Rest in L. A. Wie hört sich das für dich an?«

»Wie maßgeschneidert.« Sie hatte ihm bisher nichts von Matthieu erzählt. Aber was er ihr vorschlug, passte perfekt zu ihren Plänen. Eine Zeitlang Paris, dann L. A. Und London war das Sahnehäubchen – sie konnte sich mit Chloe treffen.

»Ich schicke dir das Skript per Boten. Morgen hast du es. Bis nächste Woche wollen sie eine Antwort. Sie haben noch zwei andere Schauspielerinnen in petto – und beide würden für diese Rolle morden. Ich habe das Drehbuch letzte Nacht gelesen. Es ist ein Hammer.«

Carole vertraute ihm. Er sagte ihr immer die Wahrheit, und sie hatten bei Drehbüchern einen ähnlichen Geschmack.

»Ich werde es direkt lesen«, versprach sie.

»Aber jetzt mal im Ernst, wie geht es dir? Glaubst du, dann wieder fit genug zu sein, um einen Film zu drehen?«

»Davon bin ich überzeugt. Es geht mir täglich besser. Und mein neuer Arzt hat mir ein einwandfreies Gesundheitszeugnis ausgestellt.«

»Übernimm dich nicht«, sagte er wie zuvor Matthieu. Sie kannten sie eben beide gut. Carole war immer in Aktion und trieb sich selbst an. Und jetzt spürte sie selbst, dass ihre Motoren wieder anliefen. Sie hatte sich lange genug ausgeruht. »Du bereust es sonst«, warnte Mike sie.

»Ich weiß, so dumm bin ich nicht.« Sie war sich darüber im Klaren, was sie durchgestanden hatte und welchen Tribut ihr Körper forderte. Aber bis zu den Dreharbeiten blieben ihr noch gut acht Monate, um sich zu erholen.

»Also schön, Kindchen. Dann wird dieser Film dein Comeback.«

»Hört sich so an. Ich kann es kaum erwarten, das Skript zu lesen.«

»Es wird dich umhauen«, versprach er. »Andernfalls esse ich meine Schuhsohlen.« Das wäre eine echte Herausforderung, da Mike Schuhgröße 47 hatte.

»Ich rufe dich direkt nach den Feiertagen an.«

»Ich wünsche dir ein frohes Fest, Carole.« Mike klang gerührt. Immerhin hätten sie dieses Weihnachtsfest beinahe ohne Carole feiern müssen.

»Das wünsche ich dir auch, Mike«, antwortete Carole und legte auf.

Beim Abendessen erzählte sie Chloe von dem Film. Sofort verdüsterte sich das Gesicht ihrer Tochter. Zum ersten

Mal konnte Carole deutlich sehen, wie schwer sich Chloe mit der Karriere ihrer Mutter tat.
»Falls ich zusage, werden wir unter anderem in London drehen. Dann könnten wir uns oft sehen. Und wenn ich in Paris drehe, ist es nur ein Katzensprung, und du könntest oft zu mir kommen.« Chloes Miene erhellte sich wieder, als sie merkte, wie sehr ihre Mutter sich bemühte.
»Klingt gut.«
Sie aßen an diesem Abend zu zweit und hatten sich etwas vom Chinesen liefern lassen. Chloe schlief mit in Caroles Bett, und die beiden tuschelten und kicherten vor dem Einschlafen wie zwei Teenager. Am nächsten Tag fuhren sie zusammen zum Flughafen, um Jason und Anthony abzuholen. Stevie hatte über Weihnachten frei.
Am Nachmittag traf das angekündigte Skript ein. Carole warf sofort einen Blick hinein und war sehr angetan. Mike hatte nicht zu viel versprochen. Wenn am Abend alle im Bett waren, wollte sie es in Ruhe lesen. Aber im Grunde hatte sie sich schon entschieden. Die Rolle, die sie übernehmen sollte, gefiel ihr auf Anhieb. Sie hatte Matthieu am Telefon davon erzählt. Er wusste, dass sie wieder mit dem Arbeiten anfangen wollte, und dies schien die perfekte Rolle für sie zu sein.
Anthony und Jason gehörten zu den ersten, die aus dem Flugzeug ausstiegen. Chloe steuerte wie auf der Hinfahrt den Wagen. Sie sprachen über frühere Weihnachtsfeste, die sie gemeinsam verbracht hatten, und lachten viel. Mit fünf hatte Anthony einmal den Weihnachtsbaum umgeworfen, als er versuchte, Santa Claus dabei zu erwischen, wie er durch den Kamin kam. Immer mehr Anekdoten fielen ihnen ein.
Als sie wieder zu Hause waren, bestellte Carole Pizza. Nachdem die Kinder in ihre Zimmer gegangen waren,

wollte sich Jason in der Küche etwas zu trinken holen. Dort traf er auf Carole.

»Jetzt mal ehrlich – wie geht es dir?«, wollte er wissen. Sie sah besser aus als bei ihrer letzten Begegnung, war aber immer noch blass. Er fragte sich, ob sie sich vielleicht doch zu viel zumutete, seit sie wieder zu Hause war.

»Gut, wirklich.« Sie sah ihn überrascht an.

»Du hast uns einen ganz schönen Schrecken eingejagt.«

»Ich mir auch, und ich habe verdammtes Glück gehabt.«

Sie plauderten noch ein bisschen, dann ging er zu Bett. Carole setzte sich für ein paar Minuten in ihr Arbeitszimmer. Sie mochte diese Tageszeit, wenn im Haus alles still war. Als die Kinder klein waren, hatte sie diese Minuten besonders genossen, weil sie ihr allein gehörten. Sie brauchte das.

Carole schaute auf die Uhr. Es war kurz nach Mitternacht und in Paris neun Uhr am Morgen. Sie zog in Erwägung, Matthieu anzurufen. Stattdessen blickte sie auf den Bildschirm ihres Computers und las, was sie zuletzt geschrieben hatte. Sie wusste jetzt, was und wie sie es schreiben wollte.

Danach betrachtete sie den beleuchteten Springbrunnen im Garten. Ihre Kinder waren zu Hause und schliefen in ihren Betten. Jason war da und zu einem guten Freund geworden. Stevie würde heiraten und sie selbst bald wieder einen Film drehen. Sie hatte einen Bombenanschlag überlebt, und ihr Gedächtnis funktionierte wieder. Carole schloss die Augen und dankte Gott still. Sie hatte alles zurückbekommen – und mehr noch dazu. Und vor allem hatte sie sich selbst, hatte weder ihre Ideale noch ihre Wertvorstellungen aufgegeben. Zärtlich betrachtete sie den Armreif, den Matthieu ihr geschenkt hatte. »Achte dich selbst.« Das hatte sie nach bestem Wissen und Gewissen getan.

Ihrer Familie hatte sie noch nichts über die Entwicklung mit Matthieu erzählt. Anthony würde anfangs vielleicht protestieren, aber sie hoffte, dass er sich mit der Zeit beruhigte. Es war sein gutes Recht, sich Sorgen um sie zu machen. Aber sie hatte das Recht auf ein eigenes Leben.

»Was tust du da?«, fragte eine Stimme hinter ihr. Es war Chloe, die im Nachthemd an der Tür stand. Sie wollte wieder mit im Bett ihrer Mutter schlafen. Das erinnerte Carole an die Zeit, als Chloe ein kleines Mädchen gewesen war. Damals hatte sie auch gern bei ihrer Mutter geschlafen.

»Ich denke nach.« Carole drehte sich um und lächelte Chloe an.

»Und worüber?«

»Für wie vieles ich an diesem Weihnachten dankbar sein muss.«

»Ich auch«, antwortete Chloe leise, ging zu ihrer Mutter und drückte sie ganz fest. »Ich bin so froh, dass du hier bist!« Dann tänzelte sie auf ihren langen Beinen aus dem Zimmer. »Komm schon, Mom. Lass uns schlafen gehen.«

»Okay, Boss.« Carole schaltete das Licht im Arbeitszimmer aus.

»Danke«, flüsterte sie und blickte lächelnd hinauf zum Sternenhimmel. Es war wirklich ein frohes Weihnachten in diesem Jahr, für sie alle.